中国現代散文傑作選1920→1940

戦争・革命の時代と民衆の姿

中国一九三〇年代文学研究会――編

勉誠出版

中国現代散文傑作選 1920—1940

——戦争・革命の時代と民衆の姿

はじめに

ここに収めたのは一九二〇年代から四〇年代、中華人民共和国が出来る前までの中国現代文学の作家三十一人、彼らの「散文」三十一篇である。

古来、中国文学の主流は「詩」であった。「小説」が文学の主役として登場したのは「近代」に入ってからである。そうした中、常に脈々と息づいてきたのが中国の「散文」である。

「散文」の歴史は長い。「散文」とは「韻文」と対をなす言葉である。辞書的に言えば、詩歌、戯劇、小説以外のすべての文学作品を指している。だが、一口に「散文」と言っても実に様々なスタイルがある。随想、随筆的なものから、遊記、日記体、書簡体、時事的なもの、鋭い短評的な「雑文」、さらには小説的、詩的なものまで「散文」の世界は幅広い。こうした散文が中国文学に占める位置の大きさは、小説が主流となった近代においても、一九三五年に出された近代中国出版史上初の画期的なアンソロジー『中国新文学大系』全十巻の中で、「小説集」全三巻の後に、「散文集」全二巻があることからも容易に想像されよう。

現代中国の作家、とりわけ文人気質に富んだ作家たちには散文しかものしないという人が数多くいる。

私たち中国一九三〇年代文学研究会は、かつて『小説選』を三冊編んだことがある。その狙いは、多くの読者の方々に中国現代文学の魅力を味わっていただくことにあった。私たちは、その時からこうした『散文選』を出すことを夢見ていた。というのは、普通の『小説選』では中国現代作家の散文がどうしても抜け落ちてしまう。それでは中国現代文学が持つ「厚み」、「魅力」が読者の方々に伝わらない。何とかして読者の方々に中国現代文学、「散文」の持つ魅力を味わっていただきたいと考えたからである。

『小説選』を出してから十年以上の歳月が流れた。そうした中で私たちの念願がようやく実ったのが本書である。

本書に収めた諸作品は「中国現代散文」と位置付けられよう。

中国現代散文は、ヨーロッパ近代文学、日本近代文学などの影響をも受けながら豊かに花開いてきた。散文の名手と言われた朱自清はそんな中国現代散文の豊かさを一九二八年上海開明書店から出版した散文集『背影』の「序言」の中でこう記している。

この三、四年（中国現代散文）の発展はまことに絢爛たるものがある。様々な様式、様々な流派があって、人生の各面を、表現し、批評し、解釈し、時と共に発展し、日々新たになっている。中国名士風あり、外国紳士風あり、隠士あり、叛徒ありで、思想的にはこうなっている。また、描写あり、諷刺あり、婉曲あり、緻密あり、剛健あり、華麗あり、洗練あり、流動あり、含蓄ありで、表現的にはこうなっている。

だが、こうした中国現代散文世界の豊かさ、魅力は、残念ながらこれまで日本ではあまりよく知られてこなかった。読者の方々には本書で初めて目にする作家、文人、文化人の名前も少なくないであろう。中国現代の散文は、魯迅、周作人のような人は別として、時に『中国現代文学全集』の一角に収録されることはあっても、正面から取り上げられることがなかった。

本書は、「中国現代散文選」としてはじめての本格的な試みである。

本書に収めたのは、現代中国の作家三十一人の散文作品三十一篇である。一作家一作品としたのには特別な意味はない。私たちは、それぞれが好きな作家、好きな散文を選んで訳出を試みた。散文作品は短いものがほとんどだが、長いものもある。だが、収録した作品は部分訳にしないで、すべて全訳とした。読者の皆さまに作品全体を味わっていただきたかったからである。

本書所収の作品は大半が本邦初訳である。既訳のあるものは訳出の際に参考にさせていただいた。私たちは「査読」班を作り、訳者の皆で手分けして廻し読みし、誤りのないよう努めてきたつもりである。日本語については編集部の方にも見ていただいた。それでも誤り、舌足らずの部分が多々あるだろう。それらの責任はすべて訳者である私たち自身にある。

訳注は読者の方々の読みやすさを考え、必要最小限にした。短い注は本文中の割り注に、長いものは本文の末尾に収めた。また、訳文の後には、読者の方々の手助けになればと訳者による簡単な「解説」を施した。

本書を通して、読者の方々に、中国現代散文世界の豊かさ、魅力を少しでも味わっていただければ幸いである。

中国一九三〇年代文学研究会訳者一同

目次

旅・異郷

故郷・民衆

家族・生命

革命・時代

魯迅

劉和珍君を記念する

魯迅（ルーシュン／ろじん）（一八八一―一九三六）。本名周樹人。一八八一年浙江省紹興（現・紹興市）生。一九〇二年から日本留学、仙台医学専門学校（現在の東北大学医学部）で医学を学ぶが中退、国民の精神のありかたを変えることを強く意識し、文学による救国を志す。〇九年帰国、郷里で教員生活を送る中で辛亥革命を迎える。中華民国以後は北京で役人生活を送るかたわら、一八年に小説「狂人日記」を雑誌『新青年』に発表、このとき初めて「魯迅」のペンネームを用いる。二一年に「阿Q正伝」を発表、主人公の日雇い農民阿Qの奴隷的精神のありかたである「精神勝利法」を描くことで中国人の国民性を批判し、自身そして中国現代文学の代表作となる。また自身によって「雑感」または「雑文」と呼ばれる筆鋒鋭い社会・政治批評も数多く発表し、その数は創作を圧倒的に上回る。二六年に軍閥政府の北京を離れ、厦門《アモイ》大学教授に就任、翌年には広州の中山大学に移るが、蒋介石による四・一二クーデターに抗議して辞任、同年秋に上海に移り執筆活動に専念する。北京時代の教え子許広平と同居生活を送りながら、二八年の「革命文学論争」から死の直前の「国防文学論争」に至るまで、論争に明け暮れる晩年であったが、論敵には始終一歩も譲らぬ姿勢で対峙した。小説集に『吶喊』（二三）、『彷徨』（二六）、『故事新編』（三六）がある。

一

中華民国十五年三月二十五日、国立北京女子師範大学が十八日に段祺瑞執政府の前で殺害された劉和珍、楊徳群(1)両君のために追悼会を開いたその日のことである。私がひとり講堂の外をうろついていると、程(2)君に出遇った。彼女はやって来て「先生は劉和珍のために何か書かれましたか？」と私に訊ねた。私は「いや」と言った。すると彼女は「先生、やはりお書きください。劉和珍は生前先生の文章を愛読していました」とまじめに言った。

　それは私が知っていた。およそ私が編集する雑誌は、おそらくいつも始まりがあって終わりがないという理由からか、これまで売れ行きがじつに寂しいものであったが、このような苦しい生活の中で、毅然と『莽原《もうげん》』(3)一年分を予約してくれたのが、彼女だった。私もとうに何か書く必要があると感じていた。これは死者には少しもかかわりのないことだが、生きている者にしてみれば、だいたいこれだけのことしかできない。もし私がほんとうに「在天の霊」なるものがあると信じられるなら、より大きな慰めを得られるのだろう、——しかし、いまは、これだけのことしかできない。

　だが私にはじっさい語るべき言葉がない。私は私の住むところが人の世ではないような気がする。四十名余りの青年の血が、私のまわりに満ちあふれ、私に息をすることも見聞きすることも困難にさせている。そこにどんな言葉があるだろうか？　心中の悲憤を露《あら》わにするのは、苦痛がおさまった後でなければならない。しかも事件後の数人のいわゆる学者、文人の陰険な論調は、とりわけ私に悲しみを覚えさせる。私はもはや悲憤を通り越してしまった。私はこの人の世ではない世の漆黒の悲しみを深く味わうだろう。私のこの上なき悲しみをこの人の世ならぬ世にはっきりと示し、彼らを私の苦痛によってよろこばせ、それをあとに死ぬ者からのささやかな供物とし、死者の霊前にささげることにしよう。

二

真の勇者は、恐れることなく惨澹たる人生を直視し、したたり落ちる鮮血を正視しようとする。これはいかに悲痛な、幸福な者であろうか？　しかし造物主はいつも凡庸な人間のために手を施し、時の過ぎゆくことで古い傷跡を洗い流し、わずかにうす赤い血の色とかすかな悲哀を残すだけだ。このうす赤い血の色とかすかな悲哀の中で、人々にしばしの生を偸《ぬす》ませ、この人のようで人ではない世界を維持させる。私にはこのような世界がいつ終わりを迎えるのかわからない！

私たちはなおもこのような世の中に生きている。私もとうに何か

楊徳群

劉和珍

書く必要があると考えていた。三月十八日からすでに二週間が過ぎ、忘却という救い主はまもなく降臨するだろう、私には何か書く必要があるのだ。

三

四十数名の殺害された青年のうち、劉和珍君は私の学生だった。学生、というのは、私がこれまでそう考えて、そう言ってきたのだが、いまはいささか躊躇を感じてしまう。私は彼女に私の悲しみと尊敬をささげなければならない。彼女は「かりそめに現在まで生きている私」の学生ではなく、中国のために死んだ中国の青年である。

彼女の名を最初に見たのは、去年の夏の初めに楊蔭楡女史が女子師範大学の校長となり、校内の六名の学生自治会の委員を退学処分にしたときだった(4)。そのうち一人が彼女だったが、私は知らなかった。後になって、劉百昭が男女の武将を率いて、暴力で学生を引きずり出した後のことだったかもしれないが、ある人が私に一人の学生を指さして、あれが劉和珍だと教えてくれた。そのとき私はようやく名前と実体が結びついたのであるが、心中ひそかに信じられなかった。私は普段から、権威に媚びへつらわず、強力な手下をしたがえる校長に反抗し得る学生は、どうであろうと、豪放で鋭敏なものであると思っていたが、彼女はいつも微笑をたたえ、態度もおだやかだった。宗帽胡《フー》同《トン》に落ち着き、家屋を借りて授業をするようになってから、彼女ははじめて私の講義を聞きに来て、そうして顔を合わせる回数もわりに多くなったが、やはり始終微笑をたたえ、態度もおだやかだった。大学が元の姿をとりもどし、以前の教職員が責任を果たしたと考え、つぎつぎに引退しようとしていたとき、私ははじめて彼女が母校の前途を心配して、かなしく泣いているのを見た。それ以後、会っていないと思う。要するに、私の記憶の中で、そのときが永遠の別れになった。

四

私は十八日の朝になって、午前中に群衆が執政府へ請願デモに行くことを知った。午後には凶報を知らされ、あろうことか護衛隊が発砲し、死傷者は数百名にまで達し、そして劉和珍君が殺害された者の中にあったという。しかし私はこれらの消息に対し、大いに疑念を抱いた。私はこれまで最大の悪意によって中国人を推測することをはばからなかったが、はからずも、これほどまで下劣で残忍であろうとは信じてもいなかった。ましてや始終微笑をたたえ、おだやかな劉和珍君が、どうして理由もなく執政府の門前で血を流すことになったのか?

しかしその日のうちに事実であると証明された。証拠はほかでもない彼女自身の亡き骸だった。さらにもう一体、楊徳群君のものであった。しかもそれは殺害であっただけでなく、まったくの虐殺であることを証明していた。なぜなら身体には棍棒による傷跡も残されていたから。

だが段政府は命令を出した。彼女たちは「暴徒」であると!

だがつづいてデマが流れた。彼女たちは人に利用されたのだと。

惨状は、もはや私は見るに忍びない。デマは、とりわけ聞くにたえない。私にこれ以上何の語るべき言葉があるだろう？　私は衰亡する民族の沈黙する理由がわかった。沈黙よ、沈黙よ！　沈黙の中で爆発するのでなければ、沈黙の中で滅亡する。

五

しかし、私にはまだ言いたいことがある。

私自身は目にしなかったが、聞くところによると、彼女、劉和珍君は、そのとき喜び勇んで出かけたそうだ。当然、請願するだけのこと、少しでも人間らしい心をもつ者なら、このような罠が仕掛けられているとは予想すらしなかっただろう。だが結局、執政府の前で弾に当たった。背中から入り、斜めに心臓と肺を貫通し、すでに致命傷だったが即死ではなかった。同行した張静淑(5)君が彼女を助け起こそうとして、四発命中したが、その一発はピストルで、その場に倒れた。同行した楊徳群君も彼女を助け起こそうとしたが、やはり撃たれ、弾は左の肩から入り、胸を貫通し右寄りに抜け、その場に倒れた。それでも彼女はなおも半身を起こすことができたが、一名の兵士が彼女の頭と胸を棍棒で何度も激しく殴りつけ、それで命を落としたのだ。

いつも微笑をたたえおだやかな劉和珍君は確かに死んだ、これは事実だ。彼女自身の亡き骸が証拠だ。沈着勇敢で友情に厚い楊徳群君も死んだ、彼女自身の亡き骸が証拠だ。同じく沈着勇敢で友情に厚い張静淑君だけがなおも病院でうめき苦しんでいる。三名の女性が従容《しょうよう》として文明人が発明した銃弾の集中射撃にうち伏したこと、それはいかに人の魂を揺り動かす偉大さであることか！中国軍人の女性やこどもを殺戮する偉大な功績、八か国連合軍(6)の学生を懲らしめる武功は、不幸にもすべてこの幾筋かの血痕に抹殺された。

しかし国内外の殺人者はそれでも頭をもたげてくる、その顔には血の汚れがついていることに気づかずに……。

六

北京女子師範大学

時間は永遠に過ぎゆき、街は相変わらず平穏で、限りあるいくつかの生命は、中国では物の数には入れられず、せいぜい、悪意のない閑人《ひまじん》の食後の話の種になるか、あるいは悪意のある閑人の「デマ」の種とされるにすぎない。このほかの深い意味となると、私は、数えるほどしかないと思う。なぜならこれはまったくの徒手の請願デモに過ぎないから。人類の血によってあがなわれた前進の歴史は、ちょうど石炭の形成のように、その当時は大量の木材を使ったが、結果は小さなひと塊が得られたにすぎない。だが請願はその中に入らない、ましてや徒手であったのだから。

しかし血痕があるからには、当然、知らず知らずのうちに拡大するだろう。少なくとも、親族、師友、恋人の心に沁みわたり、たとえ時が流れ、洗われてうす赤くなっても、かすかな悲哀の中で、永遠に微笑をたたえ、おだやかな面影をとどめることだろう。陶潜はこう詠った。「親戚はまだ悲しみ続けているかも知れないが、他人はもう鼻歌を歌っている。死んでしまえばどうにもならない、体は山の奥の土となるだけだ」(7)。もしそうできるのなら、それで十分だ。

七

私はすでに言った。私はこれまで最大の悪意によって中国人を推測するのをはばからなかったと。だが今回はいくつか私には意外なことがあった。一つは当局者がこんなにも残忍であったこと、一つはデマを流す者がこんなにも下劣であったこと、もう一つは中国の女性が危険に直面しながらもここまで従容としていたということだ。

私が中国の女性の仕事ぶりを目にしたのは、去年に始まる。少数ではあったが、有能で断固とした態度、何度挫折しても屈しない気概をみては、幾度となく感嘆したものだ。今回、銃雨の中でもたがいに助け合ったこと、みずからの命を犠牲にすることもかえりみなかった事実は、中国の女性の勇気が、陰謀秘計にあい、抑圧が数千年にわたろうとも、ついに消滅することのなかった明白な証拠とするのに十分だ。もし今回の死傷者の将来に対する意義を追い求めようとするなら、それはここにあるだろう。

かりそめに生きる者はうす赤い血の色の中で、かすかな希望をぼんやりと目にすることができるだろう。真の勇士は、いっそう奮いたって前進するだろう。

ああ、私には言葉がみつからない、ただこれをもって劉和珍君を記念する!

四月一日

訳注

(1) 劉和珍(一九〇四―二六)は北京女子師範大学英文系(「系」は日本の「学科」に相当)、楊徳群(一九〇二―二六)も同大国文系に在籍する女子学生で、ともに北京で起こった三・一八事件(解説参照)の犠牲者である。

(2) 程毅志(北京女子師範大学教育系学生)のこと。

(3) 魯迅の編集による雑誌。一九二五年四月二十四日北京で創刊。

(4) 楊陰楡(?―一九三八)は二四年に北京女子師範大学の女性校長に就任するが、その専横的な態度は学生側の強い反発を招き、翌年一月には罷免運動がおこった。その後、強力な政治的後ろ盾を得た楊は五月七日の国恥記念日(一九一五年の日本による二一か条要求の最後通牒が発せられた日)に講演会を開くものの学生側の抗議によって失敗、翌々日その主謀者とみなし劉和珍ら学生自治会六名を退学処分にした。なお魯迅は二十七日にこの処分に反対する声明を他の教員六名と連名で発表している。

（5）張静淑（一九〇二―七八）は北京女子師範大学教育系に在籍する女子学生で、事件の際に負傷し病院に運ばれた。

（6）原文は「八国連軍」。もとは義和団事件（一九〇〇）の際に北京を占領した日本を含む八か国のことで、このとき段祺瑞政府に抗議したのは連合軍ではなく八か国代表団である。

（7）陶淵明（三六五―四二七）のこと。引用の詩は「挽歌詩」の「其三」にある最後の四句である。

◉解説

本作「劉和珍君を記念する」（原題「記念劉和珍君」『語絲』第七四期）は、一九二六年三月に北京で起こった三・一八事件を背景としている。事件の概要は次のとおり。十二日、日本は天津港口の大沽口《たいここう》で馮玉祥率いる国民軍と軍事衝突を引き起こし、十六日には義和団議定書（辛丑和約）を口実に他七か国外交団との連名で、北京の段祺瑞政府に対し天津周辺からの国民軍の撤退等を要求する抗議書――最後通牒を突きつけた。十八日、これに憤慨した市民・学生二千余名が国民軍支持・中国の主権回復等の旗幟を掲げ天安門前で集会を開き、国務院前まで請願デモを行ったところ、突如軍警が発砲し、結果四十七名の死者と一五〇余名の負傷者を出す惨事となった。当時魯迅は北京女子師範大学の講師も務めており、犠牲者の一人である劉和珍はかれの教え子であった。魯迅は事件によって流された血の凄惨さを正視しつつ、政府の非道に対する激烈な怒り、そして劉和珍への悲痛なまでの哀悼を強靱な筆致で綴っている。本作の直前に書かれ、やはり三・一八事件に言及した「花なきバラの二」（一九二六年）とともに、魯迅のストレートな感情を露わにしている点で異色作となっている。

（戸井久）

丁玲

国際女性デーに思う

丁玲（ディンリン／ていれい）（一九〇四―八六）。湖南省臨澧県の地主家庭出身。幼時に父を失い、教師となった母の手で育つ。五四運動で男女共学・断髪などの活動に参加後、上海の平民女校や上海大学に学ぶ。その後、北京で詩人・胡也頻と同棲。一九二〇年代末から「莎菲《ソフィ》女士の日記」などでモダンガールの性・恋愛・仕事・家庭をめぐる苦悩を描いた。三〇年胡也頻と左連に加わるが、胡が刑死。産後まもない息子を母に預け、中国左翼作家連盟の機関誌『北斗』を編集し「水」などの左翼文学を書いた。共産党に入党した翌三三年、国民党により逮捕・軟禁され、その原因を作った夫・馮達との間に娘をもうけ「転向」を疑われる。三六年共産党統治区へ脱出し、「慰安婦」を取りあげた「霞村にいた時」、新しいはずの農村家庭を扱った「夜」などの短編で、共産党治下の問題を描き出した。四一年党機関紙『解放日報』文芸欄の主編となり、「国際女性デーに思う」などの散文を書くが、短編とあわせ毛沢東から「暗黒暴露」と批判される。土地革命を描いた長編「太陽は桑乾河を照らす」が国外で評価され、人民共和国当初は文芸界要職につくが、五五年「反党集団」とされ、五七年の「反右派闘争」で粛清されて中国最北部での労働に従事。長く生死不明だったが、七九年文壇復帰し、八四年に最終的な名誉回復。復帰後も、『中国』誌を創刊し若手作家を発掘したほか、逮捕・軟禁時を率直に回想した「魍魎《もうりょう》世界」や、「大右派」として批判されていた日々を綴った「風雪人間《じんかん》」などを多数執筆。

なるのだろう。

「女性」という二文字は、いつの時代になったら重視もされず、ことさら取りあげる必要もなくなるのだろう。

年ごとにこの日を迎える。毎年この日に、ほぼ全世界の各地で集会があり、パレードが観閲される。延安では、ここ二年はおととしほど賑やかではないが、やはり何人かがそのために忙しくしている。大会が開かれ、演説する人がいて、声明電報や文章も発表されることだろう(1)。

延安の女性は、中国のほかの地の女性より幸せだ。大勢の人が羨ましげに、「粟ばかり食べてるくせに、なぜ女の同志はあんなに顔色よく太っているんだろう」とさえ言う。病院でも療養所でも診療所でも、女性の占めている割合が大きいのだが、それは不思議には思われないらしい。だが、延安の女性は今でもあらゆる場で、もっとも興味深い話題とされる幸運を免れがたい(2)。しかも様々な女性たちが、当然のそしりを受けることとなる。それらの非難はみな重大で的確なものらしい。

女の同志の結婚は永遠に注目され、飽きられることがない。ひとりの男性と親しくしてはならず、ましてや何人もと親しくなってはならない。画家たちからは、「相手が科長でも嫁に行く気か」と皮肉られる。詩人たちも、「延安の指導者は馬に乗る連中だけさ。芸術家に指導者はいないよ。延安では、芸術家はきれいな恋人を手に入れられないんだ」と言う。ところが彼女たちは、場合によってはこんな訓辞も聞かされる。「くそっ、俺たち古参幹部を馬鹿にしやがって。田舎者だと？俺たち田舎者がいなけりゃ、延安へ粟を食いに来れたのか！」。しかし、女はやはり結婚しなくてはならない（結婚しないのはもっと罪悪で、いっそうデマの対象となり、永遠に侮蔑されるだろう）。お相手は、馬に乗っている人でなければ草鞋《わらじ》履きの人、芸術家でなければ総務科長だ。[3] 子供も生まなくてはならない。子供の運命もそれぞれだ。手のこんだ毛糸編みや色柄のネルにくるまれ、保母の胸に抱かれてる子もいれば、薄汚れた布で巻かれ、ベッドの端にほったらかされて泣いてる子もいる。母と父は、子供手当のおかげで大いに食えるが（毎月二十五元で、一二五〇グラムの豚肉に当たる）、もしその手当がなければ、肉になどありつけないかもしれない。いったい女性は誰に嫁げばいいのだろう。事実はこうだ。子供を持つことになった者は、必ずあからさまに皮肉られる、「家庭に戻ったノラ」と。[4] だが保母のいる女性なら、週に一日、健康的な社交ダンスを楽しめる。耐えがたい中傷も陰ではささやかれようが、彼女の行った先はどこも賑わい、馬に乗る者も草鞋履きも、総務科長も芸術家も、みんな彼女に視線を向ける。[5] いっさいの理論に関わりなく、いっさいの主義や思想とも、大会や演説とも無関係だ。しかしこれらは、誰でも知っていて、口には出さないが、実際に行なわれている現実なのだ。

離婚の問題も同じだ。結婚する時にはたいてい、三つの条件が重視される。一、政治的に不純でないか。二、年齢や容貌がつり合うか。三、互いに助け合えるか。この三条件は、ほぼ誰もが満たしているのだが（ここには公然たる売国奴はいない。助け合うというのも靴下の繕いから、女性による慰めまである）、それでも一つひとつ点検されたに違いない。ところが、離婚の口実はきまって女性の「落後〈思想的に立ち遅れていること〉」だ。女自身が進歩せずに夫の足を引っぱるのは、もっとも恥ずべきことだと私は思う。しかし、彼女たちがなぜ「落後」したのかを考えてほしい。結婚前には雲をも凌ぐ志をいだき、つらい闘争を生き抜いてきたのだが、生理的欲求と「互いに助け合おう」という甘い言葉で結婚すると、苦労の多い「家庭に戻ったノラ」とならざるをえないのだ。ひたすら「落後」の危険を恐れ、あちこち奔走して、厚かましく託児所に子供を頼みこんだり、子宮摘出を求めたり、処分を覚悟し命の危険を冒して、こっそり堕胎薬を飲んだりしている。だが、彼女たちへの返事はこうだ。「子供を育てるのが仕事じゃないか。楽ばかりして、高望みしているが、なにか素晴らしい政治工作でもしたことがあるのかね。子供を生むのを嫌がって、生まれたら責任を持とうともしない。誰が結婚しろと言ったかね?」。こうして彼女たちは「落後」の運命となる。能力のある女性が、自分の仕事を犠牲にして良妻賢母となった時、褒められないこともないが、十年もすれば、「落後」の悲劇を免れないのは必定だ。たとえ今日、一人の女である私から見ても、こうした「落後」分子はたしかに可愛い女ではない。肌には皺が寄りはじめ、髪が薄くなり、生活の疲れが最後の愛嬌まで奪っている。そんな悲運に遭うのは、当然の報いらしいが、旧社会でなら、憐れとか、薄命とか言ってもらえたものが、今日では自業自得、いい気味とされる。離婚が一方の提起だけでいいのか、双方の同意が必要なのかを、法的にまだ議論しているそうではないか(6)。離婚のおそらく大半は男から持ち出されるが、仮に女が持ち出したなら、それ以上に不道徳なこともしているはずとされ、まったく女が呪われて当たり前となってしまう。

私は自分が女だから、ほかの人より女の欠点がわかるつもりだが、女のつらさはもっとよくわかる。彼女たちは、時代を超えるような理想的人物ではありえず、鉄でできているわけでもない。社会のあらゆる誘惑や、無言の抑圧に抵抗しきれないものの、それぞれ血の涙がにじむ歴史を持っており、崇高な感情を抱いていたのだ（向上した者も転落した者も、幸運な者も不運な者も、孤軍奮闘中の者も低俗化した者も）。これは、延安へやって来た女性について言えば、なおさら疑いようのないことだ。だから私は、罪を犯した女性すべてを、大きな寛容の心で見守りたいのだ。さらに、男性ことに地位のある男性と、女性自身に、彼女たちの過ちを社会と関連づけて見てくれるよう望みたい。空論を避け、現実の問題を多く語り、理論と実際とを乖離《かいり》させず、どの共産党員にも自らの身を修める上で責任を持ってほしいだけだ。

しかしながら女性たち、とりわけ延安の女性にも少し望みたい。自己を励まし、友人たちを励ますためにも。

世の中では、無能な人間にすべてを勝ち取る資格のあったためしがない。だから女性が平等を得たいなら、まず自分を強くしなくてはならない。これは私が言うまでもなく、誰でもわかっていることだ。しかも今日は誰かが、「まず我々の政権を獲得しよう」といった立派なことを演説するだろう。(7) 私は、同じ陣営の一員として（プロレタリアートでも、抗戦でも、女性でもいいが）、毎日注意しなくてはいけない事柄だけを語ろう。

第一に、病気にならないこと。節制のない生活は、ロマンチックで、詩的で、愛すべきものにも思えようが、今日の環境にはふさわしくない。自分以上に自分の命を愛してくれる人はいない。今日では、健康を損なうこと以上の不幸はない。健康だけがいちばんの友だから、よく気をつけ、大事にすること。

第二に、自分を愉快にすること。愉快な心にだけ青春や活力が宿り、生命力が溢れ、どんな苦難にも耐えられると感じ、前途が開けて楽しみが生まれる。愉快とは生活に満足することではなく、闘いがあり進取の気性があることだ。だから、毎日意義のある仕事をし、本を読み、人に何かを与えるべきで、怠惰でいては生命力が空になり、疲労や枯渇を感じるだけだ。

第三に、頭を使うこと。もっとも良いのはそれを習慣にして、思考せず流れに任せる欠点をなくすことだ。ひとつ話をするにも、ひとつ事をなすにも、正確かどうかを考えるのがいちばんだ。処理が適切か、人としての原則に背いていないか、自分に責任が負えるか。そうすれば後悔しない。つまり理性的にということだが、そうでないと騙されたり、甘い言葉に目が眩んだり、小さな利益に惑わされてしまい、情熱を浪費し、生命を浪費し、煩悶から逃れることができない。

第四に、苦しみに耐える決意で、最後までやりぬくこと。現代に生まれた自覚ある女性なら、バラ色の夢、甘い夢などいっさい見ないと心を決めることだ。幸福とは、暴風雨の中で格闘することで、月の下で琴を弾き、花の前で詩を吟じることではない。最大の決意がなければ、途中で脱落することになろう。悲惨になるか堕落するかだ。やりぬく力は「持続する」中で養うしかない。大きな抱負がない人には、目先の利益や安楽さに負けない忍耐力が備わりにくい。抱負とは、自分のためでなく、真に人類のためを思う人だけが持てるものだ。

一九四二年「国際女性デー」の朝に

追記：文章を書きあげて自分で読み返すと、望みに関する部分はまだ意見があるが、原稿の締切りが迫っていて整理しきれない。また、こうも思う。同じことを指導者が大会で話せば、痛快に感じる人もいるだろう。だが女の筆で書かれたものだと、なかったことにされてしまうかもしれない。しかし書いた以上、やはり共感してくれる人たちに読んでもらおう。

訳注

(1) 三月八日の国際女性デーは、女性解放と平和社会建設のための国際的記念日。一九一〇年に設けられ、中国では国共合作期の二四年に記念活動が始まった。延安では、三九年三月八日に記念大会が開かれ、毛沢東ら首脳や、孟慶樹（王明夫人）ら中共中央婦女委員会代表が出席し、毛沢東が演説。丁玲は大会主席団に選ばれた。四〇年は三月十六日に開催され、連日話劇を記念上演し、毛が演説したという。丁玲は模範女性に選出された。

(2) 日中戦争期、共産党が支配する「解放区」の中心地・延安には、文化人・学生・青年などが抗日に参加しようと全国から参集し、党傘下の諸機関に配属された。丁玲も三六年末に「解放区」入りした。女性も少なくなかったが、四一年前後の男女比は十八対一とされる。延安は貧しい地で、衣食住などの生活条件は厳しく、支給される主食の中心は粟だった。

(3) 延安の生活条件は地位によって差があり、馬を支給されるのは党や軍の高級指導者に限られた。男女とも軍装に統一され、布靴を入手できる者もいたが、諸機関に配属された一般人には、草鞋しか履けない者も多かった。総務科長は、各機関の人員の衣食住手配などをする実務責任者。

（4）ノラはイプセン『人形の家』のヒロイン。五四運動期に胡適は、中国の女性がノラにならって「自立」し、旧い「家」を出るよう呼びかけた。一方で魯迅は、経済的裏打ちのない家出は「堕落するか、家に戻る」ほかないとした。のち、「自立」したはずの女性が結婚して家事・育児に縛られると、「家庭に戻ったノラ」とそしられることとなった。

（5）丁玲「談創作」（一九八四年）『丁玲全集・第八巻』（河北人民出版社、二〇〇一年）によれば、これは江青を指すという。上海の女優だった江青は三七年延安入りし、翌年毛沢東と結婚した。毛のそれまでの夫人・賀子珍は、三七年末に「病気治療」のためソ連に去った。

（6）共産党支配区では婚姻条例が制定されて「離婚の自由」が謳われたが、男性農民や軍人の反発もあって一部修正され、延安を含む陝甘寧《せんかんねい》辺区では四二年末に「離婚処理法」が出された。

（7）四二年の国際女性デー記念大会は三月八日に開催された。朱徳が演説し、女性の「生産参加」を提唱した。丁玲は女性たちから求められて壇に上がり、「不満は出すべき、仕事もするべき。皆が農村に入り、まじめに仕事をするよう呼びかける」と語った。

◉解説

原題は「三八節有感」、一九四二年三月九日『解放日報』文芸欄第九八期掲載。七日に編集の陳企霞から女性デー記念の文を依頼され、離婚問題への女たちの不満を訴えるべく、八日朝までに書きあげたという。女性と民族の解放をめざし延安に集まった女たちが、共産党指導層からも差別を受けて苦しむことを、皮肉まじりに告発し、同性としての励ましを送ったもの。張聞天の「創作の自由」の主張などで、前年の延安は「思想活発」となり、丁玲も「我々には雑文が必要だ」を書いて、魯迅の「雑文」を受けつぐ批判精神を提唱。『解放日報』文芸欄も四二年三月まで、王実味「野百合の花」などの現実告発文を掲載した。ところが前月に整風運動が始まると、王実味はまもなく厳しい批判に遭い、四七年に処刑された。本作も発表後すぐに賀龍・王震から非難され、丁玲ものちに整風運動中の「文芸座談会」や、続く康生のスパイ摘発運動などで批判・取調べを受けるが、毛沢東の「丁玲と王実味は違う。丁は同志で王はトロツキー派だ」の言葉で自己批判が認められたという。また整風運動に先行して、それまで王明が指導していた女性運動への批判が開始され、四三年二月の「四三年決定」に至ると、毛沢東が「女性の生産参加」という新方針を打ち出す。この方針転換の中で、本作がやはり批判を浴び、女性運動は党への従属を強要され、生産参加以外の解放活動はタブー視された。五七年の「反右派闘争」になると本作は、共産党治下の問題を描いた「霞村にいた時」などと共に「毒草」とされる。そして、毛沢東執筆の「編者按語」を付して『文芸報』五八年第二期に再掲され、さらに、「毒草」を批判する評論と共に『再批判』（作家出版社、一九五八年）に収録された。

（江上幸子）

孫犁

采蒲台の葦

孫犁（スン・リー／そんり）（一九一三―二〇〇二）。河北省安平県に生まれ、南に葦原の広がる村で育つ。革新的な教育がなされていた保定で中等教育を受け、内外の現代文学に親しみ創作を始める。北京で小学校教員などを勤めた後、郷里近くの小学校へ赴任する。一九三七年盧溝橋事件後、抗日宣伝工作に参加し、詩歌創作や演劇活動、ミニコミ編集に力を注いだ。三二歳で延安へ行き、郷里の湖沼を舞台に村人と日本軍との戦いを「荷花淀」などに綴って『解放日報』に発表し、高い評価を得た。湖沼で生を営む庶民、とりわけ女性たちの強靱な精神をすがすがしく描いている。それらは、のちに小説散文集『白洋淀紀事』（五八）にまとめられ、詩的小説とも評された。日本が降伏した後、郷里に戻り土地改革に参加して「富農」に区分される。四八年からは天津に配属され、天津日報社や作家協会で後進の育成にも力を発揮したが、「村歌」などの創作がプチブル的だと批判され、五六年『鉄木前伝』発表後は精神的な病の療養に入り、続く文革期もほとんど筆を執れなかった。文革後は、古典文学論や読書雑記、回想記など、文言を交えた独自の文体によるエッセイで旺盛な創作活動を展開した。

白洋淀《バイヤンディエン》に着いて、まず受けた印象は、水が葦をはぐくみ、人々のくらしが葦とともにあることだ。ここはどこもかしこも葦、人と葦とがぴたりとよりそっている。人はまるで葦原に生息する鳥のように、ひがな一日ひっきりなしに葦原を行き来している。

葦にもそのしなやかさ、堅さ、もろさによって、それぞれの使い道があるのだと、私にも分かってきた。葦の種類のうち、大白皮《ダーバイピー》と大頭栽《ダートウザイ》は白くて大きいので、オンドルに敷くレース模様のござに編む。正草《ジョンツアオ》は強いので、屋根を葺いたり、家の補強に使うことが多い。白毛《バイマオ》は、見かけはきれいだが、火にくべる燃料にするしかない。仮皮《ジアピー》は、篭に編んで魚とりに使う。

時節が早かったので、湖沼の氷はまだ溶けきっていない。葦の根は凍てついた泥の中に埋まっており、大葦の海原は見られなかった。湖沼のほとりを歩きながら、五月であれば、葦の世界であろうと思い描いた。

村では刈りとられた山積みの葦が、女性たちの手の中でしなやかに身を翻している。遠くからの砲声がたえまなく聞こえてきて、人民の心の傷は完全には癒《い》えていない。葦沼とは、ひとつの風景であるばかりでなく、硝煙の臭いと、数知れぬ英雄たちの血の記憶に満ちた場である。ただ葦だけだったら、ただ美しいというだけだったら、華北の名勝にはならなかっただろう。

ここは英雄の事跡にあふれていて、ひとつひとつ語りきれないほどである。どの葦沼にも、かならず英雄談がある。敵の砲火が、かつてそれを踏みにじり、それは何度となく焼き尽くされたが、人民の血がその清らかさを保ちつづけた。

最良の葦は采蒲台《ツァイプータイ》に産する。あるとき、采蒲台で、八路軍の幹部十数人と村中の男女が敵に包囲された。それは冬のこと、刈り取るばかりの大葦沼を前にして、人々は氷上に囲まれた。敵が捜索する。幹部の中には銃を持つ者もおり、最後の戦いで血を流す時がついにきたかと覚悟した。すると、女たちが胸に抱いた幼子をこっそり手渡し、幼子のズボンの打ち合わせの中に銃を挿しこむよう幹部にささやいた。捜索が始まり、今度は幹部が幼子を女性に手渡した……十二人の女性が期せずして同じ行動に出た。恨みはひとつ、愛もひとつ、知恵もひとつだ。

白洋淀　采蒲台の葦の舞台

銃を隠し通し、危機を乗り越えた。このとき、四十あまりの男がひとり、葦沼から葦を刈り取り戻ってきたところを、敵に捕まった。敵が問う。「おまえは八路か？」「ちがう！」「村に幹部はいるか？」「いない！」。敵は男の首の片側を切りつけ、重ねて問う。「おまえは八路か？」。男は首をかしげ、血が胸にしたたり落ちた。「ちがう！」「おまえの村は八路でいっぱいだ！」「いない！」

女たちはこらえきれず、一斉に声をからして叫んだ。「いない！いない！」

敵は男を殺し、男は氷上に倒れた。血が凍結した。血は揺るぎなく、死は屈せぬものだ！
「いない！　いない！」
その声はいつまでも葦沼に響きわたり、いつまでも白洋淀人民の耳に響きわたり、次の世代へ、私たちの子孫へと伝えられていくことだろう。短くも力強いこの二句のフレーズをいつまでも記憶にとどめよう！

一九四七年三月

◉解説

原題「采蒲台的葦」、『孫犁選集・第三巻』（百花文芸出版社、一九八一年）より訳出。本編は一九四七年『冀中導報』に掲載され、『農村速写』や『白洋淀紀事』に収録された。中国の国語（語文）教科書にも採用されている。

河北省には太行山脈を水源とする河川の水が織りなす大小百余りの湖沼が広がっており、このうち最も大きな白洋淀がその総称となっている。采蒲台は、白洋淀の東南にある島々からなる村で、蒲と葦の産地として名を馳せる。日中戦争では激戦区となり、八路軍（日中戦争を闘った中国共産党軍の通称）が主導するゲリラ戦が展開された。

葦と人とを二重写しにする視覚的な表現と、短いエッセイをさらに凝縮するフレーズの音の効果によって、緊迫感をもちつつ、自然の営みと人の精神の永続性をひとつのイメージに結んでいる。日々の暮らしを守るために闘った名もなき英雄たちの事跡が痛みとともにあることを今に伝えるエッセイである。

（加藤三由紀）

聞一多

儒・道・土匪について

聞一多（ウェン・イードゥオ／ぶんいった）（一八九九―一九四六）。詩人、学者。本名は聞亦多、清華学校時代の一九二〇年に一多と改名した。湖北省浠水県の人。六歳で私塾に学び、四書などの伝統的な教養を身につける。幼少から詩詞、美術を愛好した。武昌両湖師範附属高等小学校、国民公校及び実習学校を経て、一二年清華学校に入学。五四運動に投じ該校の情宣活動に携わり、その学生会の代表に推挙され、上海で開催された学生聯合会に参加する一方、文芸活動にも熱意を注いだ。二二年米国に留学。シカゴ美術学院、コロラド大学で美術を修めながら、新詩の研鑽を積み、二三年に第一詩集『紅燭』を出版。二五年に帰国。徐志摩らと親しく交わり新月社を結成した。二八年第二詩集『死水』を出版。新詩の形式の緩さに飽きたらず、格律詩を唱えた。国民革命時に武漢革命軍政治部の文化部門の工作に関るも、間もなくこれを辞し、武漢、青島の大学で教鞭を執った後、清華大学中文系教授となり、古典文学の研究に専念する。日中戦争中は、清華大学が北京から昆明に移動し、同じく昆明に移った北京大学、天津の南開大学と合併して発足した西南聯合大学で教壇に立った。この間、国民党の腐敗に憤り民主同盟に参加し、戦後も国民党を批判し続けた。四六年民主的な愛国者だった李公樸暗殺に抗議する集会で演説した直後、自らもテロリストの凶弾に倒れた。

医師は診療するにあたって、しばしば観察する期間を置く。病状がかなり重くなり、症状が充分に現れるまで、正確で有効な診断を下すのは不可能なものらしい。しかも、患者の方も、たいていは、持病であればあるほど、病気であるのを隠し、治療を受けるのを忌み嫌うものだ。それ故、病状が重くなり、症状が現れ、病を隠すに隠しようがなくなり、治療を忌み嫌っていられなくなりでもせぬ限り、診断を受け入れるのを肯んじえぬのである。

事ここに至ったからには、私の思うに、銭穆教授(1)の如き、最も頑迷なる医療忌避派であっても、中国が病気に罹り、しかも病状の深刻さと症状の顕著なるは、たぶん如何なる歴史上の記録にも勝っていると認めざるをえなかったのだろう。かくあればこそ、医師たちが診断を下すのに、今日は最も機が熟しているのである。

従来、「傍観者の眼は清んでいる」と言われてきたように、今回、最も卓越した診断が一人の英国人によって下されたのは、むべなるかなである。それは、ウェルズ先生(2)の観察から得られたものである。

> 「ほとんどの中国人の精神の中では、一人の儒家、一人の道家、一人の土匪とがみつどもえに争っている」(「人類の運命(3)」)

彼の診断の正確さのために、私は、八十歳の高齢になろうとしている、この医師に敬服するばかりか、彼が私たちのために病源をつきとめ、救済の希望を、少なくとも半ばは保証してくれたことに感謝する。正確な診断がなければ、適切な治療を語れぬのだから。

しかし、私たちのウェルズ先生に対する支持は、まったく留保なしということではない。私はこう考えるのだ。「儒家、道家、土匪」を「儒家、道家、墨家」或は「盗人、詐欺師、土匪」と言い換えたとしても、ウェルズ先生の原意を損なわぬばかりか、おそらくそれを補強するだろう。何となれば、このように言えば、ウェルズ先生よりも中国の歴史と文化を知悉しているあの人々に、いっそう理にかなっていると思わせ、それ故に、些かなりとも抵抗なく受けいれさせられるからである。

まず、盗人と土匪について述べる。この二種類の人の流儀の違いは、前者が巧妙に盗み取るのに対して、後者が強奪することにしかない。「巧取豪奪」[4]という成語は、韓非子の名言、「儒は文を以て法を乱し、俠は武を以て禁を犯す」[5]を用いて説明できるではないか。俠とは堕落した墨家ではなかったか。「詐欺師」をもって道家を代表させるのは、当初、私は、その称号の妥当性を疑わしく思ったが、結局は用いた。「無為にして為さざる無し」[6]は、取らざるところは無く、奪わざるところも無し、と言うに等しい。見たところ、何も取ったものが無く、何も奪ったものも無きがごとくであるが、これを詐欺と言わずに、何と言おう。盗人、詐欺師、土匪は異なる三種の行為を代表する人物であり、儒家、道家、墨家は、異なる三種の行為の理論を代表する人物である。鶏が卵を産み、卵から雛がかえるようにして、行為が理論を産み、理論がさらに行為を産むにもかかわらず、鶏を卵だと言い張れぬ以上、理論と行為とを一緒くたに談じてはならぬ。だから、ウェルズ先生が、儒家、道家を土匪と同列に置いたのは、畢竟、範疇を一緒くたにする論理的な誤りを犯したということである。しかし、この点はともかく、ウェルズ先生の観察が、基本的な意義において、依然として正確であることにかわりはないのである。

歴史の発展の順序について言えば、儒、墨、道の順になる。儒、墨、道が中国文化の病源となった訳を知りたいのなら、私たちは、三派の思想がどのように産出されたのか、ということから説き起こさねばならない。

封建社会は、人類の物質文明がある段階にまで成熟した結果であり、しかも、それ自身、確かに、かなり安定した秩序を維持できたので、私たちの文化は、この安定に依拠して迅速な進歩が得られ、思想も生れはじめた。しかし、封建社会の組織は、元来が家庭の拡大であり、封建社会の秩序は、あの家庭における父権式の、上下関係からなる強制的な秩序であったから、その基本原則は、強権を第一とし、公理を二の次とするのがせいぜいだったのである。勿論、秩序は生活に必要な条件である。たとえ強権的な秩序であっても、秩序がないよりはましである。とりわけ、強権を掌握し、秩序を定めた上層階級にとって、あのような秩序は、この上もなく重宝だった。儒家の思想とは、上層階級の立場から、その秩序に与えた理論的な根拠だったのである。しかしながら、父権の下の強制的な秩序には、畢竟、些かの不自然さがあり、不自然なものは虚偽を免れず、偽りの秩序は、いずれ破綻をきたすものだ。墨家はここに眼をつけ、厳父の精神にかえて慈母の精神をもって秩序を維持したいと考えた。奈何せん、秩序が既に動揺してからでは、厳父にもこれを維持できない。そうであれば、まして慈母に維持できなどしない。息子が大人になれば、父親の言いなりにはできぬし、母親ならば、なおのこと言いなりにはできない。だから、墨家が失敗に帰したのは、時勢のしからしむところだったのである。

墨家は失敗するや、憤りにまかせ好き勝手に行動しはじめ、いわゆる遊侠が産み出され、そこで、秩序はますます解体した。秩序が解体した後、ある分子は家庭の存在の必要性を根本から疑い、そのあげく家庭という組織そのものも呪詛し、一人きりで逃げた。この類の分子が道家である。

一つの家庭の黄金時代は、夫婦が結婚して間もなくして、ほどほどの数の子供をもうけ、彼等が、皆まだ成人していない期間である。この時、父親が、かなり豊かな収入を保てているとするならば、家族は、当然、天倫の楽(7)に満たされる。たとえ、そうでなくとも、子供の数が少なく、分配が均しければ、それでもまだ楽しく過ごせる。万一、分配があまり均しくないとしても、どのみち、子供がまだ幼ければ、大きな揉め事は起きずにすむのである。しかし、事実はこうだ、一つの大家庭で、子沢山であるうえ、皆が成人すれば、利害が互いにぶつかり、これにもってきて分配がもともと不平等、父親は老衰しているか、既に死んでいるかし、あまり公平ではない長兄が家事を仕切っている場合、その結果が好いはずがないのは、推して知るべしだ。儒家は、長兄を唆し、父親の在天の霊という大きな帽子を被って、高圧政策を実行させながら、皆には黄金時代の追憶によって、各人の良心を掻き立たせ、あのようであれば、当時の秩序と、その秩序の中の天倫の楽は、当然恢復するだろうなどと宣うのである。彼には解っていなかった、当時の秩序が、本来は暫定的な一つの仮の秩序であり、その頃、人々が互いに争わず仲良くしていられたのは、当時の特殊な状況のお陰を被っていただけだということが。今や、状況は変化し、当然、馬脚が露見し、墨家の母性の慈愛の精神をもってしても、問題を解決するには不充分である。原因は、ひとえに、子供が大人となり、実際の利害の衝突が、ひたすら感情に訴えても解決できないことにある。このことは、前にすでに触れた。この点において、墨家の犯した誤りは儒家と同じであった。しかし、確かに墨家は、あの秩序における分配の不平等の、基本的な問題点を感じとっていた。これが、彼が後に好き勝手に行動する道に進んだ心理的な基礎なのである。墨家の本意は、均しきを原則とする秩序を実現せんとすることだったが、結局、好き勝手に行動する道に進むことは、秩序を破壊することである。旧い秩序を破壊することとしか見えず、新たな秩序を建設する具体的な方法が見えなかったために、人々から憎まれたのである。前述したように、秩序は生活に必要な条件であり、とりわけ、中国人の心理では、不公平な秩序であっても、まったく秩序がないよりはましだとされているからだ。

ここで、私たちは、墨家が失敗した理由が、まさしく儒家が成功した理由であったことを理解できるのである。道家は、根本的に秩序を否認したために、遁走した。これは、儒家にとっては、掣肘を加えてくる勢力が一つ減ったことで、いっそう都合よく感じられた。だから、道家の遁世は、実際には儒家の成功を手助けしたのである。道家は消極的に儒家を手助けしたので、儒家が道家に反対するのは、口先だけの、上っ面のことにすぎず、墨家に対するように、心底から悪《にく》み徹底的に拒絶することはなかった。儒家が勢力を得て、それの墨・道両家に対する態度は異なっていたので、上層の士大夫の間では、道家はまだ存在できたけれども、墨家は絶対に存在できなかったのである。墨家は士大夫の間に存在できなくなり、一転して遊俠となり、更に土匪に変じ、ますます下へ下へと沈みこんでいった。

攪乱分子である墨家がやっつけられ、上層には儒と道だけが残った。彼等は、もともと絶対に相容れないものではなかったので、今や、いっそう合作が可能となった。合作の方策は単純である。ここで、私が古書の一文を曲解するのをお恕し願いたい。『易経』に「肥遯《ひとん》す、利あらざるなし」(8)と述べられている。我々は、肥を本来の字義どおりに読み、「肥遯」を、肥えたら遯《のが》れることだと解してさしつかえなかろう。それは、ある一人の儒家が幾つかの「官」を歴任し、不正に利益を得て私腹を肥やしたらずらかり、どこかの別荘か山荘に逃げ込み、何とか居士、つまりは道家に変ずるということである。勿論、これは自己を利する最もよい方法となった。しかも、実際に「遯」れる必要すらなく、心理上、少々考えをめぐらせさえすれば、身は官界に置いていても、やはり「遯」れた状態でいられるのだ。いわゆる「身は魏闕にあれども、心は江湖にあり」(9)とか「大隠は朝市に隠れる」(10)だとかいうのは、儒・道の合作の中でも一段と高い境地である。このような合作における、儒・道融合の巧妙な使い分け方——権利がやってくれば、彼は儒の名分でもってこれを受けるが、義務がやってくれば、道家の資格で、本来、私は何にもかかわらないのですと言う——は、筆墨をもって形容できるようなものではない。このような情況の下で、彼等を盗人、詐欺師と呼んだとしても、濡れ衣を着せることにはなるまい。

「成ればすなわち王となり、敗れればすなわち寇となる」(11)、「鉤を竊《ぬす》む者は誅せられ、国を竊む者は侯となる」(12)。これらの古語に謂われる王侯に、「王侯に事《つか》へず、その事を高尚にす」(13)る道家も含めれば、いっそう中国文化の精神を代表させることができる。事実上、成語では道家まで罵ってはいないが、ずばりと道家の手段の巧妙さを表現している。極悪非道の程度を言えば、土匪は盗人に及ばず、盗人は詐欺師に及ばぬ。つまり、墨は儒に及ばず、儒は道に及ばぬということだ。ウェルズ先生は三者を列挙した時、墨と言わずに土匪と言ったが、それはおそらく、外国人が中国に来て、貧しく辺鄙な地方をめぐりたがり、土匪に馬鹿を見させられる機会がことのほか多かったので、とりわけ彼等に激しい憎しみを覚えているためであろう。中国人にしてみれば、三者のなかで、実は土匪が最も正直で、それ故、最も防ぎやすいのである。歴史から見れば、土匪の前身は墨家であるから、動機も最も公明である。今、国内では、盗人と詐欺師は儒道の旗幟の下、日々匪の包囲殲滅に明け暮れ、国外の人士までもが付和雷同し、口誅筆伐を加えている。これは、実際、公平を欠いている。しかし、私は、これがウェルズ先生の本意ではないと知っている。何故なら、彼等の本国において、ウェルズ先生の同情は、ずっとあのような人たちに注がれてきたからである。

　話題を元にもどせば、土匪は畢竟中国文化の病である、正しく盗人、詐欺師が中国文化の病であるように。ひいては、ウェルズ先生が診断をされた時に、土匪のほかにあの二つの病源——儒家と道家——を忘れなかったことに、私たちは感謝せねばならない。ウェルズ先生は『春秋』の筆法を用いて、儒・道を土匪と同列に置いた。これは、彼の幾多の偉大な貢献に加えられた、もう一つの貢献である。

訳注

（1）国学者。北京大学、西南聯合大学で主に史学を講ずる。『国史大綱』（一九四〇年）などの著書がある。

（2）Herbert George Wells（一八六六―一九四六）イギリスの作家、歴史家、教育者。空想科学小説『タイム・マシーン』（一八九五年）、『透明人間』（一八九七年）、『世界史体系』（一九二〇年）など多くの著作を残した。

（3）『人類の運命』原題は“the Fate of Homo Sapiens”。出版は一九三九年。

（4）騙したり、力ずくで奪い取る。

（5）「儒家は文治を標榜しながら、それがかえって国を混乱させ、俠客は武力を用いて法を破ること」をいい、儒家を批判するとともに、俠客を重く用いてはならないと戒める。

（6）出典は『老子』。「無為であれば、すべてが道にかなって行われる」。「無為」は「人為を排して天地自然の理法に従うこと」をいう。

（7）李白「春夜宴桃梨園序」などに見える語。「家族が宴につどう喜び」をいう。「天倫」は自然にそなわる人の順序、親子・兄弟のこと。

（8）普通は「自得した隠遁者は何事もうまくやっていける」と解釈される。「肥遯」は「ゆったりと隠遁し自得していられること」を意味し、隠遁者を讃える語として用いられた。「肥」は、「ゆったりと余裕のあること」、「遯」は「遁」の異体字。本文の作者は、『易』の「肥遯」の伝統的な釈義に従わず、その意味を否定的に読みかえている。「肥」は、本来の「ふとる／ふとらせる」、「こえる／こえさせる」という意味から派生して、「不正な収入でこえふとらせる」の意味でも使われる。

（9）本文中では『荘子』を出典とする「身は江海（江湖）にあれども、心は魏闕にあり」という成語の「江湖」（江海）と「魏闕」が入れかわっている。「魏闕」は宮城の門。その下に国の法令を掛けたことから転じて「朝廷」を意味する。「江湖」は隠遁している場所を意味する。成語は、隠遁者が官界への未練を断てないことへの風刺として使われる。作者は、上記の二語を入れ換え、官職に就き、その地位を利用し私腹を肥やしていながら、俗塵に汚されぬ高潔を装う儒家の像を描く。

（10）「真の隠者は、山林に隠棲せずに人で賑う繁華な場所にいても、その身の高潔を保てる」ことをいう。「大隠」は、大悟した真の隠者。「朝市」は朝廷と市場、転じて人が多く集る繁華な場所、名利を争う場所を意味する。作者は真の隠者を讃えるこの語を逆用し、高潔ぶりながら俗世の名利を求める隠者の欺瞞をつく。

（11）「成功すれば帝王となることができ、失敗すれば賊とされる」ことをいう。成功すれば何もかも好いとされ、失敗すれば何もかも悪いとされる理不尽な扱いの喩え。

（12）出典は『荘子』。「たかだか鈎（帯留め）を盗んだぐらいのことでこそ泥は処刑されるのに、国を簒奪した大盗賊が高官貴人と敬われること」をいう。

（13）出典は儒家の経典の『易経』。「王侯に仕えずに、隠遁して自分の生き方を高潔にすること」をいう。

◉解説

「儒・道・土匪について」は、一九四四年七月二十九日、昆明『中央日報』第二版「周中専論」欄に掲載された。作者は、『易経』、『老子』、『荘子』、『韓非子』などの古典を引用し、儒・道・墨の関係を論じている。しかし、一読して明らかなように、作者は、学術的な関心から文献の厳密な考証を通じて三者の関係を明らかにすることを意図したのではない。それは、ウェルズと古典の文言から着想を得て、中国の政治、社会の構造的問題を剔抉し、結び近くの「国内では、盗人と詐欺師は儒道の旗幟の下、日々匪の包囲殲滅に明け暮れ、国外の人士までもが付和雷同し、口誅筆伐を加えている」という一文に集約されているように、日本の侵略をよそに、国難と立ち向かう勢力（中共など）を「匪」と讒謗しこれに攻撃を加え、自己の権力と富の温存をはかる統治者の堕落と欺瞞を批判の俎上にのせることにある。この意味で、「儒・道・土匪について」は、魯迅に代表される論争的な散文のスタイル「雑文」の系譜を引き継ぐ作品である。

（下出鉄男）

費孝通

復讐は勇に非ず

費孝通（フェイ・シアオトン／ひこうつう）（一九一〇―二〇〇五）。江蘇省呉江の人。東呉大学医科予科から燕京大学社会学部に転学。卒業後、三三年清華大学研究院に新設された社会学部に進み、修士の学位を取得。三六年英国に留学、ロンドン大学でマリノウスキーに師事し社会人類学を修める。マリノウスキーのセミナーで、ケニヤ独立運動の闘士であり、後にケニヤの初代大統領に選出されたケニヤッタと知りあう。三八年『江村経済』によって博士の学位を取得。帰国後雲南大学教授に就任、社会学研究室を設立し、農村で社会調査を行う。四三年米国政府に招聘され、一年間アメリカに滞在、雲南大学社会科学研究室の成果の英訳に従事する。四五年西南聯合大学に移る。同年、中国民主同盟に加入。四六年民主同盟員の李公樸、聞一多の暗殺直後、米国領事館に保護され、彼の身を案ずるイギリスの友人の計らいで再度渡英。四七年に帰国し清華大学に復職。翌年『郷土重建』、『郷土中国』を出版、大きな反響を呼ぶ。人民共和国成立後、少数民族の調査に従事、五二年には中央民族学院教授に就任。反右派闘争（五八）、文化大革命（六六）で批判を受ける。七八年以降、中国社会科学院民族研究所副所長、同社会学研究所所長を務めた。晩年に提起した「中華民族の多元的一体構造」論は、中国の諸民族を漢族中心の中国人に回収するものとして物議を醸した。

去年の今頃、政府要人の演説、談話から、新聞、雑誌の論文、報道、写真、挿絵やら、放送、映画にいたるまで、米国の政官界、民間をあげて、国内のあらゆる宣伝媒体が、同時に、日本の侵略者の暴行を暴くプロパガンダを組織的かつ計画的に始めたのを、私は憶えている。最初は、新聞紙上に、フィリッピンから逃げ帰ってきた数人の将兵が災難に晒された経験談を発表し、これに続き、雲が湧き昇るように次々と、人々の耳目を戦慄させる、凄惨きわまる様々な話しが、巧妙に、最も進歩したプロパガンダの技術を通して生々しく再現された。私は、このような映画を映画館で何度か眼にし、吐き気をもよおし最後まで見られなかった。読み通すに耐えぬ文章は、どこにでもあった。この大規模なプロパガンダは、すぐさま、大小の様々な集りや公私の談話に反映された。政府のスポークスマンは、日本が捕虜虐待を続けるなら、報復行動をとると警告した。津々浦々で、口を極めて「beast!」と罵るのが聞えた。初めて東京を空爆し、捕虜となった乗員が裁判にかけられる様子を描いた、あの映画Purple Heart(1)が中国に渡ったかどうか、私は知らないが、この映画を観たことのある人は、誰しも、たまらず「畜生、人でなし」と罵るであろう。

米国人の心根は、我々より神経が過敏なようだ。少なくとも、残忍さに対する彼等の嫌悪は、我々よりはるかに深い。我々のところでは、三十歳以上の人は大方、城門につるされた血まみれの生首を見たことがあるだろう。生首を晒し見せしめにする以上に残酷な体刑すら、まだ歴史上の遺物となったとは言えぬのである。酷刑が少なくなったのは、現に、この二十年来のことにすぎない。我々は子供の時から、かかる「蛮性の遺留」を見慣れ、心理上、いくらか免疫力がついたために、南京のような大虐殺が、我々の国民的な憎しみを喚起しなかったばかりか、この血塗られた舞台で、今もって、傀儡戯[2]を上演する者が存在するのである。これは、西洋文化の中で生れ育った人には、なしえぬことのようだ。たぶん、キリスト教の影響を受けたためであろう、彼等は幼い頃から、十字架上の惨状を用いて悪魔の悪行を説明する。だから、彼等は体刑に対して殊に嫌悪を覚えるのである。我々は、体刑を恣にすることについて、西洋人が我々よりはるかに重大に見ており、彼等にとって、酷刑による侮辱がこの上なく深刻なことであるのを否認できない。方法を講じて肉体的苦痛をやわらげようとするからこそ、現代医学に驚異的な発展があったのである。かかる伝統的な精神の背景から見れば、米国の一般人民の、日本の侵略者の暴行に対する反感のほどが想像できる。かかる伝統的な精神が存在するために、日本の侵略者の暴行を暴露した、あの時のプロパガンダは、あたかも雷の波動のように、どの人の心にも痙攣を生じさせ、憎しみが春の潮の如く全国に氾濫したのだ。幾千万の人々が歯を食いしばり、拳を握り締め報復を要求した。公債の売れ行きがにわかによくなった。Jap は Yankee と仇なす仲となったのだ。この深い憎しみのために、東京がいつの日か爆砕され廃墟となることは間違いない。

　米国人が日本の侵略者を憎むのは、開戦以来の一般的な現象である。憎しみの深さはしばしば私に、米国の日本に対する進攻がいくぶん復讐行為の気味があるように思わせた。米国で真珠湾事件の起きた日の状況を目の当たりにした多くの中国人の同学は、私とこの戦争について話す時、いつも、ジャップがアンクル・サムを怒らせなければ、今のように、太平洋で戦火が広がるだろうなどとは、誰も口にはしなかった、と話した。ある友人が、あの日の様子を再現してくれた。「僕たちが客間に坐っていると、突然、一人の同僚が階上から駆け下りてきて言った、日本が米国に進攻したって。部屋にいた者は、彼は気が変になったのだと思った。しかし、ラジオをつけて聞くと、間髪を入れず、アメリカ人の同学は勢いよく立ち上がり、まるで気が狂ったように通りに出て行った。時をおかず、屋外は騒然とし、天変地異でも起きたようだった。僕たちは、内心嬉しかった。日本は本当に大馬鹿野郎だ、アメリカを怒らせてしまったのだから。けれども、僕たちは外に出ようとはしなかった。僕たちが災難を喜んでいる、こう彼等に誤解されはしないかと心配したのだ。彼等は怒り、激しく飛び回っていた。歴史上、これまでなかった大きな恥辱を味あわされたのだから」

我々の眼中に戦争のことしかなければ、米国の、このような民心の昂りは、勿論、我々を安心させはする。米国の人民が日本の侵略者を憎む有様を見たことのある人は、きっと、米国の軍隊は東京に達するまで手をひかないと信ずるだろう。軍事的には、米国がレイテ島を占領したなら、日本の運命も決する。これは、東京の軍部自身が言っていることだ。レイテ島は日本の本土戦の前哨である。レイテ島を守れなければ、フィリッピン全土を守れない。フィリッピンが守れなければ、南洋の資源は全て失われ、長く伸びる日本の東の海岸線は丸裸となり、防ぐに防げない。それ故に、フィリッピンが落ちれば、日本の唯一の活路は講和である。現在、既に日本が降伏を望むかどうかではなく、米国が徹頭徹尾やるかどうかの問題なのだ。今や、米国の人民の積り積った憤りや復讐の心理が物を言う。この期に及んで、日本の降伏文書を受け取る政府は存在しない。それは、我々は懸念しないでもよい。

　しかし、この戦争において、米国人民の感情の成分が理智に勝っていることは、弱点でもある。復讐の心理は、この戦争の原因と戦いの目標を根本的に問いつめなくさせるのである。去年、米国の発動した、日本の侵略者の暴行を宣伝するプロパガンダにおいて、私が最も強い印象を残したのは、一般の人民が日本人を畜生と看做してから、この戦争の原因が日本人の本性の悪さから発すると感ずるようになっていたことである。本性が不良であることが世界大戦を惹起した原因であるのならば、また、天下のことがかくも単純だとすれば、狂犬に対処するのと同じように包囲攻撃し消滅させるほかない。すっかり消滅させることがかなわず、人の本性は変え難いのならば、我々は太平洋に長期の平和がくることは望むべくもなさそうだ。恨みの心理は戦争に役立つ。しかし、平和には無益である。復讐を目的とするのは、戦争自体を目的とすることにほかならぬ。しかも、恨みは戦争を引き起こしても、戦争によって恨みは取り除けぬ。互いに敵同士となれば、一方が消滅しおおせぬうちは、戦争が収束するはずがない。事実、日本の人民を殺しつくせるかどうかは、立証できない命題である。そこで、戦争のことしか眼中にない人でもない限り、今後の太平洋の新秩序を考える時、あのように、組織的に憎しみの心理を唱えることに対して、幾許かの警戒心を持たざるをえないだろう。復讐は勇に非ずとは、戒めの言葉であるかもしれない。

　友人の間でも、私は憎しみの心理を疑わしく思う論を開陳したことがある。彼等は私に警告した。戦争はそもそも残酷なのだから、我々は毒をもって毒を攻めるしかない、彼等が残酷なやり方で我々に臨む以上、我々も残酷なやり方で彼等に臨み、残酷なやり方が結局は無駄だと思い知らせるほかない、我々が穏やかな態度で残酷な相手に臨むなら、それは宋襄の仁(3)といったもので、逆に相手をつけあがらせる、と。当然、この言葉にも道理がある。私も、かの平和主義者さながら、復讐主義を唱えることに倫理的な観点から反対しようとは思わない。私が気掛かりなのは、ひとたび戦争の原因を人性の不良に帰し、戦いの目的を復讐と懲罰に置いてしまうと、我々は、この戦争の、そのほかの意義を見失うかもしれぬということなのである。私には、憎しみの心理と復讐行為とを唱えるプロパガンダには、感情を煽りたて公債の販売を促進することのほかに、別の狙いがあるのではないかとすら思える。その狙いとは、戦う者が理智を働かせ、この戦争の原因を追求するのを封ずることである。

この戦争によって、かくも多くの人々が、かくも深い苦しみを嘗めたのは何故なのか。私は、これは我々が問わねばならぬ問題だと信ずる。実は、問わねばならぬばかりでなく、およそものを考えられる人であれば誰しも、当然問うはずである。しかし、この問題を提起したなら、我々はこの戦争の原因を追求しなければならなくなる。その原因は、勿論、この戦争が起る以前の国際秩序に内包されている。どう解釈するにせよ、我々は、当然、戦前の国際秩序に対して疑問を抱くだろう。換言すれば、戦前の国際秩序に、かくも大きな苦しみを味あわさせられた以上、我々は二度とかような苦しみを味わうのを望まぬし、勿論、戦後に戦前のような秩序を受け入れるのも御免である。そこで、我々がどのような世界秩序を求めているかが、戦争に参加する人々が粗略にしてはならぬ問題となるわけである。

この一連の問題は疑いもなく思考を働かせずにおかぬ。これを思考することから導き出されるのは、必然的に戦前の情勢に対する否定であるはずだ。そこで、世界の秩序が改変されるのを恐れる人がいるとすれば、彼等は戦争に参加する人々の間にこのような考えが生じてほしくないので、策をめぐらして、これらの問題を最も単純な方式で抹消させねば安心していられぬのである。憎しみの心理を刺激し、復讐を戦いの目的とすることには、このような人々にとって、有効な使い道がある。何故なら、感情に衝き動かされるままになれば、人は戦争のために戦う戦争を安んじて受けいれるからである。

私は、米国政府自体が、戦前の国際秩序を変えることに反対しているとは言わない。しかし、戦いの理想の国際政治の原則に関る問題をめぐり、米国には進むことも退くこともかなわぬ苦しい胸の内があり、ますます引っ込み思案となっているらしい。開戦当初、ルーズベルト大統領は、この面で確かに積極的な精神を有していた。「四つの自由」(4)、「大西洋憲章」(5)の署名は、我々太平洋の対岸にいる者に新鮮な空気を感じさせた。米国は、軍事上、全力で同盟国を支援して勝利を勝ち取ろうとしているだけでなく、戦後の政治においても、リーダーシップを担い平和を打ち立てようとしていた。しかし、米国に来て政官界と民間の人士と接した後、私は本当に当惑せざるをえなかった。米国の人民は、内心は、このリーダーシップを受け入れてはいなかったのである。大西洋憲章は我々のところでは世を賑わせたものの、米国では、そもそも言及する人は稀だった。いつの頃からか、我々が生気と理想に富むと考えていた米国の人民も、異口同音に、三強四強などという旧い概念を用いて、現実政治において、見かけは新装された旧来のやり方を弄ぶようになったのである。最も私を不快にさせたのは、ある中学生の討論会に参加した時のことである。多くの生徒が私に、戦後、中国は勢力をマレー半島まで拡大したいのか、英国と利害が衝突するのだろうかなどと質問した。私はその時、本当にいたたまれなくなった。私は立ち上がり、おおよそ十五分あまり発言した。私は彼等に言った、米国の若者が「勢力圏」だとか「パワー・ポリティックス」だとかいう範疇で政治を論ずることから脱せられねば、間違いなく、私たちの次の世代の子供たちも、私たちの世代の苦痛を嘗めることになると私は確言します。更にこう話した。あなた方から出された問題は私を失望させました。というのは、我々中国の若者は、米国の若者に対して大きな信頼を抱き、あなた方が平和の理想のために奮闘できると信じているからです。私たちは、理想がすぐさま実現できないからといって、それを追求する価値がないと考えたり、あまつさえ、後戻りして私たちに血を流させた旧秩序を受けいれてはならないのです。

　過去の歴史、現在の立場から見て、米国の人民は当然熱心に戦いの理想と世界の新秩序を論じていそうなものだが、事実はそうではない。私は本当に理解に苦しんだ。政官界、民間にわたって、戦いの目的の検討が提唱されないばかりか、理想を果敢に提起した、ウィルキー(6)、ウォーレス(7)、ウェルズ(8)のような人々は、いずれも時を得なかった。ウィルキーの『一つの世界』（一九四三年）はベスト・セラーだったものの、彼は大統領選に出馬する資格を獲得できなかった。この本を書かなかったなら、彼はこのように敗北して死なずにすんだものを、と話す人さえいた。ウォーレスの『庶民の世紀』も売行きがよかった。だが、彼の政治的地位は不安定になってしまった。ましてウェルズのことは言うまでもない。私の皮相な印象の限りで言えば、米国の宣伝媒体を握っている人々は、復讐の手段や恨みの心理を操作することに力を注ぎ、そうすることで戦前の秩序の改変を引き起こす理想をすりかえたいと思っているらしいのだ。当然のことながら、このようなプロパガンダ政策が、あの若者たちの関心を、マレー半島の権益がいずれの強権に帰属するかということにむけさせるのである。

米国政府は、なぜ世界の政治に対する積極的な態度を示し続けないのか。目下の時点で、即ち欧州の政治の趨勢が、既に誰もこれを無視しえぬ時になって、ルーズベルト大統領は、「大西洋憲章」が引き続き有効であると再度表明した折に、喩えを一つ加え、この憲章の規定を『聖書』の十戒になぞらえ、目標として掲げはしたが、これらの原則は、すぐには実現できない、と間接的に認めたのである。このような彼の口調は、四年前の気魄とは実に対照的である。何故なのか。前に述べたとおり、局外から見ると、米国に理想を放棄し、パワー・ポリティクスの現実を受けいれざるをえなくさせた、進むことも退くこともかなわぬ、苦しい胸の内があるらしいのだ。この苦衷は、この戦争が幕を降す以前には、おそらく公に明らかにされることはなかろう。問いつめていけば、実は単純なことで、現在、枢軸国と交戦している団体の中に、戦前の旧秩序を回復したいと願っている非常に強い勢力が存在しているのである。集団的な安全保障の制度は棚上げにされ、相変らず、こぞって旧来の領土分割の保証と連盟方式の枠組の中で、地域的な集団を組織しているのだ。ナチの勢力が駆逐されて間のない地域で、既にして「内戦」がスペインの旧い公式に依拠して行われている。新秩序を受け入れるのを肯んじない勢力は、もともと早くから国際的に存在していて、今、それが表面化したにすぎない。当然、我々は憶えている、「大西洋憲章」が締結されて時をおかず、憲章は太平洋にも適用できるのかという問題が起き、引き続き、既存の帝国の秩序は改変しないとの声明が出されたことを。最近、連合国の指導者の中から、なんと「思想戦争」を回避するとの警告が出された。米国は、戦後の新秩序の新たな理想のためにふんばりたいと思っているのであろうか。旧秩序を維持しようとする盟友(9)の機嫌をそこねたくないのであろうか。旧秩序の世界のままで、全ての人民が四つの自由を享受できるなどと認めるのであろうか。四つの自由を享受できる新秩序を確立するといっても、この秩序は他の連合国に受けいれられるのだろうか。また、国内の人民の一致した支持を得られるのだろうか。米国内の新秩序に対する見解に分岐が存在するのだろうか。これら一連の問題が、米国政府の苦衷の所在なのかもしれない。

私が米国を離れて、半年がたとうとしている。この半年の間に、米国の人民にこれらの問題を解決する心構えができたのかどうか、それは私には解らない。この半年、私が米国にいた一年間と同じように、プロパガンダが恨みの心理ばかりを重視し、やはり復讐によって人民の戦う毅力を奮い立たせることを望んでいるのであれば、私の想像するに、米国の人民は、すっかり混乱したかに思われる、現今の世界の政治情勢にきっと戸惑いを覚えることだろう。政治上、彼等に連合国の領袖となる心構えがないのだとすれば、結果的に、彼等はこの戦争が名目もなく行われたことに気づかされるはずだ。不幸にして、「人のために花嫁衣裳を作らされていた」[10]と気づいた時には、彼等の戸惑いは憤りに変ずるであろう。目下の欧州の情勢は、再び米国の孤立主義を抬頭させるかもしれない。その時、米国政府の立場は、いっそう困難となろう。

欧州の教訓は、我々に極東の前途に憂慮を抱かせる。一年前、欧州の軍事上の帰趨に見通しがついていなかった段階では、政治上は極東と同じように平静だったではないか。来年になって、欧州の目下の情勢が極東で繰り返されない、と誰に断言できよう。しかし、アジアに限って言えば、我々には早めに備えをしておける余裕がまだ残っている。米国が、国際政治において、局外に身をおくことはできない。もし、消極的であれば、戦前の孤立主義の位置に回帰するほかない。積極的な行動をとるのであれば、私の思うに、まず国内の輿論を糾し、消極的な復讐の観念にかえて積極的な理想をもってあたるべきである。眼には眼を、歯には歯を、というのは原始人の公式である。二十世紀の現代の戦争は、新たな秩序を創造することを目標とすべきなのである。私は遠くを望み見て佇み、四つの自由を標榜する米国が、開戦時の積極的な精神、大きな勇気を恢復し、強権政治が復活しようとしている目下の趨勢を挽回するのを待ち望んでいる。我々は、いっそう残酷な第三次世界大戦を見るのはまっぴらである。残酷さを回避する道は報復することではなく、戦争を惹起する原因を根本から除くことなのである。日本に対しては、我々は、その社会構造を改造し、我々と平和裡に共存できる隣国を積極的に建設せねばならない。気兼ねから、ある勢力を大目に見れば、戦前の旧秩序に舞い戻り、現在よりもいっそう残酷な行為が、この世界で再び繰り返されるだろう。もとより、戦争は残酷なものであるから、残酷さを嫌悪する者は戦争を消滅させることから着手して、自己の理想に達するほかない。戦争を消滅させようとするのなら、我々は、今回の戦争を産みだした旧世界を否定せねばならない。愚昧を承知のうえで言わせていただけば、現在、第三次世界大戦の種子が、既にまかれようとしているのである。太平洋の対岸から、我々をほっとさせてくれる知らせが間もなく届きはしないかと、我々は待ち焦がれずにはいられぬのである。

一九四五年一月二十五日

訳注

（1）一九四四年公開のアメリカ映画、監督ルイス・マイルストーン。日本の捕虜となった米兵が、拷問にかけられるなど、不当な取調べを受けながらも、勇敢に裁判に臨む姿が描かれる。Purple Heart はアメリカ陸軍の名誉戦傷章の名称、ハート型に紫色の綬がつけられている。

（2）木製の操り人形を用いた芝居。転じて他人に操られる人物、組織の喩え。

（3）つまらぬ同情の喩え。

（4）一九四一年一月、アメリカ大統領フランクリンD・ルーズベルトの年頭教書に述べられた、「言論および表現の自由、信仰の自由、欠乏からの自由、恐怖からの自由」を指す。

（5）一九四一年八月発表された米英の共同宣言。領土の不拡大、国民の政体選択の権利の尊重と奪われた主権の回復、ナチスの打倒、恐怖と欠乏からの解放、武力使用の放棄と恒久的安全保障体制の確立などが唱えられた。

（6）Lewis Wendell Willkie（一八八二―一九四四）政治家。ニュー・ディール政策に反対し、一九四〇年、民主党を離れ共和党から大統領選挙に出馬し落選したが、対外政策をはじめ他の政策ではルーズベルト大統領を支持、非公式ながら特使に任命され、一九四一年から翌年にかけてイギリス、ソ連、中東、中国などを歴訪した。一九四三年に出版し、ベストセラーとなった『一つの世界』One World において、帝国主義や植民地主義からの自由を主張し、我々が自由を享受し、そのために戦いたいのならば、貧富の違い、彼等が我々に同意するか否か、人種や肌の色にかかわらず、それを全ての人々に拡げる覚悟をしなければならないと説いた。一九四四年、再度大統領選の出馬を表明した。しかし、共和党の指名を受けられず、新党を発足させたが、選挙活動中に心筋梗塞で没した。

（7）Henry Agard Wallace（一八八八―一九六五）政治家。もとは共和党員であったが、ニュー・ディールを支持して民主党に転じ、ルーズベルト大統領の下で農務長官に任命され、一九四〇年に発足した第二期のルーズベルト政権では副大統領に就任した。戦争によって帝国主義の時代に終止符が打たれるのを期待し、戦後も旧来の植民地の宗主権を維持しようとする英仏にアメリカが同調するのを防ぐとともに、ロシア革命を、アメリカの独立革命、フランス革命などとならぶ、光明を求める人類の偉大な進歩の一つととらえ、ソ連との融和をはかることにも尽力した。著書の表題ともなった「庶民の世紀」Century of Common Manという一句で知られる、一九四二年五月のスピーチで、「アメリカの世紀」の到来を唱える論調に、自国が帝国主義に向う危険性を認め、どの国も他国を搾取する権利はないと訴えた。しかし、戦勝の果実が特定の国家の、また限られた階層の占有に帰することに警鐘を鳴らし、「庶民の世紀」の実現を呼びかけたことで大衆的人気を得る一方で、政財界や保守派、チャーチルのような同盟国のリーダーの間に敵を作ることとなった。ルーズベルトの三選にあたっては、結果的に商務長官に任命されたものの、副大統領候補には指名されず、その職を継いだのはトルーマンであった。

(8) Herbert George Wells(一八六六―一九四六) イギリスの作家、歴史家、教育者。空想科学小説『タイム・マシーン』(一八九五年)、『透明人間』(一八九七年)、『世界史体系』(一九二〇年)など多くの著作を残した。フェビアン協会、労働党の活動にも参加した社会主義者であり、一九三〇年代には、世界政府を提唱した。

(9) イギリスのチャーチル首相とフランスのドゴール将軍。チャーチルとドゴールは、アメリカの脱植民地政策に対して、両国がそれぞれ有する植民地の宗主権の維持を強硬に主張、結局、ルーズベルトは譲歩した。

(10) 他人のために余分な苦労をさせられることの喩え。

◉解説

原題は「復讐非勇」。底本としたのは『費孝通文集・第三巻』(群言出版社、一九九九年)所収の「復讐非勇」。費孝通は、連合国の勝利が間近に迫り、祖国が日本の侵略から脱する日の近いことを歓迎しながらも、一九四三年から一年間滞在し、具に見聞した米国の輿論の動向を通して、米国の官民が、戦後もその植民地に対する宗主権を維持することを表明した英仏に譲歩し、大西洋憲章の精神から後退し、戦前の秩序が復活するのではないかと憂慮した。このような憂慮を強めたのは、欧米人(白人)の日本に対する輿論のあらわれた人種偏見であった。費は、本作の後に書いた「自由に境界があってはならない」で、フランス革命に発する自由と平等の理想はスエズ運河をこえて東方にはとどかないのかと、フランスのナチズムからの解放の英雄ドゴールが、日本から奪還したインドシナを再度フランスの支配地としたことに抗議している。中国知識人の第二次世界大戦観を伝える本作は、国民党の独裁政治と帝国主義に抗する立場を鮮明にしながら、中国共産党に接近していった民主同盟系の知識人の思想の軌跡を伝えているという点でも注目される。

（下出鉄男）

茅盾

故郷雑記

茅盾（マオドゥン／ぼうじゅん）（一八九六―一九八一）。浙江省桐郷県烏鎮に生まれる。本名は沈徳鴻、字は雁冰。一九一六年北京大学予科を卒業後、商務印書館編訳所に入り、通信教育の添削係から頭角を顕し、翻訳や編集に従事する。二〇年には上海共産主義小組に加入し、その後創設された中国共産党で宣伝工作と情報通信工作を担った。二一年に中国最初の近代文学団体・文学研究会の発起人となり、機関誌『小説月報』編集長を務め、評論と西洋文学の紹介を通して会の理論的支柱となった。第一次国共合作期には、武漢で大新聞『漢口民国日報』主筆となり、国民党左派と共産党の主張を宣伝したが、国共分裂後、三篇の中篇小説『幻滅』、『動揺』、『追求』（『蝕』三部作）を執筆した後、日本へ亡命。一年九ヵ月余り日本で暮らし、三〇年に上海へ戻る。左翼作家連盟（左連）に加入し、左連の行政書記を務める傍ら、左連機関誌『前哨』や、大型文芸誌『文学』、翻訳専門誌『訳文』の編集に携わる。また、三一年には中篇『路』『三人行』、三二年には長篇『子夜』を脱稿したほか、短篇「林家鋪子」「春蚕」を発表。三三年には「秋収」、「残冬」を発表し、「春蚕」、「秋収」、「残冬」（農村三部作）は、一九三〇年代の農村破産を題材にした作品流行の先駆けとなる。三八年には長篇『第一段階的故事』、四一年に同『腐蝕』、四二年に同『霜葉紅似二月花』（未完）、四五年の日中戦争終結後に戯曲『清明前後』を発表。その他、大量の短篇小説と散文、評論がある。四九年には中国文学芸術界連合会（文連）副主席、文学工作者協会主席、政治協商会議常務委員に就任。人民共和国成立後は国務院の初代文化部長に任命された。八一年三月、北京で死去。

一　一通の手紙

若き友へ

君に手紙を書くのは、これが最初になる。数千字の長い手紙は、私にとって例外中の例外、これまで一千字以上の長い手紙を書いたことはなかったが、いま筆をとってみて、私はこの手紙が長くなり、いままでの記録を更新するだろう予感がある。それというのも、今日になって、長い手紙を書く興味と時間が急に降ってわいたためだ。

友よ、君はこの手紙がどんな環境で書き出されたか、たぶん察しが付くだろう。私の故郷の古い家、夜が更けてみなが寝静まった後の、小さな灯りの下なのだ。故郷！　ここは人口五、六万の鎮《まち》で、中くらいの県城程度には賑やかだ。ここは「歴史的」な鎮でもあって、『鎮誌』によれば、宋代の「漢奸」秦檜の妻・王氏はこの土地の者で、鎮の某寺は梁の昭明太子・蕭統の勉学の地、鎮の東の某所は清代に『知不足斎叢書』を出した鮑廷博の故居である。それがいまや、この古い鎮はかなり衰え、農村経済破産の黒い影が、この鎮の市街に重くのしかかっている。

とはいえ、いま私は君にこの古鎮の全てを語るつもりはない。まずは今回の旅の見聞を書こうと思う。

友よ、私は君が上海のような大都市に釘付けになって、数条の理論や数枚の統計表、あるいは

「政治江湖十八訣[5]」のようなものを、日がな頭の中で捏ねくりまわすことのないようお勧めする。あちこちを旅し、経済や政治の中心である大都市以外の人生を見ておくのも、とても有益であり、君のような若い人には必要なことだ。私は元来旅行好きだが、近年は眼病と胃病が繰り返し悪さをするため、かかりつけの医者数人のもとを離れられず、上海から動けなかった。だから、今回は別に用事があっての帰郷ではあるが、私は嬉しく思ったものだ。

友よ、汽車の中の暇つぶしに、私がどんな本を持っていったかわかるだろうか。なんと「金聖嘆手批『中国預言七種[6]』」だったのだ！

烏鎮の風景

これは十九路軍が上海から撤退する前後数日のうちに、上海の交差点ごとにある雑誌屋台に並び、破落戸《ごろつき》が通行人につきまとって呼び売りした流行品の一つである。私は前に雑誌屋台で『推背図[7]』や『焼餅歌[8]』を何種類も買ったが、この『中国預言七種』は上海を発つ前夜に棋盤街[9]の某書店まで行って買い求めたもので、実に銀貨で八角もした。友よ、君は奇妙に思っているかも知れない。私がこの本一冊で、汽車と汽船を乗り継ぐ丸一日の時間をつぶしたなどと！

私たちは西洋の某大予言者の、一九三二年の予言を目にしたことがある。ロイター通信社がこの予言を全世界に配信したのだ。

「予言」がいうには、一九三二年には大戦争が勃発し、地球上の某強国が滅び、ある制度（全世界に不安を与え、人々を苛立たせている制度）が戦争の砲火の下で取り除かれるのだとか。ロイターは、その予言者は一九一四年の世界大戦を「予言」しており、「権威のある」予言者だと大まじめに表明した。西洋の劉伯温、あるいは袁天罡、李淳風だと言って差し支えあるまい。もっとも、資本主義国の「予言者」は、さすがに封建中国の劉伯温らと少々異なる。資本主義国の予言者の「使命」は、帝国主義者の取るだろう行動を神秘的に暗示し、その将来の行動にあらかじめ意識の準備をさせること——言い換えるなら、宣伝であり、煽動だ。だから、その作用は積極的なものだ。劉伯温ら封建中国の「伝統的」予言者、およびその『焼餅歌』や『推背図』は完全に消極的な作用を持つ。つい最近の上海の戦争[10]が良い例だ。二月二十日頃、日本の援軍が大挙して押し寄せたにもかかわらず、中国は「後援つづかず」、まさに「勝負の数、蓍亀《しき》を待たず[11]」となった際に、大量の『焼餅歌』や『推背図』が上海の大通りに出現した。『焼餅歌』と『推背図』はもとより古いものだが、「新たな注釈が、悲しみ憤る民衆の心理に「運命論」的な発散と慰めをもたらしたのである。閘北《ざほく》〈上海市街北部で、共同租界の北側の一帯〉が砲火によって灰燼と帰したのは「天意」であり、そうならば誰を咎めだてする必要もない。それに全てが「天意」なら、目の前の敗北に心を痛める必要もなく、心安らかに眠れる——あるいは安らかに死を待つことができるわけだ。これは民衆の革命精神を消極的に取り除き、反帝国主義の高まりを緩和する働きをした。芸術的な麻酔薬、封建的な麻酔の特級品だ！

友よ、議論ばかりで、君は嫌になったかもしれない。わかった、本題に戻ろう。私は三等客車で、その『中国預言七種』をめくっていたのだ。すると、耳元でがなる声がした。

「おい、見たか？『将軍の頭上に一本の草』だとさ。まったく大したものだなぁ！」

声のする方に目をやると、私の近くに座っている商人だった。両手を握って太股の上に置き、襟を正して端座する様子から、北方の人間だと断定できた。友よ、君も知っているように、私は「官話」は上手くないが、それでも聴き取ることはできる。それが目の前の北方人がいう言葉は、ほとんどわからなかった。「将軍が——何だって？」。口に出さずに考えて、目をきょろきょろさせ、私はかすかに笑った。友よ、私は時にはうまく微笑むことができるし——微笑むのを好んでもいる。さらに、よく他人が「タイミングよく」微笑むのを褒めもする。だが、その時私の微笑みは間が悪かったのか、北方人は急に怒りだし、眉をつり上げて大声で言った。

「ふざけおって！　将軍の頭上に一本の草だと！　おかしな話だ！」

今度は聴き取れた。私は金聖嘆ではないが、すぐに「将軍の頭上に一本の草」が何を指すか気づき、おもわずまた微笑んだ。それが『推背図』か『焼餅歌』の一節だとわかり、私は再び手元の『預言』に目をやった。

「さよう、何事も『命数』からは逃れられん。日本兵が上海に押し寄せ、閘北を焼き——蔡廷鍇に、[12]蔣光鼐のこと、[13]『焼餅歌』にみんな出ておるわ！——去年の水害も『焼餅歌』の一節に対応しておって……」

私の左側で、別の男が熱っぽく言った。こちらは南方人で、見たところ地元の名士か商人か、社会的地位のある人のようだった。彼は話しながら、勢いよく肩を揺すった。私の目は再び手元の本に戻った。

突然、黄色く痩せ細った手が私の目の前に伸びてきた。五本の指の爪は半寸ほどもあり、どれも垢が詰まって黒光りしている。同時に、痰のからんだしわがれ声がした。

「すまんが、ちと貸してくれんか」

私が顔を上げて何者なのか見ようとすると、ふいに長い咳が聞こえ、ペッという音とともに黄色い痰が床に落ち、すぐさま「国産品」のゴム長靴を履いた足がそれを踏みつけ、床にこすりつけるのが見えた。何故かわからないが、私はどこでも痰を吐き靴で踏みつけるような人間が一番苦手なのだ。私はすぐに顔を上げると、ちょうど手元の『預言七種』が、その黒い爪の痩せた手に「ひったくられ」(「ひったくる」などという言葉を使うのを許してほしい)、その時になってようやく、それが私の向かいに座っている老先生とわかった。鼈甲《べっこう》縁の眼鏡をかけ、お碗帽をかぶっている。彼は足を組み、本の中の詞句をブツブツ読んでいる。さっき黄色い痰を踏みつけたゴム長靴がわずかに移動すると、靴底にへばりついた黄色い痰が麺のように細長く伸びて、プツンと弾けた。

友よ、私がこんな些末な情景を描写するので、君は嫌気がさしていないだろうか。そうかもしれない。しかし友よ、どうかこうした小さな出来事から、「高等華人」が彼ら自身のどういった特殊な方法で西洋の「文化」を受け入れているか、理解してみてほしいのだ。彼らは靴底でいいかげんにこすりつけることで、「みだりに痰を吐くべからず」という西洋の「文化」を受容している。こういった「中国化」した方法は、君も上海の路面電車の中で見かけることがあるだろう。だが、内陸ではいつでもどこでも目に留まる。彼らは中国と西洋を「調和」させるこんな方法が妥当だと思っている。殊に、どうしてみだりに痰を吐くことがいけないのかという本来の意味について、彼らは問おうとせず、永遠に頭を使って理解しようとはしないのだ。

　ともあれ、再び老先生に話を戻そう。彼はしばらくその『預言』をめくると、鼈甲の眼鏡ごしに目くばせして、私に言った。

「人は天の采配には逆らえん。十九路軍は結局撤退したじゃろう。しかしのぅ、人に同じゅうするに、先に笑いて後に号咷《ごうとう》す、(14)という。日本人が負けるのも時間の問題じゃ！」

「はぁ――」私はまた微笑んで、そんな声を出すほかなかった。

「しかしのぅ、中原の者、大難迫り来たりといえども、今年一年乗り切ればよい。今年は五つの『初一』(15)が『火日』(16)じゃ。今年の八月は――うむ、『焼餅歌』にこうあったのぅ――うむ、思い出せんわい、自分で確かめてみなされ。結局のところ、人心の乱れじゃ。民国以来、毎年戦ばかり。二年前に童歌があったわい。『宣統三年、民国は二十年、共産五年で、皇帝は万々歳』とな。皇帝がいらっしゃってこそ世は太平というわけじゃ！」

「そうだ、宣統陛下はもう帝位に就きなさったぞ！(17)」

　私の右隣の北方人が口を挟んだ。

　しかし、その老先生は鼈甲の眼鏡ごしに北方人をちらと見て、不満げにフンと一声。もうしばらくして、ようやく小声で言った。

「宣統じゃと！　大清の運はもう尽きておる。宣統はやがて命《めい》を失うじゃろうて。真命の天子様はな、まだ田畑で飼い葉を探しておられるのじゃ！」

そこで前後左右の乗客が、みな熱っぽく議論に加わってきた。彼らはそれぞれ、どこそこで「真命天子」が生まれたという伝説を語った。彼らの言う「未来の真命天子」は一ダース余りに上り、その全てが七、八歳から十三、四歳の、貧しい子供であった。

友よ、ここに中国の封建的小市民の政治哲学がある。世の安定と乱れは循環反復し、乱れが極点に達すれば安定する。しかし、乱世を治めて正しい世に戻すのは、現在の当局ではなく、野《や》にあって決起する真命天子だというわけだ。『推背図』や『焼餅歌』は、このような封建的小市民の政治哲学に基づいて作られたのだ。中国の王朝交代において、小市民はいつも主役ではなかった。そのため、こうした「政治哲学」には、きわめて濃厚な運命論的色彩がある。いま、彼らはすでに巨大な変動が目前に迫っていることを察知しているが、この変動の経済的原因を理解せず、彼らはただこの変動が不可避であることを知るばかりである。彼らは恐れつつ、同時に待ち望んでもいる。なぜ待ち望むのか。乱れが極点に達すれば太平を享受できるからだ。

十一時三〇分、K駅に着き、私は汽車を降りた。

二　内陸河川の小汽船

プラットホームの軒下に「歓迎国連調査団(18)」と書かれた白い横断幕が掛けられているのが、汽車からも見ることができた。それは中国語と英語で書かれており、今朝早くに上海を発つ時にも、そこかしこにこの種のスローガンが貼られていたが、四時間移動する間に、スローガンが私より早く到着しているとは思いもよらなかった。中国の統治階級の事務手腕は、時としてとても敏捷だ。各新聞の報道によると、国連調査団は明日の朝上海に到着し、その後滬杭路《ここうろ》〈上海・杭州間の鉄道〉を通るかどうかは未定とのことだが、ここの駅ではもう前もって歓迎している。ここから、中国の統治階級の事務手腕が、時として異常なほどきめ細やかで周到なのを見てとれる。

駅の玄関には、さらに白い紙に黒字で「税警団後方傷兵医院招待処」と書かれた長い張り紙があった。

そこで、私は「税警団(19)」という言葉から、ふいにかの有名な王賡《おうこう》(20)を連想し、さらに陸小曼女史(21)と詩人・徐志摩(22)を思い起こした。そして、志摩が『猛虎集(23)』の序文で「詩情が枯渇した」と繰り返し嘆いていたことを思い出した。そういえば一昨年の秋、上海で逢った時にも、やはり彼は同様の悲しみを持っていた――話をするときの様子は相変わらず上機嫌で、冗談まじりではあったけれども。あの時私はこう訊ねたのだ。「この数年で詩興が枯れた原因を、君は考えてみたのか？」と。彼は肩をそびやかして微笑んだが、少しして、こんな考えを吐露したのだった。題材はいくらでもあるのに、どういうわけか、猛烈な詩情が胸の中で燃えてくれないのだ、と。いま、血と炎の上海「一・二八」〈第一次上海事変〉を経て、もし徐志摩がまだ生きていたなら、相変わらず詩情の枯渇を感じていただろうか。

そんなふうにあれこれ考えているうちに、私はすでに駅を離れ、無名の様々な人々が混ざりあった旅客の軍隊の中に入り込み、人力車と荷担ぎ夫たち——さらに「南湖に行かないかい？」と立て続けに呼ばわる船漕ぎ女もいた——の包囲を突破して、内陸河川の小汽船の埠頭に来ていた。雑然とした埠頭だった。蘇州・湖州一帯の「内陸」各小都市を行き来する汽船が全てここに集まり、旅客を降ろし、また旅客を満載していくのである。私は「無錫快[24]」に身体を押し込み、私の故郷を通ることを確かめ、声を張り上げて「花生酥《ホワションスー》[25]」や「黒クワイ」を売る行商人の円陣の中から船室に駆け込んだ。

船室はすでに満員で、みなが故郷の方言を話していた。この船は多くの「埠頭」を通過するが、いつも通り十中八九は私の故郷へ行く客だ。十年前もそうだったし、いまもそうだ。あと十年したらどうなるかはわからないが。

船は、もう十年前のあの船ではない。しかし、中の設《しつら》え、とりどりの旅客、押し合いへし合いの行商人たち、みな十年前と何も変わらない。一人二人、短髪のモダンガールが増えたことだけが、一九三二年の記号といえよう。

船首には、やはり「水板」が掛けてあり、途中停泊する各鎮の名が薄墨の文字で、肩を並べ列を作っている。もう一行、「一時半ちょうどに出航」と大きく書かれているが、「ちょうど」のはずはなく、例の如く遅れるはずだ。

自分の時計を見ると、まだ十二時にしかなっていないが、そこで座って辛抱強く待っているほかなかった。

騒々しい話し声の中から、しだいに二、三人の会話が耳に入ってきた。一目でみな小商いの人々だとわかる。上海戦の行く末を熱っぽく議論している。彼らの考えでは、中日間の「宣戦なき戦い」はさらに続き、拡大するが、結果的に必ず日本軍が敗北するという。彼らの中の髪を剃りあげた四十歳余りの男が、きっぱりと言った。

「もっとぶちのめさなきゃならねぇ！　コテンパンにしねぇと、わかりゃしねぇんだ。日本軍でおっかねぇのは、戦闘機や戦艦だけよ。奴ら手も足もモタモタしてやがるし、中国兵のすばしっこさにゃかなわねぇ。奴らを内陸に引っ張り込みゃ、船は入ってこれねぇし、飛行機にも場所がわからねぇだろ、日本兵は負けるに決まってらぁな」

「違ぇねぇ！　奴らを引っぱり込みゃいい。松江にゃ飛行場ができた。汽車で来るとき、あんた線路のわきに塹壕を見たか？　松江からこっちじゃ、塹壕が連続で四本も掘り上がったんだ！」

別の三十歳余りのひょろ長い男が、続けてそう言い、意外にも私の方をチラと見た。どうやら私に彼の「軍事的発見」を証明してほしいようだ。私はまた微笑んだ。松江近郊に飛行場が新設されたことは、汽車が松江を通過する時に人々が話すのを聞いた。「連続四本の塹壕」に至っては、私はこの目で見ている。だが、あんな短い貧弱な塹壕がどれほどの防衛能力を持つのか、私はいささか懐疑的だった。以前、私は士官学校の学生が野外演習で掘った塹壕を見たことがあるが、それの方がもっと長く、複雑だった。しかし、私はこの疑問を提示して、その「主戦論者」の小商人二人をがっかりさせることはせず、ただ微笑んだ。

私のそばに座っている三人目の「同郷人」、五十歳を越えた小商人（その後、故郷のとある絹織物屋の経営者と判明する）は、私の微笑みにトゲがあると感じたのか、注意深げに私を見て、あごをなでながら悩ましげに独りごちた。

「確かにもっとやるべきだ。だが、ずっと兵隊の姿が見えんぞ、変ではないか！——」

すぐに三十過ぎのひょろ長が跳び上がって訂正したが、あやうく近くに突っ立ってぼうっとしていた江北(26)小僧の荸薺《クワイ》カゴをひっくり返しそうになった。ひょろ長は痩せているくせに、声が大きい。

「ああ、旦那さん、そりゃ違うぜ。中国兵は鉄道沿いに駐屯してんじゃなくて、みんな田舎に隠れてんだ。——なんでかって？　国連調査団の目を避けるためさ。信じねぇってんなら、行ってみりゃいい。嘉興の城内にも兵隊は駐屯してねぇから。でもよ、陶家涇まで行きゃあ、二万からが駐留してらぁな。みんな繭行《けんこう》(27)にいるぜ——」

彼の話はそこで途切れ、手を伸ばして頭を掻くと、あの頭を剃りあげた連れの耳元に口を寄せ、左手で口元をおおって、なにか殊更重要な「機密」を話そうとした。と、思いがけず彼のそばでぼうっとしていた荸薺売りの江北小僧が、急に目を醒ましたように本能的に呼び売りを始めた。

「くぅーわいぃ！　拴白《せんはく》のくぅわいぃ！」

この呼び売りの声は、さすがに職業柄よく響き、耳をつんざいたが、騒がしい「無錫快」の中では特に嫌がられはしなかった。しかし、あの三十余りのひょろ長い同郷人は急に怒りだした。彼は話をやめ、後ろ手に荸薺売りの江北小僧を押しのけ、怒鳴った。

「うざってえなぁ！　荸薺売りは出てけ！　江北人ってのはまったくむかつくぜ！　上海じゃ江北人ってだけで捕まるんだ、江北の売国野郎はよ！」

船に乗り合わせた人々はどっと笑い、やはり「江北人は出て行け、出て行け！」と口々に叫んだ。むこうの二等船室の客たちも驚いて、短髪の女が一人、身を乗り出して様子を窺っている。彼女はネルで作ったグレーの春コート、ブロード地の旗袍《チーパオ》を身に付けている。旗袍のスリットはずっと上まで開き、長くて太いズボンがのぞいており、一見したところスカートのようにヒラヒラしている。江北小僧は荸薺のカゴを手にしばらく呆然としていたが、あわてて船尾の方へ逃げていった。黄色い顔で、前歯が全部唇の外に飛び出て、奇妙な黄色いひげをはやした花生酥売りが、江北小僧の縄張りをまんまと自分のものにした。

何の因果か、その花生酥を売る黄色い顔の男は私を自分の上客と定めて、ハエが血を吸うようなしつこさで、私に彼の商品を売りつけようとする。彼は真っ黒い爪をのばした指をぴんと立てて、トレーの花生酥を一箱開封すると、一つつまんで私の鼻先につき出し、自分の品物を大げさにほめた。

「嗅いでごらんなせぇ、甘くって、いい匂いでやしょう。人気の品ですぜ！　お客さんはもう食べ慣れてらっしゃったね。前回は十箱お買い上げで、お友達に贈って大絶賛でやしたでしょ！　今度も十箱ですかぃ？　もう一箱お買いになって、船旅の退屈しのぎにしちゃどうです？」

私はこんな熟練の行商人に出くわして、まったく困ってしまった。無理矢理に常連客にされ、その上前回は十箱の取引ときた。もう十年このかた、私はこの船に乗っていないのだ。なにが「前回」の取引だ！　だが、この黄色い顔の男は、実際に見覚えがある。ああ、思い出した。一昨年の五月、私は母の帰郷に付き添って、この埠頭に来たのだ。あの時にこの黄色い顔の花生酥売りと会ったのかもしれない。人気商品の花生酥といえば、上海棋盤街の商務印書館発行所[28]の門前でよく見かけたが、私はこういう甘い菓子が本当に苦手なのだ。かといって、彼にこうやってつきまとわれては、静かに同郷人たちの軍事談義を聞くわけにもいかない。私も逃げ出すほかなく、船尾へ向かった。

二等船室の前を通り過ぎる際に、ここも人で一杯なのが見てとれた。男三人に女二人、さらに三歳ほどの子供もいる。さっき顔をのぞかせた短髪のモダンガールは、そこでサツマイモを食べている。もう一人の女（後ろ姿はやはりモダンだ）は、皮をむいて水に浸した荸薺を窓ごしに大量に買い込んでいる。荸薺を浸した水は河から汲んだもので、太陽に照らされて、ほのかな金緑色に輝いている。近くの河岸では、誰かが洗濯したり、米をといだりしている。ゴミを捨てているのまでいる。

私たちの故郷一帯の運河は、実に多くの任務を担っている。交通の要路であると同時に、人々に飲み水を提供し、さらにはゴミ箱という麗しい役職も兼務しているのだ。

船尾に足を踏み入れたとたん、すぐにまた別の行商人たちに取り囲まれてしまった。私は応対しきれないので相手にしないことにして、ポケットからタバコを取り出した。なんと、すぐさまマッチをすって差し出してくる者がいる。私はぽかんとして、立ち上がった。それが誰か確かめる間もなく、にこやかにこう言うのが聞こえた。

「お客さん、お座りくだせぇ――さぁ、さぁ！　瓜子大王《グワズ》(29)を何袋か、いかがでやしょ？　船旅の退屈しのぎに！」

こいつも行商人だったとは。私は思わず微笑んだが、哀しいような気分が心をよぎった。生活苦との闘いが、彼らをこんなふうにさせてしまったのだ。私はもともと瓜子を嚙んで「退屈しのぎ」をするのは好まないが、この時は何袋か買わないと申し訳ないような気がした。それで私は「瓜子大王」とやらを何袋か買ってポケットに突っ込むと、回れ右をして、船のボーイを見つけて話しかけた。

「客はもう一杯でしょう。何を待ってるんだい？」

「郵便の荷物を待ってんだよ！」

えらくつっけんどんな答えだ。

私はまた微笑んだ。船のボーイといった連中は、あまり丁寧な物言いができないのだろうと思ったのだが、私の考えはすぐにくつがえされた。そこに顔色の悪い中年男が来たとたん、つっけんどんなボーイは、異様なほどの「聖人君子の態度」になった――ほとんど、見え見えのご機嫌取りだ。彼は身に着けた「作業用巻きスカート」をたくし上げて、それで長椅子をささっと拭くと、愛想笑いを浮かべながら顔色の悪い男を座らせ、すぐに話題を見つけて報告を始めた。

「四《スー》さま、ご覧下さい。あそこの米を載せる杭州船二艘ですがね、軍に差し押さえられて、銃弾を積んでますよ！四さま、重さで喫水が下がってますでしょう！」

顔色の悪い男はかすかに頷き、歯の間から言葉を絞りだした。

「もっと叩くべし！　おのれ、日本のろくでなしめ！」

私が河の方に目をやると、確かに木の船が二艘、肩を並べて停泊しており、中には木の箱が積まれ、二、三人の兵隊が箱に腰掛けてタバコを吸っている。私は思った。鉄道沿いにオモチャみたいな「塹壕」があり、鉄道から離れた田舎には兵隊がいて、ここではさらに船を徴発して弾薬を運んでいる。これら全てが、嘉湖一帯の小商人にしてみれば、当然濃厚な戦争の雰囲気を感じさせるものである。それでも彼らには奇妙な確信があり、国連調査団が上海にいるのだから、一週間以内には開戦に至らないだろうと思っている。この根拠薄弱な理解を、さっそく四さまと呼ばれた男が口にした。

「なぁ、阿虎《アーフー》、今日来るときに水門に兵隊がいたろ？　畜生め、外国の調査団がいなくなったら、すぐにもドンパチ始まるぞ。汽車は止まるわ、汽船も行かなくなるわ、畜生め、日本のろくでなしは、話にならん!」

私はこらえきれず、また微笑んだ。彼らは「日本人」と大中華民国を二匹の闘犬のように思っている。棒(国連調査団)で間を隔てているうちは戦わないが、棒を引き抜けば、すぐにまたケンカが始まるとでもいうように。そして国連調査団も、彼らのこんな封建的な理解によって、三家村(30)の仲裁親爺にされてしまっている。彼らの見立てはこうだ。仲裁親爺には本当の紛争解決など永遠にできはしないが、それでもずっと両者にはさまれて、ケンカに疲れ果てた両者が一息つくまでは仲裁を続けてくれるというのである。

行商人の押し売りは、絶え間なく私に総攻撃をかけてくる。まるであらかじめ密約でもあって、私一人に「ダンピング」をしかけているかのようだ。それに彼らは皆がみな私を「お得意様」と呼ぶ。しかし私は彼らに目をつけられるような「異相」ではないし、乗船してからも、瓜子を買った以外は、びた一文無駄遣いをしていない。それがどうして彼らの「理想的」な買い手になるのだろうか。後になって、わりあい妥当な解釈を思いついた。ほかの旅客はほとんどがこの船の常連で、行商人は顔を覚えており、買いたくない時にはどうしたって買ってくれないのがわかっている。でも私は見慣れない客で、若旦那風ときていて——いろいろ食べ慣れているように見えるのだ。それで、隙だらけの間抜けと思って、私に必死の押し売りを仕掛けるのである。その上、見慣れない客だから、行商人には囲まれても、船のボーイに丁寧な応対は望めないのだった。

いうまでもなく、出航を待つ一時間半の間に、私は次々にやってくる行商人たちを失望させることになったが、つっけんどんな船の係員とは、ちょっとした商売が成立した。お茶を一壺[31]たのんだのだ。

一時半を二十分過ぎて、私たちの「無錫快」を牽引するディーゼル小汽船はようやく燃料を満たし、最初のモーター音と最初の汽笛を鳴らした。

私はホッとした。ついに出航することになり、行商人たちも次々岸に上がったからだ。

私たちの「無錫快」を牽引するディーゼル小汽船は息を弾ませ、怒ったように全身を震わせながら、大小さまざまな船が雑多に停泊する間を縫って進み、ざっと三十分余りもかけて、ようやく北門に着いた。ここで、また「ほんの一時」停泊し、最後の乗客たちがわっと乗り込んでくる。実のところ、私たちの「無錫快」はとっくに「満席」で、それどころか、船内に掲げられたピカピカの「船鑑札」で規定されている乗客数をオーバーしている。しかし、最後の乗船者十数人も全部そのまま収容し、あたかも一人あたりの占有面積が伸縮可能で、人が詰め込まれればそれだけ縮小するといった具合。「船鑑札」で規定された三十人という収容人数は、最大ここまで広げられるいう基準にすぎないようだ。私のこの理論は、すぐに実証された。なぜなら、さらに「思いがけない収入」が一口、この「無錫快」にお出ましになったからだ。「御用船」一艘と十数人の武装同志が、後ろに繋いで曳航《えいこう》してくれと要求してきたのである。彼らが向かう陶家涇は、私たちの汽船が必ず経由する「埠頭」なのだった。その「御用船」は百姓が使う「裸船」であり、徴発したものらしく、船には十人ばかりの兵隊しかいないようだった。

私はそれらの兵隊が実に控えめであったことを言っておかねばならない。彼らは「繋いで曳航する」ことを要求しただけで、田舎の裸船に使った手口を私たちの汽船に援用することはなかった。曳航しても、汽船局は何の見返りも望めないまま、オイルを数ガロン余計に消費することにはなる。それでも同乗の会計係も「愛国」をご存じだから、少しも難色を示すことなく了承した。実際は彼に断る自由はなく、「御用船」はとっくに幅を寄せてきていて、十数人の武装同志がすでにディーゼル小汽船と「無錫快」に飛び移り、船べりにそって、アリが餌を探すように絶え間なく行ったり来たりしていた。

「そっちがいい！　そっちがいい！」

彼らは大声を出したり、呼びかけ合ったりしている。すぐさま五、六人が船首に飛び移り、身をかがめて、船室にもぐり込もうとした。船室はすし詰め状態だったから、中を覗いた二、三人も明らかに躊躇した。それで彼らは船首にしゃがみこんだ。彼らは全員丸腰で、湖南訛りを話した。

その時、ほかの五、六人が「挟み撃ち」戦術を実行し、船尾から船室に侵入してきた。彼らは横向きになってやっと通れる狭い通路（実際は人と人の隙間）に体を押し入れ、何かわからないことをがなり立てていた。

すると、窓外の船べりから、一人の男が慌てて怒鳴った。

「出ろ！　出ろ！　中へは入っちゃいかん！　入っちゃいかん！」

言いながら、その男は船首へと駆けつけた。それは肩ベルトを着けた将校（たぶん小隊長だと思う）で、灰色の軍服に乗馬ズボンといういでたちだが、ゲートルは巻いていない。腰にはモーゼル銃があるものの、ストック[32]はなく、ベルトへ無造作に差し込まれていた。銃口の照準には、雑貨屋で包装紙を縛る細い麻ひもが縛り付けられ、ひもの端は肩ベルト上部の穴に結ばれている。そのため、モーゼルなのに「つり下げる」のではなく、ライフルのように「背負う」格好になっていた。この将校は、手に持った細い竹の枝で自分の革靴をたたきながら、少々どもりがちに彼の仲間たちへ告げた。

「中はいかん！　入っちゃいかん！　ここ、ここに座るのもいかん！　民間人には仕事があるのだ！」

彼が何度か繰り返すと、仲間たちはようやく面倒くさそうに立ち上がり、二列に分かれ、船べりに沿ってコツコツと靴音をたてながら船尾の方へ走った。彼らの「御用船」が「無錫快」の後ろに停っていたからだ。将校が頭を突き出して船室の中を窺うと、すでに船室に入りこんでいた五、六人が、夢中で割り込んだり、人を押しのけたりしているのが見えた。彼も船室に入って行き、人混みの中で竹の枝を振り上げて、湖南訛りで叱りつけ、その五、六人も外に追い出そうとした。やっとのことで彼らを船首へ追い出すと、再び船べりに沿って、靴音を響かせながら船尾へと走り、将校はすでに顔中汗だくである。彼自身はこの「無錫快」に乗るつもりはなく、彼は繰り返し船首へと走り、船べりに沿って船尾に戻ったが、ついさっき彼に船室から追い出された五、六人がはやくも船尾を占拠しており、最初に船首でしゃがみ込んだ何人かがもう船尾から船室を通り、また船首にしゃがんでいる。

この新手のかくれんぼに、乗客はみなワッと笑い出した。船尾の甲板に立ったその将校は笑うに笑えず、顔を真っ赤にしただけだった。多くの民間人の前で自分の威厳のなさが暴露され、面目丸つぶれだと感じたのだろう。彼は決心した。彼はイライラして竹の枝で甲板をたたきながら、船尾にいる仲間たちに告げた。

「いいか、ここで座ってはならん、座るな！　なぜか？——ここは民間人が仕事をするところだからだ！　御用船に行くぞ！　むこうは空船だ。誰もおらん。ここで座っては——」

呼吸が荒くなり、顔がさらに赤くなる。手に握られた青竹の枝が、たえずヒュンヒュンと振り回される。

仲間たちは頭を垂れ、眠ったふりをして、将校の命令を完全に無視している。

小汽船の船長が、再度汽笛を鳴らした。武装同志たちに早くどうするか決めてくれと催促しているのだ。これ以上出航をのばすわけにはいかない。

やがて、民間人の「とりなし」がうまくいって、船尾にいる五、六人がどうにかこうにか「御用船」に移ることになった。その時、船首でしゃがみ込んでいる何人かは、そこで落花生を食い、お馴染みの「打倒列強」の歌を歌っていた。将校も矛を収めて、彼自身も船首に腰を下ろした。

陶家涇は、最初に経由する埠頭である。ここは大変小さな田舎鎮《まち》で、小さな商店が十軒ほどしかないのだが、いまではそれらも店を閉め、岸辺を兵隊がぶらぶら歩いているだけだ。曳航してきた「御用船」はここで切り離し、兵隊はみな陸へ上がった。この時になって、「御用船」にはほかにも荷物があるのが見えた。それは青菜が数束と油揚げで、一人の兵が手に提げて、ニコニコしながら藁葺き家の裏へ向かった。

この時点でもう三時になっており、私たちの前に横たわる道程は、まだ三分の二以上ある。近頃、内陸河川の小汽船はしばしば匪賊の略奪に遭っており、日が暮れてからの運行は大変危険なのだ。何人かの旅客が、それを気にして焦りを露わにした。彼らの唯一の希望は、この先遅延が生じず、フルスピードで進むことである。しかし不幸にも、陶家涇を出発して二、三里〈華里。一華里は約五百メートル〉も行かないうちに、船はまたもや急に停止した。岸の方を見ると休業中の繭行が、いまは兵隊の駐屯所となり、繭行近くの背の低い平屋にも全て兵隊が駐留している。うち一軒の平屋の門前には衛兵が立ち、細長い旗に「陸軍第×師×団×営営本部」と大きく書かれている。軍用電話のベルが、その平屋でジリリリと鳴った。

一緒に乗り合わせた旅客たちはみな慌てだして、ヒソヒソと状況を訊ねあっている。

「船がまた停まったぞ、どうしたんだ？　兵隊運ぶのに徴発されるんじゃないよな？」

誰一人として確かな答えを言える者はいない。しかし船は停止して、うるさいはずのディーゼルエンジンが黙りこくっている。これ以上、進むつもりがないかのようだ。

「機械の故障です！」

ボーイが一人、船首から走り込んできて言った。なんだ、機械の故障だったか！　みなホッと胸をなでおろした。とりとめのない議論がザワザワと巻き起こった。軍事や政治を語りたがる例のひょろ長い同郷人が、得意げに太股をたたいて言った。

「徴発じゃねぇって、俺が言った通りだろ！　奴《やっこ》さんたち、昼間は兵隊を動かさねぇのさ。――どうしてかって？　日本人に見つかって、飛行機で爆弾落とされるかもしれねぇからだよ！」

そして彼は指を折って、日本の飛行機が何日の何時に濮院、桐郷、その他どこどこを飛んだと数え上げた。たった二時間前に、頭を剃りあげた彼の連れが「日本の飛行機には場所がわからない」と言ったのに同意したことを忘れている。

髪を剃った連れも、努めて同意しようとしている。彼はさらに、今回の派兵が実に早かったと褒めそやした。三日前に彼が「往路」でここを通った際には、まだ兵隊の姿は見えなかったという。しかし五十過ぎの絹織物屋主人は、傍らで首を振っている――それがどんな意味なのか、誰もわからない。彼の表情は相変わらず悩ましげで、何も言わず、爪の長く伸びた左手の指四本が、テーブルの上で軽くリズムを刻んでいる。しばらくして、彼はひょろ長に顔を向けて言った。

「吉《ジー》さんよ、戦火がこっちまで来たら、ここいらの商売まで大騒ぎだぞ。上海の北側は、もうすっかり焼けちまったんだから、どうせ戦うならあっちでやりゃいいんだ！　派兵が早かったというがな、そんならなんでもっと早く上海に出して、十九路軍と一緒に戦わんかったんだ？　結局気持ちがバラバラなんだ。仲間内で揉めて、権力争いしとるんだ！」

吉さんと呼ばれたひょろ長は少し眉をひそめ、何も言い返せないと感じて、ウーンと伸びをすると、せわしなく汽船を罵倒した。

「どうなってんだこの船は！　こんなとこで動かなくなりやがって！　今日埠頭に着いたのは七時前だぜ、まったく大損だ！」

言いながら、彼は人をかき分けて船首へ「様子を見に」行った。

この時、船はすでに停止し、風が通らなくなったため、四十人以上が詰め込まれた船室はいっそう蒸し暑く、空気も濁っていた。子供らは泣き出し、世間話をしている老婆が、どこかの廟の菩薩様が体中血を流し、両目から涙を流したから「世の中が乱れた」のだと語った。

私は窓に貼りついて、岸辺の兵隊を眺めていた。訛りを聞くと、みな湖南や湖北の人間で、態度はきわめて「まったり」しており、殺し合いを前に勇み立っている気配はまったくない。二十人ほどの兵隊がスコップと畚《もっこ》を手に、「営本部」門前の土道を平らにならしていた。彼らの仕事は、昆曲を演じるようにゆったりと、落ち着いたものだった。「営本部」右側の目と鼻の先が休業中の繭行で、その唯一の高層建築にも兵隊が駐留していたが、門番も歩哨もおらず、兵隊たちは三々五々繭行前の空き地で冗談を言い合っている。何人かは服を脱いで、地面にしゃがみ込んでシラミをとっている。彼らはゲートルを巻いておらず、緑の帆布にゴム底の「運動靴」を履いている。みな丸腰で、空き地には彼等が組んだ銃架も見あたらない。

四人だけ完全武装で、「営本部」から左右に五、六丈〈一丈は、約三・三メートル〉離れた土道の上をぶらぶら行き来している——彼らがおそらく歩哨なのだろう。

河べりでは多くの兵隊が洗濯をしている。彼らは民家の長椅子を使って、びしょ濡れの服をパンパンと叩き、それが終わると服を持って土の岸に上がり、桑の木に広げて干すのだった。この辺りの桑の木は、灰色の軍服で埋め尽くされていた。

灰色の中に、突然鮮やかな一点が現れた。そこは「営本部」になっている平屋の東隣で、やはり平屋だった。もともと雑貨店だったようだが、当然いまは兵隊しかいない。私の言う「鮮やかな一点」は、その平屋の中をサッとよぎったのだ。私は短髪の女性が一人、こっそりと玄関前まで来て、私たちの船に一瞥をくれるのをはっきりと見た。都会の女性の服装ではないが、田舎娘のようにも見えない。短髪のちょっとしたスタイルだけ見ても、なんとも「お洒落」だ。これまでの道程で、竹垣のあばら屋から短髪の娘の上半身がのぞくのをよく見たが、私は一目で彼女たちが生粋の村娘だと判定できた。目の前をよぎってすぐに消えた女とは大きく違っている。私はもう一度彼女が現れないかと期待したが、それは裏切られた。その平屋の戸や窓のない外側は兵隊たちが行ったり来たりするだけで、ぼろテーブルのそばでは「当直」か何かと思われる肩ベルトの兵隊が何人か、しきりにタバコを吸っている。

軍隊に数人の「女同志」が随行するのは、いまでは慣例になっているのだろう。

その平屋から東には、七、八人の「田舎者」がテーブルを囲んで車座になっている。彼ら全員に白い標識が付けられているが、白い布に何と書かれているかは遠すぎて見えない。兵隊たちの中にあって、彼らは明らかに窮屈そうで、うなだれて元気がない。後で乗客から聞いたところでは、その七、八人は強制的に連れてこられた人夫だそうである。

肩ベルトの将校が一人、東側の小橋の別れ道から走ってきて（むこうには、三々五々行き来する兵隊の姿はない）、「営本部」の門前に着くと、声を張り上げた。

「報告！」

門扉が開くと、衛兵が一人立っており、門の両脇の土壁には軍帽が三、四個と軍服が上下一着掛かっていた。ほどなくして電話のベルが聞こえ、高らかな話し声が続いた。さらに少しすると、先ほどの将校が飛び出してきて、一通の公文書を手に、もと来た道を歩いて行った。

すでに一時間ほどたったが、私たちのディーゼル汽船には相変わらず動き出す気配がない。なんでも、壊れた部品の修理は完了し装着されたが、うまく動かず、また取り外して修理し直しているとのこと。乗客はいいかげん我慢の限界で、次の濮院で下りる何人かは、船が停まった時にすぐ上陸して歩いていれば、もうとっくに家に着いていたはずだとこぼした。ボーイにちやほやされている顔色の悪い四さんが、感情を込めずに言った。

「なあ、阿虎、船で夕飯を食わねばならんだろ。米は足りるのか？」

ボーイの阿虎は歯を見せて笑ったが、一瞬動きを止め、その後で言った。

「もうすぐです、もうすぐですから！　修理は簡単なんですよ」

果たして、岸の兵隊たちが夕食を運び出した。やはり灰色の軍服を着た男が二人、カゴに入った飯を道の角に置き、続いて大きな銅の鍋を運んできた。鍋には黒い煤がビロードのようにびっしりとこびりついている。中身は青菜と豆腐の炊き合わせだ。鍋を運んできた男は、青菜豆腐を小振りの洗面器のようなブリキ桶に次々よそって、土の地面に直接置いていく。しばらくすると、一つの青菜豆腐の桶を五、六人ずつ車座に囲み、地べたに座って食べ始める。飯は白米だが、小石がかなり混じっていると見え、兵隊たちは大口で飯をかき込みながら、しょっちゅう地面に唾を吐いている。

船上の客の大半が窓に貼り付いて、兵たちの食事を眺めていた。急に、あの三十過ぎのひょろ長が船室に入ってきて、五十過ぎの絹織物屋を見ながら言った。

「兵隊さんは大変だぜ！　連中が何を食ってるか見ろよ。日本の兵隊は毎食肉やら魚やらたらふく食って、美味い酒まで飲んでやがる。甘やかされてっから、奴ら戦えやしねぇのさ！　次に戦ったら、日本兵の負けは決まったようなもんだ！」

絹織物屋の経営者は顔をしかめた。彼がまだ答えないでいるうちに、船首からふいにドッドッドッという音が聞こえてきた。ディーゼル汽船の機械がようやく直り、船は再び動き出した。

その後の行程には、これといった支障はなかった。ディーゼル小汽船は毎時十八華里の速度で進んだ。謎めいた未来の中日戦が、再び旅客の議論の題材になった。私は、彼らのそうした議論が「暇つぶし」にすぎず、瓜子をかじって「退屈しのぎ」にするのと変わらないということを言っておきたい。しかし、一種の焦りと憤りが、言葉の端々に現れていたことも確かである。同じ小商いの人々であっても、彼らの意識と感情は、上海から杭州までの汽車の中で出逢った小商人とはかなり違っていた。内陸の町や村は封建的であり、そこの小商人である彼らは、大都市の小商人より一層「盲目」で、「楽観的」で、同時に一層「騙され」やすい。より「盲目」であるため、彼らは大地震のような激しい変動が遠くない将来に待ち受けていることを察知せず、目の前の「混乱」を偶然としか思っていない。またその「盲目」さゆえ、彼らは大都市の小商人ほど退廃的ではなく、「楽観的」になる。

そしてこの「楽観」も迷信的で、偶像崇拝に近い。「吉さん」と呼ばれた三十過ぎの小商人は、しょっちゅうそうした「楽観」を口にする。彼は顔をしかめてばかりの連れを、こう言って慰めた。「陶家涇のあたりにゃ、兵隊が二万以上いるんだぜ！　日本兵は道もわからねぇし、突破できるはずがねぇよ。ほら、軍用電話があちこちに据え付けてあるだろ、日本兵にちっとでも動きがありゃ、みんな筒抜けってやつさ。奴らが奇襲をかけようったって成功するわきゃねぇんだ」

彼は得意げに、通り過ぎていく岸の桑畑を指さした。ここの背の低い桑の木は、まだ小さな若芽が生えているだけで、低く太い幹には深緑色の軍用電話線が掛けられている（後で知ったことだが、ここの何ということのない軍用電話線が、近隣の金持ち連中を大いに慌てさせたのだという。これが軍事区域の境界線だと勘違いした彼らは、荷物をまとめて逃げ出したらしい）。

五十過ぎの絹織物屋の経営者は、頷いて同意した。しかし、すぐに不安げに同行者を見わたして、疑問を口にした。

「外国の調査員に話がまとめられるのかね？　和戦が成れば一番だ。もう戦うこたぁない」

答えはない。西洋の毛唐は日本のチビと勝手が違うらしく、日本のチビの「悪だくみ」については一家言あり大議論をぶつことのできるひょろ長の同郷人も、毛唐のこととなると自信がなくなり、いいかげんに賛辞を呈することができなくなる。彼はつまらなそうに茶をすすった。

私は我慢できずに問いをはさんだ。

「また戦ったら、どうなりますかね？」

みな啞然として私の方を見た。あたかも、口のきけない人間が急に喋りだしたのを聞いたかのようだった。彼らの目には、同時に疑わしげな光が浮かんだ。アイコンタクトで、こう話し合っているように見えた。こいつ、党機関の人間じゃないよな？　だが、幸い私の発音に、まだいくらか地元の訛りが入っていたため、すぐに「外の飯を食っている」者の一人だと当たりをつけ、緊張を解いた。「苗字」を訊ねた後では、彼等は私が某家の人間だとすぐにわかり、「それならよく知っている」と納得した。

彼らは戦争の話ではなしに、私の実家のことを話し始め、私自身よく覚えていない同族、親戚、さらには「代々」付き合いのある人の名前を挙げた。それらは私も聞いていて楽しかったが、私は結局、間《ま》をみはからって元の質問に戻った。

「みなさんの考えだと、また戦った方がいいでしょうか、それとも、戦うのはよくないですか？」

絹織物屋の経営者はため息を一つついて、人に聞かれるのを恐れるように、小声で答えた。

「理屈から言えば、そりゃ戦わなきゃいけませんや。でも、私ら商売人は暮らしがきつい。上海で火ぶたが切られてからというもの、銭荘〈私営の金融機関、両替商〉は不通になるわ、貸し金は回収できないわで、商売の活路はすっかり断たれちまいました。ここ数年税金はえらく重いし、商売はもともと大変です。百姓は貧乏だし、村の商売人はみんなとっくに逃げちまった。いま、省の方で国難税ってのを取ろうとしてます。前の二割増しですよ。なんでも、兵隊の給料にあてるそうですがね、戦いも始まってないのに、前もって商売人から税金を取ろうというんです！」

「税金取って、ほんとに日本と戦うならいいんだ。税だけ取っといて、戦わねぇかもしれんのさ」

髪を剃りあげた同郷人がそう続けて、フンと鼻を鳴らした。

しかし三十過ぎのひょろ長は考えが違うようだ。彼は自信たっぷりに言った。

「絶対戦うって！　奴らに日本をやっつけるつもりがねぇなら、兵隊を出すわけねぇだろう！」

私はたまらずまた微笑んだ。私はこの「蚊帳の外」に置かれた主戦論者がひどく可哀想に思えた。彼らが信じるか信じないかはともかく、私は腹を割って話をせざるをえなくなった。

「庶民が戦えと精一杯主張しても、結果としてはきっと戦わないことになるでしょう。庶民が望むことは、当局の望まないことなんです。現状はそんな具合ですよ」

「それじゃあ、陶家涇に兵隊が二万も駐屯して、人夫を捕まえて、船を徴発して、百姓は逃げ出して、地元じゃ役目を振られ、ちっこい鎮の割り当てが千元で、でたらめじゃねぇか！」

ひょろ長はめずらしいほど興奮して、一気にまくしたてた。私が答えようとすると、ふいに頭を剃った四十過ぎの同郷人が、別の話題をふった。

「くそったれ！　嘉興から蘇州まで、兵隊が増えたってのに、汽船が三日とあけず襲われるんだ！――最近じゃ三十万元の略奪事件があった。襲われたって、やられた側は訴え出もしねぇ。どういうこった！」

「そりゃ、そいつらが自分でやったんだろ！」

ひょろ長はおどけた顔を作って、小声で続けた。私はそれが何を指すかわかった。たしか諺に「虫が虫を食う」というのがあったが、それこそが大略奪事件の真相ということなのだろう。私はちょっと笑って、話題を戻した。

「国難税を取ろうっていうんですか？　兵隊を動かすなら、庶民に国難があるって教えるだけでいいはずでしょう。国難税を取ろうとはね！」

「商売はますますやりにくくなるよ！」

三人の同郷人が声を揃えて言った。顔には等しく失望の色が濃い。

船のボーイが茶壺《さこ》を回収に来た。彼は一人の旅客の質問に答えて言った。

「茶亭(33)に着きましたよ！　ったく、双林に着くのは夜中になっちまう」

もう空は暗くなっていて、外を眺めると、前方のそう遠くない所に、黒く連なる家々といくつかの灯火が見えた。一目で、私の故郷に着いたことがわかった。離れて十年にもなるが、目の前の故郷は、私の記憶の中にある十年前の故郷と何も変わっていない。

「これが確かに一九三二年の故郷だといえる根拠も、短髪で旗袍の娘さんが増えたことくらいかもしれないな」

少しずつ近づいてくる家々を眺めながら、心の中でそう考えた。しかし後になって、私のその推測は半分当たっていたが、半分は必ずしもそうでないことがわかった。一九三二年の中国の田舎鎮《まち》は、どうあっても以前と同一視することはできないのだ。農村経済の急速な崩壊は、「短髪で旗袍の娘」の他にも、きっとこの鎮に新しい時代の記号を刻みつけている。

ごく表面的な現象としては、この鎮の「繁栄」が、意外にも昔より後退していることだった。私たちの「無錫快」がとうとう接岸し、私は木製の「護岸」に飛び下り、野次馬や出迎えの「市民」に紛れ込んだ。するとすぐに、一般の人々の服装だけ見ても、十年前より整っていないことがわかった。十年前だと、物乞い以外には服のぼろぼろな市民はほとんど見られなかったが、いまはかなり多い。

大通りで以前と違うのは、私の記憶にある何軒かの大店が全てなくなっていることくらいである──まだ存在している場合も、思いも寄らない落ちぶれようである。娘たちの服装は、上海の「最新ファッション」をよく取り入れているが、人造絹糸が蘇州や杭州の絹織物を駆逐してしまっている。農村経済破産の黒い影が、かつて繁栄したこの鎮を重く押しつぶしているのだ！

三　半月間の印象

急に暖かくなって、ほとんど「袷《あわせ》」に着替えてもいいくらいだ。百姓は天の神様に感謝し、米びつにほとんど米がなく、粥にも足りないのを見て、着ていた綿入れを脱いで質屋へ持っていく。

私の故郷には、もともと四軒の質屋があり、客の大部分は百姓たちだった。しかし、いまでは一軒しか残っていない。ほかの三軒は、何年もずっと「黒字にならない」ため、三年前、太保阿書《タイバオアーシュー》の[34]部下に一度略奪を受けたことを口実にして、相次いで店を閉めた。一軒だけ残った店も「営業する気なし」だったのだが、店主が「慈善家」だったことに加え、省の民政庁長官が（噂によれば）彼と「農民の生計を維持する」相談をしたとかで、志高く孤軍奮闘している。もっとも、今年の様子はといえば「開店休業」状態なのだが。

スケッチしてみよう。

朝の七時、通りはまだ寒々と冷え切っているが、質屋の前には百姓が押し寄せて、開店を待っている。ほとんどの者は、まだ暗いうちからここで頑張っている。彼らは金目の物など何一つ持っていない。さっき脱いだばかりの綿入れや、秋に嫁入りする娘のために準備した数丈の木綿布、そうでなければ——ほかでもない大切な、去年から今年までさんざん売っても損をするばかりで、手元に残した少しばかりの生糸。彼らが持っているそれらは、もはや全財産なのであって、炊く米さえあったなら、質屋で永遠の別れをしようとはしないだろう（質に入れてしまったら、彼らが請け戻すことは永久に不可能で、それこそがおそらく質屋の営業不振の原因なのだ）。ようやく九時頃、質屋が営業を始めると、飢餓線上であがく人々は命がけで殺到する。質屋は十二時には「取引停止」してしまうし、十二時より前でも、一二〇元の取引が終われば「取引停止」になる。質入れした代金で食べる米を買いに行こうとしている人々は、必死にならざるをえないのだ。

前へ出て、震える手で金を受け取って出てきた人々は、路傍の石段に腰掛けて一息つくと、顔を曇らせる。「運良く」質入れできて金は手にしたが、手元の金を見て、さて何を買ったものかと思う。米は一番大事だが、油もなくなっているし、塩もない。塩は欠かせないが、黄砂のように黒ずんだ塩が一斤五百文余り、生活水準の最も高い上海よりも値が張るのだ。それは「官」塩で、田舎には時々ヤミ塩を売る小舟も来る。そちらは五斤で一元、しかも一斤二十四両(35)の秤が使われる。しかし、ヤミの取り締まりが厳しく、百姓たちが安い塩を口にできる幸運は、年に一、二回もないのだった。

手元の金をしばらく眺めてから、ため息をつく。次のような会話が、哀れな黄色い顔の中から聞こえてきた。

「布が四丈だよ！　綿の糸買ったって三元くらいすんのに、布が二元ぽっきりなんて！」

「もっと長くったって二元だってよ。――二元で打ち止め！」

「阿土《アートゥー》の父つぁんとこの生糸なんか、二元でいいって言ったのに、奴ら要らねぇってさ」

生糸が要らないだと！　蚕糸を第二の命のように思っているわが故郷の農民は、その第二の命が地獄の門をくぐってしまったなどと、夢にも思わないだろう。彼らは、上海の金融業が抵当にかかえた大量の古い生糸や繭に、「とんだ巻き添えをくった」と眉をしかめているのを知らない。今回の上海の戦争が、ただでさえ行き詰まった中国の製糸工場に、繭を仕入れ機械を動かすための資金を融通できなくさせたことなど、なおさら知らない。日本産生糸がニューヨークで投げ売りされ、一包が関平銀[36]で五百両にも届かないことを知らない。中国産生糸のコストは低く見積もっても千両前後だというのに！

　これら一切を、苦労して養蚕にはげみ、蚕を息子以上に大切にする農村の人々は知らないのだ。彼らが知っているのは、先祖代々一年の生活費を上半期の養蚕と下半期の田の収穫に頼ってきたことだけである。彼らは鎮の人々が着ている艶やかな「中山紬《ちゅうざんゆう》」や「明華織」を目にするばかりで、それらに彼らが汗水たらして育てた生糸が使われておらず、外国の人造絹糸や、中国産より安価な日本生糸が使われていることを知らないのだ。

　故郷の周囲に遍在する繭行には、歩哨所が林立しており、いまは兵隊が駐留しているため、繭を計量して買い取る準備は行われていないが、こうやって永遠に閉まったままなら、百姓たちが繭の売れる良い夢を見たところで詮無い話だ。

　しかし、私にはわかった。顔を曇らせて路傍の石段に座る百姓たちは、一ヶ月後の「一番蚕[37]」になおも大きな希望を託している。彼らはいま、食糧も質草も底をついており、ほとんど朝に粥をすすったら夕飯はないという有様だ——年によってはカボチャを一、二個とっておいて、それで飢えをしのぐこともある。こんな苦しい状態でも、彼らはあれこれ手を尽くして「仲介人」や「保証人」を探し、十元か二十元の借金をし、一ヶ月後の蚕の「元手」を作ろうとするのである。彼らは、もうすぐ「蟻蚕《ぎさん》」(38)となる黒々とした「蚕種」〈布一面に生み付けられた蚕の卵〉を眺め、桑畑の「桑拳《そうけん》」(39)からのぞく若々しい新芽を眺めながら、それらが銀貨や銅銭に変わることを思うと、ふっと笑みが浮かんでくるのだった。

我が家には、しょっちゅう訪ねてくる「女中の旦那」がいる——彼の妻は以前私の祖母に仕えた女中なので、私は「女中の旦那」として彼の顔を立てるのが適切で、実際そうしたいと思っている。彼は百姓の中では暮らしぶりの良い方であり、そこそこ裕福な自作農で、六、七畝《ムー》の稲田があり、二十担〈一担は、百斤（五〇キログラム）に相当〉の「葉」を作っている。聞いたところでは、彼の祖父はもっと「羽振りが良」く、帳簿が山積みになっていたらしい。彼本人も大変勤勉な倹約家で、酒もタバコもやらず、茶館にさえ行かない。また、自分の田畑を半月ほども休ませることはなかった。我が家の「女中」も実に賢く有能な女性で、どんな仕事でもこなした。この二人が夫婦であれば、家はますます栄えるはずだった。しかしそうはならず、ここ数年は借金も返せずにいる。とはいえ、莫大な金額というわけではなく、大小合わせて百十元といったところか。彼は今年の「一番蚕」で、この百十元をきれいに返済したいと考えている。彼は私の叔母に二、三十元「用立て」てもらい、桑の葉がまだ安いうちに数担分買い足しておこうとした（私の地元ではこうした「先物」の葉を「賒葉《ショーイエ》」と呼んでいたが、「賒」の文字がこれで正しいかはわからない）。私は彼のこの希望は砂上の楼閣だと思い、値が上がるのを待って、彼の家の二十担ほどの桑を売り、養蚕はやめた方がいいと言った。私は養蚕が「危険」な理由を思いつく限り言って聞かせたが、彼は長いこと黙って、首を振りながら言った。

「坊ちゃん、蚕をやらないなんて、考えられませんや。桑の葉を売るったって、二十担が四十元で売れれば御の字です。繭一担作るのに、どうしたって桑が二十担は要りますがね、去年の繭は一担五十元の値がつきました。蚕の出来が良けりゃいいんですよ！　米の刈り取りまで、まだ半年ありますしね。私ら百姓は、去年の米で夏まで食いつなげるなんてことは、めったにありません。蚕をやらなかったら、半年どうやって食ってくんです？」

「でも、今年の繭の値段は、去年みたいに良いはずないんですよ！」

私は断定的な口調で言った。

その実直な男は押し黙ってしまい、彼の細い眼で私をチラと見て、下を向いた。

「お宅は自分の田んぼだし、去年この辺はなかなかの豊作だったわけでしょう、夏までしか食いつなげないなんて、おかしいですよ。それに、また何十元も借金を増やすんですか？」

私は話題を変えてみた。しかし、私のこの言葉が口から出るや、この実直な男の表情はいっそう厳しくなり、――私は彼が泣き出すのではないかと思った。彼はため息をついて言った。

「そりゃ、まだ数担あるはずだったんですがね、もう質に入っちまってます。鎮の品物はなんでもかんでも値が上がってるのに、百姓が田畑で作るものは安いまんまですよ。土地税も、去年は一昨年より上がったし、――年々高くなります。こまごました税金もたくさんあって、覚えきれませんや。必死で節約してますよ。去年阿大《アーダー》の母親が一月くらい寝込みましてね、なんとか医者には診せないで薬を飲ませたんですが、――こんなことしてりゃ、どうしたって何十元か借金が増えちまう。今年の蚕がまた駄目なら、もう――」

彼は言いよどんだ。養蚕に関して、百姓たちの迷信深さはかなり深刻で、蚕と関係のある不吉な言葉は、それが同音の文字であっても口にするのを避けるのだ。

私たちの会話はここで途切れた。私はこの「女中の旦那」が自作農でいられるのは、あと二、三年がいいところではないかと思った。しかし、彼は村の中では最も「暮らしが立っている」人間なのだ。人々はみな羨望の眼差しで彼を見ている。第一に、借金が百十元ほどしかなく、第二に、彼の借金はすべて鎮《まち》の知人から「用立て」てもらったもので、利息が発生しないためである。その点、この利口な「女中の旦那」はよく「資金運用」を心得ており、財務総長だって務まるくらいだ。彼は鎮のわりあい裕福な知人を頼って、あちこちから十元二十元「用立て」てもらう。返済期限は長くて三ヶ月ほどで、甲から「用立て」てもらった金を乙に返し、さらに丙に「用立て」てもらった金を甲に返済するといった具合で、この「十個の甕《かめ》に蓋九つ」といった方法によって、彼は返済期限を破ることなく、「用立て」てもらうだけで利息の発生する正規の「借金」をせずに済んでいたのだ。しかし、彼の支出は日に日に増大するほかなく、収入は増やしようがないため、ついには年々債務がかさんでいく。彼はゆっくりと破産への道を進んでいるのだ。賢く勤倹な中流の自作農にとって、それは避けられない運命なのである。

その後聞いたところでは、彼の蚕はできが悪く、加えて繭の値段があまりに安かったため、彼は自分で糸を紡ぐしかなかったそうだ。しかし、糸を売りに行っても買い手がつかず、質屋に持っていっても要らないと言われ、結局、彼は糸を質草にして去年質入れした米と交換し、利息を払った。その交換の基準は、糸一巻きが米六斗、市価に換算すると六元にもならなかったという。

豊饒な東南地区の田舎者にとって生命線であった生糸は、いまや完全に断ち切られてしまったのだ！

だが、百姓たちの間接的な負担は、さらに次々と追加された。上海はすでに「停戦」となったが、「長期の抵抗」をするため、一般の小商人に「国難税」が課せられた。告示によると、この「国難税」は、各税を六ヶ月間二割増しにするものだそうだ。この件について、ある小商人がしかめっ面をして言った。

「景気はもう落ちるところまで落ちてます。小さな鎮で、去年の年末には二十軒以上閉店しましたよ。そこへきて国難税じゃ、わしら商売をやめるしかありませんや」

「国難とはな！　もしまだ上海で戦ってたら、この税金にゃ別の名目がついたろうよ！」

別の男が言った。私は彼を知っている。雑貨店の主人だ。彼の店は、私の記憶では少なくとも三十年の歴史がある。しかしこの三十年、彼の父親から彼の手に渡っても、この店はずっと半死半生、有って無いようなものだった。いまは彼自身が主人で、彼の妻と母親が店員である。——いや、主人といっても、それは彼一人が男というだけで、彼は店の仕事は全くしておらず、店の方でも彼の仕事を必要としていなかった。彼は毎日あちこちほっつき歩いて、鎮の「ニュース」、汽船の埠頭に客が運んできたニュース、長距離電話局で仕入れた他所《よそ》のニュースを、ラジオ局のように知り合いに教えてまわるのである。彼はボランティアで鎮の「歩く新聞」を買って出ているのだ。そのほかに、彼は友人たちの家で結婚式や葬式、さらには日常の家事を手伝っている。彼は暇人だが、熱い心を持った若者である。毎日、彼の表情が最も厳粛さを帯びるのは、よその店のカウンターに寄りかかって、二日遅れの上海の新聞を借りて読むときだった。

彼の言葉を聞いて、私は彼の慌ただしく特別な生活と性格を思い出し、ふと思った。もし彼が上海に放り込まれ、良い環境を手に入れたなら、かの有名な交際博士・黄警頑(40)の二代目になったかもしれない。

「六ヶ月だけ取るってんならまだしも、六ヶ月たったら、さらに延期ってことになるでしょうよ。ひどい話ですわ！」

もともと話していた小商人が、譲歩するようにそう付け加える。私は訊ねた。

「でも告示には、六ヶ月だけだってはっきり書いてありますよね？」

「そう、六ヶ月ですな！　期限が来た後、わしら商会はその点を強調して、払わないことはできる。でも連中は新しい方法を出してきます。次の名目——たとえば「省難税」とか。どうせわしら毎日「難」ばっかりなんだから、また六ヶ月二割増しですわ。増税したら、どっちみち減るわけないんです。ずっとこんな調子ですよ！」

小商人はイライラしながら言った。彼はすでに中年を過ぎ、なんとか暮らしの立っている商人である。六ヶ月の税金二割増しは、彼にとってまだ我慢できなくはない。彼のイライラと悲しみは、この増税が永遠に続くことである。われらが「歩く新聞」は、ずっとそこで「国難税」には名分がないとがなり立てている。彼は私に言った。

「あんた、こう言いたいんじゃないか？　もう日本との戦いはやめたってのに、その上税金取るなんて、馬鹿な話だってさ？」

「まだやるんだよ！　さっき県から電話があって、一個師団来るって話だ。商会への指示で、泊まる所と、布団代わりの稲藁、あと食い物を準備しろってさ！」

突然一人の男が走ってきて、口を挟んだ。それで、「国難税」の問題は自然と棚上げになり、この一個師団が何をしに来るのか、みな口々に議論を始めた。この鎮を守る？　そんな訳があるか！そりゃ人口五、六万の大きな鎮だが、工業は無いし、商業の要地ってわけでも、軍事的に重要な地点でもない。日本軍が来るとしたら、いったい何のためだ？　ある者の推測では、その師団は江西から派遣されて、湖州を経由して前線に向かうとのこと。ここは単なる「通過点」に過ぎないという。これが最も「合理的」な解釈であり、人々の高ぶった気持ちは、幾分落ち着いた。

とはいえ、軍隊は一両日中に到着する。三つの点——泊まる場所、布団代わりの稲藁、食べる物について、すぐさま方法を講じねばならない。一個師団となると、えらいことだ。宿泊所は、まだなんとかなる。近隣の村の繭行と寺院を全部借りればいい。だが、稲藁は少々やっかいで、「食べる」物はどうしようもない。一万人以上の食糧を提供するとなれば、仮に一泊としても数千元になるのだ！　甲子の年(41)以来、鎮の商会が通過する軍隊に飯や酒を提供させられたことは、少なくとも十回あった。いつも「立て替えをお願いする」という話なのだが、食いおわって口を拭うとすぐに移動してしまい、取り立てるすべがなかった。これまで「通過」した軍隊は、少ない場合は一個中隊、多くても一個連隊で、一両日分の飲食を商店が分担した。四軒の質屋と三軒の銭荘が各百元、その他の店は十元だったり二十元だったり、一、二元のところもあったが、ともかくそうやって遣り繰りしてきた。しかし、いまでは質屋は一軒しかなく、銭荘も一軒減った（最近つぶれた）。金主が減ったのに、兵隊が多いとは、いったいどうすればいい？　聞いたところでは、商会は深夜までかかって相談した結果、立て替え分を「国難税」から差し引くことを決めた。今度ばかりは法外な奉仕はまっぴらなのだ！

翌日の正午、「歩く新聞」が駆け寄ってきて私に言った。

「まったく腹立つよ！　日本をやっつけに、十九路軍の加勢に向かうのかと思いきや、逆に前線から引き上げてくるんだとさ。前線は兵隊が多くて、日本人は話をはぐらかすもんだから、停戦交渉が行き詰まって、それで内陸に引き上げるんだと。お笑いだろ？」

日本人を叩くための派兵ではないと聞いても、私はまったく奇異には感じなかった。私が大変感心したのは、役目を振られた鎮の小商人たちの手際のよさである。たとえば、一万人にも上る人々が眠る稲藁を、一夜のうちに手配してしまった。彼らからこういった素早い処理能力が失われた時には、おそらく鎮の一般庶民も、大半が流民に成り果てているのではないか――私はそう思った。

さらに半日過ぎ、また一晩たつと、県から再び電話が来て、その一個師団は急に海寧へ移動になり、私たちの鎮には来ないことになった。みなホッと胸をなで下ろした。来なくてよかった！

しかし今回のことがあって、商会は「国難税」に小さな交換条件を出した――県や省に提出したのではなく、この鎮の区長と公安局長にではあったが。その条件とは、毎年恒例の「香市」[42]がもし禁止されるなら、商会は「国難税」を納めないというものである。

「香市」は、旧暦の三月一日から十五日まで行われ、土地廟の「廟会」のような臨時の市場である。百姓たちはこぞって焼香に訪れ、福を祈る――蚕の出来が良ければ、ついでに遊んでいくことになる。この「香市」には、様々な玩具を売る屋台や、武術、手品、人形芝居、子供芝居などが出て、百姓たちはそこで懐中の金を使い切ると、帰って辛い養蚕の仕事に備えるのである。毎年この「香市」は半月ほど続き、鎮では店の商いも賑わいをみせる。今年は地元の政情不安により、早くから禁止が言い渡されていたのだが、いま商会は「国難税」の問題にかこつけて、禁令の取消を要求したのだ。それはつまり、いくらか儲けさせてもらえなければ、税は納められないという意味である。言い換えれば、百姓たちの懐に期待しない限り、自分たちは金を生み出せないということだ。

それに「香市」で百姓たちを呼んで数文《もん》でも多く金を落とさせるのは、当然この上なく文明的な方法である。

「香市」は開催されたが、鎮の商人たちはやはり失望することになった。飢餓線上であがく百姓たちに「香市」を見物する余裕などなく、彼らは日用必需品さえも我慢するしかなかったのである。

私は思った。もし今年、秋の収穫がよくなかったら、この鎮の小商人たちはどうするのだろう。彼らは時代が移り変わる中で不幸を被っている。しかし、彼らは徹頭徹尾、封建制度の擁護者でもある。彼らは軍閥に搾取され、銭荘の主人から圧迫されているが、彼らの唯一の希望は、自分が受けた搾取をそのまま農民に押しつけることなのだ。農民は彼らの衣食の母である。彼らは、農民が金持ちになることを、自分自身のことのように望んでいる。だが、時代の車輪は押しとどめることのできない力で、前へ前へと転がっていく。田舎の鎮では、小商人の破産は年単位では数えきれず、月単位で勘定するほかない。

私は、彼らには農民以上に活路がないと思う。

訳注
（1）県庁所在地。「県」は「省」や「市」に次ぐ行政区で、日本の県より所轄範囲は小さい。

（2）「漢奸」は、売国奴のこと。秦檜（一〇九〇―一一五五）は、江寧（現在の南京）の人。南宋の宰相を務めたが、金との和睦を主張して主戦論者たちを弾圧した。中国十大漢奸の一人とされる。

（3）蕭統（五〇一―五三一）は、梁の皇族で、学者や文章家として知られる。蔵書三万冊を有したとされ、文人のサロンを主催し、『文選』を編纂した。

（4）鮑廷博（一七二八―一八一四）は、清代の著名な蔵書家。

（5）「江湖」は世の中の意だが、少々いかがわしいニュアンスがあり、日本語の「渡世」（とせい）に近い。「十八訣」は十八の秘訣。覚えやすいよう、リズムよくまとめられる。

（6）金聖嘆（一六〇八―六一）は、明末清初の文芸批評家。「手批」は金が自ら注釈を施したことを示す。「預言七種」は『推背図』、『焼餅歌』のほか、『万年歌』、『馬前課』、『蔵頭詩』、『梅花詩』、『禅師詩』を指す。

（7）唐代の李淳風・袁天罡による絵図入りの予言書。最後の図で、袁天罡が李淳風の背を押（推）して予言をやめさせようとしていることから「推背図」の名がついた。全六十図。

（8）元末明初の劉伯温の作と伝えられる。隠語を多用した歌は多くの解釈を可能としており、しばしばノストラダムスの予言に引き比べられる。

（9）上海・河南中路沿いの、福州路から延安路までの地区。文具店や書店が多かった。

（10）第一次上海事変。一九三二年一―三月、上海共同租界付近で日本軍と国民革命軍（第十九路軍）が衝突し、中国側に甚大な被害を出した。

（11）「勝敗は占うまでもなく明らか」の意。「蓍」は占いに使う筮竹のこと、「亀」も占いに用いたことから、「蓍亀」は占いを指す。

（12）蔡廷鍇（一八九二―一九六八）は、一九三二年当時、国民革命軍第十九路軍軍長。日本の上海侵攻に際し、国民党中央の撤退命令を拒否して日本軍と戦い、装備や人員にまさる日本軍に対して、およそ一ヶ月間持ちこたえた。

(13) 蔣光鼐（一八八七―一九六七）は、一九三二年当時は第十九路軍総指揮。第一次上海事変において、蔡廷鍇とともに日本迎撃を決断した。翌年、蔡廷鍇と共謀して蔣介石に反旗を翻し、福建人民政府を樹立する。

(14) 本来は、「同人先号咷而後笑」（『周易』）で、ここでは「笑」と「号咷」が逆になっている。「人との交際において、最初は泣く（妨害があってうまくいかない）が、やがて笑う（良い結果が出る）」の意。「号咷」は泣き叫ぶこと。

(15) 各月の最初の日。ついたち。

(16) 十干十二支を五行（木・火・土・金・水）に換算し、その日の干支が「火」にあたること。

(17) 清朝最後の皇帝、宣統帝溥儀のこと。「帝位に就いた」は、一九三二年三月一日の、満州国執政就任を指すと思われる。

(18) リットン調査団のこと。一九三二年三月、国際連盟によって中国に派遣され、満州事変や満州国の調査にあたった。中国東北部を調査後、第一次上海事変を調査するため上海を訪れた。

(19) 一九三二年、中華民国政府財務部長の宋子文が設立した非正規部隊。歴代の総団長には米陸軍士官学校を出たエリート将校を招き、歴戦の勇士を組み入れた精鋭部隊だった。第一次上海事変においては、第二団と第三団が十九路軍の指揮下に入り、日本軍と戦った。

(20) 王賡（一八九五―一九四二）は、清華大学、プリンストン大学、米陸軍士官学校を卒業し、パリ講和会議に中国代表団の武官兼通訳として出席した。妻の陸小曼との不仲、陸と徐志摩の恋愛が大きく報じられた。一九三二年当時、税警総団総団長を務めていたが、日本憲兵に逮捕され、脱出するも情報漏洩の嫌疑で三五年まで入獄する。

(21) 陸小曼（一九〇三―六五）は画家。十八歳で英語と仏語に精通する。一九二二年、親の決めた相手・王賡と結婚するが、二五年に離婚。二六年、詩人の徐志摩と再婚する。

(22) 徐志摩（一八九七―一九三一）は詩人、散文家。英国留学中に詩作を始める。ロンドンで稀代の才女・林徽因と出会って最初の妻・張幼儀を離縁したが、林との恋は実らず。帰国後、友人の妻・陸小曼と出会い、やがて結婚する。三一年、飛行機事故により死亡。

(23) 徐志摩の三冊目の詩集。一九三一年に出版され、彼の遺作となった。

(24) 無錫行きの小型快速客船。

(25) 砕いた落花生を水飴で固め、サクサクした食感を出した菓子。

(26) 江蘇省・安徽省の長江以北地域。上海や江南地域に出稼ぎに来る者が多かったことから、しばしば侮蔑的なニュアンスで使われた。

(27) 繭の集積場、「繭廠」ともいう。養蚕業者から繭を買い入れ、羽化しないよう繭に火入れをし、乾燥するまでを行う。

(28) 一八九七年設立の出版社。作者はかつてここの編訳所に勤務し、月刊文芸雑誌『小説月報』の編集長を務めた。第一次上海事変で爆撃され、社屋や図書館が焼け、数ヶ月間の営業停止にみまわれた。

(29) スイカやカボチャの種を煎って味を付けたもの。「瓜子大王」は商品名と思われる。

(30) 三家族の住む「辺鄙な村」の意味か。陸游の詩「村飲示隣曲」には「偶失萬戸侯、遂老三家村」(たまたま萬戸侯を失い、ついに三家村に老いる）とあり、辺鄙な山村の意味で使われている。

(31) 茶壺《さこ》一つ分。茶壺は中国茶用の急須。通常、中国茶は茶壺単位で提供され、熱湯は無料で追加できる。

(32) 銃床。ライフル銃などにみられる、照準を安定させるために肩にあてる部分。モーゼル銃はストックが取り外し可能で、外せばピストルのように使用できた。また、木製のストックの内側がくり抜かれ、銃本体をここに収納できるようになっていた。通常は銃本体をストックに収納した後、革製のホルダーに収めて身に着ける。
(33) 茶店のこと。ここでは作者の故郷・烏鎮の南にあった「甘露茶亭」を指す。
(34) 匪賊の首領、本名は徐天雄。一九二八年から三年間、「天下第一軍」を名乗り、最盛期には二千人余りの部下を率いて、浙江省一帯で富裕層から略奪を繰り返した。
(35) 当時、単位の換算方法は数種あり、一般的に一斤は十六両だったが、二十四両で一斤とする場合もあった。
(36) 「関平」とは、旧時、税関の収税用の標準秤で、「関平銀」とは、税関が収税に用いた銀両のこと。
(37) 春に生産されるその年最初の蚕のこと。「春蚕」ともいう。
(38) 卵から孵化したばかりの蚕。三ミリほどで黒く、体毛におおわれている。
(39) 桑の木を毎年膝丈で刈り込むと、拳状のかたまりができ、そこから枝葉が伸びる。
(40) 黄警頑（一八九四—一九七九）は出版人。一四歳で商務印書館に丁稚として入り、発行所でサービス係として頭角を現す。人付き合いのうまさから、「交際博士」と呼ばれた。
(41) 一九二四年。この年、直隷軍閥の斉燮元と安徽軍閥の盧永祥が、上海支配を巡って争った（斉盧戦争）。
(42) 烏鎮にある普静寺に、近隣の養蚕農家が詣でて焼香する祭り。市が立つほか、数々の催し物が行われた。

◉解説

「故郷雑記」は、『現代』第一巻第二期から第四期（一九三二年六月から八月）に連載された。作品の背景には一九二九年から始まった世界恐慌と、三二年一月末の第一次上海事変があり、前者が基層低音、後者の影響が主旋律をなしている。世界恐慌後、中国の生糸生産は日本のソーシャルダンピングの影響を被り、江南地方の農村経済は壊滅的な打撃を受けた。また、第一次上海事変は日本の中国侵攻の本格化を予感させ、中国人のナショナリズムを刺激することとなった。上海事変の際には、作者がかつて勤務した商務印書館が日本軍の爆撃に遭い、彼の代表作『子夜』の原稿が一部焼失している。上海事変は作者にとって身近な出来事であったが、事変に関する彼自身の感情は排除され、文中の「私」は冷静な観察者に徹している。特定の人物に感情移入することのない飄々とした「私」の視線によって、逆に現状の深刻さが際立つ。国際経済市場、日中の対立、国内政治、その他諸々の巨大な渦が、幾重にも影響を及ぼし合って民衆の生活を脅かしており、誰もその全貌を把握することはできず、彼らの不安は迷信と思考停止によって解消される。作者は中国基層社会の八方ふさがりな状況を、まずはそのまま現実として受け止めようとする。「リアリズム作家」茅盾の面目躍如たるものがあろう。

翻訳は、雑誌『現代』に掲載されたものを底本とした。また、鍾桂松撰『与茅盾養春蚕』（浙江文芸出版社、二〇〇四年）所収のテクストには注釈が数多く施されており、そちらも参考にさせていただいた。

（白井重範）

旅・異郷

夏丏尊

日本の障子

夏丏尊（シア・ミエンズン／かべんそん）（一八八六―一九四六）。作家、教育者。名は鋳、字は勉旃、号は悶庵。浙江上虞の人。一九〇二年から〇四年にかけ、上海中西学院や紹興府学堂で学ぶ。〇五年東京の弘文学院へ入って日本語を学び、のち東京高等工業学校に入学。〇七年に帰国すると、翌年浙江省両級師範学校で教職に就いた。二一年には上虞の春暉中学で教職に就き、また文学研究会に加入した。二五年から上海立達学園の教員となり、立達学会の成立にも関わって、同会の刊行物『一般』の編集者も務めた。二七年上海曁南大学中国文学系の主任となる。開明書店の編集業務にも携わり、三〇年には葉聖陶とともに雑誌『中学生』を創刊。三六年には中国文芸家協会主席に選ばれ、翌年には上海文化界救亡協会の機関誌『救亡日報』の編集委員を務めるなど、その後も文芸・教育界で活躍した。

主要著作に『文章作法』（劉薫宇と共著）、『閲読与写作（読解と作文）』（葉聖陶と共著）、『文章講話』、散文集『平屋雑文』があり、翻訳に『クオレ』（アミーチス）、『社会主義と進化論』（高畠素之著、李継楨と共訳）、『蒲団』（田山花袋）、『国木田独歩集』、『近代日本小説集』などがある。

日本のものについて書け、というのが編者の要請だ(1)。題材は自分の好みで決めてよいとのこと。日本のものというと私には、たとえば、「下駄」のように嫌いなものもあるし、「障子」のように好きなものもある。好みにしたがうこととして、「障子」について書かせてもらおうか。

「障子」というのは、格子状の木の枠の上に、紙を糊ではった間仕切りのことだ。紙をはった窓は、中国の旧式家屋の中ではよく見られるが、紙をはった戸や門というのはあまり見かけない。中国の家屋は洋室の影響を受けていて、洋室でない場合でも、窓にはガラスを用いる。日本では、本物の洋間を除くと、窓にはやはり紙を用いて、ガラスは用いない。障子は日本建築における重要な特徴の一つである。

西洋の学者による最近の研究によれば、太陽の紫外線はガラスよりも紙を透過しやすく、健康には紙の窓がガラス窓よりずっとよいという。だが私が日本の障子を好きなのは、決して最近の科学的研究に立脚しているからではなく、ただそれが趣きに富んでいるからなのだ。

紙の窓は、わが国ではずっと詩の題材だった。蘇東坡の「歳ここに暮る。風雨凄然たり。紙窓、竹室、灯火青熒《せいけい》なるとき、輒《つね》に此の間に于《おい》てかの佳趣を得たり(2)」というのは、紙の窓の味わいをよく述べたものだ。姜白石のいう「この時を等《ま》ちて重ねて幽香を覓《たず》ぬれど、已に小窓《しょうそう》の横幅《おうふく》に入りにけり(3)」も、もちろん紙の窓特有の味わいである。これらの味わいは、ガラス窓のもとで過ごす人、とりわけガラス窓の外に鉄の柵を備えつけた家屋の住人などには、賞玩し得ぬものだ。

日本の障子は中国の紙の窓よりも用途が広く、糊ではった紙は窓に用いるばかりでなく、戸口にもこれを用いる。日本人は床にじかに座る習慣があるので、室内にテーブルや椅子、寝台やオンドルなどといった家具はなく、がらんとした部屋には、天井板と壁、畳のほかには障子があるばかり。障子はふつう閉めておくのだが、室内にいると、ガラス窓が内と外からまる見えなのとは違って、ずっと穏やかだ。光は室内に射し込み、灯火は外側にも映るが、いずれもやわらかで好ましい。影絵の切り抜きのような輪郭のはっきりした人影などは、いっそう趣きに富んだもので、日本を除いてはいかなる場所でもまずお目にかかれない。

日本の障子が格別に魅力的なのには、いくつかわけがあるようだ。第一に、格子の枡目が大きく、木の組子が細くて、簡素ではっきりとしている。一方中国の現在の紙の窓は、格子の枡目が小さいうえ木の桟も太く、またいろいろな模様や図案をつなぎ合わせているのもあって、結果として見えている紙の部分があまりに少ない。第二に、漆を施さないことがある。日本の家屋は木材の部分となると、柱にせよ天井板、廊下の床、階段にせよ、みな本来の自然の色を残して、漆は塗らない。障子ももとの木の色だが、木材は若干時間が経つと楠のような薄茶色を呈するようになり、糊づけされた白い紙と色がよく調和する。第三に、つくりが精密で動かすのが楽である。日本の家屋の戸は蝶番を必要とせず、普通はすべて左右に引いて動かす。

障子

障子造りには専門の職人がおり、軽い木材を用いて隙間なく組み合わせ、非常に正確に造り上げる。強く力を入れなくても、「すっ」と開けることができ、「すっ」と閉めることができるのだ。第四に、紙の質が良い。日本の紙は真っ白で薄く、まずそれ自体好ましい。中国で昔使われていた窓用の紙、俗にいう「東洋皮紙」も日本から輸入したものではあるが、原料が粗悪で、日本人自身が使う「障子紙」ほど良質ではない。障子紙が真っ白でむらがないうえ、日本人は格子に糊づけする時とても几帳面で、つなぎ目が必ず組子の上に来るので、接合の痕跡は見えない。つね日ごろまめにほこりを払うので紙には細かい塵が残らず、毎年二、三回は張り替えるから、いつも真っ白で清潔だ。

日本的趣味の魅力の一端は、すっきりした上品さにあるが、そういうものが日本にはたいへん多い。盆栽や、生け花、茶道具、庭園の配置、風景のしつらえなどは、いずれも広く称賛されているものだ。私は、そのなかでも最も代表的といえるのが障子だと思う。もしも障子がなかったら、おそらくすべてはその趣きをがらりと変えてしまうだろう。庭園や風景が日本固有の味わいを失ってしまうばかりでなく、花生けや茶道具等の本来の雅趣も調和しがたくなってしまうにちがいない。

日本の文化は、西洋と接触する前は、大半が中国文化の模倣であった。彼らの雅趣は、言うまでもなく、中国から学んだものだった。盆栽ひとつとってみてもそれは明らかだ。現在各地の園芸店で売られている盆栽は耐え難いほど低俗だが、古代の盆栽はきっとあそこまで低俗ではなかったはずだ。古人の絵に描かれた盆栽はいずれも非常に雅趣があり、『浮生六記』(4)には盆栽と花生けについての方法がたくさん書き残されている。

そこで私はまた障子のことに思い至るのだ。中国にはまだ、紙の窓を用いた家屋が多くあるが、私の見聞きした限りでは、その造りも味わいも日本の障子にはるかに及ばない。蘇東坡や姜白石が詠った紙の窓も、いまのような様子ではなかったかも知れない。日本の障子に似た様式の紙の窓は、古人の絵画の中にたまに見かけることもある。

日本の障子が、私は好きだ。

訳注

（1）本篇は雑誌『宇宙風』の求めに応じて「日本と日本人特集」号に寄稿されたものであり、そのことを指している。

（2）蘇東坡（蘇軾）の詩「書贈何聖可」の一節。蘇東坡（一〇三七―一一〇一）は北宋の政治家・詩人。夏丏尊はそれぞれ原詩の「暮」を「盡」、「竹室」を「竹屋」、「青熒」を「熒熒」、「輒于此間」を「時于此中」としているが、ここは原詩に従った。

（3）姜白石（姜夔）の詩「疏影」の一節。姜白石（一一五四―一二二一）は南宋の文学者で詩をよくした。

（4）清の沈復（一七六三―一八二五？）による自伝体の散文作品。

◉解説

本作の原題は「日本的障子」、初出は『宇宙風』第二十五期（一九三六年九月十六日）。

本篇は、日本の生活様式をよく知る作者が「障子」の味わいを中国の読者に向けて語ったもので、初出誌には和室の様子が「障子の写真」として掲げられてもいた（図版を参照）。小品ながら、青年期に留学経験のある作者による、中日比較文化論にもなっている（なお初出の『宇宙風』第二十五期は日本研究の特集号で、他にも周作人や郭沫若など「日本を知る」人士が多数寄稿している。日中戦争勃発の、約一年前のことであった）。

訳者はかつて襖・障子の張り替えを請け負う団体に所属していたことがあり、施設用の特殊な大きさの障子や、和風邸宅の伝統的な障子、マンション・アパートのコンパクトな障子と、さまざまなものを目にしあるいは張り替える機会を得た。その中で、大きさや様式は様々でも「障子」には共通する特徴とよさのあることを感じたものだが、異郷の客であった作者がそれを見事につかんでいたことには感銘を受ける。木と紙から造られているため風と光を適度に通し、動かしやすく、張り替え――なお、一般に襖・障子は紙全面には糊付けせぬため「貼」でなく「張」の字を用いる――によって清潔感を保つことが出来て、……。しかしそうした諸々のよさを持つ障子も、近年の日本ではだんだんと見られなくなっている。かつて作者は、日本の障子から中国の旧き良き文化に思いをはせた。いまや逆方向に、私たちが障子の味わいを再確認するときにきているのかもしれない。

（大橋義武）

瞿秋白

赤色ロシアからの帰途

瞿秋白（チュー・チウバイ／くしゅうはく）（一八九九─一九三五）。中国共産党の初期の指導者、文藝理論家。江蘇省常州県出身。母の自殺のあと常州府中学堂を中退して小学校の教員となる。一九一七年北京の俄文専修館入学、五四運動の時に学生運動の指導者として頭角を顕す。鄭振鐸らと雑誌『新社会』『人道』を発行、李大釗が組織したマルクス学説研究会、共産主義研究小組に参加、二〇年北京『晨報』と上海『時事新報』の記者として革命間もないモスクワに赴く。二一年、二二年同地でコミンテルン第三、第四回大会に参加、その間に張太雷の紹介で中共入党。ソ連への旅程、モスクワでの見聞は『餓郷紀程』（二二）『赤都心史』（二四）に詳しいが「東方の幼な子」が戦時共産主義からネップ（新経済政策）への転換期の混乱と飢餓のソ連の現実に直面し、懊悩思索する姿が生々しく描かれている。二三年帰国後、中共三回大会で中央委員に選ばれ、『新青年』『嚮導』の編集、上海大学の運営などに携わる。二七年中共中央書記となるが、情勢判断に失敗し辞任、二八年コミンテルン第六回大会に参加、コミンテルン執行委員兼中共代表となる。三〇年帰国後結核と闘いながら、魯迅、馮雪峰らと交友し、第三種人論争、文芸大衆化論争などで健筆を揮った。三五年行軍中逮捕、福建省長汀で銃殺される。獄中で自分は政治には不向きだったなどと書いた手記「多余的話」が死後発表され、そのため文化大革命中墓まであばかれたが、文革後名誉回復された。

ロシアの永遠に解けない謎は、いまや憶測する必要はない。秋白がこの二、三年来欧州大戦後四年、内乱後三年のロシアで見聞きしたものはすこぶる平常で、むしろ帰国後七、八日の間に聞いた「国内ニュース」のような驚きはなかった。——上海では外国犬が中国人を喰らい、漢口ではイギリスが中国人労働者の惨殺を指揮し(1)、内閣には、言いなりになる議員をまとめて買収する大臣がおり(2)、国会には、誓願する市民を警察を唆してやりたい放題に殴らせる議長がいる(3)。……我が親愛なる「礼教の国」の同胞よ、あなた方は国内でこんな礼教を私より二年多く見てきて、私よりずっとよく知っているのだから、私があれこれ言うのを許さないだろう。今はひとまずあなた方に「洪水猛獣のごとき過激派のロシア」のことを語ろうと思う。

まず第一に言っておきたいことは、私が二、三年来の通信ですでに観察したところを諸国の人々に随時公開してきたように、とにもかくにも知るべきである、——ロシアは一個の人間の国であり、「人間が犬やブタを喰らう」国ではあったとしても、犬やブタが人間を喰らう中国とは違う。これがつまり私の言う「すこぶる平常」ということであり、そこにあるのは人情天理の中のことなのだ！

欧州大戦後四年、内乱後三年のロシアは、実際少なからぬ驚天動地の変動、古今未曾有の困苦を経験したが、ロシアの労働人民はありとあらゆる苦しみに耐えてきた。——しかし、もとより資本家が独占する「世界のニューストラスト」は多くの無責任なことを言って、人の耳目を惑わせている——中国の読者社会がいったいどんな罪を犯したというのだ！——しかしこの二、三年で、各方面の疑問のカーテンは次第に取り払われた。加えてささやかな通信もあるのだから、中国人は少なくともロシアが経てきた千万の苦しみ、その責任と信念をいいかげんに知らねばならない。いまロシアはまさに「復活」しつつあり、二、三年前にモスクワに行ったことのある人にさえ、今やそれは見知らぬものとなっている。「内なる潜在力」なくしてこのようなことが可能であろうか。今暫くはプロレタリアートの歴史的使命だとか、ソビエトロシアの未来の前途などを語る必要はなく、なんとか主義、なんとか理論などを語る必要もない。――中国は歴史的な封鎖を受けて、欧州の政治経済の変化についてあまり明確な観念を持っていないのだから、十月革命の意義を明らかにするのは、一、二篇の文章で簡単に済ませられることではない。が、まずは極めて平常な事物や極めて瑣末な話を少々書き記すだけでも、ロシアの今の状況がいかなるものか、窺い知ることはできるであろう。

一

私が帰国する一ヶ月前は、ちょうどモスクワ市ソビエトの改選期だった。その日私はひどく忙しく、用事を済ませに家に帰る途中で、デモ行進をしている労働者の一群が「労農政府万歳!」と歓呼しながら、新しく選んだ代表をモスクワソビエトへと送っていくのに出逢った。押し合いへし合いしているのを待ちきれず、私は彼らの隊列にもぐり込み、突っ切って前に出ようとした。彼らはインターナショナルを歌いながら、ゆったりした足取りで、私を取り囲んで身動きが取れなくしてしまったため、私もしばらく隊列に加わって、歩調を合わせて歩くしかなかった。ふと私のそばの婦人が近くの人に言うのが聞こえた、「このニュース知ってる？　国立第二印刷工場は全員共産党を選んだのよ」。その人が言う、「知ってるわよ。もともとメンシェビキ(4)は、あの工場じゃ歴史が浅いから、まともに信用されるはずはないの。二年前に妹に言ってたのよ、――私の妹知ってるでしょう。あの子の性格分かるわよね、――あの子は全然信じないで、メンシェビキにはいい手があって、ヨーロッパの資本主義国が私たちに反対しないようにできるんだって思ってたの。今じゃあの子も同僚たち――第二工場の労働者や職員も、共産党がほんとに労働者階級全体のために頑張る政党だってやっと分かったんだから、今回はメンシェビキの候補者名簿が通るはずないのよ。……」インターナショナルの歌声がまた起こったが、私は忙しく、曲がるべき道に来たのを見て急いで隊列を離れ、彼女たちと別れたため、その後の話は聞けなくなった。

その時はちょうどコミンテルン(5)、プロフィンテルン(6)、青年共産主義インターナショナルの三大会の開会が迫っており、モスクワソビエトは数日と経たぬうちに各国代表のために送別の宴を開いた。私は新聞記者の身分で出席したが、席上たまたま一人のモスクワソビエトの議員である某工場の労働者に会った。彼は私に言った、「ああ、あんたは中国の新聞記者だったのかい。あんたらの新聞じゃレーニンは何回も死んでるよな。ハハハ」。私は言った、中国のデマ捏造機関の機械はまだあまりに貧弱で、まだ自分でそんな世界的デマを製造する腕はない、おそらく中国市場には外国製品が溢れているから、「舶来品のデマ」はもちろん少なくない、しかし私の新聞はまだいくらか左だから、決してそんなデマをみだりに載せることはないはずだと。彼が「そうか、そうか、あんたがここに来てるんだから、そんなことはないんだろうな。私は中国の青年が前に日本製品をボイコットした話を聞いたよ。あんたらの新聞はそれをさらに一歩進めて英米製品をボイコットしたってわけだ」と言うとみながどっと笑った。人々は私というこの一応は常識を持った中国人――ロシア領内では世にも稀な貴重品――が、しかも幾らかロシア語を喋れ、話が合うのを見て、みんな集まってきてあれこれ細かく尋ねるので、私は頭がくらくらした。ある者は尋ねる、「今やウラジオストックはすでに獲得し、チタから満洲里を通ってウラジオストック港まで鉄道が開通したが、中国政府は我々と共同で事業を発展させようとするだろうか?」。ある者は尋ねる、「孔子の学説に従うなら、モンゴルの活仏統治システムは永久に保存すべきだろうか?」。ある者は尋ねる、「中国はつまるところ封建制なのか共和国なのか?」。ある者は尋ねる、「孫逸仙の革命はどんな『革命』法なのか?」。混乱したあれこれの質問の中で最も答えにくいのは、「北京政府は要するにどんな政府なのか?」だった。突然、一人の以前会ったことがある婦人が駆けてきて、やっと私の囲みを解いてくれた。婦人は言う、「あなたはどうして三、四ヶ月も顔を見せないの。許せないわ。あの人たち、あなたを取り囲んでどうせまた馬鹿なことをいっぱい聞いたんでしょ、女の足とか、アヘンだとか」。私は慌てて言う、「違います、違います。安心して下さい」。私たちは腕を組んで歩きながら話していたが、一つのテーブルを通り過ぎようとした時、突然皆が騒ぎ出した、「おっ、中国人が来たぞ、こいつを胴上げしよう」。婦人は彼らに奪われまいと、私をがっちり摑んで言う、「お酒を飲んだばかりだから、彼らに胴上げなんかされちゃだめよ」。何とか持って行かれはしなかったが、私はあわや彼らに胴上げされ、空中に抛り上げられるところだった。私は婦人に言った、「君たちのこういう欧州式のもてなしには、まったく賛成できない」。彼女は言う、「遊びなのよ、遊び。あなたたち中国人みたいにくそ真面目にしょぼくれていられるもんですか。あなたは今日騒がしいと思うでしょ。以前ならこんな場所に私たちが騒ぎに来るなんて許されなかったのよ。今日みたいな盛会（Banquet）だけじゃなくて、ごく普通の音楽会だって聴きに来られなかったわ。——切符がとっても高かったのよ。それにイブニングドレスなんか着なきゃいけないしね。みんな新経済政策が行われたらもう社会主義じゃなくなるなんて言うの。私は絶対そんな話聞きたくない。こんな宴会なんかは小さな事よ。ソビエトの会議を見れば、商人とか企業家への増税や減税、実業や交通の整頓は、みんな労働者代表の意見に従ってるのよ。政権は結局私たち労働者階級の手の内にある。——もちろん「初めて社会に出た」役人の何人かは、経験がなくて間違いもするだろうし、出鱈目なことをするかもしれないけど、——それは皆の責任なのよ。ひとっ飛びで天国になんて入れるものですか。見てごらんなさい、あなたが次に私たちの家に来たら、いま私たちが貰っている食糧も給料も、もう三、四ヶ月前とは大違いで……」。ホールでは歌声が聞こえ始めた。ピアノも鳴り始めたので、私たちは芝居を聴きに行った。

二

二年前のモスクワはまるで今のようではなかった。私がはじめて行った時、ロシアはまったく異常なほど困窮していて、支給されるマッチは、俗に「五分もいやな臭いをたてた後で、やっと火がつく」などと言われたものだった。しかし、私が帰国を決めた時には、状況は大いに違っていた。出発の一週間前、私はまだ決められずにいた。――帰国のための旅費はすでに届いており、今後もし留学を続けるにしても、費用は心配ないかもしれない――国内からの援助が絶対に必要というわけでもない。しかし社会哲学の理論をこんなに長く研究しているが、現実の社会生活ではロシアの歴史的なそして現在の環境があるだけで、中国の社会はどうなっているだろう。異郷に住む身には中国の書籍がなく、現代のそれを研究できないのは言うまでもないが、歴史的な中国社会さえ研究できない。それで一旦帰国することに決めた。(7) 幾つかの大学の教授や東方語言学館の同僚とあわただしく別れを済ませ、さらにいくつかこまごました物を買わねばならない。路面電車がすでにたくさん動いており、新車両も一、二両あり、かつての落ちぶれた様子とは比べものにならない。普段は部屋にこもって読書していることが多かったので、――東洋人の性格はとうとう抜けきらず――だからあまり注意していなかったのだ。その二、三日はしょっちゅう通りに出て多くの大商店を見た。大半は国立や、市立や、労働者合作社のもので、一層堂々としている。――これもこの半年来の現象で、商業が始まったばかりの頃は、むしろ個人営業が繁盛し、品物が安いこともあったと記憶しているが、今や大体においてその逆になった。通りを歩く人の服装もかなりきちんとしてきた。私はたった二年に過ぎないのにと、よく思う。現在、ロシアの大工業（石炭、鉄、石油等）にはまだ困難が多いが、軽工業（紡織、マッチ等）はすでに大々的に回復し、農業は早ばつを経験したにもかかわらず再生の気配があり、まことに感心せずにはいられない。中国の括弧つきの「革命」は、実際には些かの「破壊」もなく、どうやら世界第一の「改良主義の民族」であるらしい。それでこの十二年のあいだに逆に今のような状態になってしまったのだ。

その日、私はあの綿織物工場の事務員をしている婦人にお別れを告げに行かなくてはと思った。さもなければ彼女はまた私を罵るだろう。路面電車に乗って行ったので、市場を通るついでに、降りて買い物をした。農産物や工業製品を販売する市場の小商人は、みな今の国家や合作社の能力が不足していた頃の分配機関である。市場の品物はじっさい高かった。私が買い物を終えてからあの婦人に会いに行くと、すでに退勤した後だった。工場にはまだ何人か人がいて、その中に私がよく知っている二人の子供がいた。一人は十七、八才、一人は十四、五才である。彼らはウェーラ（その婦人の名）はもう帰ったと言う。私はすぐに帰ろうとしたが、彼らはクラブでもうすぐ芝居が始まるから帰ってはいけないと言う。私は「君たちの芝居にどんな見所があるか、存じ上げているよ。それに、こんなに大きな大革命もロシアの悪習は革《あらた》められなかった——七時開幕のはずがしばしば八時半になることとなんてザラなんだから」と言った。子供は言う、「そんなことないよ。劇場はずっとまともさ。ここは今『僕ら』の『コムソモール』の運営だから、大人たちよりやる気なんだよ。まあ劇場みたいにはいかないけど、自分たちでやるとそれなりに面白いしね。それに劇場に行く切符は、一、二ケ月に一回しか僕らには回ってこないし……」。私が帰ろうとすると、もう一人の子供が「何買ったの、見せてよ」と言う。さらに、「芝居を見ないんだったら、中国のことを聞かせてよ」と言うので、やむを得ず腰を下ろして言った、「市場の品物は高いねえ、商人は税金が高すぎるからだって言ってたけど」。子供は言う、「どうして合作社か労働者連合会に行かなかったの？　あんた教員だろう？　僕らの『集団供給』と同じでかなり安いよ。『消費者』は国家が組織化をすすめてるからだんだんよくなるよ。大丈夫さ」。私は笑って「なんだ、君は経済学の大家だったのか」。彼はきまりが悪くなって黙ってしまった。十七、八才の子供の方が「そうそう、お聞きしますが、ボグダーノフの『経済学講義』第十一版は出ましたか。うちの図書館の事務は馬鹿だから、聞くといつもまだ問い合わせていないって言うんです」と言う。私は彼にもうすぐ出るよと答えた、——（私は前日にちょうどあの「モスクワの労働者」——生産合作社の出版社——でそれを買ったので知っていたのだ）言いながら、私は時刻がおそいので、慌てて旅支度をしに家に帰った。

三

私は十二月二十一日に列車に乗り込んだ。今や交通はほぼ回復し、それだけでなく、チタからモスクワ、モスクワからチタまでは、すでに特急列車が週に一回走っており、寝台車もついている。沿線の駅ではお湯を汲めるし食物も買え、車には食堂車もあり、三等車さえも清潔で、気持ちよく寝ることができる。ただ車内の電灯だけはやっと修理されたばかりで、光線があまり明るくないことが多く、完全に消えてしまうこともある。なんでも短距離客車は少々粗末らしい。しかし二年前ロシアに来た時の鉄道を思えば、まったく天と地ほどの開きがある。それより、不思議なのは「最も平和を愛し、もとより破壊を好まない中国」で、どうして二年たっても、京漢線の三等車の電灯さえ切れたら最後買う金がなく、京奉線の二等車はいまだに痰壺がないのだろうか。

モスクワからチタまで、九日間車中で眠り、食事は食堂車でとった。しょっちゅう各車両を回り、時には農家の老婦人や田舎の人の会話を聞いた。よく覚えているのは、ある時一人の農家の老婦人が「あたしにゃ全然分からんのだけんど、**koperativa**（合作社）って何なのさ。それと**Kommunic**とかいうのが村に来て出鱈目しとるが……」（Kommunicは田舎の人の共産党もしくは共産主義の誤読）。側に座っていた中年の田舎者が両足を組みながら口を挟んだ、「あんたは自分が分からんもんはみんな出鱈目だっちゅう。あんたが分からんでも、今じゃ分かってるもんが多いがよ」。私が通り過ぎる時思わず失笑したため、老婦人は目を見はって私を見たが、その表情が本当に面白かった。

シャウチンスクを通過する時には、パスポートにスタンプを押さねばならない。——というのも極東共和国[8]とソビエトロシアは合併を宣言しているものの、手続き上まだ時が浅いため、完全に処理が済んではおらず、このような面倒は避けられなかったのである。深夜零時に、ひどい強風が吹く中、起きて切符を交換しスタンプを貰いに行くのは、なんとも面倒だった。パスポート検査所に行ってから、さらに一時間立たされてやっと手続きが済んだ。人が多くて、行列を作って待たざるを得なかったのだ。多くの人が一両のボロボロの車両にぎゅうぎゅう詰めになっており、――これがパスポート検査所なのであった。一人の老人が言うには、「わしがこの前通った時は、もっとスイスイ終わったんだがのう。今のこん人は新米じゃろう、下手なんじゃな」。別の人が言う、「俺は前にこの仕事をやってたが、なんでこんな面倒なことをするかなあ。あいつ自分じゃやり方を考えられんのだ。――自分が車内を回って、検査しながら判を押しゃあ、すぐに終わっちまうんだが……」。私は思った、ロシア人は実に忍耐力があり、到るところどこでも行列を作って待つ。何と言っても秩序がある。シャウチンスク、チタを過ぎて、満洲里に着く。ここからは中国国境までもうすぐだ。

四

私はロシアを離れる時、本当に立ち去りがたい思いを抱いた。――あの純朴で自然な、新生への内在力に満ち、生き生きと向上しようとする姿には、後ろ髪を引かれるところがある。馬鹿で間抜けな愚かさも数々あるが、それは世界初の新しい国――労農の国家であることに恥じない。私はロシア国内でロシア平民と最後に接触した想い出を書いておかないわけにはいかない。

それはシベリアの小さな駅に近い農家でのことだった。そこの主人は鉄道警備兵の類だった。私は国境地帯で彼のような「兵隊」は七、八人見ただけだが、北京城では、「満洲里の某国の領事館の消息によると、赤色ロシアは三十万の大軍で中東路(9)を奪いに来る」との噂があった。私は戻ってから新聞でそう言われているのを見て、火星に調査に行ってみたくなった。――たぶんここで言われる「満洲里」も地球上のこの満洲里ではないようだから。閑話休題、本題に戻ろう。

私が彼の家に行ったのは、何か食べたかったからだ。と言うのは、国境で汽車を待っていて、腹が減り、身体も冷え切ってしまったのだ。彼の木の家の門を入ると、本当に暖かかった、――ペチカが赤々と燃え、勝手にお茶を飲み、パンを囓りながら、その兵隊の妻がお祭り（ロシア暦のクリスマス）用のクッキーを作るのを見ていた。室内の調度品はひどく粗末だったが、古ぼけたユーラシア大陸の地図が一枚掛かっていた。彼ら夫婦は私を大変温かくもてなしてくれた。その時室内には一人の客が座っており、見たところその警備兵の同僚で、――いずれも農家の若者だ。

主人は客と話が盛り上がっているところだったが、私に声を掛けて座らせ、その主人はお喋りを続けた、「今ロシア中を合わせても兵は八十万しかいねえけれど、少なすぎるなんてことはねえのさ。経済活動の方が大事なんだ。ヨーロッパとの国境地帯にゃ小国がいくつもある。ポーランドに、エストニア、リトアニア、ラトヴィア、こりゃみんなもともと「緩衝地」なのさ。奴らは単独じゃ絶対ロシアをやっつけに来ない。フランスやイギリスが助けるにしたって陰でやるだけよ。列強は直接来られねえ。小国も今じゃだんだん賢くなってきたから、むざむざ奴らのおもちゃにはならねえよ。我らがロシアは休憩するのにちょうどいい。……今じゃウラジオストックも俺たちのものになった。最近はあれこれみんな安定したってのにいかんせん新聞がなかなか俺たちのところに届かねえもんで、この二、三日でニュースがどうなってるかわからん……」

私はなるほどと感心した。――人々の軍隊は学校なのだ。

中国との国境を入ると、最も眼につくのは到るところ「制服」を着た軍警ばかりだった。ロシアのような「独裁」「専制」の国家でも、通りで「民警」を見ることはあまりなかったのに。ハルビンで下車した後、私は車中で最も眼についたものにしょっちゅう尋問され、少し旅程を遅らすしかなくなり、ハルビンに三日滞在した。一九二三年一月十三日やっと北京に着いた。

汽車が北京の城内に入った時、天壇、城楼、中国式の建築を遠く望みながら、思わず胸の鼓動が高鳴った。「ご無沙汰でしたね、中国の文化よ！　中国中にあまねく配置された大量の軍警は、あなたたちを保護する為なのだろうか？……」

果たせるかな、六、七日もしないで、この「最も眼につくもの」はついに労を買って出て、銃や棍棒を手に大いにその中国文化を「保護」し、荘厳な衆議院の門前で、人の尊厳を求める普通の青年学生をさんざんに打ちのめしたのである。哀れ、中国「文化の代表」で、「高尚純潔な」学生たちはことごとく「ただ教育のみを語る」ことを公然と宣言させられているのである。

この一編はとりとめなく書いてきたため、何の整合性もないようである。読者はきっとこれらの「女子供の話」を理解してくれるだろう。――私が三年ロシアに旅した一番最後の「新聞記者的」

な報告ということになる。詳細な論述については、拙著『ロシア革命論』が間もなく出版されるので、その時に再びご教示をお願いすることにしよう。

一九二三年一月二十五日　北京にて

訳注

（1）一九二二、二三年、漢口ではイギリス警察や義勇軍が中国人労働者の運動を直接弾圧する事件が連続して起こっていた。

（2）一九二三年の「大総統」選挙における曹錕の国会議員買収を指す。買収された議員を「子ブタ議員」という。

（3）曹錕に買収された議員の筆頭である衆議院議長は呉景濂。

（4）ロシア社会民主労働党がレーニン派（ボルシェビキ）と分裂して生まれた社会主義右派。メンシェビキには少数派の意味がある。

（5）共産主義インターナショナル。第四回大会はモスクワで一九二二年十一月七日から十二月三日まで開催された。

（6）赤色労働組合インターナショナルのこと。

（7）瞿秋白はコミンテルン第四回大会に参加した中共委員長陳独秀の通訳を担当するが、陳から国内の運動の方が大事だと説得されて一緒に帰国することになったという。

（8）一九二〇年三月から一九二二年十一月までソビエト政権が日本のシベリア出兵に対峙すべく建国した緩衝国家。

（9）「中東路」はロシアと中国を結ぶ鉄道。ロシアと中国の共同経営ということになっていた。

◉解説

瞿秋白が記者としてソ連に入るのは一九二〇年十月、レーニンが指導した戦時共産主義体制が農業・工業の停滞混乱を招き、ソ連全土で飢餓が進行し、シベリヤ出兵や内戦の残存から新システム（新経済政策とソビエト）の成立への最も激動の時代だった。後『餓郷紀程』と『赤都心史』にまとめられるレポート式の諸篇は、旅行記であるとともに文字通り「心の歴史」であり、ソ連の現実と自らの抱える中国的伝統、それまでに培った世界観を激しくぶつけ合わせ、そこに更にマルクスレーニン主義の理解を積み重ねていくというもので、文章は大変詰屈難解である。

『赤都心史』の最後は一九二二年三月二十日、胃病と喀血が悪化しモスクワ近郊の療養所に長期入院している時に書かれているが、この「赤色ロシアからの帰途」は、そこから退院し、年末に中共代表としてモスクワに来た陳独秀の通訳を務め、陳の勧めで一緒に北京に帰着し、その直後に書いたもので、詰屈なところはなく、本人も言うとおり「新聞記者的」な報告文体で綴られる。その間の健康回復、ソ連の政治経済状態の好転、瞿の思想的成長などを窺わせる明快な文章である。

（佐治俊彦）

徐志摩

我が心のケンブリッジ

徐志摩（シュー・ジーモー／じょしま）（一八九七―一九三一）。新月派を代表する詩人、散文家。本名は章垿、字は槱森、後に志摩に改名。浙江省海寧の実業家の家庭に生まれる。一九一五年杭州一中を卒業後、張幼儀と結婚。上海の浸信会学院暨神学院（滬江大学の前身）を経て、天津の北洋大学、北京大学に学ぶ。中学時代から文学を愛好していた徐志摩は、法学・政治学を専攻するかたわら中国、海外の文学を読み漁る。この頃梁啓超と師弟関係を結ぶ。一八年米国に留学しクラーク大学、コロンビア大学大学院経済学部で学ぶ。二〇年に渡英し、ケンブリッジ大学で政治経済学を修める。ケンブリッジ滞在中に志を政治から詩作に転じる。二二年帰国。二三年に胡適らと新月社を結成、二四年胡適、陳源と『現代詩評』を創刊。二五年北京大学教授となる。二六年聞一多らと『晨報』副刊『詩鐫』を創刊し編集に当たる。二八年上海で胡適、聞一多、梁実秋らと『新月』月刊を創刊、「新月的態度」で「健康」と「尊厳」を標榜。また新月社から『詩刊』を発刊。文学面では新格律詩の創作と詩芸の探求（人文主義）、政治面では西欧的リベラリズムとデモクラシーの実現を目指し、「新月派」と称される一派を形成する。三一年十一月に飛行機事故で亡くなる。著作に詩集『志摩之詩』（二五）、散文詩集『翡冷翠《フィレンツェ》的一夜』（二七）、『猛虎集』（三一）、散文集『落葉』（二六）、『巴黎之鱗爪』（二七）、『自剖集』（二八）、翻訳に『曼殊斐爾《マンスフィールド》小説集』（二七）などがある。

一

僕の人生の歩みには、だいたいその動機を探しだすことができる。ほかのことはさておき、求学についてだけ語ろう。僕がイギリスに行ったのはラッセルに師事するためだった。ラッセルが中国に来たとき、僕はすでにアメリカに行っていた。彼が死亡したというあの誤報が伝わったときには、僕は涙を流すだけでは足りず、追悼の詩さえ書いたものだ。彼が死んでいないとわかり、もちろんうれしかった。そこで僕はコロンビア大学の博士号を得る誘惑から逃れて、船の切符を買い、大西洋を渡った。真剣にこの二十世紀のヴォルテールに学ぼうと。ところがイギリスに着いてから事情が変わったのを知ることになろうとは。第一に戦時中に反戦を主張したこと、第二に離婚したことが原因で、ラッセルはケンブリッジを追われていたのだ。彼はトリニティ・カレッジの特別研究員だったが、そのシニアメンバーの資格もはく奪されて、イギリスに戻った後はロンドンに住み、夫人とふたり文筆で暮らしをたてていた。そのため、彼に師事するという僕のもともとの願いも叶わなかった。ロンドンのロンドン・スクール・オブ・エコノミクス（LSE）で半年過ごし、進路を変えたいと悩んでいたときに、ディキンソン先生に出会った。ディキンソン――Galsworthy Lowes Dickinson――は著名な作家で、その『ある中国人からの手紙』（一九〇四）[1]と『モダン・シンポジウム（現代についての座談会）』（一九〇五）の二冊にはかねてから尊敬の念を抱いていた。初めてお目にかかったのはロンドン国際連盟協会の席上だった。その日は林宗孟(2)が講演し、ディキンソン先生はその座長を務めていらっしゃった。二度目は宗孟宅での茶会だった。それから僕は先生のお宅によく伺うようになった。先生は僕の悩みを察し、ケンブリッジに来ないかと勧めてくださった。彼はキングス・カレッジの特別研究員だった。僕は二つのカレッジに手紙を出して問い合わせたが、どちらもすでに定員はいっぱいだという。そこでディキンソン先生がご自分のカレッジに交渉して、僕に特待生の資格で、どの科目でも自由に聴講できるように計らってくださった。そんなわけで、黒い角帽と黒いマントの風景の中に僕も仲間入りすることとなった。はじめはケンブリッジから六マイルほど離れた郊外のソーストンにいくつか部屋のある小さな家を借りた。同居人は、僕の元夫人の張幼儀女史と郭虞裳君だった。毎日、朝になるとバスに乗って(自転車のこともあった)学校に行き、夜に戻る。そんなふうにひと春過ごしたが、僕はケンブリッジではまだよそ者で、一人の知り合いもなかった。ケンブリッジの生活をすこしも味わってなどいなかったといってよい。僕が知っているのは、一つの図書館と、いくつかの教室と、安い食事が食べられる何軒かの軽食屋だけだった。ディキンソン先生はいつもロンドンか、でなければ大陸にいたので、なかなか会うこともかなわなかった。その年の秋、僕はひとりでケンブリッジ

クレア橋

に戻った。まるまる一学年が過ぎた頃、ようやく本物のケンブリッジの生活に触れるチャンスがやってきた。それと同時に、その頃には、僕もだんだんとケンブリッジを「発見」しつつあったのだが、もっと大きな楽しみをまだ知らなかった。

二

「ひとり」というのは、じっくり味わうに足る現象である。僕はそれが何かを発見するための第一条件のように思うことがある。君が友情の「真」を発見したいなら、友人と一対一で付き合う機会が必要だし、自分自身の「真」を発見したいなら、ひとりきりになる時間が必要だ。ある場所を発見したいなら（場所にも人と同じように精神性があるのだ）、やはりひとりで訪ね歩く必要がある。僕たちは一生の間に、ほんとうのところ、いったい何人の人を知ることができるだろう。いくつの場所を知ることができるだろう。僕たちはあまりに慌ただしく、ひとりになる機会がなさすぎる。僕は自分の故郷についてさえ、じつはたいして知ってはいない。だがケンブリッジには、かなり親しんでいるといえるだろう。それに次ぐのは、新たに知ったフィレンツェぐらいだ。ああ、あの日々の朝や黄昏、僕はたったひとりじっとケンブリッジに佇んでいた。絶対的にひとりだった。

だがひとりでかの最愛の対象について書くというのは、それが人であっても土地であっても、なんと苦労のいる仕事だろう。君は恐れる。描き損なってしまわないだろうか、言葉が過ぎて相手を怒らせてしまわないだろうか、慎重になりすぎて期待に背くことになりはしまいかと。いま、ケンブリッジについて書こうとしながら、僕もちょうどそんな気持ちだ。僕には書けない。うまく書けっこないと僕にはわかっている――突然の、時間に迫られての仕事である今回はまして。だが書かないわけにはいかない。前号にもう予告が載ってしまったのだから。そこで強いて二つにわけて、なんとか書いてみようと思う。一つは僕の知っているケンブリッジの自然の風景、もう一つは僕の知っているケンブリッジの学生生活である。今晩はあらましをざっとしか書けないが、後で興に乗ったときに書き足していくことにしよう。

二

ケンブリッジの精神性のすべては一つの川にある。ケム川、それは世界で最も美しい川だと僕は言おう。その名はグランタ（Granta）だが、ケム川（River Cam）とも呼ばれる。どちらからどちらに向って流れているのか、その見わけがつかないほどだ。川筋はあちらこちらで曲がりくねり、上流には有名な「バイロン池」（Byron Pool）――かつてバイロンがここに遊んだ――がある。そこにグランチェスターという古い村があり、果樹園がある。一面に連なる林檎の木陰に寝ころんでお茶を楽しめば、花や果実がティーカップに入らんばかりに垂れ下がり、雀がテーブルに来て食べ物をついばむさまは、まるで別世界のようだ。これは上流のほうだが、下流はといえば、チェスタトンから下り、川面が広くなると、そこは春から夏にかけてボートレースが行われる場所である。上流と下流の境目には堤が築かれ、流れが急になっている。星の光の下で川の音を聞き、近くの村の晩鐘や、河畔で牛が草を食む音を聞くのは、ケンブリッジでの経験の中でもいちばん神秘的なものの一つだ。大自然の美しさと静けさが、星の光と波の光の黙約の中に調和して、ひとりでに君の魂の中に流れこんでくるのだ。

だが、ケム川の精髄は中流、かの「バックス」にある。両岸にあるのは名高いカレッジの建物だ。上流から順にペンブルック、セント・キャサリンズ、キングス、クレア、トリニティ、セント・ジョンズの各カレッジが並んでいるが、最も人を惹きつけて離さないのは、クレア・カレッジからキングス・カレッジにつながる一角である。クレアの秀麗さにキングズ・チャペルの壮大さが寄り添っている。よその土地にはもっと美しい、もっと荘厳な建築があるが——たとえばパリのセーヌ河のルーブル宮殿一帯や、ベニスのリアルト橋両岸や、フィレンツェのヴェッキオ橋周辺などだが——、ケンブリッジの「バックス」には特別なよさがある。それはひと言ふた言で簡単に形容できるものではないが、俗塵にまみれぬ、気高く秀でた境地は、いわば絵画を超越して音楽に転化するような感じである。この一群の建築以上に調和し均整のとれたものはほかにない。これに比肩し得るのは、絵画ならコローの田園風景、音楽ならショパンのセレナーデくらいしか思い当たらない。こう言ってもぼんやりとした印象さえ与えられないだろうが、これらの建築が与える美感はまさに神秘的なものなのである。

キングス・カレッジ橋のたもとのブナの木陰に立って眺めれば、右側は、広い芝生を隔ててその向こうが、我らが校友会館（fellows building）である。年代はそう古くはないが、隠しがたい艶めかしい美しさがある。白い石壁は春から夏の間、一面に風に揺れる鮮やかなバラの花で彩られる。つぎに左に視線を移すとそこは教会堂で、森のように林立した尖塔が、汚れなく永遠に天を指している。さらに左はクレアだ。おお、目を疑うほど精緻なその方形の中庭。これこそセント・クレアの化身であり、あの石の上には彼女の当時の神聖で純潔な精神が輝いていると誰もが認めよう。クレアの背後にかすかに見えるのは、ケンブリッジでもっとも華々しく、もっとも誇り高いトリニティ・カレッジである。川に面した図書館の建物には、驚くほど生き生きしたバイロンの彫像が鎮座している。

だがこのとき君の目はすでに魔法にかけられたようにクレアの三連アーチ橋に奪われているだろう。君は西湖の白堤にかかる西冷断橋を見たことがあるだろうか（憐れにもそれは近代の醜悪な精神を代表する自動車会社のせいで踏みならされてしまい、今やうら寂しい雷峰塔とともに永遠にこの人の世に別れを告げてしまったが）。君は忘れられないだろう、クレア橋の濃淡混じりあった青い苔や、木柵の古びた趣や、アーチの下にこぼれる湖水の輝きとそれに映える山の景色を。クレア橋は何かほかの美観によって引き立てられているわけではない。それは廬山栖賢寺の観音橋が、上に五老の奇峰を眺め、下に深い淵と飛瀑を望むのとは比ぶべくもない。ただのやぼったい小さな三連アーチの橋である。そのアーチの間に映えるのは川面のさざ波と木々の揺れる影だけ、櫛の歯のように並ぶ低い欄干とその上に向いあって並ぶ白い球形の石も、田舎娘の髪に控えめに挿された香草や野花ような飾りにすぎない。だがもっと目を凝らし、じっと見つめてみたまえ。そして自分の心を省みてみたまえ。その心にはまだわずかな俗念が染みついていないだろうか？　審美の本能をなくしてさえいないなら、君に訪れたチャンスが純粋に美を感じる神秘を実現するのだ。

だが鑑賞の時間はやはり選ばなければならない。イギリスの気象条件や気候は極端に変わるからだ。冬はありえないほどひどい。一寸先も見えない濃霧がずっと立ちこめる日には、どうかためらうことなく、その地獄に自ら飛びこんでみたまえ。春は（イギリスにはほとんど夏がないのだ）さらにありえないほど素晴らしい。とりわけ四月から五月にかけて、もっともゆっくりと暮れる、もっとも艶やかな黄昏こそ、まさに得がたい宝物だ。ケム川の川辺で夕暮れ時を過すのは、一服の魂の滋養薬だ。ああ、あの時の蜜のように甘美な孤独、蜜のように甘美なくつろぎ。来る夜も来る夜も、僕はただ放心したように欄干に寄り掛かり、西の空を見つめていた。

静まりかえった橋の影を眺めては
細かい渦状の波紋を数えてみる
僕は欄干にもたれ、石の上の青い苔を温める
青い苔は僕の心の奥底まですっかり冷やす

さらに拙い言葉を連ねたところで、蜘蛛の糸のように軽やかで定まりない情景にせまることなどできようか。

忘れがたき七月の黄昏、遠くの木々は静まりかえり
墨を流したような山の形は、柔らかな暮色を引き立たせる
隙間なく密に、七分は淡い黄色、三分は橙色に縁どられている
その妙趣は秋の夢の果てにこそ捉えられん

四

川の両岸には四季を通して芝生が青々としている。校友会館の建物の上から眺めると、対岸の草場には、朝も夕も十数匹の赤牛や白馬がいる。脛や蹄は生い茂った草の中に埋もれ、ゆったりと草を食んでいる。ぽつぽつとまばらに咲く小さな黄色い花が風に揺れ、彼らの尾やたてがみが振れる動きに調子をそろえる。橋の両端には寄りかかるように立つ枝垂れ柳とブナの木陰が覆いかぶさる。水は澄みきって、深さは四尺にとどかず、背の高い水草がむらなく生えそろっている。こちら岸の芝生も僕のお気に入りだ。朝に夕に、その天然の絨毯に座って読書をしたり、川を眺めたり、寝転がって空をゆく雲を追ったり、うつ伏せて大地の温かさを抱いたりする。

だが、この川の風雅は岸辺の美しさにとどまらない。君は切符を買ってボートに乗るべきだ。ボートにもいろいろ種類がある。一般的な手漕ぎボートに、軽快なカヌー、ちょっと風変わりな細長い平底舟（punt）(3)もある。最後のやつは他所ではお目にかかれない。長さはざっと二丈ほどで、幅は三尺、船尾に立って長い竿で川底を突いて進む。これを操るにはコツが必要で、不器用な僕はついに会得することができなかった。はじめて乗ってみるときは、きっと流れに対して船がすぐ横向きになってしまい、大揺れに揺れて慌ててしまうだろう。イギリス人はむやみに人を笑ったりしない。だが注意したまえ、彼らは言葉には出さずに眉を顰めているのだから！　本来はゆったりと落ち着いた川の秩序をこの僕、粗忽な素人が何度かき乱したことか。それなのに僕はついに会得できなかったのだ。僕が懲りずに貸しボート屋に行き再挑戦しようとすると、白いひげの主人がいつも皮肉をこめて言ったものだ。「だんな、平底船に乗るのは骨が折れますよ。天気も暑くて疲れる。カヌーですいすい回りなさいまし」。だが僕が言うことを聞くわけもなく、長い竿をひと突きして平底船を出すのだが、結局はまた川の流れをそこ、ここで断ち切ることになるのだった。

橋の上に立って人が竿を操るのを見ると、そのなんとやすやすとして、なんと巧みなことか！　とくに日曜日には若い娘の漕ぎ手たちが現れる。白づくめの服を身にまとって、スカートの裾をゆったりと風になびかせ、つばの大きな薄絹の帽子を被り、帽子の影を水草の間で揺らす。彼女らが橋のアーチの下を抜けるときの動きときたら、重さがないかのように長い竿を引きあげ、ただそっと、無頓着に波のまん中をひと突きし、身体をわずかに屈めると、艇身は波まかせに橋の影から出て、青緑色の細長い魚のように前へと滑りだす。彼女らが敏捷に、いともたやすく軽やかに漕ぐ姿は、まったく詩に詠うに値する。

初夏の日差しがだんだん暑くなってくる頃、君はボートを借り、橋の下の日陰まで漕いで行き、寝そべって本を読んだり、夢を見たりする。槐の花の香りが水面に漂い、魚の群れの餌をつつく音が耳をくすぐる。また、初秋の黄昏には、新月の冷たい光に近づきながら、上流の人里離れた静かな所をめざして遠出する。はしゃぐのが好きな少年たちがガールフレンドを連れて、船縁に二つずつ、目にも鮮かな東洋の提灯を立て、蓄音器を携え、船のまん中には柔らかい敷物を敷いて、そして人気のない場所へ赴き愛の喜びを交わす。水底で響く音楽が静かな川面で夢や春の光を奏でるのを誰もが聴きたいと思うだろう！

都会に住み慣れた人には季節の移り変わりがなかなかわからない。木の葉が落ちるのを見て秋を知り、葉が緑になるのを見て春を知る。寒くなるとストーブを出し、暑くなるとそれを片付け、綿入れを脱いで袷に着替え、袷を脱いで単衣を着るといった具合だ。天上の星の便りも、土の中の便りも、宙を渡る風の便りも、僕たちは関知しない。忙しすぎるのだ。あれやこれや、する事が多すぎて、誰が星の動きや草花の盛衰や、風や雲の変化にいちいちかまっていられようか。一方で僕たちは自分の暮らしを、苦痛や悩みや束縛や味気なさを恨めしく思っている。人間であることが楽しいなどと誰が思うだろう？　つかの間でも人生を呪わない者がいるだろうか？

だが、充ち足りない生活もたいていは自ら選んだものだ。僕は生命の信仰者だ。生活は決して、僕らの大多数が自分の経験から推し量っているような暗澹たるものではないと信じている。僕たちの病根は「根本を忘れて」いるところにあるのだ。人は自然の生んだ子どもである。枝先の花や鳥が自然の生んだ子どもであるように。だが僕たちは不幸にも文明人だ。世の中に日一日と入りこむごとに、自然からは日一日と遠ざかる。土の上の草花を離れ、水の中の魚から離れて、どうして楽しめるだろうか？　どうして生きられるだろうか？　大自然から僕たちは生命をもらったのだから、大自然から生き続けるための滋養をもらうのが当たり前なのだ。大きく揺れる大木は曲がった根を無尽蔵な大地の中に深くはっていないのではないか。僕たちは永遠に独り立ちできない。幸福なのは母の慈しみから離れていない子ども。健康なのは自然の近くにいる人たち。なにも鹿やイノシシと遊んだり、仙人のように洞窟に帰れというのではない。僕らの今の生活の枯渇を治療するために、「完全に自然を忘れぬ」というちょっとした処方箋を手にしさえすれば、僕らの病状も緩和する希望があるというのだ。青い草の中に何度か寝ころび、海水を何度か浴び、高いところから朝焼けや夕焼けを何度か眺めれば、君の肩の荷も軽くなるだろう。

これがごく浮薄な理屈だというのは、もちろんだ。だが、ケンブリッジで過ごした日々がなかったら、僕もこんなふうに言う自信はなかっただろう。僕の一生ではあの春だけだ。言うのも悲しいが、むだに日を送らなかったと言えるのは。あの春だけ、僕の生活は自然だった。ほんとうに楽しかった！（それはちょうど僕が人生でもっとも苦しんでいた時期だったにもかかわらず）僕にそのときあったのは暇と自由、そして絶対的にひとりでいるチャンスだった。ふしぎなことだが、まるで初めてのことのように感じたのだ。月や星の光、草の緑、花の香り、水の流れのやさしさを意識したのは。初春の、周囲を見下ろす強いまなざしをどうして忘れられよう。いく度の朝を、ひとりで寒さもかまわず、一面に霜の降りた林を散歩しただろう――鳥の言葉を聞くために、朝陽を眺めるために、泥の中に目覚める花を探すために、ごく微かな、妙を凝らした春の息吹を感じるために。ああ、あれは新たに生まれたばかりの画眉鳥が常緑樹の枝で彼の新声を試しているのだ！　ああ、これは解けかかった地面から初めて顔を出した雪球花《スノーボール》だ！　ああ、新しい露が寂しげな柳の枝に触れているではないか。

静かだった。その朝は広々とした通りに出た。遠く、牛乳を運ぶ車の鈴の音だけが、周囲の沈黙の中にリンリンと響く。通りに沿って歩き、行き止まりまで行くと、再び林の小道に入り、深い霧の立ちこめる方へ進んで行った。頭上には楡の枝が交差し、ぼうっと曙の色が透けて見える。さらに進んで林をぬけると、平坦な原野が開け、村の家や芽吹きはじめた麦畑、その向こうにいくつかの饅頭型の丘が道をさえぎっているのが見えた。広野の果ては霧で霞んでいる。とがった黒い影は近くの村の教会だろう。ほら、朝の鐘の穏やかな澄んだ音色だ。この辺りはこの国の中部の平原で、地形は海の軽いうねりのように、穏やかに起伏している。高い山は見えず、あるのは常緑の草原と肥沃な田野ばかりだ。丘に登って眺めると、ケンブリッジ一帯は鬱蒼とした林で、その中にいくつかのすらりとした高閣をおし戴いているにすぎない。美しいケム川はその形跡すら見えず、錦の帯のような木々に沿って、あの清らかな流れを想像するばかりだ。点在する村の家や林はこの地盤の上の碁石だ。家があるところにはよい木陰があり、よい木陰があるところには家がある。今は朝の炊事の煙が立ち昇る時分だ。朝霧がしだいに晴れて、灰色の天幕が上がっていく（いちばんいいのは霧が消えた後の光景だ）。あちらこちらで炊煙が、細い糸になり、うずを巻き、ときに軽やかに、ときに重くゆっくりと、ときに黒っぽく、ときに薄青く、ときに白っぽく、静かな朝の空気の中に上っていき、しだいに見えなくなるさまは、あたかも人々の朝の祈りが、まちまちに天に立ち上り、聞き入れられていくかのようだ。日の出はなかなか見られない。この初春の天気では。だが、その訪れは早起きの人の最大の喜びだ。田野はたちまち彩りを増し、この草にも、あの木にも、この通りにも、あの家にも、一枚の薄絹のような金粉が降りかけられたかのよう。あたりはたちまち朝の華麗な優しさでいっぱいになり、君の心も昼の誕生という光栄のおすそ分けにあずかる。「春だよ！」。勝ち誇った晴天が君の耳元でささやいているようだ。「春だよ！」。君の快活な魂もそこで共鳴しているようだ。

川の景色にかしずきながら、春は日一日と便りを運んでくる。石の上の苔の痕跡や、枯れ草の中の花の美しさに目をとめ、水の流れの緩急や水草の成長に心をとめ、空の上の雲に気を配り、新しく飛来した鳥の言葉に耳を傾ける。可憐で小さな雪球花《スノーボール》は春のきざしを探す使者。鈴蘭と香草は歓喜の産声。美しくたおやかなサクラソウ、利口で可愛らしい石水仙、にぎやか好きのクロッカス、辛抱強い蒲公英と雛菊——いまや春の光はこの世界に満ちている。春はまだかと足しげく訊ねてあるく必要はもうない。

美しい春の芽吹きのとき、それは君が野に遊ぶときだ。すばらしき道路行政。ここは中国とはまったく違う。どこにだって広く平坦な道が築かれている。歩くのも楽しいが、自転車に乗るのはもっと愉快だ。ケンブリッジでは自転車に乗るのは当たり前の技術だ。婦人でも、子どもでも、お年寄りでも、誰もがこの二輪車を楽しんでいる（ケンブリッジでは自転車を盗まれる心配はない。みな自分の自転車を持っているので盗もうとする者などいないのだという）。君がすきな方向へ、君がすきな道を、草の香をふくんだ優しい風に乗って、車輪を走らせてどこまでも進む。この数時間の逍遥は魂の滋養薬になるにちがいない。道にあるのは清らかな木陰と美しい草、どこでも好きなところで休めばよい。君が花を愛するなら、そこは美しく織りあげられた草原だ。君が鳥を愛するなら、そこにはさえずり上手な小鳥がたくさんいる。子ども好きなら、田舎には可愛い子どもがどこにでもいる。人情を求めるなら、そこには遠方の客を厭わない人たちがたくさんいるから、一夜の宿を借りればよい。ミルクやじゃが芋でもてなしてもらえるし、目にも鮮やかなおいしい果物も好きなだけ味わえる。酒好きなら、どの家にも君のために上等の新酒が蓄えられている。黒ビールは濃厚だし、林檎酒や生姜酒は渇きを癒し肺腑を潤してくれる。……本を一冊持って、十マイルほど走り、静かな場所を選んで、空を眺めたり、鳥の声を聴いたり、本を読んだりする。飽きたら、どこまでも続く草の上に身を横たえて夢の世界を尋ねる。――これ以上に心に適う気晴らしを想像できるだろうか。

陸游に「快馬を伝呼し新月を迎え、却って軽輿に上り晩涼に乗ず」(4)という詩の一連があるが、これは地方の役人の風雅だ。僕がケンブリッジにいたときは乗る馬もなかったし、輿もなかったけれど、僕にだって僕なりの風雅はあった。夕日が西に傾くとき、自転車に乗って空の果ての大きな日輪を追って走る。日輪には追いつけない。だが僕は、誇父(5)のような身のほど知らずではないが、夕暮れの風景のやさしさを僕はこんなふうにしてずいぶん味わった。数枚の絵のような経験は今なお生き生きと心に留まっている。夕日を眺めるといえば、僕たちはふつう山に登ったり海に臨んだりすることを考える。だが、じつは空の果てまで見渡せる広々としたところでさえあれば、平地で見る夕焼けも同じようにすばらしいこともある。一度は僕がある所へ行ったとき、村の家の垣根に手をかけて、広い畑の麦の穂が揺れる向こうに、西の空の変幻するのを見た。一度はちょうど広い道を走っていると、放牧から帰る羊の大群がこちらへやってきたのだが、巨大な太陽がその群れの背後に幾重にも金色の輝きを放っていた。空は暗く青みを帯びた紫色で、目の前には見つめていられぬほど眩い光の中の大きな道と一群の生き物だけだった！　僕の心は瞬時にその神秘に圧倒され、ひざまずいてしまった。ゆっくりと消えていく金の光に向って。そしてもう一度は、さらに忘れがたい光景だ。それは果ての見えないほど広い草原だった。真っ赤なケシの花が満開で、青い草の中に無数の提灯のようにすっくと伸びていた。陽光が褐色の雲の中から射してくると、その花々が異様な紫色に変り、透き通ったように見えなくなった。その瞬間、僕の眩んだ視覚の中で、草原が変化し……いや、もうやめておこう。言っても君たちは信じまいから。

　一たび別れてから、もう二年以上がすぎた。ケンブリッジよ。僕のこのノスタルジックな秘めた想いを誰がわかるだろう。ほかのものはともかく、あの晩鐘の響く黄昏と、遮るもののない広い田野さえあれば。ひとり柔らかい草にもたれ、大きな一番星が空のかなたに現れるのを待つのだ！

民国十五年一月十五日

訳注

（1）初版は一九〇一年。

（2）林長民。晩清の立憲派人士。

（3）竿で川底を突いて進む平底の小舟。

（4）陸游「酔中到白崖而帰」の中の一句。徐志摩は原文で「伝呼快馬迎新月、却上軽輿趁晩風」と引くが、原詩は「遇呼快馬迎新月、却上軽輿御晩風」。

（5）「誇父」は神話上の人物。『山海経』に、太陽を追いかけ、喉がひどく渇き、黄河と渭水の水をすべて飲んでも足りず、遂に死んだとある。

◉解説

本作「我所知道的康橋」ははじめ『晨報副刊』（一九二六年一月十六―二十五日）に掲載され、後に散文集『巴黎的鱗爪』（上海新月書店、一九二七年八月）に所収された。『中国新文学大系・散文一集』（周作人編選、上海良友図書印刷公司、一九三五年）にも選ばれ、中国現代散文を代表する一作とされている。

ケンブリッジ留学は徐志摩の思想や創作活動に大きな影響を及ぼした。実業家であった志摩の父は

ケンブリッジ大学キングズカレッジのキャンパス内にある徐志摩「再別康橋」詩碑（2008年建立）

息子に将来は金融界で活躍してほしいとの夢を託し米英へ留学させた。封建的旧弊に囚われた中国の将来を憂える正義感の強い志摩は、早くから梁啓超の改良主義的政治思想に影響を受け、梁の「小説界革命」に共鳴し、社会を改良するという社会的効用に重きを置いた文芸観を持った。米国留学中も中国の政治や社会を改革せんとする志で勉学に励んだ。ケンブリッジ滞在は彼の人生の画期となった。林長民、陳源ら中国の知識人、ディキンソン、ラッセルらと親しく交わり、文学評論家I・A・リチャーズらの「The Heretics' club」の活動に参加、作家H・G・ウェルズ、エドワード・カーペンター、キャサリン・マンスフィールドとも面識を得、思想面でも芸術面でも多くの収穫を得る一方、中国詩や文化を紹介し彼らに深い印象を残した。こうした名士との交流、ケンブリッジの学問・生活環境や美しい風景の中で、志摩はイギリス式の自由民主主義を理想とする政治観念を持つに至るが、志は政治から離れ、本格的に詩作に向かい、白話の新格律詩の創造を目指す。とくに初期の詩には、景物の美しさを通して、自分の追求する自由な精神の理想を歌いあげる特徴があり、その作風にはバイロン、シェリー、キーツらロマン主義の詩人の影響が色濃くみられる。

本文中に名の見える元夫人張幼儀は、清朝宦官の名門の一族の娘で、兄たちも政界や金融界の要人。志摩十九歳の時、家の決めた結婚であったが、夫婦の仲は比較的よかったようだ。だが志摩は渡英してまもなく、のちに作家、建築家となる林徽因と出会い、激しい恋に落ちる。二一年初めに徽因はスコットランドへ行き、志摩もケンブリッジに移るが二人は文通を続ける。徽因との結婚を望む志摩は第二子を妊娠中の妻に離婚を申し出、夫婦は二二年三月に正式に離婚するが、林徽因は帰国し、志摩の恋も終わりを告げる。本文中の「僕が人生でもっとも苦しんでいた」「あの春」とは一九二二年の春のことである。

徐志摩は作品中たびたびケンブリッジに触れているが、ケンブリッジそのものをテーマとする作品としては、本作のほか、詩「康橋再会罷」、「再別康橋」などがある。

（下出宣子）

艾蕪

茅草地にて

艾蕪（アイウー／がいぶ）（一九〇四―九二）。作家。本名湯道耕、四川省新繁県の小学教師の家に生まれる。成都第一師範に入学するが、その教育内容の古さや旧式結婚に反発して家を離れる。昆明紅十字会の雑役夫をしたが、一九二七年ビルマ（現・ミャンマー）にさすらい出、宿のボーイをしたり、ヤンゴンで新聞社の校正係をしたり、さらにシンガポールに流れ、またビルマに戻って新聞の編集をしたりと漂泊の生活を送った。三〇年冬ビルマの英当局に逮捕され、翌年強制退去、三一年夏上海に来て創作を開始、翌三二年左翼作家連盟に参加、短編集『南行記』（三五）、『夜景』（三六）に収められる好短編を次々発表していく。抗日戦期は主として桂林で大後方の農村の抗日意識を描く作品を発表、文学青年のための『文学手冊』（四一）なども執筆している。国共内戦期は主に重慶で長編『故郷』（四六）、『山野』（四八）などを発表、建国後も長編『百煉成鋼』（五八）、『南行記続篇』（六四）、『南行記新篇』（八三）などを発表する息の長い作家であった。その中でも『南行記』は最初八篇だったものが次々増補され、晩年になっても『続篇』、『新篇』が書き続けられたように艾蕪文学の出発点であり、到達点であったように見える。

一

ぼくは南国の天地をさすらっていた時、食べるものが無くなると働き、流した汗と引き替えに賃金を受けとると、また新鮮な情緒に充ちた別の知らない場所に向かったものだった。それは、一見面白い気楽なことのようだが、実際に経験すると、決して頭に描いた美しいイメージにうまく合致するわけではない。それでもやはり面白い。ただこの面白さは、別の気持ちから理解する必要があるのだが。

ビルマ北部イラワジ川沿いの大きな港町バモーに着くと、また飯を食う金が無くなったため、やはり伝家の宝刀――労働を使うことになった。しかし、誰がぼくを必要とするだろう。何をするかは、ぼくにとってはまったく問題ない。文武の文だったら例えば字を書くとか、武の方だったら例えば土を掘るとか、何でもやってきたから。そこは知らない人ばかりで、誰もぼくに取り合おうとしないので、ぼくに汗を流させようというお得意様は、まるまる二日間みつからなかった。そこで、ぼくは途方に暮れた。しかし、ぜんぜん慌てたりはしなかった。と言うのも、中国南西部のたくさんの大都市で、毎日毎日腹を空かせていたことがあったので、この時にはもう慣れっこになっていて、またかと気にも掛けなかったのである。しかし、この気持ちは結局そんなに長くはつづかないから、明日どうやって生きていこうかと焦ることも、まったくなかったわけではない。

ぼくの顔色や眼差しは、飢えを経験したことがある人には、察しがついた。そこで一緒に中国人街の木賃宿に泊まっていた苦力が親切心を起こして、ぼくの顔と目から発見した苦しみを、その宿屋と、隣の小さな茶店で、ワラジを履いた人たちに向けて宣伝してくれた。最初は彼にとても感謝したが、後になると少し嫌になってきた。と言うのも彼がぼくをひどく惨めたらしく形容したからだ。他人に「いい若い者が腹をすかせて恥ずかしい」と言われたことはないが、ずっと人々の中で——ぼくがこんな生存能力の乏しい弱虫で、大きな辛さに耐えられない——と暴露されてしまっているように感じたのである。どんな辛酸であろうと、どんな苦痛も、平素からまるごと腹に呑み込んできたのに、人に弱みを見せるなんてできないことだった。

しかし、この親切な苦力には、やはり感謝すべきであったろう。店で一日中アヘンを吸い惰眠を貪っている苦力のような男（後になって、彼が苦力からアヘンの盗み売りに商売替えした者だったと分かった）が、彼の宣伝を聞いて、ぼくにかなり同情し、しかも熱心にぼくのために仕事を捜してくれたのである。その夜ぼくが帰ると、その男は薄暗いアヘンランプの側で寝ていたが、すぐにぼくに入って座るように言い、病人を慰めるような優しい声で、気遣わしげにぼくを慰めた。彼が言う、

「見たところあんたはやっぱり学校に行ったことがある人だから、あの店に行って子供たちに勉強を教えたらいい。きつい仕事ができればもっといいな。あいつらは店をやっているから、そのうちあんたに客の世話をさせるだろう。そりゃあ、簡単だよ。ぜったいあんたに道を駆けたり人を担いだりはさせないから」

彼はすぐに店主の名前も教えてくれた。その場所は茅草地(1)と言い、まる二日も人家を見ないような山の中にあるから、もしアヘンを吸わなければ、きっと金を貯められるはずだと言う。ぼくが心からこの善人に感謝したことは言うまでもない。

二

ぼくを山奥の宿屋に連れて行ってくれたのは、この善人ではない。彼はブツが捌けないため動くことができないのだった。そこでぼくをひどく惨めたらしく形容したあの苦力が、ちょうど客を担いでその店を通ると言って、ぼくの紹介者を買って出てくれた。そこで、ぼくはいい気分でバモーを出発し、大盈江(2)に沿って行き、道々ずっと得意の口笛を吹いていた。

到着すると、まずぼくを客のようにその店に泊まらせ、客を担いできた苦力たちは向かい側の別の店に宿を取った。理由を聞いても彼らは笑うばかりだが、ぼくにはどうでもいいことなので、それ以上追求しなかった。

ぼくは客に供される大変満足のいく晩飯を食べた。紹介者がまだ来ず、ぼくも主人に自分で来意を告げにくいので、一人で屋外に出て紳士のような素振りで散歩した。明月が照りわたる空き地に山の風が吹いて、ぼくの心は、すっかり爽やかさと明るさに溢れていた。

ほどなく、あの紹介者の苦力がぼくを尋ねてきて、不満げに拳をふるい、憤激の言葉を吐くので、ぼくの愉快な心は突然底なしの空虚に落ち込んでしまった。その店主は彼の子供を教える者などもともと捜していないというのだ。

どうしようか。ここはやはり一般客のように眠るしかないだろう。しかし、まったく、どうして寝付けよう。バモーのほうの宿賃（その宿は宿泊だけで食事は提供しない）も払えていない上に、ここでまた新たな借金を増やしてしまったのだ。行きも帰りもまる一日人家を見ない所だから、このまばらな数軒の店以外には、幽霊でも捜すほかない。大都市なら生きる道はたくさんあったのに、知らない人の甘い言葉を易々と信じ騙されてこんなどん詰まりの道に来てしまった。ひどい目に遭うのは当然だ。ぼくは布団の中であの善人を呪った。

翌朝、ぼくの紹介者を買って出てくれた苦力が仲間とともに、昨夜宿泊した客すべてを、朝霧の立ちこめる山々の中へ担いで行ってしまうと、残されたのは、馬鹿を見るのが当然のぼく一人だけになった。ぼくは、どうしようもないので、面の皮を厚くして泊まり続けた。これから何が起ころうとしているのか、想像する勇気もなかった。いつものようにぼろぼろの本を取りだして、窓に寄りかかって立ったままで読み、苦悶の時間をひっそりとやりすごした。

その日の昼食と夕食は、ひたすら面の皮を厚くして食べた。とても有り難いことに、想像したような恐ろしいことは何も起こらなかった。しかし、心の不安は、たっぷり味わった。時々腹が立ってきて、声に出して罵りたくなったが、しかしその罵られるべき者は側にはいない。

面の皮を厚くして過ごさねばならないこんな生活なら、むしろひもじい思いをする方がましだったが、それでも結局二日長引かせてしまった。

店の主人のぼくを咎める言葉が、ついに口から発されたが、話しぶりはことのほか穏やかだった。彼は言う、

「俺には金がないから、教師なんぞ頼めるもんか。前にそいつにちょっと言ってみただけで、それもどうしてもってわけじゃなかった。この店の仕事は、今のところみんなやる者がおるから、まったくどうしようもないのさ」。青白い顔に、堅く眉を寄せて、まるで進退窮まったぼくを心配しているみたいだ。しかし、そのごろつきのような目つきに、批判めいた光が透けて見えたので、ぼくはこのところのやりきれない怒りから、彼の前であの紹介者を罵った。彼はぼくの小さな荷物と枕元に投げ出された一冊のぼろぼろの本をじろじろ見てから、突然ひらめいたかのように、顔に微笑みを浮かべて言った、

「来てしまったんだからしょうがない、もうやつを責めるなって。うまい具合に、ここからそう遠くない山ん中に洋学校があって、中国語を教える先生を捜してるってことだ。あんたが行けば成功間違いない」

「そうだ、あそこは長いこと捜してるけど見つかってないって話よ」。裸足に木のサンダルを履いた主人の女房もやって来て口を添える。後に子供が二人くっついて来て、一人は十二、三歳の男の子で、不思議そうにぼくとぼくの本を見ている。一人は八、九歳の女の子で、母親と手を繋いで、短い髪が額を覆っている小さな顔はちょっと恥ずかしそうだ。おそらくこれがぼくがバモーで先生

をすると夢想していた生徒なのだ。彼らはぼくに明日の朝発って半日山を登れば、必ず着くと言う。本当に幸運がそこでぼくを待っているかのように言われれば、他にどんな方法があろう。ぼくは一度行ってみなければならなくなった。上流社会の礼儀に従って、夜の揺れる灯りの下で、洋学校の校長宛に英文の自薦書を書き、スペルを僅かでも間違わないよう、その上清書して、いままで使ったことのない慎重さと礼儀正しさを用いた。ただ学校名や人名は、彼らにははっきり分からないので、空白のままに残さざるを得なかった。着いたときに記入しても遅くはないだろう。

その夜は、夢も見ずに、ぐっすり眠った。

三

翌朝彼らの説明に従って、宛名の分からない手紙を携え、山の斜面の曲がりくねった小道を踏み、霧の林を抜けて、あるかどうかも疑わしい未知の場所へ向かった。

ポケットの中には例の如くペンやインク瓶、ノートといった小さな仲間が詰め込まれている。それらはぼくとともに多くの荒涼たる山野を東西南北と漂泊し、小さな旅館の灯りの下で少なくない寂しい夜を過ごしてきた。この日は手紙の空白を埋めねばならないことから考えても、ますますそれらを欠かせないし、歩き疲れれば、山坂や林に腰を下ろし、頭に突然やって来て突然去って行く気持ちを、膝の上で気儘に書くことができる。それはなんとも気分がよいものなのだ。

希望を求める者は、その希望がとても不確かであることを敏感に察知していても、彼の心にはいつも生気に満ちた歓喜が溢れ、成功がまだ不可知であることを心配はしても、少なくとも絶望や落胆というような心の落ち込みを感じることはない。だから、この山の峰々、谷川、木々の間からのぞく青い空、葉の上に震える金色の朝日が、自ずとぼくの心に愉快な詩情を織りなす。

素晴らしい希望が、ぼくを載せて駆けるから、幾つもの坂を越えるのも、まったく苦にならなかった。正午には、果たしてある峰の上に、炊煙が幾筋も立ち上る山村の人家を見つけた。夢に見た豊作が実現し収穫を半分終えたような気になった。

しかしその山村に少しずつ入っていくと、ぼくは妙な不思議さを感じて、来るときの願いをしばし忘れてしまいそうになった。人家は無論すべて草葺きだが、前後の軒先が完全に地面まで引き延ばされ、そこに開けられるべき出入り口は側面に移動している。出入り口には水牛の頭の骨を一、二個ぶら下げ、黒くて湾曲した角がまだ上側に残されているが、魔除けなのか、入口の装飾なのか分からない。時折、屋外の木の下に裸足の女がむしろを敷いて座っており、棉花を一本一本手で縒って糸にしているが、それを助ける道具には糸繰り車はなく、末端に鉄の円盤のついた一尺ほどの細い竹の棒があるだけだ。彼女らの服装はスカートの下にズボンを穿いていないのは明らかで、しかもスカートが極めて短く、膝から下は剝き出しで、そこに黒い漆塗りの細い藤の環を数十個も巻き付けている。頭は黒布で包んでおり、それは一尺余りの高さがあって、いささか城隍廟の土地神を連想させる。草葺き家屋の前を一つ二つ通り過ぎるたびに、こうした女が仕事の手を止めて訝しげにぼくを眺める。ぼくはここに来た目的を思い出して、出会った男に学校の所在地を尋ねた。なんと彼にはまったく通じず、返ってきた答も、ぼくにはちんぷんかんぷんで、それこそ正に怪しい場所で怪しい者に出会ったというやつだ。彼は短い上着にズボンを穿いて中国人みたいだが、唇が恐ろしいほど赤く、たった今生き血を吸ってきたかのようで、頭を包んだ黒い布は、余った短い部分を耳のあたりから斜めに頭上に跳ね上げ、見た目にも威風がある。しかし、彼は気は優しくて、意味を悟ってぼくを木造の建物の前まで案内してくれた。その場所は坂のむこう側にあり、まさにぼくが捜していた洋学校だった。カトリック教会と小学校の英語の看板が一緒に掛かっている。入口から一階と二階に机と椅子が並べられた教室がすぐに望めるが、ひっそりして誰もいない。ぼくが入っていくと、白い服を着た外国の修道女が、事務室のドアを開けて出てきたので、ぼくは英語で簡単に来意を説明した。「今日は礼拝日ですの」と言いながら、彼女は頭から足の先までぼくを観察して、説明を聞き終わるとすぐに言う、

「そうです、教員が一人要るんですが、ただカチン語(3)が分からねばなりません。ここの学生には支那人は一人もいませんから」

　昨夜苦心して清書した手紙、使ったエネルギーはすべて意味がなくなった。もしこの女の前でなかったら、手紙を引っ張り出してビリビリに引き裂いてしまいたかった。

「間抜けめ、お前はまたペテンを食わされたんだ！」と秘かに自分自身を罵った。

四

このフランスの修道女は四十歳ぐらいで、母親のような慈愛に満ちた顔をして、ぼくを台所の廊下に連れて行ってお茶を飲ませ、パンを食べさせてくれた。ぼくが彼女に答えて山の向こうの谷底の村に住んでいると言ったところ、突然こんな風に歓待し始めたのだ。彼女はうれしそうに言う、

「あなたの姉さんや妹さんに福音を聞きに来るようお伝え下さいな！」

「ええ、ええ」

ぼくは乾パンを齧っている口で、曖昧にどちらともつかぬ声を発する。

彼女はぼくに本当に姉妹がいて、本当に彼女の招きに同意したと勘違いし、勿体ぶって言う、

「彼女らに神の祝福がありますように！」

またパンを二つ取りに行く。

出発の時、彼女はカチンの修道女に、銀貨のような形をした物を、ぼくの首もとのボタン穴に糸でとり付けさせた。そして、これからはしょっちゅう来なさい、少し早めに、必ず礼拝に間に合わせて来るようにと言った。

ぼくはありがとうと一言言ってそこを離れた。

山を下りる道々、ぼくは自嘲的に考えた、今日は姉妹のお陰を蒙ったが、明日は漂泊者のお前は

どうやって生きていくのだと。胸の前に掛けられた銀貨を外して見ると、厳かな顔つきの女性像が上に現れている、おそらくこれが聖母マリアというものなのだろう、……何銭になるだろうか？……それでもわずかな食べ物とならは換えられるだろう。……

疲れているほか、心が空っぽになってしまっていた。足には力が入らなくなり、山道はもう来たときのように楽しくはなかった。

道端に積もった落ち葉の上に坐って休み、いつものようにポケットの小さな仲間を取り出して、その上にぼくの胸中の憤懣をぶちまける。

当面この世に生き続けるための計画を一行書く度に、やんちゃ坊主のような難題が跳びだして、出口を塞ぐ。

ぼくは書く、この辺りの山林の中で樵になって、柴を刈って麓に売りに行きたい、雨が降っても怠けず、金が貯まれば、また旅ができる、しかもずっと遠くに行きたいと。その後にさらに素晴らしい結末の描写を想像して書き加える。しかしすぐに重要な代物——斧がないことに思い至って、書き始めた一行を思い切って消してしまう。

ぼくはまた書く、ぼくがこの山の中で猟師になって獣を追いかける快楽を。そして同じように、猟銃がないことに気づいて塗りつぶす。

……

麓の人家が望める所まで戻った時、まったく坂を下りる勇気がなくなってしまった。そこで道端の石に腰掛けて、ぼんやりと遠くの山の落日を眺めていた。ここには群になって巣に帰る夕暮れの鳥も、喧しく巣で鳴く画眉鳥もおらず、ただ広々と果てしない黄昏の景色だけが、ひっそりとやって来て、林のてっぺんに広がり、幽谷いっぱいに広がり、次第に辺りを深い藍色に染めていく。ぼくはこの時、小窓から灯火の透ける故郷の家を、灯りの下でともに語り合った一人一人のよく知った顔を思い出した。

露が林の中に真珠の飾りを付け、蛍が草の上を気晴らしに逍遥し、ぼくは別の星空の下の往事を引き続き追憶した。

欠けた月がゆっくりと昇り、木の影が下り坂に複雑な模様を描く。ぼくはやっとまばらな月光を踏んで、ほとんど無意識のうちに帰っていった。

店主と彼の妻は、灯りの下でぼくが連れ帰ったユダヤの女の子をわれ先に見ようとするばかりで、ぼくの困りはてた表情は、誰のわずかな注意も引き起こすことはなかった。だから、誰にもぼくのこの一日の不幸な出来事を訴える必要もなかった。

五

その夜はよく眠れず、翌朝になってやっとうとうと夢の中に入った。

夢の中からぼくをたたき起こしたのは、早起きして服を引っ掛けた店主であった。彼が言う、

「俺の仕事を手伝うか？　さっそく今日から始めるぞ」

「何ですって？……仕事！」。ぼくは歓喜に胸を衝かれて、ほとんど呼吸が止まりそうだった。

そして彼の命令に従って、各部屋の地面を彩る痰、鼻水、西瓜や南瓜の種の殻、煙草の吸い殻を、きれいに掃除した。昨夜客が掛けた布団を集めて畳み、決まった場所に置く。客の世話をして顔を洗わせ食事をさせ、呼ばれればすぐに応えて、誠心誠意走り回った。

客が帰った後には、また一条の聖旨が下されて、店の後の馬場に行き、馬糞や馬の小便や汚れた藁を掃除し、一山一山と積み上げて、その後で竹の籠を使って遠くまで捨てに行く。これがぼくを全身汗みずくにした。店は雲南ビルマ間の幹線道路上にあって、毎日かならず外国商品を積んだ馬が数十頭やって来て投宿するので、店員の貴い仕事は、来客の世話だけではないのだ。

膝から下がすっかり汚れてしまった足を洗い終わると、屋根の上に一筋の青い煙が昇る正午がまたやってくる。女主人がはやく近くの川へ行って、毎日この時間に水がめに補充すべき水を汲んでこいと言い付ける。たちまち二つの石油缶を改造した水汲み桶が、ぼくの前と後で揺れ、川辺から台所まで、道じゅう水滴が跳び散る。

昼飯を食べ終わると、やる事はなく、晩の来客を待つだけとなる。

店にもといた店員は性格が悪かったそうで、ぼくが山に登った次の日に辞めさせられたようなのだが、ぼくとのこの数日の関わりから思うに、その人はただ動作がいくらかのろまなだけの正直者だった。ぼくには誰が彼を深淵に投げ込んだか分かって、申し訳ない思いで謝罪の意を表したかったが、彼はすでに遠くに行ってしまっていた。

汗かき仕事が一段落すると、賢い主人は彼の新機軸を編み出した。四日目の午後、軒下の土の階段の上に小さな四角いテーブルを置き、二人の子供の他に、十五、六歳の女の子を加えてそれを囲ませた。それぞれが一方を占め、三人でテーブルを囲み、残り一人の麻雀相手を待っているみたいだが、違うのは各人の前に置かれているのが本だということである。店主とその妻はどちらも楽しそうな笑顔を作って、甘い言葉でぼくに午後だけ先生になり、夕方客が来るまで授業してくれと頼む。

こちら側では二つの笑顔がぼくの機嫌をとり、あちら側からは六つの小さな目がぼくに訴えかけるので、ぼくは折れた。鞭の下の奴隷が、口惜し涙をこらえて服従するように。

それから兼業が始まった。彼らはぼくが仕事を始めたその日から、ぼくの姓の下に大哥の二字を付けて呼んだが、この時になってぼくが昇官したかのように突然肩書きが変わって、みなが今までとは違う口ぶりで先生と称するようになった。しかしその後も客が投宿する時には、店主は大旦那の態度を持ち出し、古いきまり通りに叱りつけるように、「湯大哥、洗面の水を持ってこい、早く！」と怒鳴る。しかし女主人と彼女の娘たちはみな新しい肩書きを誰の前でも使い、たとえば客に食事を並べる時に、台所から送られてくる声は、いつも「先生、茶碗と箸を取りに来て！」というものであった。

数日後、バモーでアヘンの密売をしているあの男が来た。開口一番、俺が推薦した男はなかなか良かったろうと尋ねたが、店主は笑って答えず、ただ彼にアヘンを勧めるばかりだった。彼は今度はご機嫌でぼくに向かって、俺に酒をご馳走しなければならんと言う。夜、彼が寝に就く頃を見計らって、ぼくが最初に来た時の経緯を彼に話すと、彼は怒って小声で罵り、別の苦力が客をこの店に担いでこない理由までぼくに話して聞かせた。

しかし、この店主の統治下で、なんと晩春から晩秋まで兼業して、それからやっと今度はインド洋沿岸の繁華な都市へと漂泊していったのである。

一九三二年　上海

訳注

（1）茅草地はカチン山中にあり、バモーから二日、中国との国境から一日半の距離にある。

（2）中国の盈江を通り国境を越えてビルマ（現・ミャンマー）に流れるイラワジ川の支流、今はビルマの部分は中国では太平江と呼ぶ。

（3）雲南人は「山頭」と言う。カチンはビルマ語。イギリス人はKachinと訳し、カチン族が居住する山区をKachin Mountainと呼ぶ。中国の解放以前の地図では、野人山区と呼んだ。現在、中国のカチン族は景頗（チンポー）族と呼ばれる。

◉解説

「茅草地にて」（原題「在茅草地」）は、艾蕪の第一短編小説集『南行記』初版の第四篇目に所収された小説である。ここに訳出したのは、その率直さ、小説らしい構成のなさ、自伝と言ってもよい散文性と五四の精神に惹かれたからである。これは『南行記』ものに共通する特徴だが、この「茅草地にて」は青春まっただ中の作者の未知の人生に対する希求が、特別みごとに描かれている。

繁華な商業港バモーで仕事を見つけられなかった「わたし」は、アヘンの密売人などの助力で再び茅草地に引き返し、宿屋の子供たちの家庭教師をしに行く。ところが主人はそんな金はないと言い、半日の距離の山中の洋学校で教師を捜していると紹介される。希望に燃えて山を登り、辿り着いた洋学校でフランス人の修道女から得た答えは、「カチン語が分からなければ」というもので、また茅草地に引き返さざるを得なかった。

宿屋の主人が突然仕事を手伝えと言い出して「わたし」は狂喜するが、客の世話に馬の世話、その上主人の子供たち三人の先生までさせられるという苛酷な労働を半年も続けることになる。しかしその書き方から読み取るべきは、作者がこの労働を少しも厭っていない、五四運動から艾蕪が学んだ最大のもの＝労工（働）神聖、半工半読のたった一人での実践と考えているところだろう。（佐治俊彦）

蕭紅

東京にて

蕭紅（シャオホン／しょうこう）（一九一一―四二）。黒龍江省哈爾浜市郊外の呼蘭で生まれる。生家は没落しかけた地主で、養子の父親は当地では名の通った教育者であった。八歳の時に母親が死に、その後すぐ父親は再婚する。両親の反対を押し切って進学した哈爾濱第一女子中学で五四以来の新しい思想や文学に触れ、父親の決めた旧式結婚を嫌って家を出る。一時父親の決めた婚約者と同棲し、妊娠するが、婚約者は彼女をおいて郷里に戻り、窮地に立たされた彼女を救ったのが蕭軍をはじめとする当地の文学青年たちであった。その後蕭軍と同棲し、創作活動を開始し、友人たちの援助を得て共著『跋渉』（三三）を出版する。しかし「満洲国」成立直後のことで、当局の弾圧は日に日に強まり、ついに蕭軍と共に東北を脱出、青島を経て上海に行く。上海では魯迅の知己を得、魯迅の援助の下に出版した『生死場』が人々の注目を集め、一挙に文壇に躍り出る。その後、蕭軍の女性問題などがきっかけとなり、単身日本に留学。一年の予定であったが、蕭軍の女性問題の再燃と魯迅の死などのために予定を切り上げて帰国。間もなく日中戦争が勃発し、蕭軍と武漢に逃れるが、その後二人の溝は更に深まり、離別を迎える。蕭軍との離別の後、同じく東北出身の作家端木蕻良と結婚。四〇年端木蕻良と共によりよい創作活動の地を求めて香港に行くが、健康を害し、戦火の中で十分な治療を受けられないまま四二年に三十一歳で没する。

私の住まいの北側には小高くなっている所があって、松や檜が植わっている。雨の日は夜霧に包まれたようにおぼろで、静かだ。枝を移る小鳥の羽音さえ聞こえてくるようだ。

でも本当に聞こえるのは自分の足音と、家々の塀からのぞく木の葉から傘に落ちる大きな雨粒が時折大きく響くくらい。

その日は、歩きながら、傘に絶え間なく降りかかる水滴を見ていた。

「魯迅先生が亡くなられたんだろうか」

とたんに胸がざわついた。「死」と魯迅先生ということばをつなげるなんて。だからあの食堂の女給の金歯や、朝食を食べている人たちの眼鏡、雨傘、彼らの小さな木の腰掛けみたいな雨靴[1]が繰り返し頭をめぐった。最後に頭に浮かんだのは、台所に貼ってあったあの大きな絵。一人の女性が、小さな旗を掲げた、丸々と太った子供を抱き、旗には「富国強兵」と書かれていた。だからそれからは、魯迅の死を思うたびにその太った子供が頭に浮かぶようになった。

私はとっくに大家さんの家の格子戸を開けたのに、どうやっても中に入れなくて、いらいらしていた。どうして急に体が大きくなってしまったんだろう。

大家さんの奥さんがガスコンロの脇で大根を刻んでいたが、白いエプロンをつかんだまま、鳩みたいに笑い出した。「傘……傘……」

私は傘を広げたまま上がろうとしていたらしい。

彼女のむっちりした足は男みたいだったし、金歯もあの食堂の女給の金歯と同じだった。

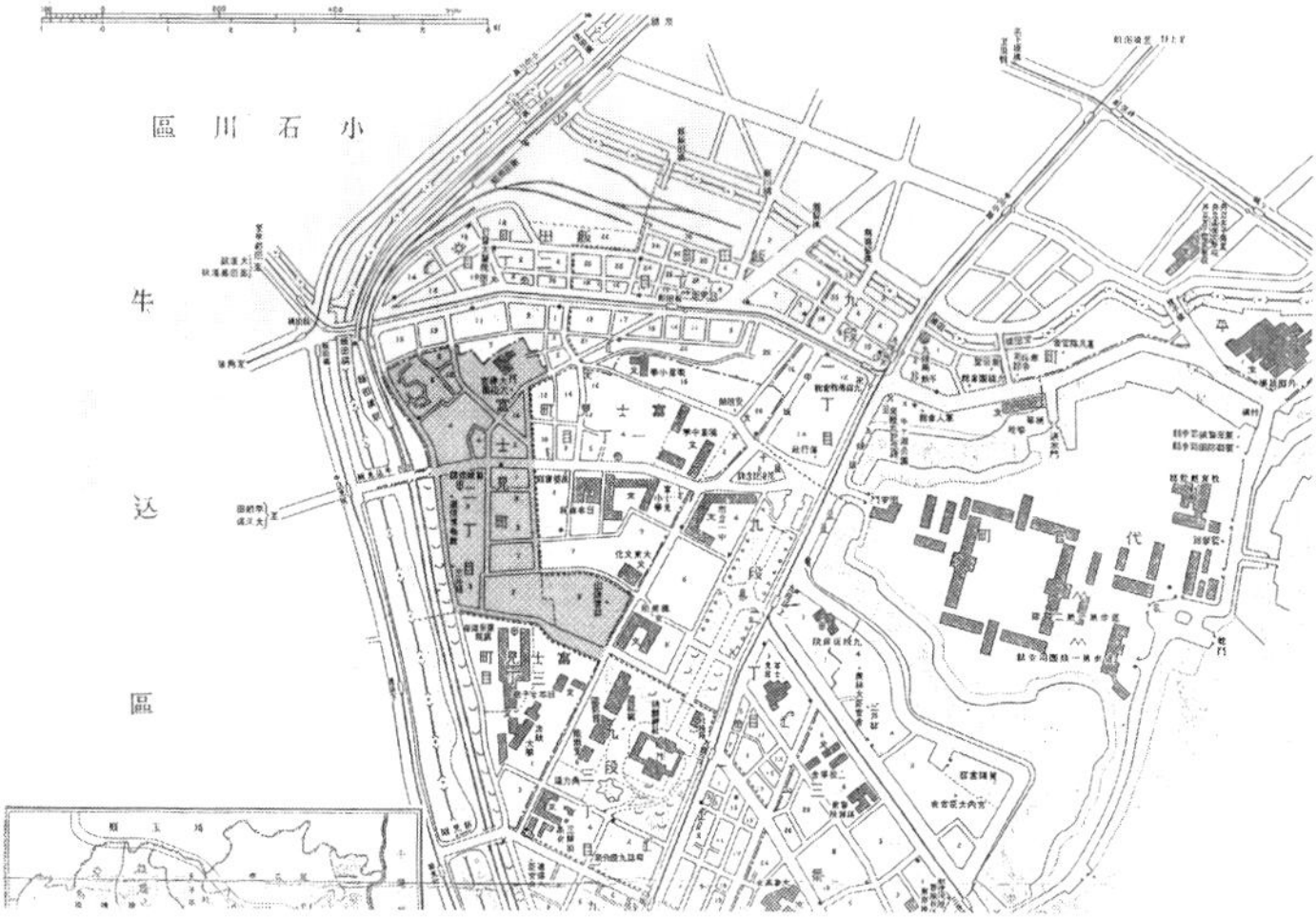

蕭紅が住んでいた頃の麴町区（東京地形社、昭和7年）

新聞の見出しは魯迅の「偲」だった。この「偲」という文字、辞書を調べてみたが中国の辞書にこの字はなかった。だがその文の中には「逝去、逝去」ということばが何度も出てくる。いったい誰が逝去したのだろう。

翌日の朝、私はまたその食堂で何かの新聞の文芸欄に「逝去、逝去」ということばを見た。更に読んでみると、「損失」だとか「巨星堕つ」などといった言葉が見えた。今度こそいたたまれなくなって、半分しか食べずに家に帰ってきてしまった。まっすぐ二階に上がったが、ぽっかり穴のあいた心臓が、ベルのように鳴っていた。しかも向かいの部屋の老婦人が格子窓や畳を掃除するぱたぱたという音に、自分の服が叩かれているような気がして心が重くなった。朝なのに、窓の外の太陽は、私には正午のそれのように大きく見えた。

私は急いで電車に乗り、一林に会いに行った。東京にいた頃、友人、知人は彼女だけだった。電車は東中野の郊外へ向かった。さほど混んではいなかったが、私は立っていた。「逝去、逝去」、逝去したのは魯迅なのだろうか。途中、たくさんの山や木、人家が見えたが、どれも平和で温かく、楽しそうだった！　顔をガラスに押しつけんばかりにしていたのは、車内の煩わしさから逃れるためだったのに、それなのに、ガラスを伝わる車輪の音や機械の音は、電車が崖から転がり落ちるのではないかと思うほどだった。

一林は廊下で靴を磨いていた。彼女の扁桃腺炎はまだ完治していなかったので、私に気づくと首を回しにくそうにしてこう言った。

「あら！　こんなに早く！」

私は来たわけを話したが、彼女は信じられないと言った。これについては私も本当だと思いたくなかったので、新聞を探してきて読んでみた。

「このところ具合が悪くて新聞も取ってなかったし、読んでもいないのよ」。彼女は長机の上の新聞をめくりながら、首に巻いた湿布をさすった。

それから彼女は日本語の辞書を調べて、「偲」という字は印象、面影という意味だと言う。きっと誰かが上海に行って魯迅を訪ね、戻ってきて書いたのだろうと言う。

「それじゃ、どうして逝去って言葉があるの」と私は尋ねた。ふと思った、あの文にはこう書いてあったかもしれない。魯迅の家に銃弾が撃ち込まれたが、冷静な魯迅は揺り椅子に座ったままだった、と。もしかすると魯迅は撃たれて死んだのだろうか。日本の水兵が殺された事件なども映画で見たけれど、北四川路は戒厳令が敷かれ、引っ越す者もいた。

だが彼女が私にしてくれた解釈は、阿Q的心理[2]においては全く非の打ち所がなかった。「逝去」は魯迅の口から誰かの「逝去」が語られたもの、「銃弾」は魯迅が一・二八〈一九三二年の第一次上海事変〉の時の銃弾に言及したもの、「揺り椅子に座って」いたのは、彼女に言わせれば、過去のことを言っているのだから当然慌てることもないでしょう、冷静に揺り椅子に座っているのだって、何の不思議もないじゃない、と言うのだ。

私を見送りに出た時、彼女は重ねて言った。

「あなたって人は！　神経質になりすぎよ！　『作家』にも『中流』にも彼が書いているじゃないの、体調が戻っている証拠よ……」

彼女は私の慌てぶりがバカみたいだと言う。でも私は聞きたかったのだ。そして阿Q的心理のまま戻ってきた。

私が魯迅先生が亡くなったことを知ったのは、二十二日、ちょうど靖国神社の大祭[3]の時だった。まだ寝床から起き上がらないうちから、空を引き裂くような花火が白煙を上げ、次から次へと打ち上げられた。隣の老婦人が何度も私を呼んだ。彼女は花火が打ち上げられる空に向かってあらあらと叫んでいた。彼女の髪は赤いひもで束ねられていた。下から、大家さんの子供が上がってきて、私に米粒をまぶしたお菓子を一つくれた。私はありがとうと言ったが、その子は私のどのようなまなざしを受け止めたのだろうか。なぜなら、五歳になったばかりの子供が、小皿を持って降りて行きながら、その皿の縁を時折階段にぶつけていたから。

靖国神社の大祭は三日間も賑やかに続いた。先生たちが大祭の時の女中たちの話や神様の話、日本人が神様を拝む話をしてくれ、学生たちはみな一斉に大笑いした。魯迅が死んだというこの事実がまだ世界に知られていないかのようだった。

ある日、金魚のような目をした人が、黒板にこう書いた。魯迅先生は徐懋庸を大いに罵り、文壇に波風を立て……茅盾が乗り出して仲裁し……。

この文章はずっと消されないままだった。縮れ毛で、ちんちくりんの、ほとんど中国人と区別の付かない先生、彼は授業が終わってからもよく学生に囲まれて、両国の異なる習慣や風俗について話していた。彼の北京語はすばらしく、中国の古い文章や詩も少し勉強していた。彼は話す時、よく上目遣いになった。

「魯迅という人を、君はどう思う?」。私はいぶかしく思ったし、また恐くなった。どうして彼は私に聞くのだろう。結局私に向かって言ったのではないことがわかった。私の近くにいた人が立ち上がった。ある先生が出席を取る時彼に聞いたことがある。「君は何歳ですか」。彼は三十過ぎだと答えた。すると先生は「僕は君が五十歳を超えていると思いました……」と。彼の髪は半分白くなっていたから。

彼は旧詩をたくさん作っていて、秋だとか、仲秋に日光に遊んだとか、浅草に遊んだとか、しかも抑揚をつけて読み上げる。ある日私にも見せてくれた。私はわからないと言ったが、他の学生の中には彼から詩のノートを借りて写す者もいた。「あれから詩を作っていないのですか」と聞かれ、彼が「酒を飲んでいませんからね」と答えているのを、私は何度か聞いたことがある。

彼は自分が質問されたのがわかると、すぐに立ち上がった。

「私に言わせれば……あの……魯迅、この人は何者でもない、たいしたことは何もない。彼の文章はつまりは悪口で、人格的にもよろしくない。とげがあって人情がありません」

彼の黄色い小鼻がちょっとゆがんだ。私はこの手でそれをまっすぐにねじり直してやりたいと思った。

一人の大男、四角い帽子をかぶっている。彼は「満州国」の留学生で、なまりからすると、やはり私の同郷らしい。

「魯迅は『満州国』に反対したらしいですね」。その日本人の先生はちょっと肩をすくめ、笑って「うん」と言った。

何日かたって、日華学会が魯迅の追悼会を開いた。私たちのクラス四十数名のうち、魯迅先生を追悼に行ったのは一人だけだった。彼女が帰ってくると、クラス中が彼女を笑った。彼女は顔を真っ赤にして、ドアを開け、つま先立ちで入ってきた。そおっとゆっくり歩けば歩くほど、かかとが大きく響いた。彼女の着ている服は、色の組み合わせが全くちぐはぐだった。赤いスカートに緑の上衣の時もあれば、黄色いスカートに赤い上衣の時もあった。

これが、私が東京で出会ったちぐはぐな人々、そして魯迅の死が彼らにどれほどちぐはぐな反応を引き起こしたか、である。

訳注

（1）雨用の下駄（足駄、高下駄）のこと。

（2）魯迅「阿Q正伝」（一九二一年）の主人公阿Qが、自身の卑小さを他に転嫁し自己満足する「精神勝利法」に基づき、自身の心の平安のために真実から目をそむけようとした心理状態のこと。

（3）靖国神社では毎年十月十七日から二十日に秋季例大祭が行われる。

◉解説

底本としたのは原載の「在東京」（『七月』第一巻第一期、一九三七年十月十六日）。本作品は一九三六年七月から翌年一月まで、およそ半年東京（現在の千代田区富士見町）に住んだ時に遭遇した魯迅の死をめぐって書かれたものである。蕭紅の東京行きの理由について、当時夫だった蕭軍は「彼女の健康状態と精神状態が悪かったので、黄源兄が日本にしばらく住んでみてはどうかと提案した。上海は日本とあまり離れていないし、生活費も上海よりそれほど高くはない。向こうの環境は割合静かだから、休養もできるし、読書や創作に専念したりしても良い。それに日本語を勉強することもできる。日本の出版事業は割合発達しているから、日本語をマスターすれば、世界文学の作品を読むのにずっと都合が良くなる。黄源兄の夫人、華女史がちょうど日本で日本語を専攻していたが、まだ一年にならないのに、もうちょっとした短い文章を翻訳できるようになっていた。その華女史が向こうにいるのだからいろいろな面で面倒を見てもらえる」（『蕭紅書簡輯存注釈録』一九八一年）と書いている。ただし華女史は、蕭紅が東京に来て間もなく帰国してしまう。従って文中の「一林」は華女史ではない。彼女は飯田橋近くの下宿から神田の日華学会が運営する日本語学校、東亜学校に通う。冒頭の風景は恐らく現在の外濠公園あたりであろう。さて、幸運にも魯迅の知己を得た蕭軍と蕭紅は、少しでも魯迅の役に立ちたいと、魯迅の家の近くに引っ越し、それからというもの、蕭紅は毎日のように魯迅の家を訪ねていたようである。魯迅の逝去は日本でも各紙が報じており、蕭紅が当時のどの新聞でそれを知ったのかはわからないが、文中にある「偲」という文字を手がかりにすれば、当時東京で発行されていた各紙の中で、「偲」という文字を使っているのは『時事新報』の小田嶽夫の文章（昭和十一年十月二十一日、二十二日）だけである。

（平石淑子）

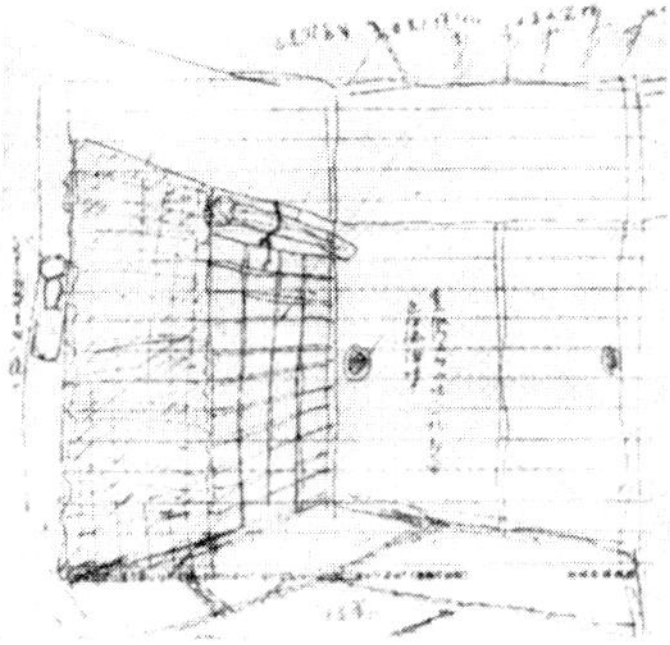

蕭紅の描いた東京での部屋の見取り図

馮至

山村の墓碑

馮至（フォン・チー／ふうし）（一九〇五―九三）。原名は馮承植。河北省涿県の生まれ。一九二一年北京大学に入学。二三年に独文系に進み、上海の文学同人「浅草社」に参加。二五年には楊晦、陳翔鶴らと「沈鐘社」を結成する。二七年大学卒業後、ハルピン第一中学、北京孔徳学校の教師となる。詩集に『昨日之歌』（二七）、『北遊及其他』（二九）があり、平易な言葉と斬新なイメージの濃やかな抒情表現に特色がある。民間の悲劇的故事を素材としたバラッド風の物語詩も数は少ないが異彩を放つ。魯迅に「中国で最も傑出した抒情詩人」と称された。三〇年からドイツ・ハイデルベルク大に留学。三五年ノヴァーリス研究で博士号取得の後、帰国して上海同済大学、抗戦期間中は昆明の西南聯合大学で教鞭を執る。詩集『十四行集』（四二）は人と人、人と自然、過去と現在の関わりを沈思する思弁性の強いソネット連作二十七首を収める。散文集『山水』（四七）は三〇年代の異国や抗戦前後の避難生活で出会った無名の人々や平凡な自然の観察を通して、生存と「仕事」の意味を探究している。この両者と中篇小説『伍子胥』（四三）は戦時の混乱と大音声の中で、人間存在についての冷静で粘り強い思索に貫かれる。共和国時期は、北京大学、中国社会科学院外国文学研究所に務め、杜甫やゲーテに関する研究、独文学の翻訳を行った。

ドイツとスイスの国境に位置する一帯は渓谷と樹林の世界で、そこの住民のほとんどは農民だった。鉄道と自動車道路が彼らの村まで伸びてはいたが、その視線は依然として山の峰々に遮られ、パリやベルリンはもちろん、付近のいくつかの都市ですら、彼らから幾万里も遠く隔たったものだった。彼らはそれぞれが自分の服装、自分の方言、自分の風俗習慣、自分の建築スタイルを保っていた。山の松林は時にまばらで、時に密集していたが、分け入るとたいていは何日かけても歩き尽くせない。林道を行く人はめったにいなかったが、向こう側からもし誰かが歩いて来れば、その人はまるで知り合いのように軽く会釈をしてくるだろう。道が曲がるところにはきまって四角い道標があり、東西南北の、新鮮で素朴な地名を示してくれる。ある時、私は一つの道標を前にして、どちらに進むべきか分らずためらっていると、道標の傍の草むらに別の四角い石があるのが目に入った。近づいてよく見ると、なんとそれは墓碑であり、表面にはこう刻んである。

ある旅人は、なぜか知らぬが、
ここまで歩いて息絶えた。
全ての旅人よ、ここを通り過ぎる時、
どうか彼に祈りを。

この四行の簡素な詩句に私は深く感動を覚えた。当時私は自分がキリスト教徒で、この名も知らぬ死者に祈りを捧げることができたらと願ったが、かなわぬことだった。若い頃、王陽明の瘞旅文《えいりょぶん》(1)を読んで、瘴癘の地で亡くなったその主人と下僕に果てしなく想像をめぐらせたことがある。ここは決して瘴癘の地ではなかったが、しかしともに旅人であることから我知らず限りない同情が湧きあがり、この死者がまるで自分の親族、少し重々しく言うなら、あらゆる旅人の生命の一部分のように思えたのである。そう考えた時、この銘文の後半二行はいよいよ心がこもる意味深長なものとなった。

　その墓碑に私はこれまで抱いたことのない興味を覚えたため、山道を歩く時には必ず、静まり返った自然の中にこの類の墓碑にまた出会うのではないかと、いつでも道端に注意を払った。人は言う。何事も無理に求めてはならない。ひとたび無理に求めるとかえって出会えなくなるものだと。だが時には偶然、ある願いが達せられずにそれをあきらめた後に、思いがけず収穫を手にすることもある。もちろん私はあれらの山村や山林の中ではこのような墓碑に二度と巡り合うことはなかった。しかし彼の地を離れてまた賑やかな町に戻ってきた時、ある日古本屋で手当たりしだい本をめくっていて、何気なく、長さ六、七センチほどの小冊子を手にとると、表紙には「山村の墓碑」と書いてある。開いてみると、まさにあのスイスの多くの山村に見られた墓碑銘であり、それは一人の田舎の牧師が集めたものであった。

　ヨーロッパの町の近郊にある墓園はたいてい恰好の散歩場所になっていて、花や灌木が植わり、墓碑には美しい彫刻が施されている。人々はできるだけ死というものに趣を添え穏やかに見せようとして、墓碑銘の多くのほとんどが千篇一律になり、「願わくは神の御許で安らかに……」という類のことばばかりである。しかしこの小冊子に収められたものはまるで違っていて、いたるところに農夫の素朴とユーモアが溢れていた。彼らは死の訪れは逆らいようがないものとみなしている。だから、なすすべがない中でもやはり死を屈託なく軽やかに描いている。私はこの小冊子をとても安く手に入れ、お茶や食後のくつろいだひと時に、いつも友人たちに読んで聞かせたが、友人たちは聞きおえると、誰もが訝しげにこうたずねるのだった。「それは本当なのかい？」と。しかしどの銘文にも採集した地名が明記してあった。今でもいくつかは覚えているが、その中にはこう書いてあるものがある。

『ボーデン湖畔に生まれ、
腹痛に死す』

他に小学教師のものにはこうあった。

『私は一介の田舎教師、
一生涯学童を鞭打った』

今、人類はまさに大規模な死の中にある。無数の死者の墓を前にすると、あるものは輝かしい言葉を刻まれ、あるものは卑しむべき死だと称され、あるものは誰にも理解されていない。だがスイスの山中ではなお昔日の平静が保たれている。思うに、彼の地の農民たちはいまなお彼ら独特の風趣に富んだ墓碑銘を刻み続けていることだろう。時に私は多くの事のために、死の問題について考えるが、このうえなく深刻に考えてしまう時、あの小冊子を再び開いて読んでみたいとつくづく思う。しかし、それは私の大切にしていた多くの書物と同様、遠くはるかなる北方の故郷で塵にまみれて埋もれている……

一九四三年　昆明にて

訳注

（1）『王文成公全書』巻二十五所収。王陽明が龍場（貴州）に謫居した時、京吏某父子及び僕人の三人が途上に斃死したのを見て深くこれを悼み、丁寧に埋葬して作った弔辞。

◉解説

原題は「山村的墓碣」。同篇は散文集『山水』の再版本（上海文化生活出版社、一九四七年五月）に初めて収められた。『山水』初版（重慶国民図書出版社、一九四三年九月）を増補する際に、追加収録された三篇の中の一篇である。

作者馮至は一九三九年から四六年まで昆明の西南聯合大学で教鞭を執ったが、本篇が書かれた一九四三年は学術上、創作上、最も多彩で生産的な一年であった。この年、彼は数年来のゲーテ研究の成果を公表し、歴史小説『伍子胥』を完成させ、また杜甫の伝記執筆にも着手している。いずれも抗戦後期の昆明にあって、戦時の大音声とは対照的に、東西の古人との対話を通して、人間の生死や生存の意味について静かに思索をめぐらせるものである。

本篇は、作者が三〇年代前半ドイツに留学していた頃、スイスの山中で見かけた墓碑銘から語り起こしている。名もないひとりひとりの人生にそれぞれ風趣に富む墓碑銘が与えられていることへの感慨を通して、四〇年代の中国では戦争がもたらす大量の死に軽々しく意味づけがされる現実と対照させている。また同年に書かれた詩「岐路」の冒頭八行も本篇と響きあう。――「それら一本一本は目の前から／伸び、同時に／私たちの歩みを容れる準備をしている。／だが私たちは流れる水ではない、／まずためらい、／そして勇敢に／一本の道に踏み出すしかない、残りの／道はすべてうちすてて」――後人に残された墓標の意味をあらためて考えさせる。

（佐藤普美子）

鄭振鐸

海燕

鄭振鐸（ジョン・ジェンドゥオ／ていしんたく）（一八九八―一九五八）。浙江省永嘉県（現・温州市）生まれ。字は西諦。一九一七年北京鉄路管理学校入学。一九年には瞿秋白、許地山らと雑誌『新社会』『人道』を発行し、社会批評や文学活動を開始する。二一年には文学研究会の発起人となり、上海商務印書館編訳所に就職。文学研究会機関誌『文学旬刊』（後に『文学週報』と改称）の編集長を務め、二二年からは『児童世界』、二三年からは『小説月報』を編集する一方、多くの評論、童話集を発行する。二七年上海で起きた四・一二クーデターの後、ヨーロッパへ渡る。この頃、散文集『山中雑記』（二七）、『家庭的故事』（二八）を出版。二九年初に帰国後、燕京大学、清華大学、曁南大学等で教鞭をとりつつ、雑誌『文学』、『文学季刊』の編集に携わる。三〇年代には、中国文学史の専門書のほか、散文集『海燕』（三二）、『欧行日記』（三四）、『西行書簡』（三七）、短篇小説集『取火者的逮捕』（三四）、『桂公塘』（三七）を出版し、文学研究者と創作者の両面で優れた足跡を残している。日中戦争中には、胡愈之らと復社を組織し、『魯迅全集』全二十巻を出版。人民共和国成立後には、日本軍に陥落した上海での日々を綴った散文集『蟄居散記』（五一）を出版している。文化部副部長、政治協商会議全国委員、全国人民代表大会代表等を歴任。五八年十月中国文化代表団を率いてアフガニスタンとアラブ連合共和国（現・エジプトとシリア）を訪問する途中、飛行機事故によって死亡した。

全身の真っ黒な羽毛は滑らかで美しく、見るからに敏捷だ。それにハサミのような二本の尾羽と、力強く軽やかな翼を組みあわせれば、愛らしく生き生きとした燕になる。春の二、三月、風が微かにそよ吹き、か細い雨が理由なく空から降り注ぎ、幾千万本の柳の枝が黄緑色の眼を見開き、赤や白や黄色の花、緑の草、緑の木の葉が、みな市《いち》に駆けつけるかのように集い来て、春爛漫の頃になると、あの燕たち、敏捷で愛らしい燕も南方から飛んできて、この上なく美しい春景画の中に加わり、春景色に多くの趣を添える。燕はハサミのような尾羽をたずさえ、微風や小雨の中、陽の光が辺り一面に降り注ぐ時、広大無比な空を斜めによぎり、チッと一声鳴けば、もうこちらの稲田から、むこうの柳の下まで飛んでいる。さらに数羽の燕が、白く波立つ湖面を颯爽とかすめ、尾羽や風切り羽がたまたま水面に触れると、丸い波紋が一つ又一つと広がっていく。むこうには飛び疲れたのが何対か、細い電線の上でのんびり休んでいる。——パステルブルーの春空、何本かの電柱、か細い電線が柱と柱の間に連なり、線の上にはっきりと、趣ある小さな黒い点が留まっており、それが燕だ。なんと興味深い図像だろうか。また、数々の円満な家庭は、われらが子燕のために小さな巣を一つか二つ、家の最も高い梁に用意しており、もしその家の門口に扁額があれば、その後ろが燕の巣作りに最適な場所となる。一年目、燕がやって来て巣を作り、二年目には、われらが燕、去年と同じ一対が、また巣を作りにやって来る。

「燕子《えんし》帰り来たりて旧塁《きゅうるい》を尋ぬ(1)」

やはり去年の主、やはり去年の客、彼ら客と主の間柄はなんと和やかなことだろう。燕の来ない家々では、主人がひどく落胆する。彼らはあの颯爽とした客を招くことができなかったのを、いつも自分の運の悪さだと考えるのである。

これこそわれらが故郷の燕、愛らしく生き生きとした燕、これまで幾人もの子供たちを歓呼させ、注目させ、夢中にさせ、幾人もの農民や市民が落胆し、あるいは心安らかにそれを指さし、そして私たちの春に多くの春景や、多くの趣を添えてきた燕なのだ。

いま、家を離れること数千里、国を離れること数千里。船上に身をゆだね、広大な海の波間を進んでいると、思いがけずわれらが燕の姿を目にした。

この燕は、私たちの故郷のあの一、二対だろうか。私たちがこの春故郷で目にしたあの一、二対だろうか。

燕たちを目にして、旅人の心には、少なくともかそけき煙のように、郷愁が一条《すじ》二条、かき立てられずにおられようか。

海水は透き通った群青色、波は春暁の西湖のように穏やかだ。微風が吹けば、幾千幾万の細かな白い波が立ち、初夏の太陽に照らされた光り輝く水面は、いっそう優しげな色を浮かべる。私はこんな美しい海を見たことがない。空も澄み切った群青色で、薄衣のような雲がほんのいくつか張り付いている。それはまるで年頃の娘が美しい青い夏服を着て、首に軽やかな白いストールを巻いているようだ。私はこんな美しい空を見たことがない。私たちは船の青い欄干によりかかり、黙ってこの美しい海と空を眺めていた。少しの雑念もなく、私たちは酔いしれ、澄み切った空の中へと吸い込まれていった。

ちょうどその時、われらが燕が二羽、三羽、四羽、海の上に現れた。それらは颯爽と、ゆったりと、海面を斜めにかすめた。まるで湖面にいるかのように。海水はハサミに似た尾羽に打たれると、やはり幾つもの丸い波紋を作った。小さな燕が、広大な海を飛び続け、疲れることはないのだろうか。暴風や大雨に遭うことはないのだろうか。私たちは心配になる。

しかし燕はゆったりと羽を休めた。両の翼を広げて高度を下げ、海面に落下すると、翼を浮き輪代わりにして体重を支え、まるで真っ黒な水鳥のように、波が上下するのに任せて浮かんでいる。気楽で、気持ちよさげだ。海が彼らにとってこんなに住みやすい家だったとは、全く思いもよらなかった。

故郷にいた頃、私たちはわれらが燕が、このような海の英雄であるなどと想像できただろうか。海水はなおも平穏で波もなく、多くの小魚が私たちの船に驚いて、群で遠くへ逃げ去る。魚たちが勢いよく逃げるのにつれて、水面に長い波紋が刻まれた。ちょうど私たちが子供の頃、瓦の欠片を投げる水きり遊びをして、水面に長い波紋を作ったのに似ていた。この小魚はわれらが燕の餌になるのだろうか。

燕は海面を斜めにかすめたり、浮かんで羽を休めたりしている。彼らははたして私たちの故郷の燕なのだろうか。
ああ、郷愁よ、かそけき煙のような郷愁よ。

訳注
（1）宋代の女性詞人阮逸女（阮逸の娘）の作と伝えられる「魚游春水」の一節。原作では、「帰」を「還」と作る。

◉解説

「海燕」は一九二七年五月、ヨーロッパ行きの船の中で書かれ、『文学週報』第四巻第二十三期（一九二七年六月二十六日）に掲載された。この渡欧は物見遊山ではなく、亡命に近いものであった。二七年四月十二日、四・一二クーデターが起こり、国民党の「清党」（共産党員粛清）が開始された。作者の鄭振鐸は共産党員でこそなかったが、労働者の市民運動に関与し、多くの共産党幹部とも親交を結んでいた。そのため、この時の中国脱出には帰国の予定が定められておらず、愛する故郷との永久の別れすら覚悟せざるをえなかった。

作者は、故国から遠ざかる船の中で目にしたウミツバメに、郷愁をかきたてられる。ツバメは吉祥の鳥であり、人々に春の訪れを感じさせるとともに、一家に福を運び、長寿の象徴ともなる。また、巣立った後、長い旅程を経て必ず故郷へと帰るツバメは、旅人にとって最大の慰めとなりうる。文中、血腥い上海での事件には一切触れず、自身の境遇や悲哀も表面上伏せたまま、馴染みのあるツバメのイメージと眼前のウミツバメの姿を重ね、異郷へ旅立つ心境をそこに託している。その意味で、本作は伝統的な詠物詩の系譜に連なるものであり、作者の古典文学への深い造詣を窺わせる作品である。

翻訳に際しては、『鄭振鐸全集・第二巻』(花山文芸出版社、一九九八年)を底本とし、必要に応じて『文学週報』初出版を参照した。

(白井重範)

郁達夫

還郷記

郁達夫（ユー・ダーフ／いくたっぷ）（一八九六―一九四五）。浙江省富陽県の没落地主の家に生まれる。幼少期から詩を書き、秀才と呼ばれた。一九一三年に来日、第一高等学校特設予科、名古屋の第八高等学校を経て東京帝国大学経済学部に入学。二一年六月郭沫若らと文学団体創造社を結成。同年に処女短編集『沈淪』が大きな反響を呼び、創造社を代表する作家となる。二二年帰国して創造社の活動に従事。経済的な事情もあって二三年に上海を離れ、北京、武昌、広東など各地の大学で教鞭をとる。二〇年代後期から作風の転換をはかるが小説に行き詰まり、三五年「出奔」を発表してからは小説の筆を折り、随筆や旅行記などを数多く発表する。佐藤春夫を敬愛し、多くの日本人作家と往来があった。大東亜戦争中は南洋のシンガポールに渡り『星洲日報』文芸欄を担当するなどしていた。シンガポール陥落直前、インドネシアに渡る。スマトラのパヤクンブで現地人女性と結婚し、酒造工場を営むなどしていたが、日本語が達者なことからしばしば軍に徴用され、終戦直後、戦犯を恐れて脱走した元日本軍憲兵隊員によって殺害された。

一

午前四時か五時だったろう、僕の過敏な神経がふいに震え出した。片目を開けて枕からひどく重たい頭をもたげ、寝ぼけまなこで窓の外を見やると、薄いグレーの雲がほのかに明るい空に垂れ込めていた。部屋の隅や机の下にはまだ闇夜の影が漂い、部屋は深い眠りに沈んだまま、寝息だけが満ちていた。窓の外にも人の行き来する気配はなかった。

「まだ早いな」

半年におよぶ睡眠不足のせいでぼんやりした頭で考え、まだ少し痛む頭を再び枕に落とし、眠りについた。

二度目に目を覚まし、慌ててベッドを飛び出し、窓辺に駆け寄り競馬場の大時計を見るや、胸は早鐘のように打ち始めた。ぼやけた眼では大時計の時刻ははっきり見えなかったが、第六感は、すでに時遅く、八時の急行列車にはおそらく間に合わないと悟っていた。

天気は晴れでも雨でもなく、空は不透明な白雲に覆われていた。梅雨が終わる頃には、こんな天気が多いものだ。

階下へ駆け下りて慌ただしく身仕舞をしながら、ボーイを起こして時間を尋ねた。金の象嵌時計は東京で酒に換えてしまい、新しく買ったエルジン(1)も、昨年北京で盗まれてしまった。だから今僕は時刻を知りたければ、桃源郷の老人のように外から来た釣り人をつかまえて、「今はいつの世ですかな？」と尋ねなければならない羽目に陥っているというわけだ。

七時四十五分と聞き、急いで歯ブラシを口にくわえ、わけもなく階段を駆け上がったり駆け下りたりを数回繰り返した。心中、悔やんでいたのは言うまでもない。ひとしきり取り乱し、それからとくと考えてみて、八時の列車にはどうしても間に合わないとわかると、かえって徐々に気持ちが落ち着いてきた。ゆっくりと顔を洗い終え、服を着替えてボーイに駅までの人力車を呼びに行かせた。

僕の故郷は富春の山中、物寂しい銭塘江のちょうど折れ曲がったところにある。列車で杭州まで行き、さらに清らかな川の流れを汽船に二時間揺られる。この汽船は午前と午後の二便がある。午前八時と午後二時だ。子供の玩具のような汽船が川岸から桐廬まで行く。上海で朝の列車に乗っていれば、午後四、五時、みなが昼寝から覚める頃には家に着き、部屋で待つ子どもにも会えたのだが、今日はもうだめだ（今日は旧暦の六月二日だ）。

今日のうちに帰郷できないとなれば、杭州で一夜を過ごさねばならない。しかし寂しい懐に半斤の酒を買う小銭すら入っていない境遇で、そんな贅沢ができるものか。僕はまた悩み始めた。憎い友人たちよ、君らは僕が今日、早朝に発つと知りながら、昨夜はあんな時間まで語らうべきではなかったのだ。いや、憎むべきは僕自身だ、今朝発つととうに決めていたのだから、彼らを引き留めてあんなつまらぬ無駄話をするべきではなかったのだ。それもどこから湧いてきた話だ？　一体何が面白かったのだ？　だが僕たちは憂いに眉をひそめて顔を合わせれば、初めはいつも黙っているが、一言二言話題が持ち上がると、飽きもせず憂いも忘れ、目はぎらぎらと輝きだし、時に哄笑、時に痛哭し、来し方行く末を語りに語って、結局いつもこんな話になる。

「世の中は全くおかしい。こんな軽薄な奴でも中国の偶像になれるとは」

「まさに軽薄であるからこそ、名声を享受できるのさ」

「あいつの書いたものは何だ！　他人の本の引用すら写し間違えてやがる！」

「そうだ、そうだ！」

「それから××だ！　××よりもなお卑劣で筋が通らない。それでいて名声はもっと大きいんだからな！」

「今日列車で見たあのユダヤ女はよかったな！」

「彼女の尻の大きくてかわいいこと」

「彼女の腕ときたら！」

「ああ！」

「エインズリーの『バーンズ生地探訪記[2]』は、きみ、どこまで読んだ？」

『東に三人の野人がおりました、正直者の三人男。この三人、厳かに誓いを立てました、エアシャイアを見物しに行こうと』

「よく覚えているものだな！」

こんなつながりも脈絡もないおしゃべりは、しなければ済むものを、ひとたび話し始めるや、憑き物が落ちて悲憤を晴らし終えるまで止めずにはいられない。ああ、哀れなる有識無産者よ、これらの空論、これらの不平は君たちの弱々しい肉体と尊大な精神に、一体何の益があろう？　いや、もうよそう。本筋にもどって、きちんと書くとしよう！

昨夜も友人が数人、僕のところでこんな無駄話をして、夜更しをしたために今日列車に乗り遅れ、やむなく西湖畔で一泊する羽目になった。僕は人力車に乗り、上海の不景気な朝市を一人ぼっちで見やりながら、余計な旅費を使わせた友を胸の内でひたすら恨んでいた。

二

人力車は北駅に着いた。駅は閑散としていた。おそらくちょうど急行列車が出発した後で、鈍行列車が出る前だったため、そのようにひっそりとしていたのだろう。僕は手持無沙汰になり、気持ちにはやや余裕が出てきて、北駅の構内をぶらぶらとひとめぐりした。今回の帰郷は、そもそも僕という余計者を隠居させてくれるかどうか、故郷の様子を見てみようというつもりだった。だから持ち物といえば、ただ両袖に風が通るばかりの素寒貧、空の袋一つに、あとは靴の底に敷いた幾枚かの紙幣だけだった――これは僕の性癖で、金のある時はいつも靴の底に敷くのだ。一つにはスリに遭わないように、もう一つには僕は金に迫害され尽くしているから、この時とばかり金に復讐してやろうというわけだ。時には渾身の力を込めて必死に奴らを踏みつける――荷物もなく、駅を行ったり来たりするのは大変気ままなものだ。

空の綿のような雲は一つ一つ消えていき、あちらこちらに青いえくぼが現れた。弱々しくくすんだ日差しもところどころ射してきた。弱い海風が土埃や煤煙を乗せてこの灰色の駅に吹きこんでくるが、真夏の熱気はすでに人々の腋や腰にしのび寄っている。ああ！　三伏の暑さよ、僕のような痩せた通りすがりの病人につきまとわないでくれ！　まずは金持ちの婦人の居室深く吹き入り、肉づき豊かな足の間や乳房の下に潜り込み、彼女たちのかぐわしい液体を蒸発させるがいい！　僕にはこの古ぼけた夏ものの長衣しかない、汗で汚れてしまったら、明日には着替えがないのだから！

構内を何度か行ったり来たりしているうちに、周囲は少しずつ人が増えてきた。男や女、出発する者、見送る者、顔にはみな希望に満ちた表情を浮かべて行きかっている。しかし僕――僕一人だけだった――には、見送ってくれる友や親戚もなく、ましてや連れとなる妻も妹もいない。ただ傷つきやすい心に、故もない千万の悲しみが満ちているだけだ。

「才能や容貌をいえば、二億もの中国の男の中で、僕とてそう捨てたものでもあるまいに、なぜこれほどの孤独な身になってしまったのか！　前世で何の罪を犯したというのだ？　どんな星のもとに生まれたのだ？　僕には楽しみを味わう資格すらないというのか？　信じられない、どうしても信じられない」

こう考えると、駅の脇の入場口に駆け寄った。知り合いの美人が僕の帰郷を見送りに来たのを見たような気がしたのだ。入場口に行くと、果たして本当に、流行の白いスカートを履いた女性が数人、人力車から下りてくるところだった。その中の十七、八歳の、白いソフト帽をかぶった女学生が、三つの重そうなトランクを提げ、こちらに近づいてきた。僕は知らぬ間に手を伸ばしていた。トランクの一つを持って負担を少しばかり減らしてやろうと思ったのだ。だが彼女は足を止め、黒々とした大きな両の眼を見開いて、訝しげに僕を見やった。

「ああ！　悪かった、どうかしていた。お嬢さん、どうか怒らないで。僕は悪人じゃない。泥棒じゃない。だが想像力が過ぎたあまり、君を想像の人物にしてしまい、怒らせてしまった。どうか許してくれ、済まなかった。君の瞳に射られる懲罰は甘んじて受けよう、君がその柔らかい手でこの頬を叩いても甘受しよう。僕が悪かった、どうかしていたんだ」

彼女の両目に射られるや否や、まさに眠らんとする人が電撃を受けたように、顔はたちまち紅潮し、全身に冷や汗が出た。胸の内で謝罪の言葉を並べ、手を引っ込めうなだれて、そそくさと逃げ去った。

ああ！　これは錦を飾る帰郷ではない、ルビコン（Rubicon）の渡河(3)ではない、誰が出発を見送ってくれよう、誰が連れになってくれよう！　身の程知らずの空想にもほどがある。その女学生から逃げ出し、駅の玄関口の人ごみに紛れ込んだ時、心臓はまだドキドキと打ち続けていた。息を殺してじっと立ち、周囲をうかがっていると、とらえようのない感情に全身を包まれ、僕はやむなく長衣の襟を引っ張り上げて立ち去った。

三

「もう八時四十五分だ。ここでは隠れようにも隠れられない。いっそのことさっさと切符を買って乗車してしまおう！　いや、駄目だ駄目だ、切符を求める人が両側にこれほどいては、あるいは彼女もこの中にいるかもしれん。やはりあの入口に近い窓口で買うとしよう。あそこなら人もずっと少ないからな」

そう決めると、あちこちを見回しながらそのガラス張りの窓口へ行き、切符を買った。俯いて息を切らせてプラットホームに駆けこんでから、先ほど買ったのは二等車の切符だったとわかった。足の下にある残りの金のことを考えたり、今夜杭州で払わねばならない飯代や宿代のことを考えたりしているうちに、気持ちがさっぱりとした。経済と恋愛は両立できないものだ。さきほどのあの女学生のことも、次第に忘れていった。

浙江は僕の故郷《くに》だが、知識階級の腐敗や教育家、政治家らの軍人に対するへつらいと平民への抑圧、それに政治屋の卑しい行為、あくなき貪欲ときたら、日頃は思い出しても吐き気を催すほどだ。それゆえ僕は浙江に帰るたびにいつも胸一杯の恥ずかしい気持ちを抱いて、目を覆うようにしながら杭州を通るのだ。西湖の畔に半日も留まっていたくはない。だが今度ばかりはどうにもこうにも行き詰まり、萎れ切って実家に逃げ帰り、嫌悪する故郷に救いの息壌《そくじょう》（4）を求めに行くのだと思うと、林に宿る飛び疲れた鳥や谷間に帰る衰えた狐も僕ほど失望落胆はしていないだろう。ああ！　放蕩息子の帰郷は、老父母や慈悲深い兄弟たちが責めずにいてくれさえすればいいのだ、一体どこに故郷を批判し、故郷を憎む気持ちがあろう。僕はこんな卑屈な心境になったことで、また思わずはらはらと涙をこぼした。

一人ぼっちで列車に乗り、外のプラットホームを行きかう旅人や黄色い制服を着たポーターを見ていると、頭がぼんやりとしてきた。彼らと僕との間は、まるで氷の山で隔てられているかのようだった。また駅の近くの工場群の高くそびえる煙突を見ていると、頭からすっぽりと灰色の霧に包まれているように感じた。深く息を吸い、車窓を開けて梅雨の晴れ間の空を見た。まだ晴れ渡っているとは言えなかったが、一塊の雲と幾筋かの光線が旅人をこう慰めていた。

「雨はもう降らないよ、晴れるかどうかは君たちの運次第さ！」

しばらくすると列車はゆっくりと動き始めた。北駅付近の貧民窟や墓場のような江北人(5)の船室、泥まみれの水たまり、崩れたベランダに干してある女の下着、汚れた布、労働者のぼろぼろの服、それらの絵が一枚また一枚と目の前に現れて、あたかも天がわざわざ人生の苦しみをこの一連の記録に編集して、僕を慰めているかのようだった。

ああ、別れを乗せるこの怪獣よ！　どこまでも休まず前進しろ、立ち止まらずに進め！　この身体を世界の果てへ、虚無の境地へと運んでくれ。一生涯止まらずにひたすら進め、世界の万物が青い煙と化すまで。僕たちの存在が無に帰す時、僕はお前にこの上なく感謝するだろう。

現代の物質文明が生み出した貧苦のさまが、少しずつ大自然に覆い隠されていった。貧民窟を過ぎ、大都会の周辺の小さな町（Vorstadt）を過ぎると、線路の両側はただ一面、緑の畑と美しい別荘、清浄な田舎道、それにたくましい農夫だけだった。この調和がとれた盛夏の田園風景にあっては、道を行く黄色い人力車の車夫すらもロマンチックな色彩を帯びていた。彼はあたかも童話の登場人物のように、衣食のためでなく、自らの歓びのために車を引いているかのようだった。もしこの大自然の微笑みの中に、不快な物を指摘するとすれば、それは野草の間に横たわる棺桶や墓だ。貧者の喜びは大自然の懐に陶酔する一刹那にしかない。この一刹那、彼は現実の苦しみをきれいさっぱり忘れ去り、悠久の空や広大な大地とひとつになれるのだ。だが何たる残虐か、何たる悪辣か！　このような場所、このような時にも、この世の行き着く所、生き物の運命を赤裸々に指し示すとは！

僕は主張したい、中国の墓を、野外の白骨をすべて掘り起こして火にくべよ、あるいは茫洋たる大海に投げ入れよ、と。

四

徐家匯を過ぎ、梵王渡を過ぎ、列車が進むにつれ、窓外の緑もだんだんと色濃くなってきた。ああ、失業して以来、ネズミや蚊とともに上海の気ままな牢獄に閉じこもり、すでに半年余りがたっていた。野外の自然がこれほど清々しく、郊外の空気がこれほど爽やかだとは思わなかった。ああ、自然よ、大地よ、生じてやまぬ万物よ、僕が間違っていた。僕は君たちと離れてあの汚れた人波の中に職を求めに行くべきではなかったのだ。

列車が莘荘を過ぎると空は完全に晴れた。両側の緑の木の枝からは蟬の声が雨のように降ってくる。耳を傾けていると、少年時代の光景がしきりに思い出された。悠々たる大空には幾筋かの雲だけが、きらびやかな衣装の風雅な舞を舞っていた。一筋の陽光が緑濃い木々の葉や背丈の揃った稲の苗、柔らかな青草の上に降り注いでいた。梅雨で水を豊かに湛えた小川、風変わりな田舎の橋、茅葺きの水車小屋、大小の盛り土、それに赤い壁の古廟、清らかな農場が次々と映画のように目の前で入れ替わった。僕は車窓を額縁にした、そうした天然の絵画に酔いしれ、列車が松江に停車するまで、一瞬も目を離すことができなかった。ああ、佳日美景をなんとせん(6)。僕はこのような大自然の中ですでに生きる資格を失ってしまったのだろう。なぜなら僕の腕力、僕の精神は、みな現代の文明に毒薬を盛られ、零《ゼロ》になるまでに悪化してしまった。鋤や鍬をとって農夫とともに耕す力がどこにあろう？

正直な農夫よ、君たちは世界の養育者だ、世界の主人公だ、君たちのために牛馬となり、君たちの労苦を代わりたい。君たちは僕に一杯の麦飯を分け与えてくれるか？

列車が松江を過ぎると、風景に平和な景色が加わった。腰を曲げて畑仕事をしている農夫、草原に放たれた羊の群れ、浅瀬にかかる平たい橋、田舎の寺や農場が、そこで会心の笑みを浮かべているようだった。列車がある農村を飛ぶように過ぎる時、土壁に藁ぶきの家にふいに鶏の鳴き声が起こったのが伝わってきた。家の戸口には肌脱ぎになった農夫が煙草をふかしながら列車をぼんやりと眺めていた。僕はこんな純朴な農村風景を見て、我知らず叫んだ。

「ああ！　この平和な村よ、この平和な村よ、僕は何年君たちに接してこなかったろう！」

おそらく声が大きすぎたのだろう。周囲の乗客はみな僕に奇異の視線を投げた。幸い鈍行だったので、二等車の乗客は少なかった。さもなければ列車を飛び降り、この恥ずかしさから逃げ出すしかなかっただろう。彼らに見られるのがたまらなくなり、また腹もいささか空いてきたので、靴の底を手でまさぐり、しばらくためらってからボーイを呼び、洋食を持ってくるよう言いつけた。出発した時、靴の中には紙幣を二枚入れたきりだった。切符を買った後、左足の紙幣は一元あまりの釣銭に変わってしまっていたから、道理から言えば車中で大いに飲み食いなどすべきではなかった。だが金はあればあるほど倹約したくなり、貧するほど散財したくなるのが人情というものだ。僕もこの時、自暴自棄の気持ちが湧いてきた。

「どのみち足りないのだ。この金を節約したところで何になる。えい、食ってしまえ！」

一つの欲望が満たされると、たちまち次の欲望が起こってくるものだ。スープを飲み、パンを食べると、こんどは喉が渇いてきて、またしても自棄になり、ままよとばかりにボーイを呼び、ビールを二本持ってくるように言いつけた。ああ、危ない危ない、右足の下の紙幣はもう半分までボーイにもぎ取られてしまった。

食事をしながらなお窓外の風景を鑑賞した。いくつかの小さな駅に停まり、轟々と音を立てて鉄橋を何本か通り過ぎ、昼食を食べ終える頃には、列車はもう嘉興駅を過ぎていた。腹いっぱいになり、またほろ酔い気分も加わって、今夜の杭州での宿代と、明日富陽へ行く汽船代のことが気にかかり、いささか憂鬱にならざるを得なかったけれども、全体的な気分はといえば、この時は大変楽しく、大変満足していた。

「人生は今この時の連続なのだ、今満足できていれば良いではないか？　一瞬後のことなど考えるには及ばない。明日、来年のことはなおさら、打ち遣っておけばいい。一瞬の後に列車が脱線しないとも限るまい！　僕が死なないと誰が保証できよう？　もういいさ、僕は大変満足しているのだ！　ハハハ……」

このように満ち足りて考えながら、足はゆっくりと列車の後ろの展望デッキに向かった。僕が乗った車両は最後尾であったため、展望デッキに立つと、田園風景をじっくりと見、蟬の声に耳をすまし、自然の風に吹かれることができた。デッキに立ち、片手で鉄柵をつかみ、もう片手では半分に折ったマッチで歯をせせった。涼風が一陣一陣と吹き寄せ、景色は一枚一枚と過ぎ去り、僕は誠に大きな幸福を感じていた。

五

僕は平素、幸福を感じる時間が長く続かない。一時、大変に満たされたと感じても、その後には必ず絶大な悲しみが起こる。デッキに立って歓びの只中にいた時、ふいに一面の緑の中に円満な家族団欒の光景が見えた。年のころおよそ三十一、二のたくましい農夫が腕に一歳ほどの子どもを抱いて、桑の木の下で笑い楽しんでいた。農夫と同じ年頃の青い服を着た女が、その傍らで微笑んで彼らを見守っていた。彼らの上を照らす陽光と木陰が、彼らの満ち足りた気持ちを一層はっきりと表していた。地面には竹の飯籠と茶を入れた瓶、湯呑みや飯椀がいくつか並べられていた。これはきっとあの農婦が夫のために運んできたのだ。ああ、田園の中に睦まじい夫婦、さらに二人の愛の結晶があり、夫婦のかすがいとなっている。君たちは何たる幸福か！　しかし僕はどうだ！　ああ僕は？　僕は妻があれども愛することができず、子があれども育てることができない無能力者だ。人生という戦場での敗北者だ。今や逃亡中の行路病者だ、ああ！　農夫よ農夫、君と君の妻の終生仲睦まじからんことを、君の子どもの聡明かつ健康であらんことを、君の畑に収穫多く、君が幸福であらんことを！　君たちの災難、君たちの不幸はすべて僕に寄越したまえ、地上のすべての苦悩と悲哀、苦難はいっそ僕一人で背負っていこう！

胸の内でこう彼らのために祈ったが、涙はとめどなくこぼれ落ちた。この半年、失業したために上海をさまよった苦しみが思い起こされた。三か月前、妻と子どもが二人きりでこの線路を通り、寂しく故郷に帰っていった情景も思い出した。ああ、農民夫婦の幸福よ、知識階級の漂泊よ！　妻が通った悲しみの足跡を、今また僕が一歩一歩踏みしめていくのだ！　情あらばどうして泣かずにいられようか！

周囲の風景がたちまち変わった。つい先ほどまでのあの豊潤で麗しかった自然の景色は、あたかも僕を嘲笑しているようだった。

「お前は戻ってきたのか？　外国で十数年暮らして、何を学んできたのだ？　なぜ能力を示そうとしない？　今お前には妻子を養う力があるのか？　ハハ！　お前は学問を修めたが、結局は田舎に帰って祖先の蓄えを食いつぶすのか！」

僕はうなだれて、飛ぶように走る車輪を見、車輪の下に白く光る二本のレールと枕木、栗石を見ていると、ふいに強烈な死への誘惑にかられた。両足は震え始め、よろよろと数歩前に歩くと、またしばらくぼんやりと上から見下ろした。両手で鉄柵をつかみ、目を閉じて歯を食いしばり、つま先に渾身の力を込めて、身体を持ち上げ跳び上がった。

六

ああ、死の勝利よ！　もしあの時、意志がもう少し強ければ、この煩悩と苦痛に満ちた世界からとうに抜け出して、今頃は天国の案内人ベアトリーチェ（Beatrice）(7)の膝元で花を取り微笑していただろう。(8)だがあの一跳びには、気力が足りなかった。目を開けて見ると、広い大地に高い空、稲田や草地が元の通り列車の周囲を疾駆していて、列車の轟音が元の通り耳の中で鳴り響き、身体は柵の上にあって、まさに病める鸚鵡が鉄棒につながれて死を待つ様子にそっくりだった。両側の美しい景色を見ても、半時前の自然の美を愛でる心境はどうしても戻ってこなかった。僕は涙をもって硤《こう》石(9)の霊山に向かい合い、硤西公園の築山で日差しの下に遊ぶ若い男女は、みな僕を世界の外へと追い出す悪党だと思った。列車は臨平に着いたが、それ以上あの蓮の花咲き柳の細枝垂れる田園の風景を味わう気にはなれなかった。ただ、緑したたる臨平山が、この骨をうずめる場所になるのだとだけ感じた。筧橋を過ぎ、艮《こん》山門も過ぎた。麗しき宝叔山、そびえたつ北高峰、清泰門外を貫いて流れる澄み切った渓流、渓流に映るまばらな楊柳、畑の間を交差する小道、小道を行く人、かつての王朝の巨大な遺跡、高さのふぞろいな曲がりくねった城壁、どれも僕の興味を引くことはできなかった。列車が杭州城駅に着くと、死刑囚が刑場に向かうようにホームに降りた。駅を出て、青天白日の下、子どものころ見馴れた赤壁の旅館、居酒屋や茶館、それに年若く意気盛んな都会育ちの若者たちを見ると、胸がひどくドキドキとして、顔を上げることができなかった。こうした幻滅の心理は、もし強いてそれを描くとすれば、何かにたとえるしかない。例えば思春期の少年のころ、絶世の美人に出会い、彼女は僕に初恋をして、僕も彼女に生まれて初めての気持ちを抱く。二人は互いに寄り添い、寝起きを共にして、春は花を、秋は月を愛でながら数十もの良き夜を過ごす。のちに僕は金銭を使い果たし、女もほかに愛する人ができて、樊素《はん》に倣い春とともに去る。(10) 僕はやむなく悲しみと孤独、貧困と恥辱を伴侶とする。幾年か各地をさまよう間に年を取り、体も衰え、ぼろぼろになった服をまとって、当時二人が肩を並べ手を取り合った故郷へ帰ってくる。山や川、草木、星や月、群雲も、その美しさを変えてはいない。ひとり湖畔に座り、湖水に臨んでまさに首をくくらんとした時、ふいにあの僕を捨てて去った彼女の影が水面に映るのを見る。彼女の容貌は数年前と同じように優美で、衣服は数年前と同じように華やかで、首筋にかけた真珠は以前より一層光り輝き、額に戴いた瑪瑙は昔日よりもずっと赤く鮮やかだ。さらに耐えがたいことに、振り向いてみると、ひとりの優雅な美青年が彼女の後ろに立ち、両手で彼女の腰をなでている。

ああ！　こんなたとえが何になる？　僕が駅に降り立ち、杭州の天地に対して感じた恥と落胆をもし言葉で形容できるならば、この夏物の長衣も汗と涙で湿ることはなかっただろう。言葉にでき、たとえようのある哀しみなど、まだ世の中で最も痛ましいことではないのだ。僕はしだいに俯いて、列車を降りたばかりの人の群れや客引きを争う車夫や旅館の呼び込みから離れ、一人寂しくある旅館に入った。胸には一千斤もの鉛の石がぶら下がっているかのようだった。

部屋をとり、顔を洗った。ボーイが紙を持ってきて、名前と年齢、本籍、職業を書くように言った。ボーイをぼんやりと見つめていると、ボーイは僕が故郷を出たことがなく、決まりを知らないのかと思ったらしく、もう一度丁寧に説明をした。ああ、その決まりを知らぬわけがあろうか、本当に書く勇気がないのだよ、無名のままの名前、故郷の籍、職業！　ああ！　僕に何を書けというのだ？

　ボーイに促されてやむなく、筆をとって偽名を書き、「異郷人」の三文字を書き込み、職業欄には「無」の一字を書いた。知らぬ間に涙が二粒、ぽたりぽたりとその紙に落ちた。ボーイは怪訝な様子で、紙を見て尋ねた。

「お住まいはどちらですか。お書きください。ご職業も必要です」

　仕方なく「異郷人」の三文字を消して「朝鮮」と書き、職業欄も消して「放浪」と書き込んだ。ボーイが出て行くと僕はドアを閉め、ベッドに倒れこんで思うさまむせび泣いた。

七

　ベッドに伏せてひとしきり泣くと、半日の旅の疲れが心と体を征服した。夢うつつの中でトントンとドアを叩く音を聞いた。ぼんやりと起き上ってドアを開けると、祖母が黙って外に立っていた。もう遅い時間のようで、部屋は薄暗く方向も分からない。だが奇妙なことに、その薄暗い空気の中に、祖母の表情ははっきりと見えた。その表情は悲しげではなく、もちろん楽しげでもなく、ただ威圧するように厳しく沈黙していた。僕たちは黙って数分間対座し、それから祖母はようやくそのしわだらけの口を動かして言った。

「達よ！　おまえは気難しすぎる。どうしてそう孤高であろうとするのか？　窓の外を見なさい！」

　祖母が指す方を見やると、窓外の通りの黒く騒々しい人だかりの中に二本の大きな松明が燃えている。さらによく見ると、松明の間には人形が一つ座っていたが、奇妙なことにその人形の顔はある友人にそっくりだった。その様子からすると、おそらく祭りなのだろう。振り向いて祖母に話しかけようとすると、部屋の電灯がパチッと音を立てて明るくなり、ボーイがベッドのそばに立っていて夕食はどうするかと聞いた。僕はぼんやりとして答えなかった。祖母は今年の二月に死んだばかりだ。夢の内容を思い返しているところなのに、ボーイの質問に答える気になるだろうか？

　ボーイを帰らせて、顔を洗い、押し黙ったまま旅館を出た。夕陽の名残がまだ路傍の屋根屋根に見えた。店先の灯火もぽつりぽつりと灯った。日暮れの空気が微かな涼しさを帯びて顔をなでた。羊市街をぐるぐると歩きまわり、駅前の広場を通り抜け、清泰門前の草地へやってきた。ひっそりとしたこの古き杭州の街は、僕が出て行ってから、少なからぬ文明の侵害を受け、あちこちの旧跡は日一日と壊されていた。清泰門前に来ると懐かしさがこみあげ、かろうじてまだ残っている物見櫓に登っていった。城外の楊柳や桑の木に鳴く蟬が哀れな声を立てていた。その悲しい声が一声一声心に沁み入り、僕は海に浮かぶ死体のように、感情をすべて蟬の声に託し、ただ夢を見ているように、残った胸壁に立って西北の浮雲と足早に暮れていく空を眺めた。淡い悲哀が全身を溶かした。この時もし古寺の鐘の音がいくどか、ゴーンゴーンと一つ一つ、ゆっくりと伝わってきたならば、僕は思わず城壁から濠に飛び込み、魂を宵霞の中に溶け込ませ、この古都を覆いつくそうとしただろう。南屏は近かったが、(11) curfew〈鐘晩〉は今夜は鳴りそうになかった。僕は長いこと一人寂しく立っていた。西の空に赤い雲がただ一筋残るのを眺め、日暮れの哀しみを十分に味わってから、ようやく城壁を降りた。この時、空はすでに暗くなっていて、城壁を降りるのにでこぼこの石に何回か躓き、わけのわからぬ恐怖にとらわれた。昼間に列車で自殺を図った心境とこの時の恐怖心を比べてみて、思わず笑ってしまった。ああ、霊長を自負する二本足の動物よ、お前の思想感情はただの矛盾の連続だ！　何が理性だ？　何が哲学だ？

城壁を降りてひっそりとした大通りに入ると、暮色はすでに街に立ち込めていた。家々のまばらで淡い灯火は、数刻前に比べ倍に増えていた。清泰門通りを行く人の影が、通りに射しこむ電灯の明かりの中に次つぎに浮かんでは過ぎ、日暮れの情緒を醸し出していた。まださほど暑くはなかったが、いくつかの家では早くも小さなテーブルを戸外に出して、露天で夕食をとっていた。僕は本当に孤独な異郷人となって、両目を光らせ、この日暮れの大通りを先へ先へとひたすら歩いた。

杭州に友人がいないわけではないが、彼らはある者は課長になり、ある者は参謀になりと、今まさに意気揚々たる時期だ。もしぶらりと会いに行けば、僕自身は彼らがそれで僕を嫌悪するよりずっと辛い気持ちになるだろう。上海では半年というもの、そうした冷たい視線にうんざりするほどさらされてきた。今となっては、万一故郷の家が受け入れてくれ、そこに住むことができたとしても、万一状況が芳しくなく自殺しようということになったとしても、あんな目に遭うのは二度とごめんだ。僕は黙って考えながら、両側の店が電灯の下で夕餉の卓を囲んでいる様子を眺め、我知らず石の牌楼をくぐり、某中学の前にやって来た。ああ、移り変わりの激しい杭州は、旗営〈満州族の兵営〉が様変わりし、湖畔には中国人や西洋人の邪悪な別荘が立ち並んでいたが、この通りは、この通りだけは、もとのまま物寂しく、十数年前に初めて杭州に中学校の受験に来た時と同じだった。物質文明の幸福は少しも享受できず、むしろ現代の経済組織が垂れ流す害毒をたくさん受けてきた僕は、この暗い街角に来ると、まるでもう故郷に帰ったかのように、たちまちほっとした気持ちになった。おそらく興をそそられたのだろう、僕は路地の角の小さな居酒屋へ酔いを求めて入っていった。

八

薄暗い電灯の下で、通りの方を向いて、粗末なテーブルに寄り、腰を下ろして高粱酒を数杯飲んだが、ついに酔うことができなかった。頭は飲めば飲むほど冴えてきて、かえって現在の境遇を一層自覚するばかりだった。盃を置くと、両手で頬杖をつき、ぼんやりと薄暗い空中を見つめた。突然ある種の沈鬱で哀しげな音が暗い空気に混じり、遠くから少しずつ伝わってきた。その音には人を一歩一歩と感情に沈みこませるような魔力があった。まさに中国の管弦楽特有の不思議さといえるだろう。数分して、その音を発している者が少しずつこちらに近づいてきて、ようやく胡弓と磁器でできた打楽器の調和した音を聴き分けられるようになった。ああ！　君たちは流浪の音楽家だったのか。この半ば開化した杭州のまちに、芸で糊口をしのごうとやってきた哀れな者たちだったのか！

彼ら二、三人の痩せて細長い影と、後ろについて歩く見物の子どもたちが、居酒屋の前を通り過ぎて行った。その悲痛な和音もだんだんすすり泣きのようになり、聴こえなくなった。彼らを追っていき、あの哀しげな音色を十分に味わいたいという激しい渇望が突然起こった。酒代を払い、店を出て、暗闇の中を追いかけた。しかし彼らはどちらへ向かったのか、必死に追いかけたがついに見つからなかった。ああ、先ほどの優曇華の花の一咲き[12]は、幻覚だったのか？　神が示した未来の予言だったのか？　だがあの悠揚とした沈鬱な弦の音と磁器の太鼓を叩く音は、まだ僕の中に鳴り響いていた。人影もまばらな暗い街角であちこちと探し回ったが、どうしようもなく、やむなく豊楽橋通りから湖畔へ向かった。

湖上に月影はなく、湖畔の何軒かの茶館や旅館も、寂しげな電灯がいくつか、淡いかすかな光を放っているだけだった。広い通りには行く人が少なく寥寥としていた。僕は湖畔の道を横切り、湖のほとりに長いこと立っていた。湖の三方はどっしりとした山影ばかり、山の中腹や麓の別荘にはほのかな明かりがいくつか灯っていたが、じっと見つめなければ見えないほどだった。淡い星の光が湖に映り、かすかな風が吹いて来て、湖にはさらさらと波音が立った。周囲は静まり返っていた。吸い終えた煙草を湖に捨てると、ジュッと音を立てて火が消えた。この静寂な空気にひどく圧迫され、声を振り絞り、湖の中心に向かってオーッと叫ぶと、気分がだいぶ楽になった。湖に沿って西にしばらく歩くと、ふと木陰のベンチに一組の若い男女がいるのが見えた。彼らは何はばかることもない様子で、僕の胸にはたちまち不快な感情が起こり、先ほど大声で叫んだ後の心地よさは消え失せてしまった。

ああ！　年若き男女よ！　青春を享受するのはもとより君たちの特権であるし、僕の日頃の主張でもある。だがしかし、君たちは不幸な孤独者の目の前では、少しは謙遜しなければならない。それでこそ君たちの愛情の美しさが完全になるのだ。しっかりと憶えておきたまえ！　貧しい子どもに、決して君たちの真珠や宝物を見せてはならない。貧しい子どもはそれを見れば、一層自分の貧しさを感じてしまうのだから！

寝静まった通りから駅の近くの旅館に戻ってきたのはもう深夜だった。服を脱いでベッドに入り、しばらく横になっていたが、ついに寝付かれなかった。煙草に火をつけて吸いながら蚊帳の天井を眺めた。旅館の重苦しい夜半の空気の中に、突然歯切れの良い女の声が、ドアの外でボーイと話しているのが聞こえた。

「来た来た！　まったく、ずいぶん待ったぞ」

これは軽薄なボーイの声だ。

「どなたがお呼びなの？」

ああ！　これはきっと土地の売春婦だ！

「二十三号室だ」

「一緒に来てよ」

「おい、今日はまたえらく顔が白いな」

ボーイは彼女を連れて部屋の前を通り過ぎ、隣の二十三号室に入った。

「さあさあ！　別嬪さんがおいでですよ」

ボーイは案内を終えると、ドアを閉めて降りて行った。

「かけなさい」

「おかまいなく！　お国はどちら？」

「寧波だ」

「杭州へは遊びにいらしたの？」

「お寺参りだ」

「おひとりで？」

「ひとりさ。今日はひどく暑いのに、どうして腕を出さない？」

「何をおっしゃるの！」

「脱がないなら、代わりに脱がせてやろう」

「触らないで、触らないで！」

「いまさら何を怖がっている？」

「触らないで、触らないでよ。自分でやるわ」

「触らせてくれ！」

クックッという含み笑い、ベッドや壁が軋む音。

ああ！　もともと神経衰弱な僕は、静かな所ですら時に眠れないのに、こんな淫らな騒ぎにどうして耐えられようか！　北京にいる浙江出身の諸先生方よ、あなた方は杭州で公娼制度を主張する人には必死に反対したものだが、ご自分の娘や姉妹がこんな商売を営んで、貧しい旅人の邪魔をしているとはご存じないわけがあるまい？　政権に巣食って民衆から搾取することしか知らない浙江の長官さまよ！　もし民草から取り立てることしか知らず、貧しい者を救うことを知らないのなら、あなた方の妻や妾も、快楽のために彼女たちの妙技を学ぼうとするだろう。ああ！　「邑《くに》に流亡ありて俸銭を愧ず(13)」、あなた方はこの詩句を聞いたことがあるのか？

九

ベッドに横たわり、隣室の淫らな声に挑発されて目を閉じられず、やむなく起き上がって街へそぞろ歩きに出た。時刻はおよそ深夜一時か二時で、上海からの夜行列車はもう到着しており、羊市街福縁巷の旅館はとうに戸を閉めて眠っていた。通りには数台の人力車があちこちに停まっているほかには、ぼろを着た凶悪な面構えの罪悪の末裔たちが灰色の空気の中を闊歩していた。歩きながら留学時代に異国の首都を夜な夜な歩きまわったことを思い出し、当時の状況を今この中国の滅びた都会でこうしてあてどなく彷徨っている状態と対比させ、僕の青春、僕の希望、僕の生活はみなとうに過去の煙と化してしまい、今の僕と将来の僕にはごくわずかな現実味しか残されておらず、自分が実はもう幽霊になってしまったのではないかと感じた。手で体を探ってみると、指先がきめの粗い夏ものの麻地に触れるのを感じ、また顔を強くつねってみると、神経もある痛みを感じ取った。

「大丈夫だ、僕はまだここで生きている、まだ幽霊じゃない。まだ感覚があるぞ！」

こう思ってすぐに少し前の考えを打ち消した。ちょうど曲がり角の一軒の料理屋の前にたどり着いた。あたりがすでに寝静まった深夜、この料理屋だけが寝相の悪い人の口のようにぽっかりとそこに開いていた。晩に何も食べていなかったので、この店の鍋や竈を見ると腹が減ってきて、すぐさま中に入っていった。

黄酒を半斤飲み、麵を一椀食い、支払いをする段になって、またしても痛切に後悔し始めた。そもそも上海を出発した時に五元札を二枚しか持っていなかった。二等車に乗ったのがすでに良くなかったし、ましてや車中で大いに食ってしまった。今、酒と飯代を払った後は一元と数角しか残らない。明日宿代を支払い、朝飯代を支払い、駅から河岸への人力車代を払ったら、どこに汽船に乗る金が残っていよう？　僕は焦りのあまりどうしようもなくなり、静かな暗い通りをやたらに走り回った。身体は知らぬ間に両足によって、ふたたび西湖の畔へと運ばれていた。湖上の静謐な空気は、先ほどよりもいっそう神秘的な厳粛さを増していた。遊技場はすでに終わり、路上には曲がり角に車夫のいない人力車が数台停まっているほか、動くものとてなかった。僕は湖をめぐる道に出て、かつて泊まったことのある一軒の大きな旅館の窓下にしばらく立っていた。周囲に人影がないのを見ると、胸に突然悪魔の誘惑が起こった。

「窓を破って入れ、金をいくらか取ってこい！」

僕は心の手でその半開きの窓をそっと押し開け、窓の外の鉄柵を注意深く二、三本外し、壁から踏み込んで部屋に入った。心の眼はベッドの前の白い蚊帳の下に置かれた一足の白い緞子の女ものの靴、衣桁にかけられた白絹の薄手のブラウス、それに黒い紗のスカートを見た。洗面台の引き出しをそっと開けると、中には小さな白粉入れや白い象牙の骨の扇子の隣に、口のところに光るダイヤモンドを縫い付けた女ものの財布が横たわっていた。ベッドの方を何度か窺いながら、それを手に取り、窓のそばまで行ったが、憐憫と慚愧の念が起こり、また戻って元の場所へ返した。しばらく佇んでその細い靴を眺めていると、ふと別の奇妙な考えが起こってきて、かがんで片方の靴を手に取った。その靴の匂いを嗅ぎ、ひとしきり弄び、最後にまた残忍な決意を固め、一思いに財布と靴をもろともにつかんで窓から飛び出した。ここまで空想すると、ふと我に返った。顔はたちまち赤くなり、額には玉のような汗がどっと噴き出した。しばし眼が回り、急いで駅のそばの旅館に駆け戻っていった。

十

旅館に駆け戻りドアを開け、しばらくベッドに静かに横たわっていると、興奮は少しずつ収まっていった。隣室の二人の幸せ者もどうやら倦いたようで、短い鼾声と夢うつつで漏らす一言二言のかすかな寝言だけが鼓膜を打った。さきほどの心の冒険をして、神経も疲れ果て、いくらもたたないうちに両の瞼が重く覆いかぶさってきた。

目が覚めると僕はベッドから降りもせず、声を張り上げてボーイを呼び、何時か尋ねた。

「十時です、お客様」

ああ！　祖母の病気の電報を受け取った時でも、この返事を聞いた時ほど取り乱しはしなかった！　朝の便で帰ったとしても、この財布は支払いに耐えられないのに、どうして杭州にもう半日も留まれようか？　ましてや午後二時に発つ汽船は快速船で、値段は朝便の倍はする。万事休すと足でベッドを蹴りつけたが、しかたなくぷんぷん怒りながら起きだして顔を洗った。怒りの言葉を山ほど連ね、ボーイにひとくさり八つ当たりすると、宿代を払って旅館を後にし、羊市街からのろのろと街を出た。この時、僕の持てるすべての財産といえば、痩せ細った体の他には、古い夏ものの長衣と、モスリンの白いシャツとズボン、一足の木綿の靴下、ぼろぼろの白い革靴と小銀貨八角であった。

太陽はすでに中空に昇り、光がじかに背に照りつけた。おそらく僕の身体が弱いせいだろう、半里も行かぬうちに全身に脂汗が普段の倍も流れ出た。道行く人や両脇の家屋の男女を見ると、みな満ち足りてそれぞれの生活を楽しんでおり、憂いが何であるかすら知らないように思えた。背後で突然ベルの音がし、一台の人力車が現れ、車夫が僕に向かって何やら罵って走り去っていった。僕にはただ車上の白い紗の長衣を着た若い紳士の背中と、走る車夫の二本の裸足の足だけが見えた。しばらくのろのろと歩いていると、背後でまた車夫の怒鳴り声が起こった。道を譲り振り向いてみると、三台の人力車が三人の純朴そうな女学生を乗せ、こちらに向かって突進してきた。女学生らは革のトランクや寝具を両脚で挟んでいる。おそらく夏休みで故郷へと急ぐのだろう。この時胸の内にある悲憤が起こり、善人を祝福する普段の心根を忘れて、憎悪の視線で僕を怒鳴った車夫を思い切りにらみつけてやった。ああ、僕の態度はかくも凶悪であっても、しかし一方では黙って彼らに詫びているのだ！

「お前たち哀れなけだものよ、可哀想に普段は僕と同じように若い女性に接することができないのだ。これも無理からぬことだ、このようにやたらに突進して、これほど嬉しげに興奮しているのも無理はない。女性たちの身体がお前たちの車に乗っているではないか？　彼女らの白く柔らかな肉体が電気を帯びてお前たちの体に伝わってくるのではないか？　理由は異なり、動機は卑賤であっても、お前たちの汗はこの女性たちの肉体のために流れているのではないか？　ああ、僕に気力があるのなら、お前たちから車を借りて、こんな花のような女性だけを乗せてみたい。そして死ぬほど疾駆して、精力を使い果たしてしまいたい。そうして彼女らから金銭の報酬は受け取らないのだ」

鳳山門〈杭州城の南門〉を出て立ち止まり、黙って振り返り一目見るや、僕の眼から再び二粒の水滴が突然湧きだしてきた！

「どうか自愛しろ、杭州の街よ！　僕のこの帰郷は、すぐに出て来るのでなければ、おそらく故郷に永住することになるだろう。僕たちの再会はいつの日になることか？　万が一状況が悪く、年寄りどもが僕に故郷で老いることを許してくれなかったなら、僕は厳子陵の釣り場(14)に帰る場所を求めるかもしれない。この一瞥が僕たちの最後の別れになるかもしれないのだ！　今になって僕はようやく、お前の麗しい湖水や山々を胸の内で心から愛していることを知った。ただこの土地に巣食うあの狼のような野心家どものためにお前を恨まざるを得ないだけだ。ああ、自愛してくれ、杭州の街よ！　僕がもし波の中に沈んだならば、最後に心の目に映りくるのは、きっと子供時代に親しんだお前のその麗しい風景であることだろう！」

一九二三年七月三十日

訳注

（1）当時アメリカが出していたブランド高級腕時計。

（2）H・エインズリー（Hew Ainslie）『バーンズ生地探訪記』（A Pilgrimage to the Land of Burns）、一八二二年。引用はスコットランドの詩人ロバート・バーンズ（Robert Burns 一七五九―九六年）の詩「ジョン・バーリーコーン」（John Barleycorn）の一部をエインズリーが同書でパロディ化したもの。エアシャイアはバーンズの故郷。この『バーンズ生地探訪記』の記述については、埼玉大学兼任講師手嶋直彦氏から多大なご助力を得た。記してお礼申し上げたい。

（3）「ルビコン」は古代ローマとガリアとの境をなしていた小河。紀元前四九年カエサルは「賽《さい》は投げられた」と叫んでこの川を渡ってローマに進軍した。

（4）中国神話の中の絶えず増殖を続ける土の怪物。堯の時代、鯀《こん》という神が息壌を盗み出して洪水を治めようとした。

（5）長江以北の地域を指す。当時、「江北人」という言い方にはある種の侮蔑の意がこめられていた。

（6）原文は「良辰美景奈何天」。明代の劇作家・湯顕祖の代表作で、崑曲でも知られる『牡丹亭』の一節。

（7）ダンテ『神曲』で、煉獄山でダンテを迎え天国へと導く永遠の淑女の名。

（8）花を取り微笑するとは、釈迦が花をとって禅理を説いた時、迦葉尊者のみがそれを見てにっこり笑って禅理を体得したという故事による。

（9）硤石鎮のこと。浙江省嘉興の南にある。

（10）樊素は唐代詩人・白居易の愛妓。後に病を得た白居易が余命の長くないことを悟り解放する。

（11）西湖南岸の南屏山上にある浄慈寺を指す。夕刻、同寺の鐘の音が響く中でみる西湖の風景は「南屏晩鐘」として「西湖十景」に数えられる。

（12）優曇華は、仏教経典で三千年に一度だけ咲くとされる花。

（13）韋応物（七三七?―七九一?）「寄李儋元錫」に見える詩句。自分の町や村で流浪の乞食が生まれているのに、自分は高い俸給をもらうことを恥じる意。
(14) 東漢の厳子陵（厳光）は浙江省桐廬県西南の富春山に隠居し、釣りなどをして暮らした。

◉解説

「還郷記」は一九二三年七月二十三日から八月二日まで、『創造日』第二期から第十一期に連載された。日本留学から帰国したばかりの作家が生活に困窮し、帰郷する道中の感興を描いたものである。作者は二二年六月に日本留学を終えて帰国した後、同年九月妻を伴って安徽省安慶に教員として赴任し、一子龍児をもうけた。二三年二月に職を辞して上海へ戻り、妻子を故郷富陽に帰した。同月、祖母が危篤となり作者自身も一時帰省している。その後、再び単身で上海に戻り、日刊紙『中華新報』副刊『創造日』を主編、同紙に本作品を発表した。作中で触れている妻子の帰郷や祖母の死は、この年前半の体験を指している。現実と妄想が入り混じる自意識の様相を仔細に描く手法に加え、知識青年の自尊と感傷、露悪的な頽廃心理の描写、社会的弱者への眼差しなど、郁達夫初期の特徴がよく表れている。

郁達夫の作品には、都会の生活に疲れた知識青年が大自然の風景や素朴な人々から慰めを得るというモチーフがしばしば登場する。「還郷記」でも、作者の自虐的な感情が入り混じった形で自然賛歌が描かれている。感傷的な心境を吐露しながらも、ある種の滑稽味すら感じさせる筆致と、そのような自分自身への眼差しが作品の大きな特徴のひとつである。

（大久保洋子）

故郷・民衆

蘆焚

紅廟行

蘆焚（師陀）（ルーフェン／ろふん）（シートゥオ／しだ）（一九一〇—八八）。河南省杞県の傾きかけた地主の家庭に生まれる。開封で中等教育を受け、一九三一年北平へ大学の受験に向かうが、柳条湖事件を機に抗日運動に参加し、学生の愛国運動を描く小説を蘆焚という筆名で発表した。以後、創作に意を注ぎ、郷里の人々の生活をその風景に映し出す小説や散文を書く。三六年に上海へ赴き、三七年十一月から四一年日本軍に包囲されて孤島と化した租界に残った。上海陥落後もわずかな原稿料とソビエト上海放送局文学編集者としての収入で、「餓夫墓」と自ら名づけた棺桶のような小部屋に住み、小説や散文、シナリオを書き続け、また、様々な筆名で抑圧に抗する批評を発表した。この時期の散文には、太行山麓の山並みと山村の閉塞状況を表した「山中雑記」や、鍛冶屋一家が村に響かせていた槌音が地域の荒廃によって消えていく様を描いた「鍛冶屋」があり、それぞれ『江湖集』（三八）、『看人集』（三九）に収録された。戦時下の上海を描いたものには、散文集『上海手札』（四一）、長編小説『結婚』（四七）がある。また、日中戦争時期の短篇小説を集めた『果園城記』（四六）には小さな街の片隅の出来事が活写されている。蘆焚の名を騙る者が現れたため、四六年からは筆名に師陀を使う。六〇年代には多くのシナリオを手がけた。

大みそかの寅の刻、私たちは宿屋をあとに、雨をついて虹廟へ向かった。そこに女郎がお参りに行くのだという。雨はこぬか雨というやつだ。通りにはちらほら行きかう人力車が目に映る。たいていの店が明かりをともしてはいるのだが、雨の街景色はなんとも物寂しい。廟は荒れ果て、小さく、汚らしい。入っていくのは雨に濡れた人ばかりだから、地面がひどくぬかるんでいる。私たちは「生きとし生けるもの」にはさまれて、流されるように歩を進めた。それこそ海に入ったかのようだ。もっとも、この海を渡るのは、女郎だけでなく、老女もいれば、小あきんど、日雇い人夫、与太者などもいる。ここへの目的は、たぶん、幸福祈願だろう。祈願するのは、そもそも福に恵まれないからだ。ならば、この海も「苦海」といえよう。祈願者の中には、小さなかごを下げた人がいて、かごの中身は線香と蠟燭である。北平(1)の小学生用布鞄そっくりの袋を下げた人もいて、袋の中身は同じく線香と蠟燭である。荷物になるのがいやなのか、何も持たずに来て露店で買う人もいる。持っても来ないし買いもしない人もおり、そういう人たちは、たいていがアヘン窟の店主か与太者のたぐいなのだが、神妙な顔つきで、手ぶらで神前まで行くと何度か礼をし、それからしばし静かにたたずむ。黙禱しているのだろう。それでおしまいだ。

私たちの目的はといえば見物だ。時おり立ち止まると、黄河の流れを分かつ砥柱山のように、人の波にぶつかりあって、どうにも具合が悪い。

廟の中は湿っぽく、線香と蠟燭が混ざった空気に、さらに何ともいえない臭いがしていた。祭られている神様もさだかでなく、目に入るのは燭台ばかりで、人々は火をともした赤い蠟燭を一列また一列と挿していく。我らが故郷の鼇山《アオシャン》(2)にそっくりだ。里のばあやたちは線香をあげると、神様の台座の下に敷かれた板の上にぬかずいて念仏を唱えたものだが、それもただただ幸せを祈っていたのだろう。

ひしめきあう人波を抜けると、回廊に娘がひとり、赤い蠟燭が何段もともる燭台の下にたたずみ、静かに自分の蠟燭を見守っている。蠟燭を供えた人たちが、娘のわきをさっさと過ぎていく。そして次の人が来て、やはり蠟燭を供えるのだが、娘は気にもとめずに、ひっそりと立ちつくし、燃える自分の蠟燭を見守っている。その目に映るのは何だろう？　虹のような美しい幻の世界だろうか？　秘めやかな喜びを感じているのだろうか？　私も幼いころ、こんな夜には、神前に燃えあがる蠟燭を眺めるのが好きだった。花を結び、涙を流し、炎がゆらゆらと踊る……けれども数多の蠟燭の中に供えた自分の蠟燭を見つめるこの娘は、人絹の赤い上着をまとい、はれぼったい顔におしろいを厚塗りしており、その姿を君が見たとしたら、醜悪というものの化身を、人類の身に罪悪が加えた恥辱というものを、思い浮かべるであろう。その子はせいぜい十六、七歳なのに、私が幼いころ、どこからかふと現れた、年増の女郎を思い出させた。その女は我らが村の向こうの村に足をとめ、ごろつきの家に落ち着いた。なんたる恥知らずであろう。たしか、あるとき女が出て行き、どこへ行ったのやら、それも分からぬうちに、ふと戻ってきた。我らが村と向こうの村の間には涸れた川があった。それは秋のこと、大水が出たが、河に橋はなく、渡し船もなく、渡るには水に入るほかなかった。女はおぼれるのが怖かったのだろう、無茶をしたがらなかったが、くだんのごろつきが女の髪をひっつかみ川岸で殴りだしたので、野次馬をわんさと引きよせた。女は泣きわめいた。

「この悪党め、あたいをおぼれさせる気か。それならいっそぶち殺せ……」

だがぶち殺されはしなかった。そのあとどういうわけか、とうとう衆人の面前で真っ裸になり、ごろつきと水に入っていった。ごろつきは女の腕をつかみ、河の真ん中まで行くと女の頭を押さえこみ、水を飲ませ、それからまた頭を引き上げた。

「アーブブ!」。女は鼻と口から入った水を噴きだし、ふりかえって、もう片方の手を河のこちら岸へと振りながら、大声で罵った。「文方《ウェンファン》、文方、意気地なしめ、文方……」

こうして押さえつけられては、アブブだ。文方とは、私たちの村の遊び人である。今から思えば、たぶんその男が女性を守ってやらなかったから罵られたのであろうが、あのときの自分にはそれがまだ分からなかった。奇妙なことに、文方とやらが、しばらくたってから川を渡っていった。向こうの村の東の端に小さな廟が三つあり、人家からは離れていたが、その人たちは西寄りの廟を選んで、簀巻きにした布団を立てて戸口をふさいだ……。

今ではもう、この三人もこの世にはおるまい。

私たちは人海を渡りつづけた。この廟は小さいのに、正殿と回廊のほかに、小さな庭があった。中庭には鉄香炉が据えてあったが、人々は持ってきた線香や箔錠《ボーディン》(3)を鉄香炉では焚かず、その奥のたき火に投げ込んでいる。香炉の腹には収まりきらないと思ってのことだろう。一晩中投げ入れ、実際、もう三、四尺も灰が積もっているのに、ひたすら投げ入れている。投げ入れる人の中に小柄な女がおり、浅黒い顔に、とがった下あご、織り込み模様のある土色の上着を着ている。その貧弱で哀れなあり様からは、年のほどもまったく分からない。十五歳、いや三十歳になっているかもしれない。その小さな顔は、憔悴なのか、老いなのか、だがとても厳かだった。彼女はもう自分の赤い蠟燭を献上したのであろう、ひっそりと人々の間に立ちすくみ、胸一杯に抱えた線香を、ひとつひとつ、たき火に投げ入れていた。ひとつ投げるたびに、ゆっくりと燃え尽きるまで見つめ、それから次を投げ入れる。こうして彼女はとうとう胸にかかえた線香を全てくべ尽くした。傍らに老人がふたり――きちんとした身なりの男と女、彼女の両親であろう――彼女を引っ張ってその場を離れさせようとした。彼女はふたりを振り切った。その顔には涙があった。線香の濃い煙に燻されたからだろうか。哀しみによるとは限らない。その最後の線香も他の人の線香の間でついに燃え尽き、彼女は名残惜しげに、仕方なくゆっくりとその場を離れた。ずいぶん遠く離れてからも、何度も振り返っては、くべられた供物があげる炎を見つめていた。

その胸の思いは何だったのだろう。

私は知らないし、答えも出せない。とはいえ、中国の女性については、分かっている。彼女たちは胸に希望を抱き、時には哀しみや恨みもあわせもち、そっと神様の前に行き、神様に語り、そうしてこっそり哀しみや恨みを漏らすのだが、希望の方は神様に託したりはせず、自分でそっと持ち帰るのである。

私たちは人波を抜けて、今度は雨の中へ出た。

「この人たちの魂はさまよっている」。私は言った。

「中国の文化はあまりにも遅れている、どうしようもない」。Cが言う。

私は、そうは思わない。もし本当に遅れていられるのなら、ご先祖様の神を信仰するほどに遅れているとするならば、虹のように美しい夢を見て、心の重荷を軽くもできよう。ところが、それはありえない。廟の門を出ると、歩道に二列、被災民がすっくと立っていた。年配の者、働き盛りの男、女性に子ども。この人たちが受難者からの布施を待っているのだ。

一九三七年三月中旬

訳注
(1) 北京。中華民国の首都でなかった時期の名称。
(2) 海中にそびえるという巨大な山をかたどった巨大な灯籠。
(3) 金属を塗った紙、紙銭、祭祀の際に焼くもの。

◉解説

原題「紅廟行」、初出『大公報』(一九三七年四月二十一日)、初収の『江湖集』(開明書店、一九三八年)

より訳出。のちに「除夜の虹廟」と改題し、わかりにくい言い回しを改めて『蘆焚散文選集』(一九八一年)に収録した。

虹廟(保安司徒廟)は上海の共同租界(公共租界)にあった道教の寺院で、女性の信仰を集めていた。繁華街の南京路に面し、妓楼が集中していた歓楽街からも近いことから、参拝者が絶えなかった。旧暦の正月には女郎たちが紅い長衣を着て馬車に乗り、虹廟へお参りに出かけたという。大きな出来事の展開はないが、ひとりひとりの女性を見つめてその内面に迫ろうとする著者の視線や、途中に夾まれる回想のシーンは映像表現を思わせる。

一九三六年には四川省で大飢饉が起きたが、天災、戦火が絶えないこの時代に、作者が真摯に祈る女性の姿に見たのは、人に語れぬ胸の内を神にあずけ、希望は自らかなえるものとして持ち帰る強靱な精神だった。

(加藤三由紀)

何其芳

弦

何其芳（ホー・チーファン／かきほう）（一九一二—七七）。原名は何永芳。四川省万県の生まれ。一九三一年から北京大学哲学科に学ぶが、しだいに文学への興味を深める。三六年に同じく北京大学に学ぶ卞之琳、李広田とともに合編詩集『漢園集』を出版。優美で濃密な抒情表現を印象づけた。同年七月の散文集『画夢録』では精緻な描写により深遠な情緒と陰影に富む独特の雰囲気を醸し出す、新しい抒情のスタイルを創出した。三五年卒業後は天津の南開中学、山東萊陽の師範学校で教師となり、過酷な現実に苦しむ人々の生活を観察する中で、しだいにその作風は質実なものに変化していく。三八年成都から革命のメッカ延安へ赴き、魯迅芸術学院で教鞭を執る。四〇年以降、思想と創作の矛盾に苦しむ知識人の自己改造の葛藤は、詩集『夜歌』（四五）に表現されている。共和国成立後は、長く中国社会科学院文学研究所所長を務め、主に文学評論活動と文学研究に従事した。現代格律詩に関する議論等、文芸理論の構築に貢献したが、その理論は決して毛沢東の「文芸講話」に沿う教条的、短絡的なものではなく、文学者特有のきめ細かな洞察と感性がうかがわれる。

憂鬱な気持ちで人の運命について考えていると、弦を思いおこす。時に私たちの連想はいわく言い難い。ある日の午後、ひとり庭を歩き、緑陰のもと物思いに沈んでいると、突然故郷への記憶がよみがえる。その幻から覚めた時、自分でもいぶかしく思う。それはごくありふれた槐《えんじゅ》の木で、故郷への懐かしさを引き起こすいわれはない。あとで考えると、おそらく私は老い始めていて、すでに往事を懐かしむ気持ちが生まれていたのだろう。今、私は弦を思いおこす。私たちの田舎には、年老いた占い師がいて、その肩には藍布の筆入れと三弦ひとさお。彼が中庭に腰をおろし、人の吉凶禍福を並べ立てると、その指は弦の上でチンチンと弾かれ、あたかも占いの言葉のように単調で不規則な音をたてる。ただ当時私は子供で、なぜ七弦ではないのか、もし弦がもう何本か多ければきっともっと心地よく響くのにとひそかに思っていた。今思い出している弦はそもそもあの老先生の指の間にあったものか、それとも想像の中のもっと複雑な楽器なのかはっきりわからない。ただ私はあの老いた占い師自身の運命について思いをめぐらしていた。

もしも田舎の物寂しい古い屋敷の中に育ったならば、老僕、行商の小間物売り、たまたま居候した風来坊たちは、いかに親しみのもてる存在であることか。私たちは彼らと親しくなり、そして忘れてしまう。ある日、私たちはもはや少年ではなくなり、ときたま彼らを思い出すと、その運命に思いをめぐらす。ある日、あの幼年の王国へ戻っていき、夕陽の中をそぞろ歩いている。すると古い小道に、一人の老人が現れる。衰退の日々を我慢強く送るその老人にとって、十年や二十年は何の変化ももたらさない。そこで呼びとめる。「私をまだ覚えていますか？　易者先生」。彼は足を止め、頭を上げると、ためらいがちに私たちをながめている。「もう私を覚えていないのですか。あなたは昔占ってくれたことがあるのですよ」。自分の名前を口に出すと、彼は初め沈黙し、すこし恥ずかしそうに、穏やかな老人にありがちな恥ずかしげな様子を見せる。続いて次から次へとたずねてくる。というのも私たちは遠方から戻って来たばかりだから。彼の方は、落ちぶれつつある大きなお屋敷から戻って来たばかり。そこは幼い頃よく行った近所の家で、今ではもう疎遠に思われ、もう一度たずねるかどうかちょうど迷っていたところだった。私たちは過去を回想しながら、過去からの幽霊のようなこの老人と歩き、やりとりをする。「明日、もう一度私の運勢を占ってくれませんか」「あなたがた学問をされた方はとうに信じなくなっているでしょう」「いいえ、信じます」。私たちは自分の悲観的で神秘的な傾向を彼にどう説明するのか？　自分の職業に自信を失ったこの老人をどう説得するのか？　以前、ある人が彼をからかった時、彼は言った。「いいですか、運命というのは生まれつきのもので、少しも狂いはないのです。われわれは書物に基づいて推測しているのです」。彼は何よりも好んでこの話をした。「書によれば、かつて二人の人間がおりました。生庚八字〈生まれた年・月・日・時を表す干支を組み合わせた八字〉は全く同じですが、一人は宰相、一人は乞食になったのです。いかなる道理があるのでしょうか？　何となれば、一人は上四刻〈二時間を八刻に分けた時の初めから四つ目〉の生まれ、一人は下四刻〈二時間を八刻に分けた時の最後の刻〉の生まれだったのです。同じ時辰でもこのような違いがあるのです」「だったら、あんたは自分の運勢を占ったことがあるのかい？」。せせら笑ってこう言うものがいた。「いいですか」。占い師はため息をつきながら言う。「われわれの運勢は占う必要がないのです」。彼はいくつもの苦しみを経てきているのだ。今、何物を前にしてその屈強な頭を垂れたのだろうか？彼に家はあるのか？　どこに？　聞いてみたかったが、結局聞くのはやめた。だがたずねる間もなく、彼は次々とたくさんの出来事を語り出す。相次いでこの郷村に起こったこと、悲しくあるいは可笑しいたくさんの出来事を。ただ彼自身のことは話さない。もしかすると彼は訪れたばかりのあの大きな屋敷について、すでに新たな顔ぶれが加わったこと、昔のように金持ちではなくなったこと、屋敷の裏のあの手入れの行き届いた花園が長い間放っておかれ荒れ果ててしまったことを話したかもしれない。あの花園の中にはかつて私たちの数えきれない足跡、そして楽しげな笑い、そして空想があった。私たちはさらに悲しく痛ましい事件を聞くのを待つ。しかし、彼はそこでやめ、一番関心のある消息には触れない。それはあの屋敷に住む誇り高く憂いを帯びた一人娘、私たちの幼いころの王女様のこと。かつてともに楽しい時間をたくさん過ごし、またいつも私たちの小さな心を苛んだあの少女は、今はどうなったのか、嫁いだのか、あるいは亡くなったのか、あらゆる少女の二つの帰結の、どちらを聞きたかったのだろうか？　聞いてみたかったが、結局聞くのをやめた。私たちは人の運命について思いめぐらしながら、一方でこの占い師と歩きながら、押し黙ったまま、夕陽のさす古い小道の中にいる。そして夕暮れの薄暗さは四方から迫りくる。分かれ道までやって来ると、立ち止まり、頭をあげ、ためらいがちにしばらくお互いを見やる。「どうぞお戻りになってください。どうぞ」。そして私たちは言う。さようなら、と。

さようなら。分かれ道まで来た時、私たちはかつてどれだけの友に向かって優しく残酷にこの言葉を言ってしまっただろうか。一生のうち最も親しい人にさえこう言ってしまったかもしれない。ただ単に青春の驕り、あるいは大仰な構えゆえに。そして無数の長い長い暗い日々をあとに、ひとり変貌してゆく。ある日、私たちは老い始め、ときたま遥かで温かな記憶をよみがえらせて、いっそう憂鬱になる。それでも悔いるというのではなく、一切を運命に手渡すことにしよう。だが運命とは何か。それは老人あるいは盲人の手の指の間に震えている弦。

一九三五年七月二十三日

◉解説

原題も同じ。散文集『画夢録』（上海文化生活出版社、一九三六年七月）に収める。同集は一九三七年五月「超越した深遠な情趣をもつ」芸術創作として一九三六年度『大公報』文学賞を受賞した。『画夢録』が収める十七篇の大半は、作者が幼年時代を送った四川の郷村の人や風物に関わる回想性の散文である。〈郷村〉のイメージの核にあるのは、因習的生活の中で、薄幸の影と滅びの予感を体現する無名の人々、その寂しげな姿態やしぐさである。本篇は、語り手である「私」が幼年期の郷村を回想するうちにいつのまにか作中人物となって、老いた占い師と言葉を交わし、また現在に戻るという設定。一見、両者のやりとりのディテールが、過去にあった対話の再現にも見えるのだが、実は読者を「幼年の王国」という時空へ誘いつつ、想像の中で新たな体験を創り出している。

三〇年代の散文は五四以来の「談話」体ないし「閑話」体が主流になるが、一方に魯迅の散文詩集『野草』のような自我観照式の「独語」体散文の系譜が存在する。本篇のように、語りの部分と登場人物の会話をあえて混淆させ、過去と現在を交錯させる、象徴性の強い文体はこの系譜に属している。何其芳自身が、散文は「身辺雑記や個人の境遇の感傷的告白ではなく、純粋に独立した創作であるべきで、未完の小説の一段でもなく、一首の短詩を引き伸ばしたものでもないことを証明したい」と述べているように、本篇も抒情的散文のために新たな表現の可能性を切り拓いた実験作といえる。

（佐藤普美子）

朱光潜

人生と自分について

——中高生に送る十二の手紙　その十二

朱光潜（ジュー・グアンチエン／しゅこうせん）（一八九七—一九八六）。美学者、文芸理論家。名は孟実、筆名に盟石や蒙者がある。安徽桐城の人。一九一八年武昌高等師範学校に入学、一年後香港大学に転入した。二二年同大学を卒業後、上海中国公学や浙江春暉中学で教職に就く。続いて上海に友人と立達学園を設立し、葉聖陶らと雑誌『一般』を創刊、文学活動を開始した。二五年以降イギリスのエディンバラ大学やフランスのパリ大学などに留学して修士、博士の学位を取得、また『悲劇心理学』、『文芸心理学』、『詩論』などを著した。三三年帰国すると北京大学で教鞭をとる。日中戦争勃発後は四川大学文学院院長および武漢大学教務長を歴任、中華全国文芸界抗敵協会理事にも選ばれた。中華人民共和国成立後は北京大学教授、中国美学学会会長等を歴任、主に美学の研究と教育に尽力した。

著作や翻訳は多く、主な著作に『給青年的十二封信（青年に与える十二通の手紙）』、『談美』、『美学批判論文集』、『西方美学史』、『孟実文鈔』、『談文学』など、主な翻訳にクローチェ『美学』、ヘーゲル『美学』、エッカーマン『ゲーテ談話録（ゲーテとの対話）』などがある。

友へ

何通も私は手紙を書きましたが、おごそかに人生問題を語るようなことはしてきませんでした。これは、ひとつにはこの問題があまりに語られすぎているためであり、さらには私がこの問題を一般の人が考えるほどには重要だと見ていないからでもあります。最後のこの手紙でこんな語りつくされたテーマをもち出すのも、べつに何らかの大道理を講じようというつもりからではありません。ただ私自身の平素人生に対し抱いている態度をいくつか気ままに取り上げ、一度話題にしてみようというだけのことなのです。

私は、人生に向き合う二つの方法をもっています。ひとつは、自分自身を舞台に立たせ、そして世界のあらゆる人や生き物と一緒に芝居を演じるという方法、ふたつめは、自分自身を舞台裏に置いて、他人が舞台で大げさなお芝居をするのを何もせずに傍観するという方法です。

自ら舞台に立つ場合、私は自分自身を他人と同様に、いや、他の人と同様にというだけでなく、鳥や獣や虫や魚などとも同様にみなします。人類が他の生き物よりも苦しむのは、人類が自らを他の生き物よりも重要だとみなしているからです。人類のうちの一部分がその他の人よりも苦しむのは、それらの人々が自らをその他の人よりも重要だとみなしているからです。たとえば、着ることや食べることというのは、実は単純なことですが、この世界では意外にも極めて重要な問題となっています。これは、一部分の人が他の人を損なって自分の利益を得ようとするからでしょう。またたとえば、生き死にというのも、実に単純なことで、無数の人や生き物が生まれてきては死んでゆくものです。小さな虫は車輪に押しつぶされて死んだり、花は激しい風に吹かれて落ちたりします。しかし、虫や花自身にとっては、決してこだわったり未練を残したりするに値することではないのです。ところが人類はというと、どうしても生老病死に「苦」の一字を加えたがります。これは人々が、草木虫魚よりも自分たちの方を造物主はとりわけ手厚く扱ってくれるのが当然だ、と思っているからにほかなりません。

このような考えから私は、自分を草木虫魚のなかまとみなすようにしています。草木虫魚は、微風や甘露の中でも、炎暑や厳冬の中でも、同じように生きているのです。荘子が言ったように、「誘然《ゆうぜん》として皆生じて、其の生ずる所以《ゆえん》を知らず。同焉《どうえん》として皆得て、其の得る所以を知らず(1)」なのです。彼らは天に昇ったり淵を跳び出したり、活気に満ちているときもあれば、蕾を含みまた翼をたたんで、安閑としてこもっているときもありますが、いずれにしても自然から与えられた本性にしたがっています。彼らは決して生きることがどうあるべきかにこだわらないし、決して何のために生きるのかを追究などもしません。天が自分たちをあまりにひどく扱うのだ、人類による略奪虐待に遭わせるのだなどといって恨むことも、決してありません。彼らにとっては、生きること自体が方法であり、また目的でもあるのです。

草木虫魚の生から、私はひとつのありようを学びました。生きること以外には生きる方法を求めず、生きること以外には生きる目的を求めないのです。世の中に私が一人少なかろうが一人多かろうが、或いは私が幸運であろうが災難や被害に遭おうが、天地の調和には差し障りなどないではないか、そう思うのです。もし君が私に、人々はどう生きるべきなのだろうと問うなら、私はこう答えましょう。草木虫魚と同じように、自然の与えた本性にしたがって生きなさい、と。もし君が、この変幻無常の世の中で人々が生きているのは結局何のためなのかと問うならば、私はこう答えましょう。生きることとはまさに生きることのためにあるのであって、他の目的は何もないのです、と。君がもし、人生とはなんと苦しいのだ、と天への恨み言を言うなら、私はこう言いましょう。人々は幸福を享受するためにこの世に生まれたわけではないのだから、それは不思議でもなんでもないのです、と。

これは決して退廃的人生観というわけではありません。もし私の言うことに退廃的色彩があるというのでしたら、君にはこうお勧めしましょう。春に、さまざまな花が一斉に咲きほこる園へ行って、胡蝶が飛ぶのを見、鳥が鳴くのを聴いてみなさい。その後また街角へ戻り、人々の顔をよく見てごらん。いったいどちらが活気がありどちらが退廃的だと思いますか。冬は、雪が積もってひどく寒い折に、雪をかぶった松の木や氷上に立つ鷗、氷の下を泳ぐ魚を見てみなさい。その後また戻って、苦しみに遭っては叫ぶあの「万物の霊長」を見てごらん。君はどちらがより我慢強く根気よいと思いますか。

私が人を禽獣と比べるのを、異端邪説とみなす人もあるかもしれません。その実、「経典」を援用し孔孟をもち出して自分の見解を弁護するのも、別に難しいことではないのです。孔子のいう「命《めい》を知る」、孟子のいう「性を尽くす」、荘子のいう「物を斉える」、宋儒のいう「廓然《かくぜん》として大公、物来たって順応する」[2]、そしてまたギリシアのストア派哲学は、どれもその原義を敷衍した経義の文を作り上げて、わが護身符とすることができます。ですが、これもまったく不必要なことです。私は自分を他人より重要だとみなしてはいませんが、また自分を他人よりことに低能だとみているわけでもないので、私の言う理由が理由として成立しさえするならば、先哲先賢の名声や威厳に頼るまでもないからです。

以上が、私自身が舞台に立つ場合の人生に対する態度です。しかし私は、普段は舞台裏に立って人生を眺める方を好みます。多くの人は、人生を善悪の区別しかないものとみなしています。だから彼らの態度は、恋々とするか嫌悪するかのどちらかになってしまうのです。しかし私は舞台裏に立つとき、人と他の生き物をまったく同じように見ます。私の目には、西施・嫫母・秦檜・岳飛[3]も、九官鳥・鸚鵡・甘草・黄連も同じように映り、大工の家造りもカササギの巣作りや蟻の巣穴掘りも変わりはなく、戦争も闘鶏も同じことであり、恋愛も雄トンボが雌トンボを追いかけるのも似たようなものです。だから、是非善悪は私にとって無意味なのです。雑然と存在している人や物に対して私はただ、あたかも絵を見るように、あたかも小説を読むように、大いに面白みを感ずるばかりというわけです。

そうした面白い人や物の中にも、むろん一種の区別はあります。一部のものが面白いのは、それらが濃厚な喜劇的要素を帯びているからであり、また別のものが面白いのは、それらが深刻な悲劇的要素を帯びているからです。

私は時として人生の喜劇を目にします。一昨日、ある駆出しの外交官に出会ったのですが、彼の上あご下あごはつるつるなのに、人と話すときいつも彼は親指と人差し指で頬の下の方をちょっと捻っていました。まるで髭があるかのようにです。どうやらそれが役人らしさなんだということですが、私にとってそういう振舞いを目にするのは、諷刺画を見るのよりも面白いのです。何年も前に一人の同僚がよく憤慨しながら人にこう言っていました。「もし僕が女性だったら、少なくとも、プロポーズの手紙を一尺の厚さになるくらいはもらっていたろうに！」。あいにく彼は女性ではなく、これだけでも喜劇なのですが……ましてや彼はあばたで不細工ときていて、たとえ幸いに女性だったとしても、決してプロポーズの手紙をもらうような「厄介な目」にはあうはずもなかったのです。それなのに彼はそうやって得意がっていたのですから、これはもう喜劇中の喜劇というほかありません。この話は、英国の文学者ゴールドスミス(4)のあるエピソードと同じような面白さがあります。ゴールドスミスはあるとき数人の女性と一緒にオランダのある橋の上を散歩していました。橋をゆく通行人がみな彼の連れの女性には惹きつけられるのに、彼自身のことは誰も気にも留めない。そこで彼は顔をこわばらせて憤慨しつつ、こう言ったのでした。「ふん、他のところだったらこんな風に僕のことを見る人もいるというのにな！」

こうした類のことは、日々目にすることができます。ひまで寂しいときなど、私はこの類の小さなことがらを記憶の中から呼び出してよくよく味わうのですが、これがたばこを吸ったりお茶を飲んだりするのより面白く感じられるものなのです。正直な話、もしこの世界に曹雪芹の描いた劉老老がいなかったら、呉敬梓の描いた厳貢生がいなかったら、モリエールの描いたタルチュフやアルパゴンがいなかったら、生命はいっそう未練に値しないものとなっていたでしょう。私は劉老老や厳貢生のような人物に感謝するし、(5)さらには銭塘の潮や匡廬の滝(6)もありがたく思っているのです。

次に人生の悲劇ですが、こちらはとりわけ私の心を揺さぶる力があります。多くの人が、人生には悲劇が多いために悲観し世を厭うけれど、私はむしろ、人生に価値があるのはまさに悲劇があるからだと思います。私は数年前に書いた「無言の美」の中でその道理を説明したことがあるので、いまひとくだり引いてみましょう。

「私たちのいる世界が何より完璧であるのは、それが何より不完全だからである。こんな言い方は一見まったく筋が通らないが、実は最高の理を含んでいるのだ。もしも世界が完璧だとしたら、人類の送る生活は——ちょっと良ければ神仙の生活、ちょっと悪ければブタの生活で——平板で単調の極みとなろう。なぜなら、もし何事もみな非の打ちどころがなかったならば、当然希望が生まれるはずもなく、まして努力奮闘する必要などないからである。人生において最も楽しいのは活動することで生じる感覚であり、奮闘し成功して得られる喜びである。世界が完璧であったら、私たちはどうやって成功を生み出す喜びを味わうことができるのか。この世界が素晴らしいのは、欠陥があるからこそであり、希望をもつ機会があり、想像する余地があるからこそなのだ。言い換えれば、世界には欠陥があるからこそ、可能性も大きいわけだ」

この道理は李石岑氏が『一般』第三巻第三号に発表した「欠陥論」の中でも徹底的に論じられて

います。悲劇も人生における一種の欠陥です。それはあたかも巨大な波のようなもので、人をしてありふれたことの中に荘厳さを見出させ、暗黒の中に輝く光を見出させます。もしも荊軻(7)が秦の始皇帝を刺殺したのだったら、もしも林黛玉が賈宝玉に嫁いだのだったら(8)、ただ平凡な結末となるに過ぎず、それでどうして千年も後の人間を啜り泣かせ賛嘆させることができるものでしょうか。李白のような天才をもってして、ことさら江淹に合わせて文字を弄し「反恨賦」を作ったのは、「韓荊州に上ぐるの書」と同様低俗でつまらないことです(9)。毛声山は『琵琶記』を評しましたが(10)、彼は『補天石』伝奇十種を作り、古今のいくつかの悲劇をすべてハッピーエンドに変えてしまうつもりだったといいます。彼がそれを実行しなかったのは、まあ幸いなことだったといえるでしょう。人生はそもそも悲劇があってこそ人生といえるのであって、わざとそれをないことにしてしまおうと思っても、なくしてしまうことはできないし、もしなくせたとしても人生はかえって面白みのないものになってしまいます。だから私は、舞台に立つときでも舞台裏にいるときでも、失敗に対しても罪業に対しても災難に対しても、必ず冷静に眺め、必ず熱を込めて賛嘆するのです。

友よ、貴重な時間を費やして私の十二通の手紙を読んでくれて、ありがとう。もううんざりだ、と君がいうのでないならば、いずれまた頻繁に文通して雑談することもあるかもしれません。いまはしばしのお別れです。

十二通の手紙を書いた、君の友　光潜より

訳注

（1）『荘子・外篇』の「駢拇篇」に出てくる言葉。

（2）北宋の儒学者程頤（一〇三三―一一〇七）の言葉。「答横渠先生定性書」に出てくる。

（3）西施と嫫母はそれぞれ、古代中国の伝説的美女と醜女。秦檜と岳飛はそれぞれ南宋時代の政治家と武将。異民族王朝である北方の金《きん》に徹底抗戦しようとした岳飛を秦檜が陥れ死なせたことから、後世、岳飛を民族の英雄とし秦檜を民族の裏切り者とする見方が広まった。

（4）小説『ウェイクフィールドの牧師』などで知られるオリヴァー・ゴールドスミス（一七三〇―一七七四）を指す。

（5）劉老老は曹雪芹作といわれる『紅楼夢』の、厳貢生は呉敬梓作『儒林外史』の、それぞれ登場人物。タルチュフとアルパゴンはモリエールの戯曲『タルチュフ』・『守銭奴』のそれぞれ登場人物。

（6）「銭塘の潮」とは、中国浙江省を流れる河川銭塘江で発生する海嘯のこと。「匡廬の滝」とは、中国江西省にある廬山（匡廬）にある滝のこと。いずれも自然の奇観として有名。

（7）司馬遷『史記』に記されていることで有名な、中国戦国時代末期の刺客。秦の始皇帝（当時は秦王）の暗殺を試みるが失敗して殺された。

（8）林黛玉、賈宝玉は小説『紅楼夢』の登場人物。二人が結ばれずに終わる、というのが原作の筋。

（9）李白は唐の詩人。南北朝時代の文学者江淹の「恨賦」を模した「反恨賦」（「擬恨賦」とも）を作った。また「韓荊州に上ぐるの書」（「韓荊州に与うる書」とも）は、韓朝宗という有力者に対し自らを推薦した一文。

（10）毛声山（毛綸）は明末清初の文学者で、戯曲『琵琶記』に批評（評語と圏点をつけること）を行った。

◉解説

本作の原題は「談人生与我——給一個中学生的十二封信之十二——」、初出は『一般』第四巻第三号（一九二八年三月）。翻訳に際しては朱光潜『給青年的十二封信』（開明書店、一九二九年初版、一九四八年特一版）も参考にした。

題目にあるようにもともとは中高生向けの雑誌に連載されたもので、本篇が締めくくりの一本となる。他には「読書について」「作文について」といったもの——特に前者は当時の中学国語教科書の定番教材となった——から、「中高生と社会運動について」、さらには「多元宇宙について」といったものなどがあり、まとめられて『給青年的十二封信』として刊行された（なお初出の『一般』が対象とする読者は「中高生」であるが、当時の進学状況全般に鑑みれば、これは青少年一般というよりはもっとかぎられた知識人予備群を指すものと理解すべきところであろう）。

さて本篇で作者は、知的興味や哲学的思索のフィールドに読者をいざなっている。語り口や挙げる例こそ難解さを避けるようにはしているが、「すべてを平等にみなす生き方」など、その説く内容はなかなか奥深いものがある。いま読んでみるとその独特の人生観に惹きつけられる一方、彼が示したような人生哲学に沿って生きることが難しい時代がすぐ後に迫っていたことにもふと思い至る。たとえば、この後十年も経たないうちに「抗日戦争」（日中戦争）の時期に入り、作者ら知識人のみならず青少年一般も否応なくその中に巻き込まれていった。そうしたことまで含めて読み返すと、「生き方とは?」という問いかけに対する作者流の回答のユニークさや貴重さも一層際立つように思われてくる。

（大橋義武）

徐蔚南

山陰道上

徐蔚南（シュー・ウェイナン／じょうつなん）（一九〇〇—五二）。作家、翻訳家。江蘇呉県の人。中等学校の頃から中国やフランスの文学に親しむ。日本へ留学し慶応大学を卒業、帰国後は浙江省立第五中学や上海復旦実験中学、浙江大学で教鞭をとった。一九二五年には文芸団体の文学研究会にも参加している。のち転じて世界書局に入り編集に従事、「ABC叢書」——文学関係では『小説研究ABC』（茅盾著）や『文芸論ABC』（夏丏尊著）などを収める——や学校教科書（『創造国文読本』、『高中国文』など）の編纂を手掛けた。中華人民共和国成立後は、上海市文化局に勤めた。これら教育や編集のほか、創作と外国文学翻訳にも尽力した生涯であった。

主要著作は、翻訳に『女の一生』（モーパッサン）、『舞姫タイス』（A・フランス）、『モンナ・ヴァンナ』（メーテルリンク）、『未来の輪郭』（ニコラエヴァ）、『ツルゲーネフ散文詩集』、『インド童話集』、『フランス小説集』など、学術著作に『民間文学』、『芸術哲学ABC』、『芸術家及其他』、『顧繡考』、『上海棉布』、『中国美術工芸』があるほか、創作では短篇小説『奔波』、『都市の男女』、散文集『春の花』、『龍山夢痕』（王世穎と共著）、『水面落花』、『乍浦游簡——寄雲的信——』などがある。

ひとすじの細長い石畳の道。右手の方はすべて田畑で、左側には澄みきった小川が流れている。川を隔てて村があり、その村の背景には、ひと連なりの緑濃い小高い山。この道こそ、あの「山陰道上は、応接にいとまなし(1)」の山陰道である。なるほど、「青い山、緑の水、色とりどりの世界(2)」というやつで、ここを歩くときは、東を見れば今度は西をという具合、目の休まるひまもない。道行く人はほとんどおらず、ときどき農夫が街なかから帰ってくるほか、人影はまるで見かけない。そういった清閑さこそ望むところだから、僕らは月に二、三度はこの道を散歩する。途中にあずまやがあるのだが、そこへたどり着くたび僕らは、腰を下ろしてしばらく休憩する。両側の壁にはいつも、誰かの書いた下品で意味不明な落書きがいくつもあって、思わず笑ってしまう。あずまやを出たら、さらに前へ進み、石橋のところで歩みを止める。それ以上進むのをやめ、僕らは橋の欄干に座って、周りの自然の風景をぐるりと見渡す。

橋の下を流れる川は、鏡のように清らか。その水はざわざわと音を立て、まるで宇宙の永遠の秘密をこっそり打ち明けてくるかのよう。

午後になり、西に傾く陽が川面を照らすと、そこはまるで黄金のめっきを施されたみたいになる。白いアヒルたちは三角形を成し、一番立派な体格のやつが先導を務め、ひよわな連中がしんがりについて、金めっきのさざ波の上を、前へ前へと泳いでゆく。川の水はアヒルによってふたすじに分けられ、無数の弱々しい波紋が左右に広がり、広がり、広がり……川辺の草むらへ、砂利や泥のところへと広がってゆく。

橋の欄干の上でそんな風に川の水の動きをじっと見ていると、僕らの心にある種の喜びが満ちてくる。口元の微笑み、軽く整った息づかい、穏やかな眼差しとなってあらわれるだけの、しずかな喜び。あの日のことを、僕は今でも思い出せる。その時僕と彼と二人は、自然が描くこの見事な絵を目のあたりにして、じっと黙ってしばらく見つめあった。あたかも僕らの心がひとつになって、互いにすっかりわかりあったかのように感じられた。もはや言葉など必要なかった僕らの友情。どうしてそれ以上言葉で説明する必要などあろうか、と思えたものだ。

遠くの小高い山は、早春の頃と違って白くたなびく雲霧に覆われることもなく、高々と周囲に連なって、ところどころがうっすら緑色に光っている。山の中腹にぽつりぽつりと立つ松や糸杉も、それと見分けることができる。橋の左側の山は、かたちがまた自ずと異なるが、そちら側にぽつんと立って、黄色い地を深い緑に染めている。ただ山上に一本も樹がないのは、味気ない気もする。山のふもとには、無数の竹林や草木の茂みがあるのだけれど。

橋のたもとの右端から三、四丈(3)のところにもひとつ小山がある。その高さは三、四丈しかないが、てっぺんは縦横いずれも四、五丈はあり、野外劇場のように真四角で、背の低い青草が一面に広がっている。僕らはここに登るたび、自由の国にやって来たかのように、一日中胸の中に閉じ込めていた遊び心を思う存分発散させるのだった。少しも恥ずかしがることなく、何ものも恐れることなく、全力で歌を歌ったり、芝居をしたりする。大いに笑い、高らかに叫ぶ。ああ！　活気に満ち溢れ、なんと楽しいひととき！　数日来溜め込んでいた煩悶は、完全に消えてなくなってしまう。

遊び疲れると、僕らは地面に座ったり横になったりして、青空に浮かぶ白い雲を眺める。白い雲というのは本当に、見ていて飽きることがない。ぎゅっと集まって綿のようなかたまりがあるかと思えば、逆巻く波のようなのもあり、あちらで連なる山のように押し合っては、こちらではけもののように立っている、といった具合で実に変幻自在、どんな不思議な形にもなってみせてくれる。何よりも神秘的で何よりも美しく複雑なその一幅の絵。それは、僕らが心の目を開いたときはじめて、そこにある意味と奥深さを見て取ることができるものだ。

陽が落ちてゆく。ひときわ赤く眩しい光が木々の梢を通して放たれて、白い雲を真っ赤に染め、青々とした山も真っ赤に染める。その鮮やかな赤色の中を、太陽はだんだんと山の向こうを目指し沈んでゆくのだ。山の中腹のあたりに赤い球が見えるようになると、その頃には光の眩しさはなくなって、次第に山も、雲も、樹木も暗くなってゆく。あの赤い球は、やはり太陽のすがた。

薄暗い夕闇が広がる中に、いくつか明るい点がきらめく。街に電燈がともりはじめたのだ。僕らもぐずぐずせず帰らなければ。

訳注

（1）「山陰」は中国の旧県名で、現在の紹興市に位置する。山陰の道が景色の変化に富むことから、「山陰道上、応接不暇」という成句が生まれている（劉義慶『世説新語』が出典とされる）。

（2）これは、京劇『武家坡』に出てくる言い回しを踏まえている。

（3）一丈は約三・三メートル。

◉解説

本作の原題は「山陰道上」、初出は『民国日報・覚悟』への掲載で、のち徐蔚南・王世穎共著『龍山夢痕』（開明書店、一九二六年）に収録。本篇は周作人編選『中国新文学大系・散文一集』（上海良友図書印刷公司、一九三五年）から訳出した。

さて本篇にいう「僕ら」とは、作者とその友人王世穎のこと。二人は当時浙江省の紹興に滞在していたが、当地での見聞を踏まえてそれぞれいくつかの散文作品を発表している。「山陰道上」もそのうちの一篇で、後に単行本『龍山夢痕』に収められている。

「山陰道上、応接不暇」という成句（劉義慶『世説新語』「言語」篇に由来）を生むような風光明媚の地を舞台にしているとはいえ、この作品では大きな事件も起こらず、著名な人物も出てはこない。ただ淡々とした、叙景詩のような描写に導かれて、作者と同じ景色と一日を追体験する――その豊かな色彩表現には文字通り「応接にいとまなし」という気分にさせられるが――うちに、いつの間にか静かな感動を共有させられてしまう、そんな作品ではなかろうか。

徐蔚南は、今日ではよく知られた作家とはいえないかもしれないが、一九二〇年代、三〇年代には散文の名手として広くみとめられていた。例えばこの「山陰道上」は、中華書局や世界書局、あるいは北新書局といった、当時の大手教科書出版社から出された中学校国語教科書にしばしば採用されていた。かつては叙景的散文の「お手本」ともされていたわけである。小品ではあるが、あらためて時と地を隔てて——いまの日本で——味わってみる価値のある作品でもあろう。

（大橋義武）

梁実秋

雅舎

梁実秋（リアン・シーチウ／りょうじつしゅう）（一九〇三—八七）。文学評論家、散文家、シェークスピア研究の第一人者。本名梁治華。原籍は杭州。北京に生まれる。一九一五年清華学校に入学し、二三年からアメリカに留学した。留学中、バビットの新人文主義に影響を受けた。帰国後、各大学で教鞭を執った。胡適、徐志摩らと共に新月社を結成し、雑誌『新月』の編集に携わった。二七年から三六年まで「階級性」と「人性論」をめぐって魯迅と論争を繰り広げた。重慶にいた頃、三八年には「抗戦無関係論」を書き、激しい批判を受けた。四〇年には『雅舎小品』を書き、散文の名手として才能を大いに発揮した。四三年には毛沢東により「ブルジョワ文学者」として批判された。四九年以降台湾に移住し台湾師範大学等で教鞭を執った。他に、シェークスピアの翻訳で知られ、『シェークスピア全集』の翻訳出版に尽力し、英漢辞書の編纂も行った。主な散文集に『罵人的芸術』、『談聞一多』、『清華八年』、『実秋雑文』などがある。評論集には『浪漫的古典的』、『偏見集』、『英国文学史』などがある。

四川に来て、現地の人が造った家が最も経済的だと思った。焼かれたレンガはたいてい柱に用いられ、それぞれ孤立した四方のレンガの柱として積み上げられる。上には木の骨組みがあり、見たところ貧相で、憐れなほど薄っぺらだ。しかし、屋根に瓦を敷き、四面に竹で編んだ壁をつけ、壁に泥としっくいを塗れば、遠目には誰の目にも家らしく見えるだろう。私が今住んでいる「雅舎」はまさにこのような典型的な家だ。言うまでもなく、この家にはレンガの柱、竹で編んだ壁がある。すべての特徴は何でも揃っている。私が住んだことのある住居は少ないこともない。「上支下摘[1]」、「前廊後廈[2]」、「一楼一底[3]」、「三上三下[4]」、「亭子間[5]」、「茆草棚〈茅ぶきの小屋〉」、「瓊楼玉宇〈立派な邸宅〉」や「摩天大廈〈摩天楼〉」など、様々な様式を試してきた。どんな家でも、しばらく住むだけで、その家に対して情が生まれ、事情がなければ、引っ越すのが惜しくなる。この「雅舎」に来たばかりの頃、風雨を凌げればいいと思っていた。まったく高望みもせず、住み始めてから現在二ヶ月あまり経った。私の情は自然と沸き起こっている。雅舎が風雨を凌げないと徐々に分かってきていたけれども。というのは窓はあるもののガラスが入っておらず、風が吹けば明らかに吹き抜けの涼亭《あずまや》のようで、瓦があっても隙間が多く、雨が降ればぽたぽたと雨漏りするからだ。だが、たとえ風雨を凌げなくとも、「雅舎」はやはりおのずと個性がある。個性があれば愛しいのだ。

「雅舎」は山の中腹に位置し、下の大通りまでおよそ七八十段の土の階段がある。前はらせん状のあぜ道のついた稲田である。もっと遠くを望んでみると青々と茂った遠くの山が見え、隣には高粱の畑、竹林、池、肥溜めがある。後ろは荒れ果てて草木が生い茂った手入れのされていない山の斜面である。荒涼とした場所とはいえ、月明かりの夕べでも、或いは風雨の日でも、いつでも客は来る。たいてい親友は道のりが遠くても厭わない。遠い道のりをやってくることは友情をあらわすからだ。客人は来るとまず、数十段の階段を登り、家に入ってきても坂を上らねばならない。なぜなら家の中の床板も山の傾きに沿って敷かれていて、高いところもあれば、低いところもあり、勾配がきわめてきついからだ。客人が来れば必ず驚嘆するが、私自身は月日の経つうちにそれに慣れてしまい、毎日書斎から食堂まで上り坂を歩き、食後は腹を叩いて出てくれば下り坂である。大して不便だと感じることもない。

「雅舎」は全部で六部屋あり、私はその内の二部屋にいる。竹の壁は頼りなく、戸も窓もぴったり閉まらない。ゆえに私と隣人はいつも声がまる聞こえである。隣人が大声で飲んで楽しんだり、詩を吟じたり、ひそひそと話したり、またいびき声、くしゃみの音、スープをすする音、紙を破る音、靴を脱ぐ音は、みなドア、窓、戸、壁の隙間から聞こえてきて、私の静寂を破る。夜になるとねずみが灯りを見下ろしており、私が一たび眼を閉じれば、ねずみは自由行動を始める。あるいは胡桃を運んで床板の上を坂に沿って下りる、あるいは灯油を吸って蠟燭台をひっくり返す、あるいはよじ登って蚊帳の天辺まで上る、あるいは戸のかまちや机の足元で歯を研ぐ。それらの音で眠れなくなってしまう。しかし、ねずみにかんして、私は恥ずかしながら認める。「没有法子〈しょうがない〉」のだ。「没有法子」の一語はよく外国人に引用されている。この言葉は中国人の怠惰や隠忍の態度をもっとも代表しているように思われている。その実、私のねずみに対する対応は決して怠惰ではない。窓に紙を糊付けするが、貼ってもすぐに破られる。門戸をぴったり閉めれば、ねずみには歯があるから、しばらく噛まれて一つの穴ができあがる。他に方法なんてあるだろうか？　西洋人どもが「雅舎」に住んだって、「没有法子」ではないか。ねずみよりももっと鬱陶しいのが蚊だ。「雅舎」の蚊の隆盛は、今まで見たことのないものだ。「聚蚊成雷〈小さなものが多く集まると大きな力になる〉」とはまさにこの事だ！　黄昏時になればいつも、家じゅうあちこちで、頭に当たって来るのは全部蚊だ。黒くて大きくて、骨格もがっしりしているようだ。別のところで蚊がとっくに粛清されても、「雅舎」ではことのほか猖獗している。客がたまたま気に留めないでいると、両足の傷が累々と膨れ上がりとうもろこしのようになった。が、私は安心している。冬がひとたび来れば、蚊は自然と跡を絶つ。来年の夏——私がまだ「雅舎」に住んでいるなど知るものか！

「雅舎」はもっとも月夜にふさわしい——地面が比較的高いので、月も低地より比較的先に見られる。峰が月を吐き出し、赤い皿が湧き出るのが見える。その瞬間、清らかな光が四方に放たれ、空は白く明るい。四方の野は静寂で、かすかに犬の吠える声が聞こえ、お客はみな悄然とする！家の前に二本の梨の樹がある。月が昇り空高く上れば、清らかな光が樹の間から点々と降り注ぎ、地上の影はちらちらきらめく。この時が最も幽絶である。興が尽きて人が散り、部屋に戻り床につくと、月光は依然として窓の中に入ってきて、私の物寂しさをかきたてる。霧雨がしとしとと降る時、「雅舎」はまた趣がある。窓を開けて望み見ると、あたかも米芾《べいふつ》〈北宋の書家・画家〉の絵のようで、雲やら霧やらが、見渡す限り広がっている。だが、土砂降りの雨が降れば、私の心は恐ろしく不安になる。屋根に雨染みがあちこちできる。最初はお碗ほどの大きさなのに、にわかにお盆ほどの大きさになる。次に雨漏りが続き、ついには屋根のしっくいが突然崩れ落ちる。珍しい花が初めて綻びるかのように、ドッと泥水が流れてくる。

部屋中むちゃくちゃになり、手の施しようがなくなる。こういう経験は、すでに何度も目にしているので珍しくもない。「雅舎」の装飾品は、まさに簡素の二字だけが当てはまる。ただ水を撒いて掃除し、掃いたり拭いたりして、塵芥が出ないようにしている。私は高官ではないから、有名で偉大な大臣の写真をわが部屋に飾らない。歯医者ではないから、博士の証書を壁に貼らない。理髪店を営んでいないから、西湖十景の織物や映画スターの写真はいずれも私の周りに貼れない。私には、一つの机と椅子と寝台があるだけで、ぐっすり眠れるし、読み書きもできる。他のものは求めない。しかし、装飾は簡素なものの、私は模様替えが好きだ。西洋人はよく婦人が机椅子の位置を変えたがると笑い、それは女性の変化を好む天性の一つだとする。それが嘘かまことかはさておき、私は模様替えが好きである。中国の旧式家庭では、装飾品は千篇一律だ。大広間には案〈細長いテーブル〉があり、前には、八仙桌〈大きな正方形のテーブル〉があり、片側に一つの椅子があり、両側に二つの椅子があって一つの茶机をはさんでいる。装飾品はまばらで不ぞろいの趣を求めるべきで、最も忌むべきはきっちりそろっていることだと私は思う。「雅舎」には新奇なものはまったく存在しない。だが、それぞれの物の配置はまったく俗ではない。ある人が私の部屋に入れば、すぐ私の部屋だと分かる。笠翁〈明末清初の劇作家、李漁の字〉の『閑情偶寄』(6)の言うところは、まさに私の意に適《かな》っているのだ。

「雅舎」は私の持ちものではなく、私は借家人の一人にすぎない。しかし「天地のものは万物の逆旅(7)」であることを思うと、「人生は本来寄するが如し(8)」で、私が「雅舎」に一日住めば、「雅舎」は一日でも私のものなのだ。たとえ、この一日が私のでないとしても、少なくともこの一日の「雅舎」が与える辛酸苦楽は、自ら受け入れ味わおう。劉克荘の詞に「客裏家に似たり家寄するに似たり(9)」と言う。私は今この時「雅舎」に住まいを定めている。「雅舎」は私の家に似ている。実際家のようであろうと、仮の宿のようであろうと、私にははっきり区別がつかないのだ。

長い一日が退屈でしょうがない。気晴らしで創作し、思うがままに書き、文章の形にこだわらない。「雅舎小品」の四字を冠し、もって創作の所在を示し、かつ因縁を記そう。

訳注

(1) 北方の建築における窓の様式。
(2) 家屋の前にも後ろにも濡れ縁がついている建築様式。
(3) 上海を中心とする地域で見られる建築様式。一住居二階建てで、各階一間ずつある。
(4) 二階建ての住居、各階三間ずつある。
(5) 中二階に設置されている小さな部屋。
(6) 明末清初の劇作家、李漁のこと。『閑情偶寄』は李漁の著作で、独自の生活哲学を述べたもの。
(7) 李白『春夜宴桃李園序』に見える。「逆旅《げきりょ》」とは旅籠のこと。
(8) 「人生忽如寄」古詩十九首其十三に見える。この世は仮の宿のごときものという意。

（9）劉克荘は南宋の文学者。その詞『玉楼春』に見える句。『玉楼春』には「客舎似家家似寄」とある。

◉解説

梁実秋は五四時期に文学評論活動を始め、一九二三年から二六年のアメリカ留学時期にアーヴィング・バビットの新人文主義に大きな影響を受けた。彼は自由主義者として有名である。また二〇年代後半の魯迅との翻訳を巡る論争、三〇年代後半の「抗戦無関係」論争で様々な批判にさらされ、四二年の毛沢東の「文芸講和」で、「ブルジョアジーの」・「反動」作家として名指しの批判を受けた。

彼は、散文の書き手としても高い評価を得ている。実際散文を書き始めたのは帰国後一九二七年である。四十七編の散文を集めた『罵人的芸術』はその才能の片鱗が見えた作品集である。ユーモアが散りばめられた流麗な筆遣いは、その後の『雅舎』でも存分に発揮されている。

「雅舎」自体は四〇年から四三年に書かれた。日中戦争の戦禍を避け、重慶の小さな家での日々は、彼の心に変化をもたらした。それは自由闊達に、平穏さを求め、恬淡とした心境であった。結果、文章の中には日常生活に対する観察と人間性への深い考察が現れるようになった。梁実秋の最高の作品であると言えよう。

（牧野格子）

周作人

水の中のもの
――『草木虫魚』その五

周作人（ゾオ・ツオレン／しゅうさくじん）（一八八五―一九六七）。浙江省紹興に生まれ、一九〇六年に兄・魯迅とともに来日、立教大学等に学んだ後、一一年帰国。留学中に日本人と結婚。一七年北京大学文科教授となり、散文作家、文芸理論家、翻訳家として、終戦まで北京文壇の重鎮であった。日本占領中に文部官僚として要職に就いていたため、戦後、国民政府に「文化漢奸」（売国奴）と断罪された。新中国成立後は翻訳や随筆を数多く執筆するが、文化大革命中に紅衛兵の迫害等を受ける中、六七年逝去。散文集には『自分の畑』、『雨天の書』、『看雲集』、『談龍集』、『談虎集』、『夜読抄』、『苦茶随筆』など多数。平淡な筆致で描かれるその渋みと諧謔、またそこに加味された暖かい人情味が秀逸。一見散漫、愚拙に感じられるも、実は一句ごとに人生経験の重みが凝縮されており、言葉遣いにも隠された妙味がある。

私は水郷で生まれ育ったので、水に対してはいささかの愛着を持たずにはいられない。学者たちは、人類はかつて水中生物であったので、子供が水遊びを好むのは、まさにそのためなのだという。私が水に愛着を持つ理由は、おそらくそこまで遠く遡るまでもなく、一種の習慣に過ぎないと思うが。

水、どんな愛らしさがあるだろう？　このことを語り出すと長くなるし、私自身上手く言えないところもある。私がここで語ろうと思うのは、単に水の中のものである。水の中には魚や蝦《えび》、螺《たにし》や蚌《どぶがい》がおり、また茭白《まこものめ》や菱角《ひしのみ》などがあって、いずれも憶えておいて損はないが、いちいち記録する暇がないので、何日も考えて、これらの動植物はしばし除外することに決めた。――ならば、どうせ水底の鉱物類について語るのだろうって？　いや、決してそうではない。私が語りたいのは、私自身も何なのかよくわからないし、それがいったい死んでいるものか生きているものかも知らない、そんな不思議なものなのだ。

私の村ではそれを方言で（Ghosychüi）と呼んでいて、字で書くならば「河水鬼《ホーシュイグイ》」となる。それは溺死した人の魂だ。「五傷」の一つであるから――「五傷」はたしか水・火・刀・縄・毒のはずだが、虎傷《フーシャン》も入っていたような記憶があって、すこしはっきりしないのだけれど、とにかく水死がその一つであることは疑いないところで、だからそれは例によって「身代わりを求める」のだ。吊《ディアオ》死鬼《スーグイ》〈首を吊って死んだ者の鬼《き》・幽霊〉は、しょっちゅう人を誑《たぶら》かして丸窓から首を出して外の美しい風景（それとも美人だろうか？）を眺めさせるのだそうで、もし騙された者が死ぬ運命なら、頭を出したとたんその罠《わな》にかかり、二度と首を引っ込めることができなくなる。河水鬼のやり口も似たようなもので、それはいろいろなものに変化《へんげ》して岸辺にただよっている。手を伸ばしてすくい取ろうとしようものなら、引きずり込まれてしまうのだが、見た目は自分で水に潜っていくようなのだという。吊死鬼が色仕掛けで惑わすとするならば、河水鬼は利で誘惑するのである。それが普段何物かに化けるのが好きだということだが、私ははっきりした事を聞いていない。私が記憶しているのは「花棒槌《ホワバンチュイ》」に化ける話だけだ。これは一種のおもちゃで、私は子供の頃に聞いたので特に印象に残っているものの、なぜその玩具に変化するのか、あるいはもっぱら子供を誘惑するための方策かも知れない。しかし、時にはそれは力を使うこともある。よく村人が泳いでいると、急に沈んでしまうというものだ。皆カエル同然に「水を知っている」者ばかりで、決して溺れるはずがないのだから、明らかに河水鬼の仕業である。これを足が攣《つ》ったのだとか、心臓麻痺を起したのだなどと信じるのは外道《げどう》〈邪説の徒〉だけだ。

　普通、非業の死をとげた者は、その霊を済度《さいど》しなければならない。たいていはお経を上げ、懺悔の儀式をするなどの類だが、一番いいのは「翻九楼《ファンジウロウ》」(1)だ。ただし、飛ぶ人が不得意で七七四十九の高い台から転げ落ちてしまうと、これまた非命に死することになるので、さらに済度が必要になってしまう。「翻九楼」または読経懺悔の後は、たましいは済度されたことになるので、もう身代わりを求めることはないはずである。しかし、万一に備えて、事故の現場に石柱を建て、南無阿弥陀仏の六字を彫っておく。あるいは別の文句もあったようにも思うが、思い出せない。村の道でこの石柱に出くわすのはあまり愉快なことではない。とくに夕暮時に一人で渡し場までやってきて、四角い渡し船に飛び乗り、自らとも綱を引っぱって渡ろうとする時などは。

とはいえ、そんな時でも、背筋がちょっぴりゾクゾクッとはするけれど、河水鬼に対してはそもそも何の恐怖心もなく、ほとんど親近感と言ってよいものを抱いてさえいる。水郷の住民というのは他の死因による死者は一様に怖れるが、水死は例外らしく、怖いといってもたいしたことはない。ことわざにも言うではないか、「かめは井戸端で割れ、将軍は戦地で死ぬ」と。水郷に住んでいながら水が怖ければ、山の上に引っ越すしかないだろう。だがそこにはまた別の、例えば虎だの熊だのといったものが待ち構えているのではあるが。私は暴風の中何度も大樹港《ダーシューガン》を渡ったことがある。横二尺の小船に座って白いガチョウのように荒れ狂う波間を進み、危《あや》うく水底に呑まれそうにもなったが、まるで烈士のごとく従容として座していると、実際大元帥〈張作霖のこと〉時代の北京にいた時ほどには恐怖を感じなかった。もう一つわけがある。河水鬼の見てくれにはけっこう愛嬌があるのだ。普通の鬼《き》は死んだ時の姿のままで、例えば虎傷鬼《ワーシャングイ》〈虎に食い殺された者の鬼〉なら必ず「うわーっ！」と叫んでいるし、殺人の被害者は必ず片手に自分の六斤四両〈約三・二キログラム〉の首をぶら下げているといった類だ。しかし河水鬼だけはそうではなくて、老いも若きも、美人も醜女《しこめ》も、水に落ちればみな同じ姿に変わる。話によれば、背が低くてまるで子供のようであり、普段数人でかたまって岸辺の柳の下で「頓銅銭《ドントンチエン》」〈銭投げ遊び〉をして遊んでいる様は、まさに街角の腕白《わんぱく》坊主と変わらない。驚かされるとカエルのように一斉に水に飛び込む。ただ、カエルは飛び込むと「ポトン」という水音と波紋を残すが、彼らにはそれがない。年寄りの河水鬼までもが銭投げ遊びが好きなのはなぜなのだろう？　村の物知りの長老も説明してくれたことがないし、私自身説明する見識はない。

私はここで日本にいる彼の同類を思い浮かべた。あちらでは「河童」と称して、Kappaと読み、Kawawappaの略称とされている。意味はすなわち川童の二文字で、たしか芥川龍之介にこのようなタイトルの小説があって、中国では誰かが「河伯」〈伝説上の河神〉と訳していたが、あまり上手い訳とは言えないように思う。この河童と河水鬼には大きな違いがあって、河童は生き物の一種であり、人《にん》魚《ぎょ》またはイルカに近い。河童は河水鬼と同じく人間を水中に引きずり込むが、同様に馬を引きずりこむのも好きだし、人間と相撲を取るのが好きである。その姿形はおおむね猿に似ていて、色は青黒く、手足はアヒルの水かきのようだ。頭のてっぺんが皿のようにへこんでいて、皿に水が入っていれば無敵だが、水が涸れると弱って力をなくしてしまう。頭のてっぺんの周りにはぐるりと毛が生えていて、まるで前劉海《チエンリウハイ》〈女の子の垂れ髪〉みたいだ。日本の子供がこの様な髪型をするのを、今でも「おかっぱ」という。柳田国男の『山島民譚集』（一九一四年）には「河童駒引」という論考があるし、岡田建文の『動物界霊異志』（一九二七年）の第三章にも河童について論及していて、彼は河童は実在の動物であると信じており、『幽明録』(2)の「水媼《すいおう》は一に媼童と名付け、一に水精と名づく、裸形人身、長《たけ》三ないし五尺にして、大小不一、眼耳鼻舌唇皆具ふ。頭上に一盆を戴き、水を受くること三ないし五升、只だ水を得てのみ勇猛にして、水を失へば則ち勇力無し」という記載を引いて、これこそが日本の河童だとしている。この問題に関して我々は考証するすべを持たないが、河水鬼が特に他の鬼と姿形が異なり、一律に子供の姿をしていることを考えれば、他の意味があるのだろうか。かりに河水鬼が日本の河童の迷信とは何の関係もないとしても、あるいは水中妖怪の要素をその内部に混在させていて、完全に鬼に関する迷信とは言いきれないのかもしれない。

十八世紀に書かれた文章には、決まって末尾に寓意を説明するオマケがつく。今もまたその必要があるように思えるので、ここに一言書き添えておく。人々は疑問をいだくだろう、いくら暇でも、何でもまた河水鬼の話など引っ張り出すのだと。そう、河水鬼など全く語る必要はないのだ。しかし河水鬼への信仰ならびにそういった信仰を持つ人は注目に値する。我々はふだん天国だの地獄だのといった夢想しかせず、この俗世間をながめ、そこにどんな人が住み、どんなことを考えているかを見ようとはあまりしたがらない。社会人類学と民俗学はこの一角を照らす灯火ではあるが、中国においてはむろんまだ未発達の分野であり、将来発達するかもわからない。私は河水鬼の話を先駆けにして、皆がこの方面に関する調査と研究に興味を持つように仕向けたいのだ。私は銭投げ遊び好きの小鬼にはそんな力はなかろうと思うし、私自身もそのような考証論文を書く能力はない。そこでこのような無駄話を書いて、少々恥ずかしくはあるがたたき台にしてもらおうと考えた。ともかくにもこの方面に関しては「伏してご教示を待つ」次第だ。

一九三〇年五月

訳注

（1）道士が高い台から飛び降りる一種の宗教的儀式。

（2）六朝時代の宋の劉義慶撰になる怪異小説集。

◉解説

「水の中のもの」（原題「水里的東西」）は紹興の「河水鬼」を日本の「河童」と比較し、「鬼」を談じているがそれはその背後にある人間の世界について思索するためのものであり、読者を、当時としてはほとんど触れられることのなかった文化人類学、民俗学的視点へと導く一篇である。魯迅の散文「無常」「女吊」に描かれる「鬼」と一緒に読むと更に興味深い。

初出は『駱駝草』第一期（一九三〇年五月十二日）であり、後に『看雲集』（開明書店、一九三二年十月）に所収。日本語の既訳に松枝茂夫訳『周作人随筆集』（改造社、一九三八年六月）と木山英雄編訳『日本談義』（平凡社・東洋文庫七〇一、二〇〇二年三月）がある。

（呉紅華）

巴金

エルケの灯火

巴金（バージン／はきん）（一九〇四―二〇〇五）。本名は李堯棠。巴金は筆名。四川省成都の旧家に生まれた。早くからアナーキズムに傾倒し、上海へ出て積極的に活動した。一九二七年留学のためフランスへ渡ったものの、持病の結核が悪化し、療養に専念。そこで書き上げた小説『滅亡』が、友人の計らいで文芸誌『小説月報』に掲載され、作家としての一歩を踏み出した。三一年から大型紙『時報』に小説『激流』（後の『家』、開明書店、一九三三年）を連載。『家』は、旧家に生れながら、革命を志して家を飛び出す若者を描き、青年を革命へと誘う作品として、ロングセラーになった。その後、日本滞在を経て、友人らと文化生活出版社を起こす。同社は、魯迅最晩年の著作を多く出版するなど、有力な出版社となった。国防文学論争で、徐懋庸に「卑劣なアナーキスト」と目され、魯迅が巴金を擁護したことは、文学史上有名である。日中戦争中は、国民党統治区を転々とし、抗日の意図を持って、文筆、出版活動を行った。一方、中華人民共和国建国前まで、一貫してアナーキズム関連の書籍を出版し続けており、巴金の信念の基盤がうかがえる。建国後は、大陸に留まり、朝鮮戦争に赴くなどしている。文化大革命では批判にさらされた。七八年十二月から、香港の大型紙『大公報』に、全一五〇篇の随筆集『随想録』を発表し始めた。文革の悲劇に、自らの加担者としての責任を読み込むという、稀有な視点からの、文革批判である。掲載開始時期の早さに、巴金の覚悟と、社会の変換を促す強い意志が表れている。八一年から亡くなるまで作家協会主席。

夕暮れ時、しだいに暗くなっていく中、最後の陽光に導かれ、私は十八年前に住んでいた家の前を通りかかった。通りと建物は、長く音信の途絶えていた旧友を避けているかのように、目の前で姿を隠し始めた。だが、様子が変わっていても、私にはやはりとても懐かしかった。私は、この通り、この建物を、自分のことのように知っている。通りの幅、屋敷の大きさも、以前のままだ。防火用の水甕と石の獅子は、高くそびえ立つ入口の塀に代わり、私たちがしょっちゅう馬に見たてて跨がって背中がつるつるになった対の猛々しい獅子は、どこの荒山に逃げ込んだか、行方が知れなかった。だが、表門は開いていて、照壁[1]の「子々孫々まで栄えあらんことを」という文字は、以前と変わらずそこに嵌めこまれ、色さえ風雨の浸食を受けていないように見えた。私は、その以前と同じ照壁を見ながら、不思議な感情にとらわれた。そこに過ぎ去った十八年の歳月を見ようとしているような、いや、十八年前のはるか昔の古い夢を探そうとしているようなかんじだった。

守衛の兵士がいぶかしげな視線で私を見た。彼は私の心情を理解していなかった。彼に十八年前の若者がわかるはずはない。彼は視線で、一人の人間の親密な思い出の数々を追い払った。

暗闇が訪れた。何も見えなくなった。その時、門の内側に灯りがともされた。灯りは何も照らしておらず、私の心の闇はかえって増した。失望したまま立ち去るほかなかった。私はもと来た道へ戻って行った。四、五歩進んでから、ふっと振り返り、建物を見た。やはり暗闇に一筋ほのかな光が見える。私は、希望に満ちあふれた茶碗[2]が一瞬で地面に落ちて砕け散ったのを見たような気がして、心の中で苦痛の叫び声をあげた。夜の帳に覆われた、この近代都市の静かな通りで、私はハリグの島の灯火(3)を見たような気がした。あれは姉のエルケがともした灯りに違いない。エルケは航海に出た弟のために灯火で航路を照らそうと、夜ごとに窓辺に灯りをともし、遠くへ出かけた弟を死ぬまで待っていた。結局、失望したまま墓に入ったのである。

通りは相変わらずひっそりしていた。突然、聞き慣れた声が、耳元で、このヨーロッパの古い伝説をそっと唱い始めた。こんな物語を詠唱する人がここにいるはずはない。心に本の影響が残っていたせいだろう。だが、この時、私は自分のことを思い出した。

十八年前のある春の朝に、この都市、この通りを離れた際、私には一人の姉がいて、いつか会いに帰ってくる、外のことを話してあげる、と約束していた。私は自分の約束を守れると思っていた。その頃姉は、嫁入りしてほんの一ヶ月あまりの新婦で、旦那さんは穏やかで優しい人柄だから、いつまでも幸せに暮らせるだろうと、皆に言われていた。

しかし、人のお膳立ては「偶然」に破壊されてしまった。「不慮の事故」だったと言うべきだろう。だが、この「不慮の事故」は、完膚なきまでに若い心を打ちのめした。私は、家を離れて一年半も経たないうちに、姉の訃報を受け取ったのである。兄は涙ながらの震える筆致で、一人の善良な女性の悲惨な最期と、死後に受けた冷遇とを知らせてきた。姉の夫であった、穏やかで優しいと言われていた人は、その後すっかり変わり、人間性を失う道を歩んで行った。その人は、這い上がりたいと望んでいたが、逆にどんどん落ちていき、ついには阿片で息をつなぐところまで行ってしまった。姉について言えば、姉の生前、私は、姉をしっかり愛さなかったし、死後、姉を記念するようなこともしなかった。姉は寂しく生き、寂しく死んでいった。死は姉の全てを持ち去った、それが私たちの出身地の旧式の女性の運命だった。

私は十八年間ずっと外で飛び回っていた。誰かに姉の話をしたこともなかった。ときたま夢で、エルケの灯りを見ただけである。一年前上海で、私はしょっちゅう白昼夢を見ていた。私は窓辺で輝く灯りを遠くに眺めている、眼前には大海が広がっている、灯りが私を呼んでいる、脇から羽が生えてくれれば、すぐにあそこまで飛んで行くのに。重苦しい夢が私の心を押さえつけ、たくさんの無形の魔の手を相手にもがいているようだった。私はその灯りを見つめていた。道のりは遠く、私には羽もない。ただ、飛びたい！　飛びたい！　という渇望だけがあった。なんと苦しい日々だったことか！　なんと恐ろしい夢魔であったか！

だが、私は、ついに出てきた。山のように積み重なった十八年の長い歳月を乗り越え、生まれ育った、子供時代の思い出が無数に刻まれた場所へ、帰ってきた。私は多くの道を歩いた。

十八年、何もかも変わってしまったようでもあり、何も変わっていないようでもあった。たくさんの人が亡くなり、たくさんの家が崩壊した。多くの愛すべき命が黄土に葬られた。その後また、たくさんの新しい人々が、必要のない悲劇を演じ続けていた。浪費、浪費、相変わらず大量に――生命、精力、感情、財産、笑い声や涙までが、必要でないのに、浪費されていた。私が去った時もそうだったし、戻ってきて目にしたのも同じ情況だった。この狭い枠に閉じこもって、私は何度も自問しないではいられなかった。まさか十八年がまったく無駄だったとでも言うのか？　この長い年月で変わったのは、服装と名前だけだったのか？　私は苦しい気持ちで自分の手をもみ、答えられなかった。

決して忘れられないこの都市で、私は五十回夕暮れ時を過ごした。私は大いに涙を流し、笑い、他人にも大いに涙を流させ、笑わせた。私は慌ただしくやって来て、また慌ただしく去るだろう。名残惜しげなまなざしで自分の生家を見るのも、これで最後になるに違いない。私の心はあそこに何かを探し求めたいらしい。だが、私がほしいものは、あそこでは絶対に見つからない。伯母や兄嫁のように、すでに何人も主人が変わった屋敷に、手だてを講じて入り、庭園の花樹に涙し、家族の盛衰に嘆息することなどできない。自分が植えた木の苦い果実を食べるのは、人としての本分だ。あの人たちと同じ道を行かなかった以上、当然ここに自分の足跡は見つからない。何回かこの場所を通りかかって、見たのは、あの「子々孫々まで栄えあらんことを」という文字だけだった。

「子々孫々まで栄えあらんことを」という文字が、私よりどれくらい年上かはわからない。これもおそらく祖父が残したものに違いない。最近、家で、私は祖父の遺言を読んだ。祖父は裸一貫から家業を築いた。死の直前まで、子や孫が快適な生活を送れるよう、周到に考えていた。祖父は、自分が建てた屋敷と苦労して収集した書画を、そのまま残すよう、子孫に言い含めていた。だが子や孫の答えはどれも、「分ける」と「売る」だった。私は不思議だった。なぜこれほど聡明な老人が、簡単な道理をわからなかったのだろう。子や孫に生活技能を授けず、生活の道を示さなければ、財産は「子々孫々まで」ながらえないと。同時に広大な世界に目を向けさせなければ、「家」

という狭い枠は、若者の心の発育、成長を損なうだけだと。個人の利益のみに費やされるのであれば、財産は崇高な理想と善良な気質を壊滅させるだけだと。

私は「子々孫々まで栄えあらんことを」を削り取ってやりたかった。多くの愛すべき若い命が踏みにじられ、多くの有意の若者の心が囚われている。多くの人がこの狭い枠の中で憔悴して日々を堪え忍んでいる。それが「家」だ！「甘い家」だ！ここは私が来るべきところではない。エルケの灯りが私をここへ連れてくるはずはない。

そして、ある春の朝、十八年前に見送ってくれた人々がまた、私を門まで送ってくれた。いなくなった人もいれば、加わった人もいた。あの時と同じく、姉の姿は見えなかった。あの時は私が姉を待たず、今回は姉の墓を探しあてられなかったのだ。叔父の一人と従弟の一人が駅まで私を送ってくれた。十八年前にこの道のりを送ってくれたのも彼らだった。

心楽しく戻って来たが、辛い気持ちで去る。乗合バスが駅を離れていく時、私は名残惜しい気持ちでいっぱいだった。だが、早朝のそよ風、路上のほこり、モーターのうなり声、車輪の回転、広大な田野に満開の菜の花が、私の離愁を消散させた。私は同行者の忠告を聞かず、顔を車窓の外に出して、広大な空の下の新鮮な空気を吸った。私は嬉しかった。自分はもう一度狭苦しい家を離れ、広大な世界に向かって歩んでいくのだ！

突然、前方の田野の、緑のそら豆と黄色い菜の花の間に、一筋の光が見えたような気がした。灯りだ、見慣れた灯火だ。エルケの灯りが照らしているはずはない、私の可哀想な姉はもう死んでしまった。これはきっと、私に私が進むべき道を永遠に指し示してくれる、私の心の灯りなのだ。

一九四一年三月　重慶にて

訳注
（1）表門を入ったところに立つ目隠しの壁。
（2）原文は「水碗」。「水碗」は上下一組の碗で、上の碗に食物を盛り、下の碗に湯を入れて温める。
（3）埼玉大学教授池上純一氏のご教示によれば、北ドイツのフリースランド（Friesland）諸島北端に位置するハリグ（Hallig）諸島の伝説に基づく。ハリグ諸島のハンツハリグ（Hainshallig）島に、オッケ（Ocke 弟もしくは兄）とエルケ（Elke 姉もしくは妹）という姉弟（兄妹）がいた。オッケはオランダ舟の船長で、エルケは灯火を掲げてオッケの帰りを待っていた。オッケが五十六歳で帰郷すると、エルケはすでに亡くなっており、島も海に没していた。オッケはわずかに海上に突き出た岩の上で悲しみにくれ、それが彼の生前最後の姿であった。以来、闇夜には、その岩のあたりにオッケの亡霊を見ることがあるという。

◉解説

この作品は一九四一年四月十九日『新蜀報』の文芸欄『蜀道』に発表され、後に随筆集『龍・虎・

狗』（文化生活出版社、一九四二年）に収められた。

アナーキズムへの熱い思いを胸に抱いて、十八歳で四川省成都の生家を出てから、十七年あまりの歳月を経て、巴金は初めて帰郷した。一九四一年のことである。当時、巴金の生家は国民党軍将校の四川省政府保安処処長劉兆藜（一八九三―一九六二）の居宅となっていた。生家の付近を訪れ、遠目に見た際の感慨が、作品の背景になっていると思われる。

姉とあるのは三番目の姉堯彩のこと。堯彩は巴金が成都を離れる直前に結婚し、翌年難産で死去した。婚家は埋葬の費用を惜しみ、堯彩の亡骸を古寺に留めおいたという。

作中の伝説は、池上純一埼玉大学教授の調査で、ドイツ文学者・文献学者のカール・ミュレンホフ（Karl Muellenhoff、一八一八―一八四）が『シュレスヴィヒ、ホルシュタイン、ラウエンブルク各大公国における伝説、童話、歌謡』（一八四五年）に収録した「第二五三話　忠実な姉の灯 Das Licht der treuen schwester」であることが明らかになった。ハリグ北方の島ジュルトのハンゼン氏から聞き取りした旨の注記があるという。十九世紀のドイツでは伝説・説話が好んで採取され、この伝説はその後の様々なメルヘン集や民話集にも見られるとのことで、巴金はそのいずれかを目にしたのであろう。英語、フランス語、ドイツ語、エスペラント、ロシア語からの訳著があるなど多言語に通じ、書籍や雑誌を通じて世界各国のアナーキストと連携していた巴金の読書遍歴がうかがえる作品である。（河村昌子）

呉組緗

薪

呉組緗（ウー・ズーシアン／ごそしょう）（一九〇八—九四）。安徽省涇県生まれ。本名は呉組襄、字は仲華。一四歳で家を離れて宣城の安徽省立第八中学に入り、翌年蕪湖の省立第五中学に転入。蕪湖では学生会の創刊した文芸雑誌『赭山』を編集した。一九二四年学校が軍閥によって改組されたため南京へ向かい、翌年上海に出るが、まもなく故郷へ戻る。小学校教員を務めた後、二九年に清華大学経済学系に入学、翌年中文系に転じる。林庚、李長之、季羡林と合わせ「清華四剣客」と呼ばれた。三三年に卒業した後も研究院（大学院）に残る。清華大在学中に小説や散文を発表し、短篇小説「官官的補品」（三二）、「菉竹山房」（三二）、「一千八百担」（三四）等によって文壇に認められる。先に農村の破産を題材にした小説を発表していた茅盾の評価は高く、農村小説の旗手として注目を集めた。三〇年代の小説と散文は、短篇小説集『西柳集』（三四）、創作集『飯餘集』（三五）にまとめられている。三四年には南京中央研究院に職を得たが、三五年著名な軍人馮玉祥に求められ、泰山で馮の家庭教師を務める。日中戦争中は馮玉祥の秘書として抗日工作に従事する一方で、長篇小説「鴨咀澇」（後に『山洪』の名で単行本化）を発表し、戦争が農民に及ぼした変化を浮き彫りにした。人民共和国成立後は中国作家協会理事、同書記処書記、『人民文学』編集委員を務め、五六年に中国共産党加入、七九年には中国民主同盟に加入。清華大学教授、北京大学教授を歴任し、主として古典文学研究に従事した。九四年一月、病没。

寒くなると、山の木々は葉を落とし、草も枯れてしまう。山に住む人々はすでに農作業を終え、暇ができる。この時期、彼等は山に入って薪を切り、村や町へ売りに行く。それが業余の仕事となっているのである。彼らが売る薪は、茅《ちがや》か、粗朶《そだ》か、太薪のいずれかだ。最初のが一番簡単で、茅というのは山野のいたるところにあり、鎌を一本携え、稲を刈るように一束ずつ刈り取り、地面に広げてしばらく干して、藁縄で束ねたら、もう担いでいって焚きつけ用に売ることができる。粗朶や太薪だとそうはいかない。こちらは樹木だから、切るにも鋸や斧を使わねばならず、茅を刈るように楽ではない。切ってきた後、人に売っても、すぐには燃やすことができない。なぜなら中に大量の水分が含まれており、すぐには乾かず、燃やそうにも火がつかないのである。たとえ火がついたとしても、ジュウジュウ音を立て、濃い煙が立ちのぼり、燻されて人が涙を流すはめになる。それで、しばらくは使えないのだ。これは粗朶の話。太薪となると、さらに面倒だ。粗朶は木の枝、太薪は木の幹である。木の幹を燃やせる割り薪にするには、いくつもの手順を踏む必要がある。我々の故郷の決まりでは、薪売りは木の幹を鋸で二、三尺の丸太にするだけで、人々はそれを買った後、斧や鉈で割る作業をせねばならない。その後薪小屋に積んで保存しておき、翌年になってようやく取り出して使うのである。

茅と粗朶はどちらも副燃料で、焚きつけにしたり、すでに火の通った食べ物を温めることはできるが、まともに料理をしたり飯を炊いたりするには、やはり太薪を燃やすのがよい。冬は太薪を買い入れる季節であり、わりと裕福な家では、どこでも気に入った親方と連絡をとって、大量に買い入れ、翌年の使用に供するのであった。

太薪を買い入れる時はたいへんおもしろい。毎日夜が明ける頃、数羽のスズメが屋根の上でまばらに鳴くと、母親が寝床までやってきて、寝台のカーテンを開け、小声でこう言う。「お寝坊さん、薪が来たよ、起きて数を書き取っておくれ」。部屋の中はまだかなり薄暗く、窓格子が微かに白んでいるばかりである。布団の中がとても温かいので、一度二度と大きく決心を固めて、ようやく起きることができる。起きたら上着を羽織って、身をすくめたまま、紙と筆を持って裏の庭に出て行く。

庭はもう人と薪の荷で一杯だ。薪は一本一本、きちんと竹製のカゴの中に並べられている。そこにいるのはみな同じ家族で、祖父、父親、息子、甥っ子に孫。彼らはみな体にぴったりした綿入れを着て、分厚い布の帽子をかぶっている。首からおこげの入った袋を下げ、山で食べ残したおこげの残りを掌に出して、顔をうつむけて舌で舐めとっている。食べない者は、まくってあった長い袖口を下ろして、口のあたりをおおい、ハーハー息を吹きかけて暖を取っている。その様子はなんとも間が抜けている。彼らのほとんどは自分の天秤棒の上に腰を下ろしているが、立ったままなのもいる。——まだ小さな子供と白髪頭で歯のない年寄りが、道は遠いし荷は重いしで、集団から遅れてしまい、他の者がみな着いてもまだ到着しない。父や兄、あるいは息子や孫は、この時自分の荷を下ろして、彼を迎えにもと来た道を戻っていく。かわりに荷を担ごうとしても、本人は面子《メンツ》を気にして、意地を張って言うことをきかない。体を曲げ、口を歪めながら、無理をして自分で担ぎ、ずっと足をフラフラさせながら入ってくる。実のところ彼の荷は、一つのカゴの中にそれぞれ一、二本の薪しか入っておらず、二、三十斤〈一斤は、約五百グラム〉に過ぎないようだ。もしそれが小さい子供だったなら、彼をこう言ってからかう者が必ず出るだろう。「坊さんが経箱を担いでやがるぜ！」「こいつ、さっき山を下りるときにゃ、軽すぎるとかぬかしてやがったのによ！」。からかわれた者は、例によって言い返せず、恥ずかしそうに荷を下ろすと、荷の重みで痛む小さな肩を動かし、袖で小さな額の汗をぬぐい、まっ赤な顔で隅っこへ行って立つ。それが年寄りだと、状況は全く違ってくる。息子や孫がみな心配そうに彼を見つめており、彼がよろめくと、他の者の身体もつられて傾く。そうすることで彼に力を貸し、彼の負担を軽減させられるかのように。その時、皆の表情はどれも示し合わせたように真剣である。年寄りの不格好な軽い荷と、そうやって苦労している様が、たとえ滑稽であったとしても。

彼らのことを、母はよく見知っている。薪を買う者は、なじみの親方を好むからで、なじみの親方が持ってくる薪は質が良いのである。同時に薪売りの方も、秤がわりあい公平なので、なじみの客を好む。それで、やむを得ない場合を除いて、十年やそこらで新しい親方に乗り換えることはめったにない。あるいは、今年はこの親方の薪を買い、来年再来年は別の親方を探すという具合に、とっかえひっかえしていても、結局は互いに顔見知りになってしまう。毎年薪を買い入れる際、秤を執るのは必ず私の母である。母は嫁いできて三、四十年たつので、すでに三、四十年薪を買い入れてきたことになる。薪売りの子供らについては、少し前の冬に、ちょうどこの庭で、その子の祖父が、今年はその子の父親のために女房をもらうのだと話していた。子供の父親は当時まだ若者で、その話を聞いて顔を赤らめ、自分の荷をじっと見つめながら、うつむいて、ひどく照れくさそうだった。その後には、子供の祖父が、新しい女房がどんなに賢く、どんなに苦労を厭わず、どんなに働き者かを話すのを聞いたし、さらに少しすると、その家で新たに子供が生まれたと聞いた。今、その子供がもう二、三十斤の薪を担げるようになって、この庭へ入ってくるのが見え、いっぱしの男の子になっているので、これまでのことを思って、なんとも親しみがわき、感慨もひとしおである。その年寄りについて、母は彼が壮年であった頃、百八十斤や二百斤担ぎ、それが驚くべき重さだったという話を必ずする。数年間は二百斤以上担いだという話になると、年寄りは息を切らせながらこう答えるのだった。「何も言えませんや、奥様」「もう落ち目ですわ、奥様」。そう言う時には、瞳に寂しげな光が浮かび、表情は弱々しく、元気がない。皆もそれを聞いて、彼のために感傷に浸らずにはいられない。もしも彼を慰めようと「立派な後継ぎがいるじゃないの。たぶん、みんなあなたより力持ちよ」と言えば、その年寄りはどうしても彼の息子たちに目が行ってしまい、さらに孫たちを眺め、首を振り振り、そうは思えないといったふりをするが、顔にはすでに笑みが浮かんでいるのだった。

そうして、母は薪の目方を量りながら――若者や壮年の男の荷は片方ずつ量り、子供や年寄りの荷は天秤棒の両側をまとめて量る――、目方を大声で私に告げて数字を記録させ、同時にまた父親に、子供の荷はもう少し軽くするよう勧める。それというのも、歳を尋ねれば九歳とか十歳と答えるのに、どう見ても六、七歳にすぎないのを、仕事がきつすぎて身体をいためたせいだと言うからだ。さらに息子や孫には年寄りをいたわって、来年は無理に担がせないよう注意するのも忘れない。それを聞く者たちは大変に感激する。

「そうですなぁ、奥様の言うとおりでさぁ。でもあん人たちゃ意地張って、自分が年寄りだって認めやしねぇんですよ」

「家族が多いもんでねぇ、奥様。無駄飯喰らいは養ってられませんや、奥様」

しかし、答えはそういったものだった。

この時、太陽が山から顔を覗かせ、垣根の上を照らして、淡い黄金色に染めた。庭の丸石を敷き詰めた地面には、真っ白い霜が下りている。誰もが話をするたびに、口から白い息を吐いている。計量が終わった後、彼らは薪の丸太を垣根の下に整然と積み上げ、運んだ薪の代金から一、二元を受け取った後、空になったカゴを天秤棒の片方に下げ、肩に担ぐと（そこにはさらに油を入れる竹筒が下げてあることが多い）、街へ出て米を買い、油を買って、それからようやく家に帰って朝飯にありつく。

薪の買い入れが済んだら、人を雇って薪割りをせねばならない。雇った人が割ったり切ったりしている間、我々家の者は割った薪をカゴに入れ、次々と薪小屋に運び、積み上げる。なぜかわからないが、私は子供の頃、この薪を積む作業が好きで、さらに薪割りをしている間、傍らでその様子をぼんやり眺めるのも好きだった。薪には細いのも太いのもあり、素材も同じではない。「栗薪」と呼ばれるのは、直径が一尺以上の太いものが多く、割るのに骨が折れる。薪割りが唇を歪めて歯を食いしばり、斧を両手で頭上に持ち上げ、狙いを定めて思いきり振り下ろすと、薪はたちどころに二つに割れ、なんとも痛快だ。しかし、瘤《こぶ》のある薪はそう簡単に割れず、数十回も斧を振り下ろし、薪割りが腹を立てても、まだ割れないことが多い。彼は最強の悪党に立ち向かうがごとく、掌につばを吐きかけ、両手をこすり合わせると、奥歯をかみしめ目を見開いて、渾身の力でそいつに勝負を挑む。口でも容赦なく罵って、「くそったれ、お前と俺と、強ぇのはどっちか見せてやらぁ！」……粉々に割れるまで、手をゆるめはしない。そういう瘤つきの薪は、ほとんどが藤蔓が巻き付いたことにより、全体がねじくれてしまったものだ。瘤つきの薪はもし形がよく、曲がり方の様子がいいなら、割るのはやめて、皮をはいで提灯の柄や杖にすると、どちらも大変趣があっておもしろい。

　薪割りにはよそ者が多い。こういった重労働が夜明けから火灯し頃まで、三回の食事とタバコや茶を飲む以外、ほとんど休みなく続くので、よそ者以外には耐えられないのである。彼らは苦労があたりまえになっていて、気にしないからだ。よそ者のことを、私たちの故郷では「江北《ジアンベイ》野郎」ともいう。彼らがみな江北人[1]だからである。彼らの故郷ではしょっちゅう水害や干害があり、戦乱があり、年貢も重く、どんなに働いても切り詰めても命を繋ぐのが難しい。そのためみな江南に逃れてくるのである。彼らは着の身着のままでやって来て、どこかの家で短期雇いや長期雇いの職に就き、冬になれば薪割りをする。かせいだ金は郷里の家に持って帰り、家族を養う。十数歳の時にやって来て、三十四十まで働いて数十元を貯め、こちらで女房をもらって家をもち、永遠に帰らない者も多い。

一人の薪割りのことを今でも覚えている。私はかつて彼の親友だった。その人の本名は、当時は知っていたのだが、もう忘れてしまった。しかし外見や性格、そしてあの頃のたくさんの出来事は、今でも語ることができる。彼は疥癬《かいせん》持ちで、髪の毛が一本もなく、つるつるの黄色いはげ頭だった（彼は薪割りをして暑くなると、かぶっていた古い布のツバなし帽を脱いで、薪の山の上にほうり投げたものだ）。顔はカサカサでやせこけ、どこか彼の使う斧に似ていた。ギョッとするほど背が高く、特に二本の足は細くてまっすぐで、高足踊りの竹馬を縛り付けたみたいだった。最初のうち、私は彼が無常鬼(2)に似ているような気がして、少し恐ろしかった。その後だんだん懇意になると、彼が私のことを気に入っていて、少しも怖いところなどないのがわかって、私はようやく彼を恐れなくなった。私は彼に鷺《さぎ》の兄ちゃんという名前をつけたが、彼は嫌がらず、私がそう呼ぶのに喜んで返事をした。その時彼はもう五十に近く、私は小さな子供だった。

彼はスッポンのように大きな口をしていた。そのおかしな口は、薪を割るのに力を入れた時にいびつに開くのと、私に奇妙な笑顔を作ってみせる時に開くだけで、ふだんはずっと閉じられていて、苦悩しているような、真面目くさったような、みっともない様子だった。彼は仕事に細心の注意を払い、骨身を惜しまず、過ちを指摘されたり批難されるのをひどく心配しているようだった。たとえば、飯を食べるのも三杯までで、おかずは少ししか食べず、家の者がもっと食べるよう勧めればもう一杯おかわりしたが、勧めなければ三杯しか食べようとしない。ある時、彼にちょっとしたご馳走、たとえば肉豆腐煮込みのようなものを出したところ、全く箸をつけようとせず、目の前にその料理が存在しないかのようだった。食べるように勧められると、箸の先で慎重に、大事そうに豆腐を一切れつまみ、飯の上に載せ、何回かに分けて口に運んだ。彼は食べるのが速く、鼻先まで盛り上がった飯を一口で半分ほど食べてしまい、二三口でもう飯茶碗の底が顔を見せる。しかし食べ方はゆっくりで上品、意地汚いところがまったくなかった。それはおそらく彼の口が特に大きかったせいだろう。彼はあまり咀嚼せず、私は彼が咀嚼するのを見たことがなかったが、実は彼は立派な歯をしていた。……食べ終わると、舌で歯の隙間をなめ、鼻をかみ、大きな身体を曲げながら地面の斧を拾い、引き続き薪割りを始める。怠ける素振りは少しも見せなかった。

ある日の午後、私は二本の薪を持ちだして、庭で棒回しをした。棒回しとはいっても、実際は舞台で孫悟空がやっていたのが格好良くて、何となしに真似をして踊ってみたくなったまでのこと、どうやるのが正しいのか、私は全く知らなかった。

「武術が好きなのかい？」

メガホンで大きくしたような変な声が後ろから響いてきて、私はびっくりして飛び上がった。ふり返ると、ほかでもない、鷺の兄ちゃんがスッポンのような口を大きく開き、目をみはって私に締まりのない笑みを向けていた。私はそれまで彼が話すのを聞いたことがなく、彼が笑うのも見たことがなかった。彼のみっともない顔には、真面目で苦しげな表情がいつも張り付いていたが、笑うとこんなにも醜く、無様な様子なのだった。

たぶん庭に他の人がいなかったから、話をする気になったのだろう。

彼は言った。武術の訓練は大切で、悪党に一杯食わされないで済むし、護身にもなり、身体も鍛えられる。彼は数通りの拳法を習ったことがあり、私に教えたいという。ある日の夜、彼が仕事を終えると、私は密かに石油の「ランプ」をもち出した。庭の中で、彼はこっそり私に拳法を教えた。

私の棒回しは、子供の一時のお遊びに過ぎず、武術については少しも興味がなかった。そして彼の拳法も、私に何の興味も感じさせなかった。それというのも、彼の拳法はしんどそうで、時には足も安定せず、右足を蹴り上げると、左足はこらえきれず、背の高い彼の上半身が両側にフラフラと揺れた。さらに「ハァハァ」と息が上がっている。——それもそのはず、彼はすでに十数時間も重労働をした後だったし、もうすぐ五十歳になろうという人だったのだ。

拳法は続かなかったけれども、それをきっかけに私たちはとても仲良くなった。私は、これほど奇妙な風貌をした恐ろしげなよそ者が、中身はこんなに気の良い、こんなにも人好きのする男だということを発見した。

庭の中が私たち二人だけになると、あのめったに聞けない、メガホンで大きくしたような変な声が、ゆっくり、のろのろと語りはじめる。彼は私にいろいろな薪の名前を教えてくれた。あれが青皮檜、あれは白栗、あれは「楓和尚」「酸凝頭」(3)。あの薪は「干蝕」〈乾燥によってスカスカになること〉が一番小さくて、火もちもいいから、上等な薪だ。その薪は、一年経つと一斤が八両になってしまうし、燃やすと茅のようだ。……彼は私に猟について語った。イノシシは「手負いになる」と虎よりも凶暴になる。「天赦(4)」の日には獐《キバノロ》〈小型のシカ〉を撃ってはならず、撃つと罪になる。……さらに教えてくれた。凶暴な犬が後ろから噛み付いてきたら、かまってはいけない。奴が近づいてきたら、かかとをちょっと上げれば、ちょうど奴の下あごを蹴り上げる形になって、奴は悲しそうに鳴きながら逃げていく。……彼はたくさんのことを教えてくれた。一文字一文字、暗記した文章がうまく思い出せない時のように、ゆっくり、のろのろと話した。一言話すと、大きな口をゆがめて開き、力を入れて薪を割る。それと同時に鼻の奥から「フン！」という重苦しい、力のこもった声を出すのだった。

　機会さえあれば彼はそうやって私に話しかけ、例の醜い様子で笑った。ある時は他の人がすぐそばにいるのに、彼はこっそりと私の方を見て笑った。それはこの人がいなくなったら、また私と話したいという意思表示だった。

　しだいに彼は、私に彼自身のことを打ち明けるようになった。自分のこととなると、彼は秘密めかした表情で、親しい知己に最も厳粛なことがらを告げるかのように、まじめくさって、少しのいい加減さもなかった。その頃、まだ私は大人にそうやって真面目に話をされたことがなかった。それで私も思わず大人ぶって、静かに彼が話すのを聞き、内心どうしたらいいかわからなかったが、少し嬉しかった。

　彼の語るたくさんの話には、私にもわかるものと、私の当時の理解力を超えたものがあり、いくつかは彼が毎日毎日話し、ずっと話し終わらないようだったので、私には我慢してじっくり聞くのが難しかった。今では一つだけ、ほんのあらましを覚えているだけだ。彼は若い頃に故郷を離れ、私たちの江南にやってきた。彼の父親は牢に繋がれ、どうやら「站籠《たんろう》」(5)の刑に処されたらしい。彼は私に、彼の父親が牢に入った理由、どんな冤罪を着せられたのか等を話したが、当時の私には理解できなかった。彼は毎日母親と共にその空き地に行って、遠くから父親が「站籠」の中に立たされているのを見ていた。六月の太陽は火のようで、父親の首は上部の格子木に固定され、身体は「站籠」の中でまっすぐ立ち、そうやって立たされたまま何日も過ぎた。同じように立たされているのは一人だけではなく、ほかにたくさんおり、彼はその名前を言っていた。野次馬も大勢いた。何日も立たされた後で、ようやく足下の板が引き抜かれ、命は断たれた。彼の母親もその日に死んだはずだが、どうして死んだのか、私はもう思い出せない。彼は近所の人とともに江南へ来てから、ある農家で長期の作男になった。そこは裕福な農家で、多くの牛や馬を飼っており、毎年多くの稲を収穫し、多くの人を雇っていた。彼自身は牛の世話をすることが多かった。彼はこの家に長くいたらしい。力が強く、他の者にはできない多くの仕事ができたため、主人が重宝がったのである。彼はその家の状況を事細かに語った。牛一頭がいくらになるか、馬一頭がどれくらいの荷を担げるか、一畝《ムー》〈約一五分の一ヘクタール〉の田畑でどれくらいの菜種、どれくらいの稲、どれくらいの白菜がとれるか、……彼は毎日ほかの仕事もした。その他の、たとえば牛が喧嘩を始めた時はどう対処するか、牛のお産にはどうやって立ち会うのかなど、彼はみんな話した。その後、彼は一度間違いをやらかして殴られたため、その家を去った。大体その頃のこと、彼は敗残兵に遭遇し、持っていたわずかな金をすべて奪われた。その数人の兵は銃を持っておらず、力も彼より強いとは思えなかったが、それでも彼の金は奪われてしまった。彼は言った。その時もし拳法が使えたら、あいつらなど怖くはなかったはずだ。力が強いだけで拳法が使えなければ、役には立たないのだと。彼はこの時ばかを見たので、すぐに数通りの拳法を習った。……彼はかなり年取ってから、ようやく妻を娶った。妻は地主の家の女中で、彼が長年かかって貯めた貯蓄を使い果たした。この女中は彼よりもずっと年下だった。この女の話になると、彼は腹を立てた。

「女房をもらうってのは、――フン！――言っとくぞ――フン！――金持ちの家の女中なんか――絶対もらっちゃならねぇ。――フン！――絶対もらっちゃならねぇ――フン！――あん畜生――ろくなもんじゃねぇ！――フン！――あん畜生――フン！……」

彼は歯をくいしばって、大きな口が一層ゆがみ、振り下ろす斧にも一層力が入り、まるでその女中をたたき切っているかのようだった。彼が言うには、その女中は食ってばかりの怠け者で、毎日彼と罵り合いや取っ組み合いの喧嘩をした。彼らは賑やかに数年を一緒に過ごし、男の子を一人もうけた。彼は私に、その息子がどんなに良い子で、どんな様子だったかを語った。その時もし生きていたなら、私くらいの歳になっていたはずだった。……なんでも、ある年梅雨の大水が出たため、彼は駆り出され、一人の委員の駕籠《かご》を担いで田舎へ税金の催促に向かった。ちょうど板の橋にさしかかった時、橋の鎖が切れてひっくり返り、彼らはみな水の中に転がり落ちた。彼は命がけでその委員を救助して岸に上げた。文書も荷物も失われ、委員は水を数口飲み、ひどく驚いたこともあって、帰るとすぐに病気になった。委員は善人だったので、咎め立てはしなかったが、委員の女房が承知せず、県の役所につき出した。彼は殴られ、三ヵ月「監獄」に入れられた。彼は私に、監獄での生活がどんなに辛く、看守がどんなに非情かを語り、世間体が悪いからと、私にこの話を他人に言わないよう釘を刺した。……彼が刑期を終えて家に帰ると、子供は死に、女房は他の男と逃げた後だった。家の中のわずかな家財はすべて彼女に持ち去られており、彼の服さえ一枚も残っていなかった。それはこの時からほんの数年前のことだった……それから彼はずっと一人きりで荒れた廟に寝泊まりし、昼間は人の家に行って短期雇いの仕事をしていた。胸の内の苦しみをはき出す機会はほとんどなかった。彼は女房など恋しくはないが、息子に会いたくてたまらないのだと言った。

「仕事をするにはな――フン！――用心しなきゃならねぇ。――フン！――用心が必要だ。――フン！――みんな俺が不用心だったのさ、――俺はな、フン！――言っとくぞ、――フン！――仕事はそそっかしくちゃいけねぇ、――フン！――俺はな――フン！――あの橋を渡っちゃいけなかったのさ。――フン！――あいつは殴りやがった。――フン！――あいつに殴られたよ。――フン！――橋を渡らなきゃ、――フン！――橋を渡らなきゃな、――フン！――俺の息子は死ななかった。――フン！――死ぬはずはなかったのさ。――フン！――俺の一生は、――フン！――息子のためだった。――息子が死んで、――俺は、フン！――俺は望みがなくなっちまった。――フン！――俺は荒れ廟に住んでたって、――フン！――恥ずかしくはねぇ。――フン！――あん畜生が男と、――フン！――男と逃げやがって、――フン！――俺は死ぬほど恥ずかしい。――俺は、フン！……」

今でもまだ、私にはかすかに、あの重苦しい、のろのろした声が聞こえるようだ。さらに、あのやせこけた醜い顔の、濡れた二つの目と、あの歯をくいしばってゆがんだ大きな口が目に見えるようである。しかし、その人はもうこの世にはいないだろう。……

この数年で、私たちの故郷の様子は大きく変わった。太薪をまとめ買いできた家も、あるものは煙で目が痛くなる湿った薪を使わざるを得なくなり、あるものは自分で山に登って茅や松葉を刈ってきて、それを何日も火を入れていない竈に詰め込み、さらに一部のものは他の町に逃げ、要するに彼らはみな以前のように気楽に過ごすことはできなくなったのだ。薪割りや薪売りの人々はといえば、大半は相変わらずあそこで、毎日死や飢えと格闘しているが、彼らも以前のように落ち着いてはいられなくなったのを、私は知っている。

訳注

（1） 江北は、江蘇省・安徽省の長江以北の地域。

（2） 死に瀕した者の魂をとりにくる使者。背が高く、さらに細長い帽子をかぶっている。白衣の白無常と、黒衣の黒無常があり、田舎芝居によく登場した。

（3） いずれも、薪割りの間で通用する樹木の呼び名。正確な名称は不明。

（4）天帝（神）が、生きとし生けるもの全ての罪を許すとされた日で、冠婚葬祭に適す。春夏秋冬それぞれ一日ずつある。

（5）罪人の両手を縛り、背が高く細長い木製の檻に入れ、首枷をはめて頭のみ上部に出す。足下には、爪先立ちになるよう踏み台や板が据えられる。衆人環視の中で見せしめにした後、踏み台をはずすと、首が絞まって罪人は死亡する。「立枷」ともいう。

◉解説

「薪」（原題は「柴」）は、呉組緗二十六歳の時の作。雑誌『文学』第三巻第六号（一九三四年十二月）に掲載され、単行本『飯餘集』（一九三五年十月）に収録された。

一九三一年以降、世界恐慌のしわ寄せが貧しい中国農村を直撃し、実直に生活してきた農民の多くが、理由もわからず破産の憂き目に遭った。文学者の多くは農村の地主階級出身であり、貧しいながらも善良な農民の姿は、彼らにとってなじみ深いものであった。一九二〇年代末以降、覚醒した貧農の姿を描く作品が現れており、三〇年代にも農村破産を題材とした作品が作られているが、その多くは観念的であり、リアリティーを欠いていた。そうした中、呉組緗の作品は農村の現実を客観的に、ルポルタージュ風に描写することに長け、多くの知識人による「上から目線」の農民理解とは一線を画していた。本作は散文であるが、如上の呉組緗文学の特徴をよく示している。子供時代の「私」の薪売りや薪割りに対する好奇心半分、親しみ半分といった観察は微笑ましいが、執筆時点の作者は貧しい人々、特に「鷺の兄ちゃん」が語った半生に、いい知れない悲痛な思いを抱き、短期間であれ親しく心を通わせた一個人の悲しみを、淡々とした筆致で描く。抑制された地の文との対比で、かけ声を差し挟みながら「鷺の兄ちゃん」が訥々と語る言葉が際立ち、読者の胸を打つ。

翻訳に際しては、『文学』初出版を底本とした。また、本作は戦前に増田渉による翻訳（佐藤春夫編『世界短篇傑作全集・第六巻――支那印度短篇集』、河出書房、一九三六年）があり、そちらも参考にした。

（白井重範）

兪平伯

陶然亭の雪

兪平伯（ユー・ピンボー／ゆへいはく）（一九〇〇―九〇）。浙江省徳清県生まれ。本名は兪銘衡、平伯は字。詩人、散文作家、古典研究者。曾祖父兪樾は清代の著名な学者。父の兪陛雲は進士（科挙の最高位）、文学者であった。母許之仙も詩文をよくし、兪平伯は幼くして古典文学の薫陶を受ける。一九一五年に北京大学予科に入学し、宋代詞人周邦彦の『清真詞』の研究を始める。一八年新文学運動に参加し、新潮社に加入。同年五月白話詩「春水」が魯迅の「狂人日記」と同時に『新青年』に発表される。二一年文学研究会に加入。二二年朱自清、葉紹鈞、劉延陵等と新詩の『詩』を創刊、詩を貴族から平民に取り戻し「詩の共和国」を回復しようと呼びかけ、『冬夜』を出版。二三年『紅楼夢辨』を出版し曹雪芹の創作は八十回までであることを考証。胡適とともに「新紅学派」と称される。二四年から「陶然亭の雪」等散文創作に転じ、三〇年『雑拌児』、『燕知草』、『雑拌児之二』、三六年『古槐夢遇』等散文集を出版。四六年九三学社に加入、国共内戦時期に「保障人権宣言」等を発表、青年学生たちの飢餓反対、内戦反対運動を支持する。五二年『紅楼夢辨』を改訂し『紅楼夢研究』を出版するが、五四年唯心主義思想を批判され「紅楼夢論争」が巻き起こる。燕京、清華、中国、北京大学教授を歴任し、五三年に母校と中国科学院文学研究所古典文学研究室研究員となり古典文学研究に専念する。文化大革命中は迫害され蔵書は没収、六九年末妻と共に河南省の幹部学校に下放させられるが、周恩来の配慮で七一年一月北京に戻される。文革後『唐宋詞選釈』、『兪平伯散文選集』、『兪平伯全集』全十巻等が刊行される。

わびしい北風、どんよりした雪雲、火鉢の熾火《おきび》は冷えてしまったが、灯はまだ点《とも》していない。またもやって来た一年の冬。海辺に粗末な家をもち、しばし漂泊をやめた私は、もはや黄色い葉たちがことさらにたてるカサカサという音をまねることもなくなった。正直なところ、近ごろの時節の移ろいは、私に何度も衣更えを迫り、袷《あわせ》を畳み綿入れの服を拡げさせるのだった。それこそが秋の終わり冬の到来をつげる唯一の大事である。秋が秋らしく、冬が冬らしく、私が私らしく、一切が一切らしくあるのは、もとより当たり前のことであり、なんら嘆いたり悲しんだり憐れんだり喜んだりする意味はないし、それらの意味の痕跡すら探し求むべくもない。何千何万もの勢いよく流れる泉のようにすべてなにもなかったかのような虚無の境地(1)へと消え、「とりとめのなさ」だけが私の相伴《つれ》となっている。窓の外の雪をはらんだ雪雲を見ると、私の意気消沈した影だけがくっきりと描き出されている。そのように声もなくうごめくものは、脈拍と寝息のわずかなふるえだけで、冬の夜の安らかな眠りは、まさにこの上なくよい。それは静止しているのではなく——静止とはなにもないということだ——均衡のとれた動きであり、二匹の馬が同じ速度で同じ方向に走っているようなもので、つまり肩を並べて立っている石の馬と変わらないとある人は言う。だがそのような問題は他の人が忍耐強く考えることであって、私はといえばそんな人間であるはずもない。それ故私に一番ふさわしいことは、あの冬の夜の停まったままの雲をまねるより他はない（その雲がなにかしゃべったのが聞こえたかい?）。『星海』(2)を編集する友人たちが私に何とかしておしゃべりさせようとしている。私はどうしよう?——そうだ!「わびしい北風、どんよりとした雪雲、火鉢の熾火は冷えてしまったのに、まだ灯は点していない」という情景の中にいると、私に昔の北京の陶然亭の雪を思い出させる。

私は江南に生まれ育ったが、かつて北へ行ってからは、第二の故郷である北京も本当に懐かしく思い出さずにはいられない。とりわけそのような冬の夜には、銀紙が貼られた天井とま新しい服をまとったかのようにサラサラと衣擦《きぬず》れの音をさせる紙を貼った窓、半ば消え半ばなお赤く人の眉や髭を照らし出す陶器の火鉢の火、それに塀の外から物売りの声がいくつか聞こえたものだ。家屋はこのように低いが清潔で、窓はこのように低いが明るいため、空の雪雲はとりわけ重く落ちてきそうで、いまにも雪を降らせる気配が一層濃くはっきりと深まってきた。私の部屋はいつも灯を点すのが人より遅いため、向かいの家や隣の家の灯の光が常に私の窓紙をほんのり照らしていて、月の色よりも一層静けさと寂しさを増しているようだった。がらんとした中庭に足音が聞こえたかと思うと、しばらくして必ず「ポン」と風よけの戸が閉まる音や「パタリ」という暖簾《のれん》の下がる音が続く。そんな時私は、きっと冷たく刺す風が道行く人の襟元を拂うので、それでせかせかと歩いて行くのだろうと想像するのだった。このように薄暗くぼんやりした寒々とした姿は、私の記憶の中では少なくとも江南の春と秋の色鮮やかな美しさに匹敵するものだ。少なくとも江南に住みなれた友人たちに厳寒の北方を説明して些かなりとわかってもらえるし、冬の黄昏を偲ばせるにも充分である。「それは我々に人生の晩年の感慨を催させるのではないか?」とある人は言う。その通り!

——しかし、我々は誰もが甘い蜜汁ばかり飲んでいるわけにはいかない。

それはとにかく冬だった。（誰もお前に言えとは言っていないが）年月日は忘れてしまった。読者諸氏はこんなささいなことを気にはしないだろうから、忘れてしまってもかまわない。その日は雪の後の午後だった。私はその頃東華門の側の曲がりくねった小さな横町に住んでいたが、G君の住まいは更に東の方にあった。私たちは「人力車」を二台頼んで陶然亭へと向かって行った。だが人力車は前門外大外郎営までということにしてあった（東城から陶然亭へ行く道は遠くて、雪のなかを人力車を頼んで行くのはとても不便だった）。車輪はギシギシと白い雪を踏みつぶして、凹のわだちの平行線を残してついに南池子から天安門東まで来て、ようやく馬車や荷車が往き交う大通りにさしかかると、不意に前門が眼前に聳え立っていた。大通りはすでに半分はぬかるみ、半分は雪だった。幸い北風はなおもしきりに霰《あられ》を吹き下ろしては一切を蔽い、まばらで明るい霞がかった銀色の霧のようであった。また幸いなことに雪は北京では白い小麦粉をこねたようでもあり、白い粘土をこねたようでもあった（よく陰暦の正月の頃まで家々の庭にはまだ土と同じ色の雪が積まれているが、結局は畚《もっこ》で担ぎ出されておしまいになる）。もし江南に移れば、呼び樋《とい》からポタポタ垂れる雪解け水も朝のうちにすっかり消えてしまうのだ。

話を本題に戻そう。私たちは人力車を降り、雪を踏んで製粉工場のある琉璃街を通り抜けて南へ向かうと、眩い雪の光がますます白くなり、軒を連ねていた人家もようやくまばらになってきた。間もなく清らかで広々した明るく美しい原っぱがはるかに見えてきて、それはまさに都会にどっぷり浸って飽き飽きしていた私たちが期待していたものだった。累々《るいるい》とした荒れた墓〈土を盛ってつくった土饅頭〉の頭が白くなっていて、地名は窑台《ようだい》という。私は思わず「会向瑤台月下逢[3]」のいわゆる瑤台《ようだい》[4]を連想した。それはもとより比べようもないものだが、しかし私はずっとそのように心の中で感じている。

その頃江亭〈陶然亭を指すと思われる〉の北にはまだ大通りはなかったようだ。私たちはいちめん白い蓑《みの》に覆われた田野のなかを歩き回って、あっちを眺めたりこっちを眺めたりしたが、どこを眺めてもどうもみな江亭のように見えた。西南の隅に見える比較的高くて大きな建物がそうらしいと意見が一致した。だがどうして亭《あずまや》のひとつも見えないのだろう？　奥の方に隠れているのだろうか？

一段一段と階段を登ると、すでにその見当が間違っていなかったことを確信した。しかしながら内も外もくまなく足を踏み入れてみたがついに亭らしいものは見つからなかった。幸いにも上の方に四角い扁額《へんがく》が掛っていた。さもなければあの日行った場所が陶然亭であるのかどうか、いまだに疑わしく思えたことだろう。なんと笑い話ではないか。江亭に亭なし、こんなに名前と実際がかけ離れているのには、私たちをなんとも残念がらせたものだった。私はここへ来るときにはこんな風に予期していた。見晴らしのよい一つの高く聳える亭があって、遮るものとてなく雪の海の中で嬉しそうに沐浴し、それはまるで旋回する灯台が銀の波涛の逆巻く中で、浅い岩礁の上にすっくと立っているようだ。だがいま目にした拙劣な数間からなる古ぼけた建物は、都会の中で見慣れたものと変わらず、その昔名士たちが酒をくみながら詩を吟じた場面など想像しようにもまったく色あせて味気ない。

だがそのとき雪がまたしきりに舞いながら降ってきて、灰色の空に舞う雪の羽毛が気ままに私たちの綾織りのコートに舞い降りて来た。それらが融けて光る真珠にならないうちに、私は手で払った。大半は地面に落ちたが少しはもう襟に浸みてきた。「下馬先尋題壁字」[5]と気取って行ったり来たりしながら壁に沿って歩いたのは、我々にも大いに古人の気風があるというものだ。我々は何を拾うことができたのだろうか？　少なくとも「白丁香折玉亭亭」[6]のような詩句が詠《うた》い伝えられてきているはずだ。だがそのような句は見当たらないままになってしまった。「だんだんと劣ってくる」というこのことわざにも本当に少しは意味がある。後に幸い些か言い訳じみた一句を思いついた。いわゆる「卅年戎馬尽秋塵」[7]はこれより我々が口ずさむことになった。

　折れ曲がりがらんとした回廊に北風が雪を巻きあげ見渡す限り音もなかったが、ふいに近くから朗々と本を読む声が聞こえてきた。耳を澄まして聴くとそれは間違いなく子どもの声だ。それは私たちにとってはとても懐かしいものであった。というのも以前我々が書塾で大声で唱えたのとまさに同じものだったからだ。それこそは私に久しく口にしていなかった子供時代の甘酒を思い出させてくれ、子守歌の中の温かく芳しい夢の痕を拾い上げさせてくれて、北風の刺すような冷たさを和らげ、真っ白な雪の降りしきる勢いをなだめてくれた。それは、ずばりと言うならば、清々しさと冷たさの二つとない味わいの中で、ちょうど熱く濃厚な飲み物を飲まされたように、一切のすでに凝結したもの、一切の凝結しつつあるもの、一切のこれから凝結しようとしているもののすべてを、へなへなと腰砕けにしてしまうのだ。

　朗誦の声はまだ朗々としている。私たちの詩をひねりだそうとする閑雅な興趣は盗み聞きしようという熱意によってはぐらかされてしまった。回廊から下の方へ探しながら行くと、明るい二部屋と暗い一部屋からなる三部屋はガラス窓に簾《すだれ》は下りていなかった。時間はまだ黄昏に近くはなかったが、雲と空がぴったりと合わさり、雪の降りだしそうな気配は濃いが、田畑のあぜ道は縦横にすっきりと見え、積雪の痕が寒々と白く光り、全てが夕暮れ時と近づいて、黄昏よ早く来いと促しているかのようだった。屋内の調度品や人物のひげや眉などについては、すでに年月と日時の移り変わりにつれて茫々とした故郷に送り込まれてしまい、ここでは欠けたままにしておくしかない。それでもなお幾つかの鮮明な印象を拾って諸君に告げることができるのは、厚い綿の暖簾一枚、太《ふと》短い刻みタバコ用のキセル一本、古びて黄色くなった『孟子』一冊で、それには朱色の圏点がついていて、ちょうど『離婁《りろう》』(8)篇の最初の部分が開かれていた。例によって陶器の火鉢が一つあって、高々と炎が上がっていた。それ以外に……「止めておこう、君はここで品目調査の帳簿をつけることはないのだよ！」

見物は必ず大いに食うことで終るのが私たちの習《なら》いだった。しかしここではまるで亡霊に催促されているようだった。私はかつて姉に言ったことがあるのだが、「これからはどこどこを物見遊山すると言わずに、正直にどこかへ食べに行くと言った方がいいよ」。彼女は一笑に付したが、私がでたらめを言っていると叱りはしなかったから、私の言葉があながち根拠のないものではなかったことがわかる。私はしかもそれを私の先生に訊ねてみたことがある。私の先生の言い振りはふるっていた。「食を好むのは文人の天性だ」。その答えにそれ以上問い続けることはしなかった。天性という以上それはすでに第一の原因であるからだ。さらにその天性のいわれを求めるのは興ざめになってしまう。理化学者が電子を語り、心理学者が本能を語り、生気哲学者がなんとか「エンテレヒー」(Entelechie)(9)……を語るようなものだ。

むだ話は止めよう。天性は例外を許さないからには、白い雪について語れば、当然一本一本の白い麵ということになる。だがこんな言い方は景勝地をひどく辱めることになるし、それに些か題に合わない文章になる。それ故江亭で食べた素麵についてはは話すのを割愛して語らぬがよい。私はただ青い炎を上げた火鉢の炭火の暖かさが真っ先に両頬にあたったことだけを憶えている。戸外の厳しい風はヒューヒューとひとり鳴っていて、北の窓に寄りかかると、あのだだっ広い南郊の草原に積もった雪がちょうどよく見下ろせた。ガラスにはたまたまガチョウの羽毛のようなぼたん雪が数片貼りついていて、その曇りのない明るさを際立たせていた。雪はもとより白くて愛らしいが、その清らかさがとりわけよい。雪を孕んだ雲、雪が融けたぬかるみはそれぞれにおもしろみがある。しかし半ば残った雪の痕、半ば舞い散る雪の華が舞い上がり舞い落ちて、上がるか落ちるかもわからない目くるめくさまがとりわけすばらしい。足音は聞こえず、暖簾も動かず、部屋にはほかには誰もいない。私たちは手をポケットに入れ、その北に並んだ窓にひっそりと向い合っていた。いくつかの四角い窓に区切られた雪景色は絶妙な画帖を綴りあげている。重なり合った墓、曲がりくねった路、葉が落ち枝ばかりになった樹木、高さの不揃いな屋根、それらがみな白い頭を丸出しにし、白い肩を聳やかして雪の巻き上げる北風の中に真っ直ぐに立っている。上には羽根を広げた一羽の鳥も見えないし、下には蠢《うごめ》く一匹の虫も見えない（或いは私の近視眼のせいかも知れないが）。道行く通行人は言うまでもなく、車馬の巻き起こす土ぼこりなどはさらに言うまでもない。ただ背後にすでに熱く沸騰した湯のシュゥーシュゥーという音が、静けさの中のたったひとつ異色の品である。だが昔の人の所謂「蟬噪林逾静」(10)に基づく静けさのつきつめた説明は、なんとかして寂しい静けさと絶縁しようと努力したわけだがついに失敗したのだ。死のような静寂が事あるごとに胎動する潜在的エネルギーの発生を促し、ただ大きな静寂の中にほんの一分か二分の騒がしさを留めて、燃え尽きようとしている炭火を内にこもる炎にせずに再び燃え上がらせる。それ故にまだ完全に枯れて静まりかえってはいない外包の中に明鏡止水にも似た心境を生じさせることができるのだ。これもまた声高に真理の解明を語ることなどに煩わされず、ただ我々が寝つかれずに朝まで目が醒めているときにこそこのような話題を少しばかり取り上げることができるのだろう。勝手気ままな想像は生まれたり消えたりして、行く雲や流れる水のように痛くも痒くもない。これは些かの雑念にも拘らないよう吾が心を強制するのに比べて味わいがあるのではないか？　このような考えは必ずや分かってくれる人があると思う。

火鉢の火は私たちの頬を火照《ほて》らせ、素麵は私たちの腹を満たしたが、ひらひらと舞い落ちる夕暮れの雪は私たちの心をいよいよ暗く不安にさせた。私たちは結局ここを後にして立ち去らざるを得なくなり、ついに真正面から雪に向かわざるをえず、雪を踏みながらともに北を目指して足早に歩いた。亭から数十歩離れたところに坂道があり、上には製油工場があった。工場の右には小さな崩れた墓が並んでいた。土饅頭の小さな石碑から一つは葬られているのが鸚鵡[11]、もう一つは女性の名前の墓だとわかり、想うのはまたも美人黄土[12]といった類の戯《たわむ》れだった。ただ一つ、製油工場には犬が一匹いて番犬の役に忠実でやたらと吠えた。G君は大の犬嫌いだった。噛みつかれるのがこわくて、必ずしも噛みつかないが吠える犬も怖れたし、必ずしもすぐには吠えない犬も怖れた。私はといえば坂道を上れないのではと心配だった。雪に覆われている坂道は滑って歩きにくそうで、見ただけで恐怖心すら生じた。それで私たちは相談して別の道を行くのが得策だということになった。

私たちが坂道を迂回して北へ行くときに、G君は仰向いて眺め（私はそのとき犬は吠えてはいなかったと記憶しているが）ると、私に向かって来年の春帰って来たときに上に赤いツツジの花を植えようと言った。私は頷いた。道すがらツツジの花の値段についての算段となった。……いまは？　しかしながらいまは？　私は宿願の名ばかりだったのに失望している。ささいな願いなどもともと背いたって構わないのだ。そうだ、ささいな願いも背かれるのを免れないなら、それ以外のものは言うまでもないだろう――

北京の冬は早くもまた二三寸の雪が降ったが、上海はいま現在どんよりとした雪雲だけで、雪が降りそうだ、降りそうだと言われながら、とうとう降らなかった。それはふと私にかつて江亭で雪と戯れた話を思い出させたのであった。

訳注

（1）『荘子』「逍遥遊」篇にある「無何有之郷」。無の土地、理想郷の意。

（2）一九二四年八月上海で創刊された文学研究会編集の雑誌の一つで、商務印書館出版。一期のみ。兪平伯「雪」小引は一九二三年十二月三十一日上海の『文学週報』に掲載され、一九二四年一月十二日執筆のものが後に『星海』上冊一九二四年八月に収録される。「雪」は兪平伯の散文集『雑伴児』に収録された際には「陶然亭の雪」と題名を変えている。

（3）李白「清平調詞」の一句。「清平調詞」其の一には「雲想衣裳花想容、春風拂檻露華濃、若非群玉山頭見、会向瑤台月下逢」（雲をながめると美しい衣裳が連想され、牡丹の花をみるとあでやかな容姿が連想される。春風が手すりの所にさっと吹きよせ、きらきらと露の光がなまめかしい。貴妃のような美人には、群玉山の上か、月夜の台《だい》においてしか、めぐりあえない）とある。

（4）月界の仙人がいるという五色の玉でつくった高台。

（5）『全集』注では「宋の周邦彦（一〇五六―一一二一）著『清真集』中の「浣渓沙」の句」とあり、そこには「日薄塵飛官路平、眼前喜見汴河傾、地遥人倦莫兼程。下馬先尋題壁字、出門閒記牓村名、早収灯火夢傾城」（日暮れに土埃が舞い公道は平坦にひろがり、眼の前に汴河が傾いているのを懐かしさに心躍らせて喜んで見るが、都までは遥か遠い道のりで疲れて日に夜をついでは行けない。馬を下りて先ず壁に記された詩を尋ねようとして、門を出ると牓村という地名がなんとなく書き留めてあるのを見つけて嬉しくなり、さっさと灯りを消して絶世の美人の夢でも見ることにしよう）とある。本文に引かれているのはその第四句である。

（6）『全集』注では「私の父が以前陶然亭で見た雪珊女史の題壁詩の一句「柳色随山鬢青、白丁香折玉亭亭、天涯写遍題墻字、只怕流鶯不解聴」（柳の葉の色は山に沿って女性の鬢のように鮮やかな緑をたたえ、白い丁子（ライラック）の馥郁とした香はもう失せてしまったが白い玉のような花はすっくと立っている。そこら中一面に題壁字（詩）が記されているが、ただ飛び移る鴬には理解できないだろうと心配する）である」とある。引かれているのはその第二句である。

（7）出典は不明。「三十年の軍隊生活で秋の塵を上げた」といういわば当時流行の平凡な句を口ずさんだという意味か。

（8）離婁《りろう》は古代の百歩先の鳥獣の秋に抜け替わった毛まで見える視力を持った人の名前であるが、『孟子』「離婁」篇は「離婁の明、公輸子の巧……」という具体的な人名を挙げて仁義礼知など人として学ぶべき道徳を説いている。

（9）ドイツの生物学者、自然哲学者のハンス・アードルフ・ドリーシュ（Hans Adolf Eduard Driesch 一八六七―一九四一）が唱えた新生気論の概念。一九世紀末、ウニの卵の発生実験をしていたドリーシュは、一八九一年分離した割球が完全な幼生に発育することを発見、機械論で説明しえない生命力を認めて、アリストテレスの「エンテレケイア」に由来するエンテレヒー「Entelechie」と名付け、新生気論を唱えた。ドリーシュは一九二〇年梁啓超等が組織し創立した「講学社」の招きに応じて中国を訪れ、上海、南京、武漢、北京、天津などの地で彼の生気主義哲学、哲学史、欧米新哲学思潮、自由問題などを講じた。

（10）南朝の詩人王籍の「入若耶溪」五言律詩に見える。そこには「艅艎何泛泛、空水共悠悠。陰霞生遠岫、陽景逐回流。蟬噪林逾静、鳥鳴山更幽。此地動歸念、長年悲倦游」（小舟はなんとゆらゆらと漂っていることか、空も水もゆったりしている。雲霞が遠い山の峰にわきおこり、陽光は渓流を追って回《めぐ》っている。蟬の噪がしさで林は静けさがまし、鳥の鳴き声で山はさらに奥深く感じられる。この地は隠棲の気持ちを生じさせ、長年仕官を求めて方々歩き回っているのが悲しくあきあきしてきた）とある。引用されているのはその中の「蟬噪林逾静、鳥鳴山更幽」で、この二句は特に有名。

(11) 鸚鵡は『紅楼夢』の主人公賈宝玉の侍女晴雯が飼っていた。

(12) 「美人黄土」は王奕（宋末から元代を生きた詞人、出卒は不明）の「沁園春・題新州酔白楼」に「唐李太白、訪賀知章、浩歌此楼。想斗酒百篇、眼花落井、一時豪傑、千古風流。白骨青山、美人黄土《つち》、酔魄吟魂安在否……」が典拠としてあげられる。「美人黄土」はどんな絶世の美女も死ねばみな黄土となるの意味。

◉解説

「陶然亭の雪」は上海にいる兪平伯が雪の降る北京の陶然亭を訪れたことを思い出して書いた散文である。雪雲に自身の姿を仮託した想像や哲学的な思弁が綯《な》い交ぜになって読者を虚無の境地へと誘う。友人と連れ立って人力車を頼んで訪れた陶然亭は古《いにしえ》の風雅な趣を偲ぶすべもなかったが、ふと聞こえてきた子どもの朗誦の声に、幼い頃の甘酒の味を思い出し、「ちょうど熱く濃厚な飲み物を飲まされたように、一切のすでに凝結したもの、……のすべてを、へなへなと腰砕けにしてしまう」という感性はこの作家特有のものである。古人のいう「蟬噪林逾静」は静を際立たせる動、つまり「音」の描写であるのに対し、作者は「静寂の中にほんの一分か二分の騒がしさを留めて、事あるごとに胎動する潜在的エネルギーを促し、燃え尽きようとしている火を内にこもる炎にせずに再び燃え上がらせる。それ故にまだ完全に枯れて静まり返ってはいない外包の中に明鏡止水にも似た心境を生じさせることができる」と述べ、静と動の関係性への考察を一段と深めて、静に内在された動、動の中の静を感得していると言えようか。古典文学の学殖豊かな俞平伯の詩・詞への連想や哲学的思弁に富んだ文体は師と仰いだ周作人の散文に似た「枯淡自然」「幽玄」の趣がある。翻訳は『俞平伯全集・第二巻』（花山出版社、一九九七年）所収に拠った。原文の不明箇所については北京大学の孫玉石教授と東京大学名誉教授竹田晃先生に貴重なご教示を賜ったことを記して心から感謝の意を表します。

（小島久代）

家族・生命

朱自清

後ろ姿

朱自清（ジュー・ズーチン／しゅじせい）（一八九八―一九四八）。詩人、散文家、学者。本名は朱自華、号は実秋、字は佩弦、後に朱自清と改名。江蘇省東海県で生まれ、揚州で育つ。一六年北京大学予科入学、二〇年北京大学哲学科を卒業。在学中から新詩を書き、文学研究会会員。二二年本書にも見える兪平伯等と『詩』月刊を創刊、二三年文学研究会機関誌『小説月報』に長詩「壊滅」を発表し大きな反響を呼んだ。二五年北京の清華大学教授となり中国古典文学の研究を開始、以後は散文を中心に活躍し、二八年本篇を収めた散文集『背影』を開明書店から出版した。三一、三二年アメリカに留学し、ヨーロッパを歴訪。帰国後は清華大学主任教授となり、同僚・聞一多との交友を深める。三七年日中戦争が全面化する中で昆明に移り、西南聯合大学教授を務め、「宋詩」、「文辞研究」などを講義、論文集『経典常談』などを出版した。戦後、北京に戻り、清華大学主任教授を務めていたが、四八年に病没した。『朱自清文集』全四巻（五三）、『朱自清全集』全十二巻（八八―九七）などがある。

父と会わなくなってもう二年余りになる。だが、いまでも忘れられないのは父の後ろ姿だ。その年の冬、祖母が亡くなり、父も官職を失い、まさに不幸が相継いだ。私は北京から徐州に行き、父と葬式に出るため家に帰ることにしていた。徐州で父と会い、庭中に散乱しているものを見て、また祖母のことが思い出され、思わずはらはらと涙が流れ落ちた。父は言った。「こうなったら、くよくよしても始まらん。道はおのずと開けると言うじゃないか！」

家に帰ると家財を売って金に換え、質草になるものはすべて質に入れ、父は債務を返済し、さらに借金をして葬式を出した。その何日か、家の中は本当に惨憺たる有り様だった。半分は葬式のため、半分は父が仕事を失ったためである。葬式が済むと、父は南京へ職探しに、私も北京に戻って学業を続けなければならなかったので、私たちは同行した。

南京に着くと、友人から遊覧に誘われて、一日逗留し、翌日の午前中に揚子江を渡って浦口に行き、午後列車に乗って北へ向かうことになった。父は忙しかったので、送らないと言っていた。父は旅館の馴染みのボーイに私の供をさせることにし、繰り返しボーイに事細かに言い付けていた。だが、結局安心出来ず、ボーイでは心許ないと、しばらくと随分ためらっていた。しかしその実、私はその時もう二十歳になっていたし、北京は何度か行き来していたので、別に何の問題もなかったのである。父はしばらく考え込んでいたが、結局自分で送って行くことに決めた。私は何度も来なくて好いですよと言ったのだが、父は「いいんだ、彼らでは駄目だ！」と言うばかりだった。私たちは揚子江を渡り、駅に着いた。私は切符を買い、父はせわしなく荷物を見ていた。荷物は多くて、チップを払って荷役でも雇わないかぎり、中には入れそうもなかった。父はそそくさと荷役たちと値段の交渉を始めた。その頃の私は本当に賢《さか》しらだった。父は口があまり上手くないから、自分が口添えしなければ駄目だろうと思っていた。しかし父は結局ひとりで値段の折り合いを付け、私を列車まで送って来て、入り口近くの座席を選んでくれた。私は父が誂えてくれた紫色の毛皮の外套を座席に敷いた。父は私に、道中気をつけるんだぞ、夜中に寝込むんじゃないぞ、風邪を引くなよ、と言い[1]、さらに、ボーイに私の世話をくれぐれもよろしくと頼んだ。私は心の中でひそかに父の愚かさ加減を笑っていた。彼らは金のことしか考えていない、彼らに頼んだって何の意味もない！　しかも私はもう立派な大人なんだから、自分のことは自分で処理できる、と。ああ、いま思うと、その時の私は何と生意気だったことか！

　私は言った。「父さん、もういいよ」。彼は列車の外を見て言った。「ミカンを少し買ってくる。お前はここから動くんじゃないぞ」。見ると向いのホームの柵の外に何人かの物売りが客を待っているのが見えた。向かいのホームに行くのには、線路を渡らなければならない。こちらのホームを飛び降りて、さらに向かいのホームによじ登らねばならないのだ。父は太っていて、それだけでも一苦労だ。私は自分で行こうとしたが、父が承知しないので、行かせるしかなかった。私は、黒いお椀帽をかぶり、黒い大馬掛[2]、濃紺の綿入れを着た父が、おぼつかない足取りで線路のところまで行き、ゆっくりと身を乗り出すのを見た。そこまではまだいいのだ。だが、線路を越えたら、向かいのホームによじ登らなければならない。それが大変なのだ。父は両手で上にしがみつき、それから両足を上に挙げた。太った体を少し左に傾け、一生懸命な様子がありありと見えた。その時父の後ろ姿を見て、私の目に涙が堰を切ったように溢れ出した。私は急いで涙をぬぐい、父に見られまい、人に見られまいとした。私が再び外に目をやった時、父はもう真っ赤なミカンを抱え、こちらへ戻ってくるところだった。線路を越える時、父はまずミカンを地面に放り投げ、ゆっくりと這い降り、再びミカンを抱えて歩きはじめた。こちら側へ着いた時、私は急いで駆け寄った。父は私と一緒に列車に戻ると、ミカンを残らず私の毛皮の外套の上に置いた。それから服についた泥を払うと、満足したようだった。そしてやがてこう言った。「私は帰る。向こうへ着いたら手紙を寄こすんだぞ」。私は父が戻るのを見送った。父は何歩か歩みかけたが、また振り向いて言った。「中に入ってなさい。中には誰もいないんだから」。私は、父の背中が行き交う人混みの中に紛れもはや探し出せなくなってから、車内に戻った。腰を下ろすと、涙がまた溢れてきた。

この何年か、父も私もいつも東奔西走していた。家の暮らし向きは日増しに悪くなった。父は若い時から外へ出て働き、一人で、家を支え、たくさんの大事をなしてきた。なのに、年を取ってからこんなにも落ちぶれてしまうとは！　父は、目に触れるものがみな悲しみを呼び、いつしか気持ちを抑えることが出来なくなっていた。思いが鬱積すれば、自ずと外に発散せざるを得なくなる。家庭での些細なことがよく父の怒りを呼ぶようになった。私に対する態度もしだいに以前とは違ってしまった。だが、この二年父に会わぬうちに、父は私の好くない所は忘れて、ただ私のことを気遣い、私の子供のことを思ってくれていたのである。私が北に来てから、父が一度手紙をくれたことがあった。そこにはこう書かれていた。「私の体は大丈夫だ。ただ肩のあたりがひどく痛く、箸を持つにも筆を取るにも、ままならぬことが多い。たぶんお迎えが来る日もそう遠くはないだろう」。私はここまで読んで、きらきらと光る涙の中に再びあの太った、濃紺の綿入れに黒の馬掛を着た父の後ろ姿を見たような気がした。ああ！　次に父と会えるのはいつのことであろうか！

訳注

（1）この時「私」が乗った鉄道は北京と湖北省の武漢（漢口）を結ぶ「京漢鉄道」。全長約一二二〇キロに及ぶこの列車はよく土匪に襲われた。

（2）もともとは満州族が乗馬用に来ていた外套。のちに普段着として着用されるようになった。

◉解説

本篇の原題は「背影」。初出は『文学週報』第二〇〇期（一九二五年十一月二十五日）。底本は開明文庫第一輯『背影』（開明出版社　一九九二年十二月）。邦訳に「後姿」（土井彦一郎訳注『西湖の夜』白水社昭和十四年）などがある。

作者朱自清は、清朝の末、光緒二十四年、一八九八年十一月に江蘇省東海県で生まれた。東海県では祖父である朱菊坡が「承審官」（県長を補佐し訴訟の審理に当たった役人）を務めていた。一家はやが

左から二人目が朱自清。右から二人目は兪平伯（1925年）。

て江蘇省揚州に移り、朱自清は揚州で育ったので「私は揚州人だ」と自称している。本篇「後ろ姿」で祖母の葬儀のため父と戻ったのがその揚州である。

「後ろ姿」にあるのは一九一七年、朱自清二十歳の時の出来事である。朱自清は、前年の一六年に北京大学予科に入学、その年の冬、揚州の医者武威三の娘鐘謙と結婚、明くる一七年北京大学本科哲学系に進んだ。朱自清の祖母呉氏はこの年七十一歳で亡くなっている。

父の名は朱鴻鈞、字を小坡という。朱自清の家は「小官」の家だった。父小坡は、その時、徐州煙酒公売局（煙草、酒の専売局）の局長をしていたが「私事」が因で職を解かれた。

本篇「後ろ姿」には父と子の交情が、いたずらな修辞や比喩を伴わない、起きた出来事だけを記す「白描」と言われる素朴な筆致で描かれている。本文には父の言葉が何回か出てくる。そこからは子を思う父親の気持ちが父の「後ろ姿」と共に鮮やかに浮かび上がってこよう。この文章は中国の国語の教科書にも取り上げられ、朱自清「背影」の名を知らない者はいないとまで言われる。

（小谷一郎）

老舎

私の母

老舎（ラオシェー／ろうしゃ）（一八九九—一九六六）。本名は舒慶春、字は舎予。老舎はペンネーム。一八九九年、北京の貧しい家庭に八人兄弟の末子として生まれる。一九〇〇年に起こった義和団事件で、わずか一歳半で父親を亡くし、母親に女手一つで育てられる。二四年にイギリスに渡り、ロンドン大学東方学院で中国語教師として教鞭を執る。その間に処女作『老張的哲学』（二六）、『趙子曰』（二七）、『二馬』（二九）の長編小説を次々と発表。三〇年半年間のシンガポール滞在を経て帰国する。翌年三二歳のときに胡潔青と結婚。小説創作を続ける傍ら、三八年頃から戯曲の創作も開始し、五一年に発表した戯曲『龍鬚溝』で北京市民政府から「人民芸術家」の称号を与えられ、『茶館』（五七）で劇作家としての地位を不動のものにした。六六年文化大革命が始まって間もなく迫害に遭い、北京の太平湖に身を投じて自殺したとされているが、他殺であるという説もあり、真相は明らかになっていない。老舎は故郷北京をこよなく愛し、その作品には北京の街並みや北京の人々の生活が生き生きと描かれており、「京味」（北京風味）と呼ばれる風格を成している。初期の作品はユーモアを散りばめた筆致で書かれ、「ユーモア大師」の別称も持つ。他に、長編小説『駱駝祥子』（三六）、『四世同堂』（四六）など多数。現在北京市には、老舎とその戯曲『茶館』にちなんだ「老舎茶館」というレトロな茶館があり（一九八八年オープン）、国内外からの観光客で賑わっている。

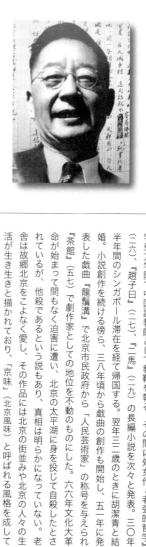

母の実家は北平〈今の北京〉の徳勝門の外、つまり城壁の外の、大鐘寺に通じる大通り沿いの小さな村にある。村には四、五世帯あり、みな苗字を馬という。それほど肥沃でない土地を耕しているが、私と同世代の仲間には、入隊しているものもいれば、大工や左官、巡査をしているものもいる。農家であっても、牛や馬を飼えなかったため、人手が足りないときは女も畑仕事をする。

祖母の家については、これくらいのことしか知らない。祖父母がどのような人だったかは、早くに亡くなってしまって分からない。ましてやそれよりさらに昔の家系や家史に関してはなおさら分からない。貧乏人は目先の生活に精一杯で、過去の栄光を語る余裕などないのだ。「家系図」という言葉など、幼い頃には聞いたことさえなかった。

母は農家に生まれたので、倹約家で誠実で、体も丈夫だった。このちょっとした事実は極めて重要で、このような母がいなかったら、私という人間は大幅に値打ちが下がっていたことだろう。母はおそらく若くして嫁いだのだろう。なぜなら、私の長姉はすでに六十数歳のおばあさんで、一番上の姪は私よりも一つ年上だからだ。私には三人の兄、四人の姉がいたが、成人できたのは長姉、次姉、三姉、三兄、それに私だけである。私は「恥かきっ子」(1)である。私を産んだとき、母はもう四十一歳で、長姉と次姉はすでに嫁いでいた。

長姉と次姉の嫁ぎ先から推測するに、私が生まれる前、家の暮らしはまずまずだったようだ。当時の結婚は家柄のつり合いを重んじたが、長姉の夫は小役人、次姉の夫も居酒屋を経営していた。二人ともかなり世間体がよかった。

しかし、私が家に不幸をもたらした。私が生まれると母は夜中まで気を失い、それからようやく目を開いて「恥かきっ子」と対面することができた。――長姉が私を胸に抱いてくれていたおかげで、凍え死なずにすんだ。

一歳半のとき、父は私に「剋《こく》されて」死んでしまった(2)。

母は、十歳足らずの兄、十二、三歳の三姉、そしてわずか一歳半の私を、女手ひとつで育てることになってしまった。父の姉で寡婦の伯母《おば》が私たちと一緒に住んだが、アヘンを吸い、カルタを好み、性格は最悪だった。生活のため、母は他人の服を洗濯したり、繕ったり縫ったりしなければならなかった。私の記憶では、母の手は年中真っ赤で腫れぼったかった。昼間母は大きな緑色の素焼きのたらい一、二杯分の洗濯をした。物事をこなす上で母はいい加減さがみじんもなく、屠殺業者が持って来る鉄のように黒ずんだ靴下でも、真っ白に洗い上げるのだった。夜は、三姉とひとつランプを灯し、夜中まで服を縫ったり繕ったりした。年中休みがなかったが、忙しい合間にも中庭や家の中をきれいに保っていた。机も椅子も古く、戸棚の金具はとうの昔から欠けていたが、母の手にかかると、おんぼろ机の表面には埃もなく、傷んだ銅製の金具もピカピカになった。中庭の父が遺した数鉢のザクロとキョウチクトウは、いつも最適な水やりと手入をしてもらって、毎年夏にたくさんの花を咲かせるのであった。

兄は私と遊んでくれたことがなかったように思う。彼は学校に通ったり、丁稚奉公《でっちぼうこう》に行ったり、落花生やさくらんぼのような類の小さなものを売りに行ったりもしていた。母は涙を浮かべて兄を送り出し、数日も経たないうちに、また涙を浮かべて兄を迎えた。私には事情が理解できず、ただ兄を疎遠に感じていた。母に寄り添って生きていたのは私と三姉で、母と三姉が何かをするとき、私はいつも後ろにつきまとっていた。彼女たちが花に水をやれば、私は水汲みの手伝いをし、彼女たちが床を掃けば、私は塵を集めとった。……こうして、花を愛し、清潔さを好み、秩序を守ることを学んだ。これらの習慣を私は今でも守っている。

客が来ると、どんなに生活が苦しくても、母は何とかしてもてなした。舅父《おじ》や従兄たちは自分で酒や肉を買ってくるので、母は恥かしさで顔を真っ赤にしたが、心をこめて酒を温め麵をゆでることが、母のせめてもの喜びだった。親戚や友人に慶事や弔事があると、母は中国服をきれいに洗って、自らお祝いや弔いに赴いた——包んだのは恐らく二吊(3)ばかりのお金だったが。いまなお、生活がこれほど貧しくても、私の客好きの性格は完全には消えていない。子供の頃から見慣れてきたことは、そう簡単には改まらないのだ。

伯母はよく癇癪《かんしゃく》を起こし、ひたすら意地悪くあら探しをした。彼女は我が家の閻魔《えんま》だった。私が中学に入ってようやく死んだのだが、母が逆らうところを見たことはなかった。「姑のいじめを受けずに済んで、そのうえ小姑のいじめまで逃れられるわけがないでしょ。これも運命よ」。説明しなければ他人に納得してもらえないときにだけ、母はこう言った。そう、運命なのだ。母が老いるまで貧乏で、苦労したのは、すべて運命なのだ。母は損ばかりしていた。親戚や友人、隣人の手伝いを、母はいつも率先してやった。赤ん坊のために「洗三」(4)をしてやり——貧しい友人たちはそのおかげで産婆を頼む費用を節約することができた――「刮痧《かっさ》」(5)をしたり、子供たちの頭を剃ったり、若妻たちのために「絞面」(6)をしてやり……できることでありさえすれば、頼まれると必ず応じた。ただし、争いごとには、母は全く縁がなかった。損をしてでも、いきり立って争うことはなかった。伯母が死んだとき、母はまるで一生分の悔しさをすべて洗い流すかのように、墓地までずっと泣き通した。どこからか甥が一人やってきて、相続権があると言いたてると、母は文句の一つも言わずにオンボロの机や長椅子を持たせ、伯母が飼っていた肥えた雌鶏もくれてやった。

けれど、母は決して弱くはなかった。父が死んだ義和団事件の年のことである。八か国連合軍が北平城内に入り、家ごとに財物や家畜をあさった際、わが家は二度やられた。母は兄と三姉の手を引いて壁際に座り、「鬼」(7)が入ってくるのを待った。表門は開いていた。「鬼」たちはやって来ると、まず犬を一突きで刺し殺し、そのあと部屋に入って物色した。彼らが去ったあとで、母はひっくり返ったオンボロの衣裳箱をどかしてようやく下敷になっていた私を見つけた。もしも箱が空でなかったら、私はとっくに押しつぶされて死んでしまっていただろう。皇帝が逃げ、夫が死に、「鬼」が来て、街中に血と炎が溢れていたが、母は恐れなかった。母は、銃剣と飢餓の中で、子供たちを守らねばならなかった。北平にはどれだけの戦乱があったことだろう。あるときには軍事クーデターで街がまるごと焼け、火の塊が家の中庭に落ちてきた。またあるときには内戦が始まり、城門も店も閉ざされ、昼夜銃砲が鳴り響いた。その恐怖、その緊張、加えて一家の食糧や子供たちの安全に対する不安は、か弱い老寡婦が耐えられるものではなかった。けれど、このようなとき、母は度胸を据え、泣きも慌てもせず、なんとか方法を講じるのだった。母は涙を胸の中で流していたのだ。この柔らかいが芯のある性格は、私にも遺伝した。私は人と物事すべてに対して穏やかな態度を取り、損をすることは当たり前だと考える。しかし、人付き合いにおいては、ある程度の理念と基本原則を持っていて、何事も我慢するが、自分の定めた限度を超えることはできない。私は人見知りで、雑事が苦手で、表に顔を出すことが嫌いだが、どうしても自分が行くほかない時には、断われない。ちょうど私の母のように。

私塾から小学校、中学に至るまで、少なくとも数十名の教師に出逢っただろう。その中には大きな影響を与えてくれた教師もいれば、なんの影響もなかった教師もいるが、私の真の教師であり、私の性格を作ってくれたのは、母である。母は文字が読めなかった。しかしその母が私に与えてくれたのは、命の教育であった。

小学校を卒業したとき、親戚や友人はそろって私に技術を学んで母を助けるよう勧めた。私も、仕事を見つけて母の負担を減らすべきだとわかっていたが、進学もしたかった。私はこっそり師範学校を受験して合格した――制服、食事、書籍、宿舎、すべて学校が提供してくれる。さもなければ、母に進学の話を持ち出すことなどできなかった。しかし入学には、十元の保証金を払わなければならない。これは大金である。母は半月間苦労してこの巨額の大金を集め、涙を浮かべて私を送り出してくれた。母は苦労をいとわなかった。息子が立派になってくれさえすれば。師範学校を卒業し、小学校の校長の職を得たとき、母と私は一晩中眠ることができなかった。私が「これからは、ゆっくり休んでください」と言うと、母の返事は幾筋もの涙だけだった。私の入学後に、三姉が結婚した。母は子供たちを同じように愛していたが、もし母に少しだけひいきがあったとすれば、三姉をより可愛がっていたはずだ。なぜなら父が死んでから、家のことは全て母と三姉が協力してやっていたからだ。三姉は母の右腕だった。だが母はこの右腕を切らなければならないとわかっていた。自分の便宜のために娘の青春を邪魔するわけにはいかなかった。花嫁かごが家の古びた門の外に到着したとき、母の手は氷のように冷たく、顔からは血の気が引いていた——陰暦の四月で、暖かい天気だったが。みんな母が気を失うのではないかと心配したが、母は必死にもちこたえた。唇をかみしめ、門の縁につかまって、花嫁かごがゆっくりと担いで行かれるのを見ていた。まもなくして伯母が死んだ。三姉は既に嫁ぎ、兄は家におらず、私は寮に住んでいたので、家には母独りだけになってしまった。それでも母は朝から晩まで働かなければならなかったが、一日中だれとも一言もしゃべることができなかった。新年になると、ちょうど政府が太陽暦を提唱し、旧正月を過ごすことを禁止した。大晦日、私は二時間の休みをとって、込み合っている市街地から火の気のない家に帰った。母は笑顔になったが、またすぐに学校に戻らなくてはならないと聞くと、呆然とした。そして長いことして、やっとため息をついた。家を出る時になって、母は落花生を少し私に持たせて言った。「息子や、行きなさい」。街はとても賑やかだったが、私の眼は涙で遮られ、何も見えなかった。今日、涙がまた私の眼を遮り、その日一人寂しく大晦日を過ごした慈母の姿がまた思い出された。しかし慈母はもう私を待ってくれてはいない。もう亡くなったのだ!

子供の一生は親が敷いたレール通りに進むものではない。だから親は決まって悲しみを免れないものだ。二十三歳のとき、母は私を結婚させようとしたが、私は拒んだ。三姉に頼んで説得してもらった末に、母は涙を浮かべながら同意した。母を愛していたのに、最大のショックを与えてしまった。時代が私を不孝者にしたのだ。二十七歳で、私はイギリスに渡った。自分のために、六十数歳の老母に二度目のショックを与えた。母の七十歳の誕生日にも、私は遠い異国にいた。その日、姉たちがあとから教えてくれたのだが、母はお酒を一口二口飲んだだけで、早くに寝てしまったそうだ。自分の末っ子を想ってはいても、口に出して言うわけにはいかなかったのだろう。

盧溝橋事件のあと、私は済南から逃げ出した。北平が再び義和団事件の年のように「鬼」(8)に占領されたのに、母が昼夜想い続ける息子は西南に来てしまった。母がどれだけ私を想っているか想像がついたが、帰ることはできなかった。毎回、家からの手紙が届いても、すぐに封を切ることができなかった。怖かった、怖かった、怖かったのだ、良くない知らせが怖かったのだ。人は、八十、九十になっても、母がいると多少のあどけなさを残すことができる。慈母を失ってしまうと、花瓶に挿した花と同じように、色や香りはあっても根は失ってしまう。母がいる人は、心が穏やかである。怖かった、私は怖かった、家からの手紙が不幸な知らせをもたらし、自分がもう根を失った草花になってしまったと知らされることが。

去年一年間、家からの手紙に老母の暮らしぶりが書かれていなかった。私はいぶかり、おそれた。もし不幸があっても、家の者は孤独な流亡の身である私を案じ、知らせるに忍びないのかもしれないと想像した。母の誕生日は九月なので、誕生日前に届くように、八月中旬に祝福の手紙を送った。手紙には、必ず誕生日当日の詳しい様子を知らせ、これ以上心配しなくてすむようにさせてくださいと書いた。十二月二十六日、文化労軍〈軍隊を慰問する文化イベント〉の大会から帰って来ると、家から手紙が届いていた。だがすぐに開けて読む勇気がなかった。就寝前に、やっとの思いで封を切ると、母はもう亡くなって一年が経っていた！

命は母が授けてくれた。私が一人前に成長できたのは、母の血と汗のおかげだ。私がまずまずの人間になれたのは、母の感化のおかげだ。私の性格、習慣は母から譲り受けたものだ。母は一生の間、一日たりとも安楽な生活を送ったことがなく、死に際にも雑穀を食べていた。ああ、これ以上何が言えようか。ただただ、心が痛む！

訳注

（1）原文は「老児子」。親が年をとってから生まれた末の男の子のこと。

（2）原文は「我把父親『剋』死了」。「剋する」とは、旧社会の迷信で、運勢の強いものが弱いものを死に追いやる、肉親や身内を早死にさせてしまうこと。

（3）昔の貨幣単位で、一吊は穴あき銭千文。北方では百文または銅銭十枚。

（4）旧時、小児が生まれて三日目にお湯をつかわせる儀式。親戚を招いて麵をご馳走し、長寿を祝う。

（5）中国の伝統民間療法で、牛の角などで作られたプレートで擦ることによって、身体にたまった老廃物を排出する。
（6）既婚女性の顔の手入れ法の一種。撚《よ》りをかけた糸を張り、顔の産毛を抜き取る。
（7）原文は「鬼子」。外国からの侵略者のこと。ここでは八か国連合軍のことを指す。
（8）ここでは日本軍のことを指す。また、「済南から逃げ出した」、「西南に来てしまった」とは、老舎が陥落直前の済南から武漢に脱出、重慶に移ったことを指している。

◉解説

本作は老舎が母親の死後、母親を回顧して書いた文章である。原題は「我的母親」、初出は『時事新報・青光』一九四三年一月十三日、十五日。母親の生い立ち、母親の苦労、母親の「軟而硬」（柔らかいが芯の強い）の性格、母親から受けた影響、母親への想いを、エピソードを交えながら細やかな筆致で描いている。老舎が母親の死を知ったのは、一九四二年十二月二十六日に受け取った家族からの手紙においてである。死後すでに約一年が経っていた。当時老舎は単身で重慶にいて、中華全国文芸界抗敵協会（抗日救国のための文学者の統一組織。のちに中華全国文芸協会と改称）の常務理事兼総務部主任に就いていた。家族は、一人寂しく重慶にいる孤独な老舎を気遣って、母親が病死したことを伏せていたのである。老舎は一歳半の時に父親を亡くし、母親の苦労を目の当たりにしながら、女手一つで育てられた。そのため母親に対する想いは人一倍強い。作中でも、自分の本当の教師は母親であり、母親は「命の教育」をしてくれたと綴っており、母親への敬意と愛を読み取ることができる。本作は、中国の中学・高校の一部の国語教科書にも掲載されている。

（范文玲）

凌叔華

愛犬ぶちを悼む

凌叔華（リン・シューホワ／りょうしゅくか）（一九〇〇—九〇）。原名は凌瑞棠、筆名に叔華、瑞唐、素心、素華、SUHOA。原籍は広東省番禺、北京生まれ。外祖父は画家、父凌副彭は清朝の高官、一九一一年以降は北洋政界約法会議議員、参政員を務める。父母ともに詞章に通じ絵画を愛好する家庭に育った叔華は幼い時から芸術に親しみ、六歳の頃から著名な画家に師事。また辜鴻銘から英文を学ぶ。天津の河北省立第一女子師範学校在学中に五四運動が起き、同校学生会の秘書として活動。二一年燕京大学の予科に入学、翌年本科に進む。はじめは動物学を専攻したが、後に外文系に転じ、英語、フランス語、日本語を修める。燕京大学文学会に加入し、文学創作を開始、二四年に「女児身世太凄涼」など数篇の小説や散文を、『晨報』副刊や増刊に発表。二五年一月『現代評論』に掲載された短篇小説「酒後」（日本の雑誌『改造』にも翻訳が掲載され、劇作家丁西林によって一幕劇にもなった）をはじめとし、「綉花」、「花之寺」などを次つぎに発表し、文壇の注目を集める。五四運動を経て、旧道徳にしばられたまま生きる女性と男女平等や自由な恋愛による結婚など新しい思想を受容し実践しようとする女性、新旧女性それぞれの家庭生活や人生における矛盾や葛藤を、細やかな心理描写を通して描く作品が多い。二七年、北京大学教授陳源と結婚。四六年、夫の赴任に伴ってロンドンへ行き、ヨーロッパの文学や芸術を研究する一方、ロンドン、シンガポール、カナダの大学で教鞭を取る。画家としての名声も高い。短篇小説集『花之寺』（二八）、『女人』（三〇）、『小哥児倆』（三五）などがある。

あなたたち犬の運命にも、人間と同じように、科学的には説明できない予兆があるのかしら。ぶち、あなたはここ数日ずっと元気なく玄関口の草の上に寝そべったまま、ごはんも食べたがらなかった。子どもが呼んでも、尻尾をちょっと振りわずかに目を開けるだけで、すぐまた閉じてしまった。

おととい玄関のところで花に水をやっている時、あなたがうずくまったままなのを見て、私はなぜかしらふと悲しみに襲われたの。やがて、あなたは身を起こし洗濯のたらいの水を一口飲むと、顔を上げ私の方をちらっと見たようだったので、急いで新しい水に換えてあげたのだけれど、あなたは元気なく口もつけずに、とぼとぼと山道を下って行ってしまった。私は家に入ってしまってから、そういえばここ数日野犬狩りをすると耳にしたのを思い出し、いやな予感がして、ただもう心配でたまらなかった。やがて、外で人が騒いでいるのが聞こえた。ぶちが撃たれて死んだって。

あわてて階下へ降りてみると、あなたはもう保安隊へ連れていかれて、皮を剝がれてしまったという。

「私たちが育てた犬なのに。皮を剝ぐだなんて」。しばらくして、私はようやくそれだけ言った。ぶち、あなたはこの情けない飼い主を恨んでいるわね。あなたが生きているときに守ってあげることができず（良心のない飼い主ね。だってあなたは一年以上私たち一家三人を守ってくれたのに、私たちはたった一日、その朝にあなたを守ってやれなかったなんて）、あなたが死んでからも、道理を通して抗議する勇気さえないんですもの。

後で村の人に頼んで、あなたを引き取ってきて、静かな山の中に埋葬してもらった。この日はあわせて六匹の犬が殺されたと、そのとき聞いたわ。その数はここらの犬の半分にも及ばないのに、よりによってあなたが最初の受難者だった。二日前、私はあちこちでいろいろ訊いてまわり、いつごろ野犬狩りをするのか教えてほしいと頼んだわ。こんなふうに頼んだだけでは不安だったので、わけ知り顔で、「みんなに知らせてね。子どもを怖がらせてはいけないもの」とつけ加えた。これほど用心していたのに、あなたが難を逃れられなかったなんて、もう何といえばいいのか。息を引き取ってからも、しばらくあなたが目を閉じなかったわけね。

でもね、ぶち、そんなに悔しがらないでね。このご時世、人の命だって何の保障もないのだから。私たちはいつだって自分が肌の白い人の国に生まれなかったことを恨むしかない。苦しみや災いを舐めつくし散々な目にあっても、なお天を恨み運命を呪う繰り言を言うしかない。あなたも運命だと思って諦めるのよ。あなたはどうして西洋犬かチンに生まれなかったのでしょう。西洋犬やチンならば狂犬の疑いをかける人もいなかったのに。たぶん人々は彼らを犬だとは考えないのでしょう。少なくともこの中国ではそうだわ。

それが運命だと言っても、私だってあなたのことで義憤を覚える。神さまにみだりに殺生をしないという徳がおありなら、なぜ運命の悪魔にあなたの命を弄ばせたりしたのかしら。

あなたはちょうど去年の今頃、我が家へ来たのだったわね。あなたのお母さんはあなたを産んで数日もせずに撃たれて死んでしまい、残された数匹の子犬は一日中きゃんきゃん泣いていた。その泣き声がどういうわけかある一人の兵士の憐みの情を揺り動かした。兵士ははるばるあなたを抱いて来て、子どもさんの遊び相手にさしあげましょうと言うの。その当時も多くの人が犬狩りをせよと主張していたので、みなし児になった犬を引き取って育てるなんて騒ぎになりはしないかと心配し、断ろうとした。でも無邪気な小瑩は、あなたを見るなり抱きしめて離そうとしなかったの。「人の心には血が通っている」。私は引き取れないとは言えなくなってしまった。

　あなたはまだ餌も食べられず、一日中きゃんきゃんとないてばかりいるので、こちらも切なくなったわ。まる一日お腹を空かせたあげく、あなたはやっとのことで牛乳を少し飲んでくれた。小瑩は毎日二回飲む牛乳を半分残して、あなたに飲ませていた。一月後、あなたはようやくふっくらとしてきて、私たちに懐き、あとについて来るようになった。

　やっと授乳期もすぎた頃、暑い季節になって、あなたの体に蚤がついた。一家総出であなたを捕まえ、薬の入った水で何度も洗って退治した。三伏の頃[1]には、皮膚に出来物ができ、一日中痛がって吼えていたわね。幸いそのときは家の使用人たちがあなたを可哀相がって、臭いや汚れを厭わずに傷を洗い薬を塗ってくれた。それでも治るのに、一月以上かかった。でもその頃にはあなたはもうたくましい犬になっていた。

　去年の秋は、あなたにとって生涯でいちばん幸せな日々だったでしょう。山の子どもたちはみなあなたがだいすきで、いつもはるばるあなたを訪ねてきた。ほとんどの子どもたちは、あなたを馬に見立てて乗りたがったのだけれど。あなたは彼らにさんざん乗りまわされてくたびれ、舌を出して喘いでいても、一度も怒って子どもを振り落としたり吠えたりしなかったわ。

隣家の女主人と小さな子どももあなたを可愛がってくれて、いつも何か食べ物を残してあなたが行くのを待っていてくれたね。あなたは禄を授けてくれる人に忠義を尽くすという道理をちゃんとわかっていた。私たちはよくあなたのことをこう言って笑ったものよ。「ほら、ぶちったら東へ通じる道に寝そべっているわ。私たち両家の番をしているのね」って。あなたは不審な人が東隣の彼女の家へ行ったり我が家の方へ来たりするのをけして見逃さず、そちらの家に向って懸命に吠え、怪しい人影を追い払うまで吠えるのを止めなかった。

私たちが田舎へ出かける時はいつも、村人の犬が、よそ者に吠えたてるのが恐くてなかなか行く気になれなかった。でも何度かあなたを連れて行った時には、村の犬の群れが小高い場所に陣取って、私たちに狂ったように吠えても、あなたは怖がるどころか勇猛果敢に向って行って、犬どもを驚かし、尻尾を巻いて逃げ帰らせたね。私たちが思わず感心してあなたを見ると、あなたはこちらを振り返りもせず、悠然と歩いていた。名将の風格だと、いつもひそかに驚嘆したものよ。

この一年というもの、私たちが夜も安心して眠り、安らかな夢を見ることができたのも、あなたのおかげね。あなたは生まれて満一月の頃にはもう、夜ちょっとした物音がすると、小さな声でワンワンと吠えていたね。その声にはまだクンクンいう子犬の柔らかい鼻を鳴らす声も混ざっていて、何ともいじらしかった。大きくなると、あなたは毎晩、我が家の玄関口に寝そべり、朝、陽が昇り、扉が開くまで動かなかった。時どき、私たちが夜に出かけ、深夜に戻って来ても、いつもかならず飛び起きて、うれしそうに尻尾を振って坂の途中まで迎えに出てきてくれた。大雨だろうと大雪だろうと、この礼を欠かしたことはなかった。礼というとよそよそしいから、こう言いましょう。あなたはこの情を欠かしたことはなかった、と。

こんな楽しい日々はわずか数か月しか続かなかった。今年は春が来るのが早かった。山では桃や杏が二月初旬にはもう花盛りで、日差しも初夏のように暖かく、カエルも一日中休みなく鳴き続けていた。幸せな人は春の気配に誘われて移ろいゆく季節の詩を口ずさみ、あなたも気だるげに、動きたがらなかった。

「生死は命《めい》にあり、富貴は天にあり」とは、昔の人はよく言ったものね。以前からこの言葉は、人の境遇についてよく言い当てていると思っていたけれど、犬の世界にも言えるのだとはじめて知ったわ。あなたの愛しい魂を慰めるために、あなたたちの遭遇した不幸の原因や運命のいたずらについてもきちんと話しておかなければいけませんね。

昔むかしのこと、ある聡明な人が、菜の花が咲き乱れ、犬たちがさかんに吠えるのを見て（その時聡明な人は、カエルが天を驚かすほど鳴く声にも、春のそぞろ歩きを楽しむ若い男女の意味ありげな笑みにも、年中家に引き籠って外に出なかったおじいさんやおばあさんも孫を連れ、杖をつきつき春風の中を嬉しそうに歩くことにも、まったくとりあわずに）、「菜の花が黄色く咲くと、犬は気が狂う(2)」という名言を編み出した。この言葉は注意深い人の耳に届き、その記憶にしっかり留まった。毎年、菜の花が黄色く咲くと、真っ先に自分の子どもに、狂犬に咬まれぬようにくれぐれも気をつけろと言い聞かせる。子どもというのはみな、何か親に言われれば真正直にその通りにせずにはいられないものだ。そこで犬を見ると大人の言うことを思い出し、「狂犬が来た」と大騒ぎする。一人が騒ぎ出せば、つられておおぜいの子どもが騒ぎ出す。気の弱い子は化け物にでも出会ったかのように、大声をあげて泣きながら家へ帰り、泣きの涙で訴えるので、母親もすっかり肝をつぶしてしまう。肝の太い子は、ほとんどがみな世の中が平穏無事じゃつまらないという小英雄なので、指笛を鳴らしながら、思う存分犬に向って石を投げつけ、気の弱い子が慌てふためくのを見て笑いころげ、それでも足りずに、大人たちのところへ行って、頭はこうだ、足はこうだとあれこれ尾ひれをつけて狂犬を描いて見せる。大人たち（その実、世の中の大人の多くは理解力が子どもにも及ばないものだ）が手ぐすねをひいて、犬をやっつけろと叫ぶのを見て、子どもたちは顔をぱっと輝かす。それは作家が、自分の文章を人に褒められたとき、顔を輝かすのとたいして違わないのかもしれない。

ぶち、私が今こうして書いているのは、この無惨な死は偶然が作りだした不幸なのであって、けして人があなたたちに何か深い恨みを持ってしたのではないということをわかってほしいからなの。残念ながら、去年の今頃、あなたはまだ幼すぎて、わけがわからなかったでしょう。でも私ははっきり覚えているわ。子どもたちは最初は狂犬をやっつけろと言ったけれど、山道のあちこちに血まみれの犬が横たわっているのを見たとき、どれほど多くの子どもが顔を覆ってわんわん泣いたか。どれほど多くの子どもたちの安らかな夢が暗い影で覆われたか。ふだんはとても剛胆な男の子さえベッドにつっ伏して長いこと泣いて、家の人に自分の可愛がっている犬を守ってくれるように頼んだのよ。

犬狩りがあった翌日、何人かの子どもたちがうちへ来て、あなたを見ると、可哀相にとやさしくあなたを撫でてくれたのも、よく覚えているわ。

ぶち、この臆病な飼い主が、あなたが死んでしまってから、運命を信じなさいなんて、詮無い話をするのを怒らないでね。富貴は天にありについては、これ以上話す必要もないけれど、あなたがもし恨むなら、神さまがあなたに西洋犬やチンとしての生を授けてくださらなかったことを恨むのよ。彼らは人に殺されないばかりか、伝染病に罹らないように予防注射を受けさせてくれる人だっている。顧みれば、中国では多くの人間もあなたと同じ運命なのではないかしら。家にたくさん子どもが生まれる。育てたはいいが大きくなればもう食わせていけなくなる。そこで次々に兵隊になり、内戦にでもなれば、何千何万もの人が牛や羊のように駆り立てられ突撃していく。聡明な人は言うでしょう。中国に内戦というものがなくなれば、人口問題が深刻になると。

もういいわね、やめましょう。古よりすべてのものに死は訪れる。何十年生きたとしても最後には死ぬ。あなたがもしあまりにも悔しい死だ、死んでも死にきれないと思っているなら、そんな必要はない。人間にしたって、昔も今も、悔しい思いの中で死ななかった者など一人もいないのだから。困窮しよるべもない人が無念のうちに死んでしまうのは言うに及ばず、富も権勢もある偉い人だって、薬を誤って飲んだり、注射を打ち間違えたり、燕の巣やフカヒレ、朝鮮人参や鹿茸(3)を食べすぎたりして命を落とすこともあるでしょう。病原菌の出所や感染経路が究明される前、医学や薬学の研究が進歩する以前には、人は、銃で犬を撃ち殺す人でも誰でもが無念のうちに死んでいったはずだわ。人の身体に針の先ほどの穴を一つ空けるだけで、何万もの病原菌が一列縦隊になって血管に入りこんでいくんですって。そんな不幸が襲う機会はじつに多く、防ごうにも防ぎきれないのだから、無念のうちに死ななかった者など誰がいるでしょう。

大げさに聞こえるかもしれないけれど、いい加減な話をてきとうに持ちだして、あなたを慰めようというのではない。私が言いたいのは、世界が高度な文明に達する前には、無念の死かどうかといったことで悲しむ必要はないということなの。

私たちはあなたを静かな山の一隅に埋葬しました。そこには五、六株の蕾を抱いた藤の木があなたを囲んで植えてある。あと十日もすれば藤の花が咲き、その落ち着いた色合いと愛らしい香りがあなたの個性をこの世に連れ戻してくれるでしょう。私は永遠にそれが樵に切られぬように祈ります。

あなたが死んだ後、三日間ずっと風雨が続き、桃の花はみな散ってしまい、山には一羽の鳥の声も聞こえず、一羽の蝶も姿を見せませんでした。東湖の水ももはや酒のごとく深き碧ではなくなり、湖畔の道にももう春を楽しむ車馬の姿は見えません。遥かに望めば、ただ陶然亭の香塚の石碑(4)に刻まれた「風雨凄迷たり、緑は汀に満つ」の詩句のほかに、この時の光景をぴったりと言い表わす言葉はありません。

愛おしい魂よ、安らかに眠れ。あなたはこの世ではわずか一年しか生きられなかったけれど、私たち、あなたを知っている者はみな心の奥深くに、「短歌《うた》は終え、明月欠《か》くる」という名句を刻みこんでいます。ぶち、心静かにお休みなさい。

三月十五日　珞珈山にて

訳注

（1）酷暑の時期。

（2）原文は「菜花黄，狗子狂」。「黄huáng」と「狂kuáng」は同じ韻で、掛け言葉になっている。

（3）燕の巣やフカヒレ、朝鮮人参や鹿茸は、贅沢なもの、身体によいものの意味。

（4）北京の陶然亭公園内にある墳墓。曲妓蒨雲《せんうん》をここに葬ったと伝えられ、塚の前に「香塚」の二字を刻んだ石碑があるので「香塚」と呼ばれる。碑文の中に「蝴蝶」の二字も見えるので「蝴蝶塚」とも言う。文化大革命中に破壊され墓も石碑も今はないが、北京図書館に石碑の拓本が所蔵されている。それによれば墓碑には隷書で「浩浩劫，茫茫愁。短歌終，明月欠。郁郁佳城，中有碧血。碧亦有時尽，血亦有時滅，一縷煙痕無断絶。是耶非耶，化為蝴蝶」という銘文が刻まれ、後に行書で小さく「題香塚碑陰」とある。さらにその後に行書で七言絶句「飄零風雨可憐生，香夢迷離緑満汀，落尽夭桃与穠李，不堪重読瘞花銘」一首が刻まれていた。凌叔華の原文はこの七言を引き「風雨凄迷緑満汀」としているが、拓本とは異なっている。

◉解説

本作は一九三五年四月二十一日の『大公報』副刊『文藝』に発表された。原題は「悼花狗」。「花狗」は二色以上の異なる毛色の部分がある犬、ぶち犬である。日本でも白犬を「シロ」、「三毛猫」を「ミケ」と呼ぶように、この作品では「花狗」（ぶち）を名前として呼んでいる。ぶちの母親は野犬だったのだろうか。飼い犬だが、生れた子犬は捨てられたのだろうか。作者はよるべない子犬を引き取り、家じゅうで可愛がって育て、ぶちはすっかり家の一員になるが、母犬と同じように野犬狩りに遭って命を落とす。ぶちの魂を慰めるため、なぜ彼が殺されなければならなかったのか、不条理な運命を嘆き憤りながら、金持ちに飼われる西洋犬や愛玩用のチンとぶちのような普通の犬の運命の差別から、この時代の中国に生れた人間の苦難や悲哀にも視線を転ずる。

野犬狩りは、犬に咬まれて死傷また狂犬病に感染する事故を予防するため、町や村の役所あるいは住民の有志によって行なわれる。日本では昭和二十五年に狂犬病予防法が施行され飼い犬の登録や予防接種が義務付けられたが、野犬狩りは昭和四十年代くらいまで行なわれた。中国でも近年、省の狂犬病予防条例などが整備され、野犬狩りも減少した。

この作品が発表された年に、凌叔華は、一九二五年頃から書きためた、子どもを描いた作品を収めた短篇小説集『小哥児倆』を出版している。子どもの活発さや純真さを讃え、その喜びや悲しみに寄り添い、細やかに描き出す作者の筆使いは、本作品にも垣間見える。

（下出宣子）

豊子愷

おたまじゃくし

豊子愷（フォン・ツーカイ／ほうしがい）（一八九八―一九七五）。浙江省崇徳県石門湾に生まれる。八歳で父を亡くし、以後母に育てられる。十六歳で浙江省第一師範学校に入学、絵画や音楽、日本語の教育を受け、生涯を芸術に捧げる決意をする。卒業後、上海専科師範学校の創立に関わり西洋画の教員となるが、二一年に日本へ留学、西洋画やバイオリンを学ぶ。十カ月後に帰国。立達学園創設に加わるとともに、散文や漫画を数多く発表する。二七年仏教に帰依し居士となる。二九年から開明書店の編集員を務めていたが、三三年に自ら設計を手がけた故郷の邸宅・縁縁堂が落成してからは、縁縁堂で三七年まで五年間著述、描画活動に専念する。本作「おたまじゃくし」（原題「蝌蚪」）はこの時期の作品である。七五年死去。画家、随筆家として知られ、代表的著作に『子愷漫画』（二七）、『縁縁堂随筆』（三一）がある。このほか、石川啄木、夏目漱石の作品、『源氏物語』など百冊以上の訳書がある。

一

筆を置き、窓辺にもたれてひと休みするたびに、下を眺めると庭の花壇のふち、たくさんの植木鉢のかたわらに、青いもようがプリントされた琺瑯びきの洗面器が置いてあるのがみえた。最初は洗濯をした人がたまたま置きっぱなしにしたのだと思った。グレーの簡素な花壇のふち、素朴な形の素焼きの鉢のそばに、モダンなもようがほどこされた精巧な規格品の洗面器があるのは、いかにも不釣り合いで絵にならなかった。目の前に広げられたのが画用紙だったなら、消しゴムをもってきてそれを消してしまうところだ。

一日、二日、三日、洗面器はいつまでも花壇のふちに置かれていた。ということは、それはたまたま置かれたのではなく、ある種の使命を負っているということだ。日暮れ時に窓辺に寄って眺めようとすると、学校がひけた子どもたちが塀の下に集まってゴムまりをついているのがみえた。洗面器の意味を尋ねてみてようやく、その中でおたまじゃくしを飼っていることがわかった。春休みに田んぼでとってきたものだという。ながいこと庭をとくと眺めておらず、近ごろ我が家でこんな小動物を飼っていたとは少しも知らなかった。それに洗面器には青いもようがこまごまとたくさん描かれていて、おたまじゃくしはその間にまぎれて、上の窓からみていたのでは、まったく見分けがつかなかった。おたまじゃくしは子どもの頃に愛玩したもので、学校に上がってからは教科書の中で一番興味を引かれたものだった。語り出せばいよいよ想い出がわいてくる。私はおたまじゃくしを眺めようと階下へ降りていった。

洗面器には澄んだ水がなみなみと張られ、かぼちゃの種ほどの大きさのおたまじゃくしが十数匹、しっぽを震わせながら、何かを探しているかのように忙しく泳ぎまわっていた。子どもたちは私が彼らの作品を鑑賞しにきたとみると、集まってきて、この作品についてのさまざまな話を得意げに教えてくれた。

「大井頭の田んぼからとってきたんだ」

「清明節[1]の日にとってきたの」

「手ですくったの」

「毎日水を取り替えてるんだよ」

「黒い金魚みたい」

「金魚よりずっと可愛いよ！」

「どうしてずっと泳ぎ回っているの？」

「どうしてまだカエルにならないの？」

彼らに訊かれて私ははっとした。そして目の前のこのきびきびと活発な生き物が、突然ある種の苦悶の象徴に変わった。

この洗面器はおたまじゃくしにとってはあたかも砂漠のよ

豊子愷自らが描いた、「おたまじゃくし」の挿絵

うだ。絶えず泳ぎ回っているのは、食べ物を探すためなのだ。長いことカエルにならないのは、生きる場所をみつけられないからだ。ここ数日、夜には付近の田んぼからカエルの合唱が私のベッドまで聞こえてきていた。もしおたまじゃくしに耳があるのなら、きっと同族の歌声が聞こえていたに違いない。聞こえていたならきっと悲しみ、毎晩洗面器の中で泣いていたかもしれない。彼らの体は泥や水草に似た保護色になっていて、しっとりとした泥や、豊かな青苔の生えた水田でしか成長できないのだ。そこには彼らにとって栄養になるものがあり、休む場所があり、遊ぶ場所があり、たくさんの仲間もいる。いま、子どもたちに捕まり、この洗面器に閉じ込められて、四方を固い鉄で囲まれ、全身を栄養のない真水に浸され、触れるものといえば同じ運命の受難者か、さもなくば冷酷なエナメル質だ。たとえ一日中忙しく泳ぎ回っても、彼らを守り、なぐさめ、育むものはついにみつからない。そこは彼らにとって渡りつくせぬ大砂漠なのだ。彼らは幼子の身でありながら、この琺瑯びきの洗面器の中で何もいわずに死んでいくのだ。成長し変化して、青草の池の中で歌い踊る喜びの希望もなく。

これは苦悶の象徴だ、ある種の生活下にある人間の魂を象徴しているのだ！

二

私は子どもたちを諭した。「おたまじゃくしを洗面器の真水で飼うと、十分な栄養と成長する場所がなくて、ずっとカエルになれない。いずれはこの洗面器の中でみんな飢えて死んでしまうよ。金魚と同じように思ってはいけない。金魚はそもそも魚だから、一生水の中で生きられる。でもおたまじゃくしは両生類の子どもで、成長したがっている。成長したら陸に上がるんだ。長いこと水の中では暮らせない。ほら、忙しく泳ぎ回って、食べ物や泥を探しているのに、どうしてもみつからない。なんてかわいそうな姿だろう！」

子どもたちは私の話に心を動かされ、眉をひそめて洗面器を覗き込んだ。数人が私に尋ねた。

「それなら、どうすればいいの？」

私は言った。「一番いいのは家に帰すことだ——田んぼにもっていって放すんだ。幾日かして訪ねていけば、もうみんなカエルになっていて、『ケロケロ、ケロケロ』と君たちを呼ぶよ」

子どもたちは喜んで賛成し、二人が洗面器を抱え、すぐにでも彼らを家に帰そうとした。

私は言った。「もう暗くなるから、もう一晩置いて、明日放しにいこう。今日は花壇でこの子たちの好きな泥をとって、洗面器に入れてあげよう。食べたり遊んだりできるようにね。そうすれば、もう僕たちがこの子たちをいじめたりしないし、まずお客さんとして扱って、明日には家に送っていくのだとこの子たちに知らせることもできるよ」

子どもたちはすぐに泥をとり、つぎつぎと洗面器に入れはじめた。誰かが叫んだ。「そっと、そっとね！　押しつぶしちゃうよ！」

洗面器の底の青色のもようはすぐに泥で覆われた。おたまじゃくしはみな泥にもぐりこみ、一匹もみえなくなった。ひとりの子が長いこと探したあげく、眉を寄せて言った。「みんなつぶれて死んじゃったりしないよね？」。そして手を水の中に伸ばして泥をかきわけた。四匹のおたまじゃくしが底にたまった泥のくぼみに集まり、四つの頭を一カ所に寄せ、しっぽは外へ放射して、そこで何かを食べているか、何かを話しているかのようだった。突然一匹がしっぽを振り、忙しく泳ぎ始めた。別のくぼみにいって一回りすると、別の一匹を連れてきた。五匹がいっしょになり、しっぽをいっせいに動かすと、五本の放射型の曲線となり、非常に美しい。子どもたちはわあと歓声をあげた。私もしばし自分の歳を忘れ、子どもたちにつられて何回か、わあと声をあげた。

それから数人が口をそろえて言った。「家に帰したくない、ここで飼う！」。そのときは私にもそうしたい気持ちがあった。しかし困り果ててすぐに答えられず、戸惑って微笑んでいた。ひとりの子がはっとして叫んだ。「わかった！　塀の隅に小さい池を掘って田んぼみたいに水を一杯入れて、そこでこの子たちを飼うんだ。大きくなってカエルになったら、塀のまわりの地面を飛び回るよ」。みんなは拍手した。「そうだ！」。私も一緒になって言った。「いいぞ！」。大きい子どもはすぐに園芸用の小さなくわをみつけてきて、塀の隅の泥土を掘りはじめた。まもなく、洗面器ほどの大きさの池が掘りあがった。みんなは言った。「十分だ、十分だ！」「水、水をもってきなよ！」。ふたりの子どもがすぐに水がめのふたを開け、じょうろに水を汲んできて、真新しい小さな池に注いだ。はじめは水がいっぱいだったが、やがて泥に吸収され、少しずつ浅くなってきた。みんなは言った。「水が足りないんだ」。小さい子どもがもう一度水を汲みにいこうとしたが、大きい子どもが言った。

「いらないよ、洗面器の水を泥やおたまじゃくしと一緒に池に入れればちょうどいいよ」。みんな賛成した。おたまじゃくしの引っ越しはこうして終わった。

あたりは暗くなり、家にはもう灯りがともった。子どもたちはみんなそれぞれ泥だらけの手をして、嬉しそうに家に入っていったが、振り返っては叫んだ。「おたまじゃくしさん、さよなら！」「おたまじゃくしさん、またね！」「明日また会いに来るよ！」「明日また会いに来るからね！」。小さな子がひとり、続けて言った。「明日はカエルになっているかもしれないね」

三

洗面器の中のおたまじゃくしは、子どもたちの手で塀の隅に作った池に住まいを移された。子どもたちは期待に胸をふくらませて、それがカエルになるのを待っていた。私は数日前に上海の旅館に残してきた四匹のおたまじゃくしを悄然とした気持ちで思い出した。

今年の清明節を、私は旅の空で過ごした。故郷に長くいすぎたためにいささか嫌気がさしてきて、気分を変えたくなったのだ。そこでこの節句を利用して、路上の人になったというわけだ。ちょうど春休みで、子どものひとりが私とともにきた。清明節の翌日、私たちは上海に到着した。十里洋場(2)は一目みるなり嫌になった。やはり城隍廟(3)にいって茶館に座ったり、こまごました品物を買う方が面白かった。子どもが市場の一角でガラス瓶に入ったおたまじゃくしを気に入り、指さして欲しがったので、銅貨十枚で買った。それから親指で瓶の口の穴を押さえ、人力車に乗って旅館に持ち帰った。

旅館に戻り、電灯の下のテーブルに置いておたまじゃくしを眺めると、なかなかおつなものだと思った。まるで鉢の中の金魚のよう、全部で四匹いる。色は金魚の美しさには及ばないが、泳ぐ姿は金魚より活発で可愛らしい。瓶のふちを泳いでいると、実際の大きさはかぼちゃの種の半分ほどしかないことがわかる。だが瓶の中央まで来ると、ガラス瓶と水の凸レンズ効果で体が拡大され、それぞれ違った大きさにみえ、その姿はとてもきれいだ。しかもこの都会の旅館の五十燭光[4]の電灯の下でみるのはなおさら珍しい。おたまじゃくしは春の田んぼにたくさんいる。田舎なら、いくらでもほしいだけ、一斗升で量ることすらできる。だがこの自然の面影もみえない都会では、かぼちゃの種半分にも満たない四匹がとても高価で、ガラス瓶に入れられ金魚のように鑑賞される。まことに哀れだ。私たち本来は田舎の田んぼのそばに住んでいる人間が、この清明節に田舎を出て繁華な都会の真ん中のビルでガラス瓶の中の四匹のおたまじゃくしを鑑賞するとは、我ながら可笑しい。これではまるで大金持ちが屋敷の酒池肉林を捨てて貧民の群れに加わり粗末な食事をありがたがったり、皇帝が広大な御苑を捨てて庶民の家を覗きみて珍しがったりするようなものだ。

ある夜、ベッドでやすんでいるとき、子どもがテーブルでガラス瓶をいじっていて、手を滑らせて割ってしまった。水がテーブルいっぱいにこぼれ、そのなかには大小のガラスの破片が散らばり、おたまじゃくしはテーブルの水たまりでにょろにょろ動き、わだちの中のフナのように救いを求めた。収拾がつかなくなった状態は私がなんとかしなければならなかった。第一にすべきことは救命である。私はまず湯呑茶碗をもってボーイのところへ水をもらいにいき、テーブルの上の四匹のおたまじゃくしを茶碗にそっとすくい入れ、鏡台の前に置いた。それからガラスの破片をひとつひとつ拾い、テーブルを拭いた。ごたごたとおよそ半時間をついやして、ようやく始末を終えた。鏡台の前で茶碗の中の四匹のおたまじゃくしをみてみると、身体は無傷で、変わらずに絶え間なく泳ぎ回っていたが、姿はいささか小さくなり、もとのおたまじゃくしではなくなってしまったようだった。それまでガラス瓶で飼っていたときは、凸レンズの効果で、大きくなったかと思えば小さくなり、さまざまに変化して、大変面白かった。いま茶碗に入れてみると、田舎の田んぼのありふれた四匹のおたまじゃくしに過ぎず、みるべきものはないように思えた。都会とは本当に巧妙なやり口があふれているところだ。ありふれたものも、都会に来ればたいしたものになる。十里洋場の華やかな世界も、おそらくはすべてガラス瓶の凸レンズの効果であれほど色とりどりの奇怪な様相を呈しているのだろう。手を滑らせてガラス瓶を割ってしまえば、恐らくは田舎の田んぼのありふれた四匹のおたまじゃくしに過ぎないのだ。

数日して、家の者がもうひとり上海に遊びに来た。部屋が手狭になったので、大きい部屋に移った。大人と子ども、ボーイも入れて、みんなで忙しく着るものや身の回りの品を運んだ。引っ越してからすぐに市内を見物にいった。時間を節約するため、朝から晩まで外を駆け回り、車に乗ったり、買い物をしたり、友人を訪ねたり、見物したりして、旅館に落ち着いていた時間はほとんどなく、小さな部屋の鏡台の前の茶碗に入った四匹のおたまじゃくしのことは完全に忘れていた。家に帰って数日後、花壇のふちの琺瑯びきの洗面器の中のおたまじゃくしをみて、ようやく思い出した。いま、子どもたちは洗面器のおたまじゃくしを塀の隅の新しい小さな池に引っ越しさせてやり、胸いっぱいの期待をもって、それがカエルになるのを待っている。私はそれをみて、いっそう悲しい気持ちで上海の旅館に残してきた四匹のおたまじゃくしを思い起こしている。彼らはあれからどうなっただろうか？

おそらくすでにボーイの妙生《ミアオション》に痰壺にあけられ、ごみ箱の中で干からびて死んでしまったのではないか。妙生は鈴虫が好きで、昨年つがいの鈴虫二組に冬を越させようとしていて、私があの旅館にいくたびにカナメモチの木で作った箱をとりだしてみせてくれ、鈴虫についてさまざまな話を聞かせてくれた。あるいは彼の鈴虫への愛情が四匹のおたまじゃくしにも移って、私の代わりに飼ってくれていたら、この世にはまだあの四匹のちいさな命が存在しているかもしれない。

しかし私は彼らが存在しないことを望んでいた。もし存在するとしたら、ますます哀れに思えるのだ。彼らは金魚ではなく、ガラス瓶の中で人に鑑賞されることを望んではいない。彼らは成長し、発展し、カエルになって大自然の懐で歌い踊ることをひたすら望んでいる。彼らが憧れるふるさとは、水草が豊かに茂り、春の泥がしっとりと粘り気を帯びた田んぼ、陽射しや雲の影が映る青草の生えた池なのだ。いま彼らは商業栄える大都市のただなか、石畳の道の傍ら、鉄筋建築のビルの、セメントづくりの部屋の中、陶器の小さな茶碗の中に閉じ込められている。水道の蛇口から吐き出された一勺の水のほかには、周りはすべて磁器やレンガや石や鉄や鋼やガラスや電線や煤煙で、どれもが彼らの生活には適さず、死に至らしめるには十分なものばかりだ。世の中の悲しみや残酷さや悲惨さで、これに勝るものはない。これは苦悶の象徴だ、これは苦悶の象徴だ、ある種の生活下にある人間の魂を象徴しているのだ！

もしあの四匹のおたまじゃくしが確かにまだあの旅館で生きていると誰かが私に告げてくれたなら、象徴の意味するもののため、私はすぐさま旅立って、あの旅館から彼らを救い出し、青草の池の中に放してやるだろう。

一九三四年四月二十二日

訳注

（1）二十四節気の一つ。新暦の四月四日から六日ごろにあたり、中国では墓参の習慣がある。
（2）旧上海にあった外国人租界の通称。
（3）上海にある道教寺院。周辺は伝統的商業地域で飲食店や骨董品店、日用雑貨店などが立ち並ぶ。
（4）一燭光はろうそく一本分の光度。

◉解説

「おたまじゃくし」（原題「蝌蚪」）は一九三四年四月二十二日に執筆された。作品前半の舞台となるのは、前年春に豊子愷が故郷の浙江省崇徳県石門湾（現在の桐郷市石門鎮）に自ら設計して建設した邸宅「縁縁堂」である。執筆当時、作者は三十六歳で、長女陳宝を筆頭に五歳から十四歳の二男三女があった。実生活では子ども好きで、よく世話をする父親であった。作中、おたまじゃくしをめぐる子どもたちとのやりとりや生き生きとした描写からは、子煩悩な父親としての作者の姿や、賑やかな当時の生活ぶりを垣間見ることができる。

作品後半では大都会・上海におかれた小さな生命を描き、その運命に思いを致している。ありふれたものを珍しく面白いものに変身させる都会の手法について触れたくだりには、素朴さを愛する作者の価値観がよく表れている。

穏やかな日常風景を描いた作品であるが、身近なものに向けられた細やかで優しい観察眼や、現代文明と距離を置く姿勢の中にも、社会問題につながっていく作者の意識に特徴がある。（大久保洋子）

沈従文

街

沈従文（シェン・ツォンウェン／しんじゅうぶん）（一九〇二―八八）。湖南省西部鳳凰県出身。土家・苗・漢三民族の血を引く。本名は沈岳煥。祖父は貴州提督まで務めた。代々軍人を輩出した家柄で、彼も小学校卒業後一七年秋には地方の軍閥軍に入隊し、数年間軍閥軍の文書係として、湖南、湖北、四川、貴州の各地を転戦して回り、見聞を広め様々な不思議な体験をした。のちに伝奇的色彩に富む多彩な作品を産み出す源泉となった。腐敗と阿片の蔓延する軍隊に見切りをつけ名前も従文と改め、文学を志し上京したのは二三年の夏だった。文学修業の窮状を訴える手紙を読み援助してくれたのは郁達夫であり、郁の紹介で二四年末『晨報副鐫』に処女作「一封未付郵的信」が掲載される。「市集」は編集者徐志摩に絶讃され、エキゾチシズムと抒情性で人気を博し、代表作『辺城』（三四）は日本を初め欧米諸国に翻訳され世界的に知られる。建国前後に反動的・ポルノ作家と批判され自殺未遂を起こす。以後文筆を絶ち古代服飾研究に転じ、『中国古代服飾研究』（八一）を刊行。八三年ノーベル文学賞候補に推されるが三十年間作品がなく受賞を逃す。魯迅が中国人の性格の欠点を描いたのに対し、沈従文は下層中国人の美点を描いた。

とある小さな街、ひっそりとした長い通り。

そこはたくさんの人が住んでいるが、成年男子は一人もいない。匪賊が出て、すべての男ははるか遠い所に連れて行かれ、もうそれきりもどって来なくなってしまったからだ。男たちは五人、十人と縄で数珠つなぎにされて、白い棍棒を手にした男に後ろから脚を打たれながら、別の場所へと追い立てられ、軍隊の武器弾薬を運ぶ人夫にされた。彼らは「お国」のために「妻子」を忘れてしまわなければならなかったのだ。

早朝、それぞれの家は夢から覚めて、家の戸が開かれる。戸口の内から一群れの鶏が飛び出し、子豚が数匹走り出てくると、続いて男の子や女の子が出てきて、男の子は敷居の上から立ち小便をし、女の子は戸口の前にしゃがんで小便をする。続いて女が出てきて、手に小さな木の桶を提げ、街の通りの端まで水を汲みに行く。犬を飼っている家では、犬は主人の前や後ろに付き従って尾っぽを振り、いつもきまったように家の塀の根方で片足を挙げて小便をひっかけると、また急いで主人を追ってはその前に走り出る。この長い通りの朝は決して寂しくはない。

太陽がこの長い通りを照らすころには、通りは昼寝をしているように静まり返っている。どこかの柳や桐の樹では脱皮したての初夏の蟬が単調でうんざりさせる声をあげ、多くの小さな家々の、じめじめしてカビの生えた土間には、パサパサの髪の痩せこけた子どもたちが、みな地面にうずくまったり、母親の傍らでうつ伏せて寝入っている。母親たちはみなこの地方の習慣に従って、通りに向かって腰を下ろし、男たちが腰にしめる堅織りの腰帯を織って生計を立てている。小さな木製の手織り機を部屋の隅の柱に固定して、やせ細った手を伸ばし、手にした獣骨の糸巻を手織機の一端に素早く押し付け、太い木綿糸を引き戻しながら、一方では棕櫚《シュロ》の葉っぱの刷毛で子どもたちのために蚊やブヨを追い払ってやる。腰帯ができあがると、さっと鋏《はさみ》で縁を切りそろえて、五日に一度やってくる行商人を待つ。行商人がつけた値段で、織りあがった腰帯は引き取られていく。

多くの家は戸口と戸口が向き合っていて、昼間、太陽がちょうど通りのまん中を照らしていて動かないときには、人っ子ひとり通らない。庇《ひさし》の低い家に住んでいる女は、それぞれ俯いて自分の仕事に追われ、仕事に疲れると、仰向いて、疲れきった悲しげな目で、向かいの店を見つめたり、軒下に懸っている腰帯の見本が、新しい一本と取り換えられているのを見つけては、まるで不思議なものでも見るような表情で、そっと溜息をつき、獣骨の糸巻で自分の下顎《あご》を小突く。彼女はきっとあることを思い出したにちがいない。大きな街からやってきたもう一人の荷受人との取り引きを憶えていたから。それからきっと別のことにも思いを馳せているにちがいない。

時にこういった女たちは、めいめいの仕事の手を止めて、あらゆることを延々とおしゃべりすることもある。一番小さな子が腹をすかせて泣くと、襟を開き、萎《しな》びた乳首を摑《つか》みだして、その小さな口にくわえさせる。彼女たちは手許の仕事のことを語り、腰帯の値段と木綿糸の値段について語り、麦と塩について語り、鶏の病気や豚の病気について語る。

通りではよく赤い繻子《しゅす》の上着に長ズボンを身にまとった女が、顔に紅をさし白粉を塗って、小さな髷に結った髪の毛をてかてか光らせて通ることがある。そのどれもが彼女が花嫁であることを物語っている。そういった時には、子どもたちは花嫁を見て「花嫁だ！」と大声をあげ、みなは仕事を放りだして、戸口の前に立って、この花嫁の後ろ姿が見えなくなるまで眺め、やっと一度深呼吸してから、自分の仕事の腰掛けに戻るのである。

通りでは時に犬が鶏を追いかけることがある。するときっと女が長い竹を持って犬を打つ光景が見られ、街中の子どもがおもしろがって笑う。長い通りは日中もやはり寂しくはない。

通りでは、時に誰かに手紙が来たりする。女たちは誰もが先を争って駆け出し、それは誰がどこから寄こしたのかを見に行く。彼女たちは字が読めるものが、手紙に書いてあることをもらさず読んでくれるのを聞こうとする。子どもや犬まで集まってわいわいと、その人のところまで後を追いかけて行ったりすると、住む人が変わってしまっていることもある。だが、ときには、手紙で誰それが死んだといったことを知らせて来たりすると、その主人は声を出して泣きだす。するとまったく関係なかったものたちは、戸口を取り囲んでいたが、しばらくすると立ち去っていく。その女主人が、母屋の中で突っ伏してすすり泣いていると、別の女たちが代わって子守りをしたり、豆腐を買ったり、酒を買ったり、紙銭《ジーチエン》(1)を買ってきたりする。それでまもなくみなはその家の男が死んだことを知る。

通りは黄昏時になると、女が中に米を少々、卵を一つ入れた笊《ざる》を手にして、子どもの名前を低い声で唱えて、通りの一方の端からもう一方の端までゆっくりと歩いて行く姿がよくみられる。それは子どもが夜泣きをしたり熱を出したりしたら、その子を家の中で静かにさせる一種のおまじないなのである。このまじないは、同時に戸口のあたりに座っている子どもたちをもみな楽しませる。長い通りはその時分でも寂しくはない。

黄昏のなかを、通りのあちこちに小さな蝙蝠《コウモリ》が飛びかう。小さな子を負ぶって戸口の前に佇んでいる女たちは、空の雲と巣に帰る老鴉《カラス》を眺め、背中の子どもを揺すりながら、悲しげでもの寂しい歌をそっと口ずさんでは、心のさびしさを慰めるのである。

「父ちゃんは晩には帰って来るよ、帰って来るよ、カラスも晩になると帰ってくるもんね」

遠くの山は一面紫に染まり、土で築いた城壁では日暮れを知らせる初更の太鼓が鳴る。背の低い家屋には、小さなランプの灯りがともり、部屋のなかのすべての輪郭を描き出し、箸の音が聞こえ、飯碗や皿のふれあう音がし……だがふいに小さい子がまたワッと泣く。

父ちゃんは帰って来ない。何人かの父ちゃんはもうこの世にはいなくなっているのだが、知らせも来ない。何人かは死の間際まで家のことを忘れられず、ついでのある人に託して手紙を寄こした。その便りを受け取って一日中泣いた女は、晩になると、紙銭を戸口の前で燃やした。あかあかとした炎が通りの上下《かみしも》の家の軒《のき》を照らし、それぞれの家の表門を照らした。この火を見た子どもたちは、いつもと変わりなくとてもはしゃいだ。長い通りはこの時分でも決して寂しくはない。

長雨の夜更けには、空は真っ暗闇で、通りには街灯一つなく、狼《オオカミ》が土で築いた城壁の外の山の端で遠吠えする。鼻を地面に近づけているので、まるで人が泣いているようだ。地面はこの奇怪な声の中で揺れ動いているようで、どこかの家の子が、夢から醒めて、怖がって泣くと、「泣くんじゃない、狼が来るよ、泣く子は狼に食べられちまうよ」と母親はいうのだ。

城壁の高い所にある木の小屋をねぐらにする老いた障碍者が、拍子木を打つ。ここの住人はひと夜にいくつの時刻があるのか知る必要はないし、夜中に目が醒めても何時か知る必要もない。その拍子木の音は、狼が城壁を這い上って通りに入ったから、戸締りに注意せよと人びとに知らせるだけなのだ。

長雨の夜更けともなると、この長い通りはますます寂しくはない。狼の喧嘩が、街中をうんと賑やかにしてくれるから。それが冬の夜で、もし雪でも降れば、早々に起きて扉を開けた人は、狼の足跡が、揚げ餅のように雪の中に印されているのを目にするだろう。

五月十日

訳注

（1）錫箔紙や金箔紙などで銭形に造ったもの。死者または鬼神を祭る時にこれを焼く。

◉解説

「街」は一九三一年七月十五日『文芸月刊』第二巻七号に掲載された。三一年一月十七日には親友の胡也頻が国民党官憲によって逮捕され、沈従文は救出に奔走し胡適や蔡元培など著名人に救出を依頼する一方、胡也頻の妻丁玲とともに国民党特務機関の責任者陳立夫に釈放の要求をする手はずを整えて南京に駆け付けたが殺害された後であった。世にいう左連五烈士事件（同年二月七日）である。事件後丁玲が生まれて間もない遺児を母親に預けるために湖南省常徳に帰省する際、夫婦を装って付き添って行った。三月一日に上海を発ち四月十日に戻って来るまでの約四十日間、彼は湖南・湖北省に滞在している。「街」はその時の見聞に基づいて描かれた散文である。二七年に起きた蒋介石による四・一二クーデター後内戦が始まり、地方ではまだ軍閥軍が割拠し三つ巴になって争っていた混沌とした状況にあった。従って作品では土匪に連れ去られた男たちも軍閥軍あるいは国民党軍隊の下に「お国」のために働かされていたのである。残された女、子どもや老人たちの困窮した生活と夫の帰りに一縷の望みをかけて待ちわびる女の姿と無邪気にはしゃぐ子どもたちの姿を対照的に描き出して哀感をそそる。文中「寂しくない」が五回繰り返される。それは男手を失った女のよるべなさと「寂しさ」のアイロニーとして、そのリフレーンは深く胸を打つ。

（小島久代）

李広田

花鳥おじさん

李広田（リー・グアンティエン／りこうでん）（一九〇六―六八）。山東省鄒平の貧しい農家に生まれる。小学校を出ると、親の反対を押して県の師範講習所に学び、小学校教員となり学費を貯め、省立師範学校に入った。革命に関わる書籍購入のかどで投獄される。一九二九年北京大学で英語、日本語、フランス語を学び、詩歌創作を始め、同学の卞之琳、何其芳と詩集『漢園集』を世に問う。三五年済南で国語教師を勤める傍ら、親しい人々や故郷の風景をその時代状況の中でとらえてエッセイに書きとめ、翌年、『銀狐集』を出版した。三七年日本軍の山東侵攻により、生徒とともに四川省へ逃れる。流浪の中で政治腐敗、庶民の困窮、救国への息吹に触れて社会批判を強め、教職を解かれた。その後、西南聯合大学などで教鞭を執る。この間、散文や文学批評の他、小説『引力』を執筆した。『引力』は、日本軍占領下の済南から脱出する女性教師の苦しみと希望を描き、日本でもその訳書が広く読まれた。四八年共産党に入党、五二年に雲南へ派遣され、イ族の叙事詩『アシマ』の修訂など、文化事業に尽くしたが、文革で迫害され亡くなった。

夏。

私は洛口《ルオコウ》鉄橋(1)から下りの帆掛け船に乗った。時刻は午前十時ごろだ。空は晴れ、河風がすがすがしい。頭上には灼熱の太陽がじりじり照りつけていたが、それでもとても快適だ。なんとも楽しい航路である。船は急流を揺れに揺れながら進み、両岸の堤の柳も、堤の柳にぴたりと貼りついたように映る空の白い雲も、電光のようにきらりきらりと後方へ飛び去っていく。船上の人は順風に恵まれたと喜んだ。お昼ごろには船を下りて岸に上がれる、それが私には何よりもうれしかった。

「苗家渡《ミアオジアドゥー》へは、もうしばらくかかりますかね？」

「すぐそこ、目の前のあの森がそうだよ」

船頭が一キロほど先の緑の森を指しながら応えてくれた。時刻は十二時にもなっていない。船が苗家渡に着くや、私は岸に上がった。目的地は馬家道口《マージアダアオコウ》の叔父の家だ。苗家渡から馬家道口まではわずか一キロ半だ。その一キロ半の道は堤の柳の木陰を歩いた。時間的には、とっくに叔父の家に着いているはずなのに、記憶にある叔父の家の目印がなかなか見えてこない。私は焦り始めた。

堤沿いの住民は、堤の斜面にもたせかけて家を建てる。公有地を使えるだけでなく、堤の斜面を家の後ろ壁に利用できる。だから河の堤の表側から見ると、堤に沿って並んだ土楼が建っているようで、もちろん、誰の家かは簡単に見分けられる。だが、堤の裏側から見ると、堤から三十センチほど飛び出た茅の軒ばかりで、おまけにどの家も軒にはたいした違いがない。堤の裏側を歩くのは近道して目的の家へまっすぐ行きたいからだが、私のような久しぶりに帰郷した者にとっては、それが案外難しかった。堤の表側へ回って叔父の家を見つけてもよかったが、叔父の家の目印が見あたらないと、かえって徹底的に探したくなるものである。「道を間違えたはずはないのだが?」と思った。気持ちは焦っても、並んだ茅の軒から叔父の家を見分けることができない。

叔父の家には目印があった。昔は、帰郷するや真っ先にその目印から叔父の家を見つけて、まず叔父に会い、それから叔父に付き添われて我が家まで帰ったものだ。

私が物心つくころから、叔父の一家は暮らしむきがとても苦しかった。だがそんな苦しい日々にあって、叔父はどこまでも楽しむ人だった。若いころの叔父については、私はあまり知らない。一度靴職人になったらしいが、なぜそれを生業にできなかったのかは、さだかでない。生まれつき病弱なのに、時には肉体労働に生活の糧を求めなければならなかった。痩せた土地を何ムーかもっていたのが、土地の大半は河の中へと崩れ落ちてしまい、崩れていない土地も、荒れるに任せることが多かった。叔父のような人は、畑仕事では暮らしが立てられない。その半分は叔父のものぐさな性分によるのだが、もう半分はこの国の「どら息子」といわれる河の流れの教訓による(まっとうに海へと流れることができないこの河川によって、一帯の住民は、巻き返しのきかない運命というものを信じこまされている)。水甕には、河から運んで砂の沈殿を待つ飲料水がある。河の堤の空き地には、自家用の野菜や果物がいつも植えてある。堤の並木からは、いくらでも燃料が手に入る。力仕事をする元気がある時に数日でも日雇いに行けば、とりあえずは口をしのぐ程度の稼ぎになる。そんな状況で、他の住民と同じように、叔父も自分なりの暮らしをし、なんとか一家四人の暮らしを支えていた。前に言ったように、この叔父は苦しい中にも楽しみをもつ人だが、その味わいは苦しみを紛らわすだけではない。

叔父のような人は、日々の暮らしの中で、ご多分に漏れず暇にことかかない。その暇のうちにこそ、自ら味わう暮らしがある。小銭を賭けてカードで勝負するもよし、野太い喉で民謡を歌うもよし、戸口の敷居に腰掛けてチャルメラなんぞを吹いてもよい。とはいえ、ふだんの暮らしで叔父が一番楽しみにして、精神的な時間をかけたのは、花を植えたり、鳥を飼ったりする遊びであった。あらゆる花、あらゆる鳥を楽しみ、自家のものだけでなく、よその家のまで、果ては空や、道ばたのものまで楽しんだ。名も知らぬ鳥が、鳴きながら空からやって来て、また見えなくなる。すると、叔父は空を見上げて、しばらくじっと眺めている。ひとり草ぼうぼうの道やら、土饅頭の墓地やらをぶらぶらして、野生の草花などを探す。家でも、もちろんたくさんの花や鳥を育てている。たいそうな花はないが、その鮮やかな彩りに加えて、叔父の心遣いと手間暇で、たくさんの花が天然の芸術の図案のように配置され、崩れかけたぼろ家であるのに、その飾り付けは素晴らしく美しい。だから堤の表側をゆく人は、ささやかな花園のある家をすぐに指さすことができる。鳥はといえば、もちろん、マヒワのたぐいで、雀まで飼っている。鳥たちの暮らしぶりは極めて快適で、主人のかごの中で喜んで暮らしているようだ。鳴いたり、はねたり、高々と軒にかけられ、木にかけられて、主人を喜ばせ、道行く人を楽しませる。苦労の末にようやく手に入れた穀物から、少し粟粒を倹約してはこの鳥族を飼う叔父の、その喜びたるや私たちには想像もつかぬほどであろう。

叔父の庭の前にはもともと楡の木が何本か植えてあり、樹冠いっぱいに鳥の巣がかかっていた。楡の樹齢は叔父の齢を超えていただろうが、叔父も五十を過ぎた人である。ふつう、暮らし向きの苦しい家では、これだけの木材ならばとうに切り倒して金に換えているのだが、この何本かの楡の木は依然としてその幸運を保っていた。風水やらの迷信もあるのだろうが、その最大の理由は、楡の木の鳥の巣だろう。カササギたちは長く落ち着ける場所だと思ってか、巣が日増しに増えていき、しかもそれが何年も続いているのである。祖母の考えでは、またそのほかの人の意見でも、この木々は伐採して売るべきなのだが、それを阻止しているのはもちろん叔父である。叔父はカササギが好きで、大切にして、家族のように思って、これまで一緒に暮らしてきたのだ。「楡の木を切るのは、人様の家を壊してしまうことではないかい?」。こんなふうに言うのである。というわけで、この木々は、鳥の巣とともに、ずっと残されてきた。しかも、何年も、この木々の樹上には真っ赤な朝顔がツタをはわせて、花開く時期には樹冠いっぱいに赤い花、遠くから見やれば、それがクッキリと目印になった。堤の裏側をゆく人はさらりとそれを指さして、「そこが誰々さんのお宅だよ」と言う。私が探したのもこの目印だったが、この目印がいつまでたっても見えてこないのだ。

堤を超えて表側に行き、人に尋ねてようやく、馬家道口を五百メートルあまり過ぎていたと分かった。引き返して、叔父の家に着くと、もう午後一時近くである。何度か祖母を呼んだが、返答がない。出迎えてくれたのは叔母だった。おじさんは家ですかと尋ねると、もう日雇いに出たと言う。いとこはと聞くと、一緒に同じ仕事に出たと言う(いとこはまだ十歳くらいの子どもだ、仕事などやれるわけがない！　その頃、私はそう思った）。叔母の足もとの白い靴、髪を束ねる白い紐〈服喪を表す〉を見て、もう祖母のことは尋ねなかった。庭の楡の木、鳥の巣と、朝顔の行方も、わかった。叔母は祖母が亡くなったときの様子を語ってくれた。なにもかもご近所親戚友人の助けを借りたこと、叔父がとても親孝行で、ふだんは貧しくても、祖母には辛い思いをさせないでいたことをみなさん知っていたから、喜んで米やら小麦やらを差し出してくれた。極上の棺は、庭の楡の大木と換えたのである。祖母は亡くなるときに私を懐かしみ、はやくよその土地で一家を構えてくれればと望んでいたという。叔母は語りながら、涙を流し、私に昼食の支度をしようとしてくれた。昼食をご馳走になるわけにはいかないので、叔母にお悔やみの言葉をかけ、おいとました。

　家についた翌日、叔父は日雇いに出るのをやめて私に会いに来てくれた。ずいぶん年をとったが、それでも快活そうで、大きな声で話し、大きな声で笑い、話は尽きず、まるでこの世の全ての事象を知っているかのようだった。話すうちに祖母のことになり、祖母の病状を語ると、「亡くなったのは、しかたないが、おいらみたいな息子を育てて、一生生きたってことは、一生苦労したことになるなぁ！」。語りながら肩を落とした。重ねて、もし私が故郷へもどってなにか仕事をするのであれば、息子のことを頼みたいと言った。「息子がおいらみたいにならなきゃいいのさ！」。最後にこう言った。

「おじさんも可哀想なほど年をとったね、頭も真っ白になってしまって」。叔父が帰ってから、私は母にこう言った。

「頭が白くなっても、やっぱり子どもみたいだね」。母がおかしそうに言った。「生まれてからずっと花よ、鳥よと、腕白で遊んでばかり。なんと、あの人は白髪頭の弁髪に真っ赤な紐を結わえて、色とりどりの花を頭に飾り、おばあさんのベッドの前で跳んだりはねたり、民謡を歌って喜ばせたんだよ。心根のあったかい人なんだけど、残念なことに貧乏する運命なんだから、仕方ないね」

訳注

（1）山東省済南市で黄河を渡す鉄道橋。

◉解説

原題「花鳥舅爺」、初出『水星』（第一巻第六期、一九三五年）、『李広田散文集・第一集』（中国広播電視出版社、一九九四年）より訳出。

黄河の壮快な船旅に始まるエッセイは、大河が象徴する抗えない自然と時間に身をゆだねて生きる人間の喜びと悲しみで結ばれている。著者は、幼いころに跡取りのいない父方の叔父の養子となり、困窮によって暮らしの喜びを失い、喜びそのものを否定してしまう養父によって、子どもの遊びを奪われていた。著者はそんな養父の悲しさも描いているが、養父の対極にあったのが、花鳥おじさんこと、母方の叔父である。花や鳥と心を通わす叔父は、著者の幼いころからのあこがれの的であった。その詩「地之子」（大地の子）で、故郷の大地こそが自らのアイデンティティのありかだと唱った作者らしいエッセイである。本作を収める『銀狐集』（一九三六年）には、養父から自分をかばい慈しんでくれた母や祖母、村の無頼の徒やうそつき爺さんなど、黄河河畔の人々への愛惜がにじむエッセイが多い。また本作は自選集『灌木集』（一九四四年）にも採られている。

（加藤三由紀）

廃名

秋心（梁遇春君）を悼む

廃名（フェイミン／はいめい）（一九〇一―六七）。本名は馮文炳。湖北省黄梅県生まれ。二〇年武昌省立師範学校卒業後、小学校教師となったが、二四年より北京大学英文系に学ぶ。秋心（梁遇春）とは英文科の同級生。在学中から周作人に師事し、『語絲』を中心に詩や小説を寄稿した。短篇小説集に『竹林的故事』（二五）、『桃園』（二八）がある。それらの多くは明確なプロットに乏しく、悲哀感を基調とする独特の雰囲気に包まれる。二九年北京大学卒業後、中文系で教鞭を執りながら、三〇年沈鐘社の詩人馮至と同人誌『駱駝草』（週刊）を発刊。孤児となった少年少女の純粋な目を通した郷村の世界を詩趣豊かに描いた長編小説『橋』（三二）は、各章が独立した散文としても読める。その文体は飛躍が多く時に難解だが、古典詩詞の世界へのイメージを掻き立てる、新しい散文小説の境地を切り拓いた。三二年暮れに二七年以来毎年冬を過ごした西山の生活体験をもとに「哀愁のドンキホーテ」ともいうべき自伝的長編小説『莫須有先生伝』を出版。その続編『莫須有先生飛行機に乗ってから』（四八）は抗戦期の故郷黄梅での十年近い避難生活に基づいている。四六年以降は北京大学国文系で教えたが、五二年東北人民大学（現在の吉林大学）中文系に移る。その後は、杜甫や魯迅研究に従事、この間、眼病を患い、長編小説を書く計画もあったが、晩年は寡作だった。

秋心君が六月二十五日猩紅熱のため病没したことは、私にとって実に損失だと感じている。私たちは大きく重たい寂寞そして豪奢に思いを致すよりほか仕方ない。およそ二か月前、秋心は清華大の構内に葉公超氏(1)を訪れ、帰ってくると私に、途中路地で見かけた対聯の下句に「孤墳多くこれ少年の人」とあったと話した。そして、その蓮のごとき舌を打ち鳴らし、天上の花が舞い降りるかのごとく多弁になる。この点において秋心君は一人の若き詩人であった。彼はいつもそんなふうに、普通の言葉の中に、彼だけの不思議な想念を掻き立てられると、必ず私に語り、滔々と述べ立てる。私は彼に敬服する一方、いつも溜息をつきたい気持ちにかられた。なんだか彼があまりに生気はつらつとしすぎているように思えたのだ。先日、清華構内に公超氏を訪ね、西直門を出てから向きを変えて路地に入ると、果たして例の対聯が目に入ったが、それがこの人の不吉な予言になるとは思ってもみなかった。

秋心君は詩人だと言ったが、実のところ彼は散文を書いているのである。この二、三年の間に彼の思想は進歩発展し、そのたびに驚嘆させられる。思うに、私たち若い世代の中にあって、このように聡明な人はまことに得難い。彼は東西の哲人たちの言論と生活を深く理解していた。彼自身の短い生涯もまた、五倫の豪傑、児女の英雄(2)というものなのだ。その師や友人はみな彼の温和な印象と、同時に瀟洒な貴公子の風情を脳裏にとどめている。私が「五倫豪傑」の四文字を口にすると、公超氏もこれにうなずいた。この四文字は決して簡単なことではない。現代人はなろうにもなれないし、古代人がなっても別に珍しくもないし、しかも自然のままではちゃんとなれない。

秋心君は今年わずか二十七歳。以前『春醪集《しゅんろうしゅう》』(3)を世に問うたが、あれは学生時代の一種の習作に過ぎない。おととし、私たちが刊行した『駱駝草』(4)では、彼は寄稿者の一人で、その文章を読んだ人はみな彼の成長を感じた。最近の二篇は、ひとつが「又是れ一年の芳草緑なり」(5)、ひとつが「春雨」(6)で、じきに『新月』月刊に披露されるだろう。この方面に関してはぜひとも言っておきたい。いつも思うのだが、中国の新文学は実に奇妙で、ほとんど外来の影響は見られないのに、同時に中国固有の文化がそこで何らかの役割を果たしているようにも見えない。ところが秋心君にはその両面が見出せる。手元に去年彼が書いて寄こした一通の手紙がある。その中にこういうくだりがあった。

「アーノルドはイギリスロマン派の詩人を評して、人生に明澄な体験を欠き、ゲーテのように人生全体を捉えていないとする。これはいかにもペダンティックな言い方だが、もっともなところがないこともない。何しろ人生の内部にあまりに夢中になりすぎる人というのは自然を見きわめられず、だから人生を理解することもできない。自然はさながら人生の鏡、中国の詩人はいつも人生の意味を風景に託してきたから、何気なく読んでいると、まるで静かで心地よい描写にしか見えない数句が、実はそれまでの人生の悟りを含んでいたりする。ところが、宋代の理学者たちのように、詩を以て道を説くとかえって邪道に陥ってしまう。中国の画家は山水を重んじ、欧州人のように人物を描くことに気を配らないように見えるが、その点はおそらく中国人の間接性が現れているのかもしれない。けれどもよりダイレクトに人生を理解していくのだ。外国人は日々人生を語っていながら、かえってピントが外れている」

なかなかうまいことを言っていると思う。というのもまさに秋心君は西洋文学から出発してこう述べるからである。中国の詩人と画家がすべて秋心君の言う通りだと言えるかどうかについては、また別のことである。ただこの数十文字から、すでに秋心君が体得しているものが見て取れる。さらに我々の新文学の文体からいうならば、秋心君の夭折にはなおのこと損失を感じずにいられない。いつも思うのだが、中国の白話文学は、過去の文学のあらゆる長所を備えるべきで、この点では徐志摩と秋心の両名が白話文学の駢儷体の長所をよく示している。だが徐君は方言の運用、国語の欧化に長け、秋心君の方は古典風の白話文中の六朝文であるとしてよいかもしれない。この両君が今年相次いで亡くなったのは、まことに惜しむべきことである。秋心君の才華は次々と現れるまさに雨後の筍、加えて、彼の人となりと浮ついたところがない美徳、しかも私はそれを誰よりも深く知っているのだ。悲しいかな、わが友よ。

最後に私たちの間のことを少し引いておこう。今年、彼は徐志摩氏を悼む短い文章を書き、のちに『大公報・文学副刊』(第二二三期)に発表した。(7) 彼はこの短い文章を書きあげた時、私に見せると、嬉しさを隠しきれず「どうかな?」と聞く。私が「Perfect! Perfect!」と言うと、彼はまた声をあげて笑い「おかしなところはないかな? 五時間かけてこんなささやかなものを書いたんだ。これから一字一句推敲しなくちゃならないことはわかっている」というのも、私はふだんから彼にあまりにも字句に時間を費やさなさすぎだと言っていたからだ。彼は二年前、本当に呑兵衛で、いつも酒を飲んだあと真夜中に構想が溢れるのであった。この短い文章に因んで、彼は記念の贈り物を求めたので、私は原稿書き用のペンを一本贈った。その上に二行の文字を刻み付けて。「これより灯前に得失あり　酒後是れ文章の比にはあらず」（これからは灯火の下で文章の良し悪しを考えるようになり、それは酒を飲んで湧き出る文章とは違ったものになるだろう）(8)。彼は受け取るととても喜び、そして微笑んで言った。「この二句は実にいいね、だって古いのはだめで新しければいいなんてことは、はっきり言えないからね（推敲はやっぱり必要だ）」

（民国）二十一年七月五日

訳注

（1）葉公超（一九〇四―八一）原名崇智。江西省九江生まれ。幼い頃より英国とアメリカに学び、ケンブリッジ大学で学位取得。一九二六年以降は、北京大学、清華大学等で教鞭を執る。新月派の中心的メンバーのひとり。五十年以降は中華民国の外交官として活躍した。

（2）「五倫」は儒教の教えで、人として守るべき道徳。基本的な人間関係を規律する五つの徳目。父子の親、君臣の義、夫婦の別、長幼の序、朋友の信。「児女」は「児女の情」。人間として大切にすべき徳倫理を実践し、同時に人情の機微を解する豊かな感性を備えた立派な人間の意。

（3）『春醪集』上海北新書局、一九三〇年三月初版。序文一篇、散文十三篇を収める。

（4）一九三〇年、周作人、兪平伯、廃名らが中心になって編集した週刊の文学雑誌。第一期―第二六期（一九三〇年五月―十一月）を刊行した。

（5）一九三二年十一月一日『新月』第四巻第四号掲載。散文集『泪与笑』（上海開明書店、一九三四年六月）所収。
（6）『新月』第四巻第五号掲載。『泪与笑』（注5）所収。
（7）「Kissing Fire（吻火）」のこと。一九三二年四月十一日『泪与笑』（注5）所収。
（8）杜甫の五言古詩「偶題」の「文章千古事、得失寸心知」（文学は永遠の価値ある仕事で、その甘苦得失は自分の心だけが知っている）をふまえる。

◉解説

原題は「悼秋心（梁遇春君）」。一九三二年七月十一日天津『大公報・文学副刊』第二三六期に掲載された。署名は廃名。前文に左記の同刊編者の「附言」がある。

按ずるに梁遇春君（筆名秋心）北平にて逝去の消息及び追悼会予告、既に七月七日本紙第五版の記事に見える。梁君の生涯及び著作もまた同報にあらましを述べる。今般特に梁君の知友廃名（馮文炳）君に寄稿を約し、哀悼を記す。本刊編者識す。

梁遇春（一九〇六―三二）は福建省福州生まれ。「秋心」は筆名。北京大学卒業後は上海暨南大学、北京大学の図書館に勤務。散文集『春醪集』（一九三〇年）、『泪与笑』（一九三四年）で、英国の随筆の影響を受けた独特の散文により新境地を切り拓いた。梁遇春の追悼会は蔣夢麟、胡適、周作人、葉公超らを発起人として一九三二年七月九日、北京大学第二院にて行われた。その時の廃名の挽聯は次の通り。

此人只好彩筆成夢　此の人やむなく　彩筆夢となる
為君応是曇花招魂　君がため応《まさ》に是れ　曇花《どんげ》もて招魂すべし

（大意）この人のすぐれた才筆はもう夢の中でしか振るわれない。君のために、三千年に一度咲くといわれる曇花で招魂すべきである。

廃名は梁遇春の遺著『泪与笑』（開明書店、一九三四年六月）に収める序文「秋心遺著序」（初出は『現代』第二巻第五期、一九三三年三月）の中で「秋心の死は私が友というものを失った初めての経験であった」として、彼の才能を惜しみ、その散文を高く評価している。

（佐藤普美子）

謝冰心

南帰
——天に召された母の魂に捧げる

謝冰心（シェ・ビンシン／しゃひょうしん）（一九〇〇—九九）。本名謝婉瑩。原籍は福建省長楽。福州にて生まれる。十三歳の時北京に移り、一九一九年燕京大学在学中、文壇にデビューをした。二一年小説集『超人』、詩集『春水』を出版した。いずれも中国新文学を象徴する作品で、当時一世を風靡した。二三年から二六年までアメリカのウェルズリー大学に留学した。その期間に書かれた『寄小読者』は中国児童文学の嚆矢の一つである。帰国後は各大学で教鞭を執った。二九年アメリカ留学中に知り合った人類学者の呉文藻と結婚した。三一年初めて階級意識を取り入れた『分』を執筆した。三八年以降日中戦争の戦火を避け北京を脱出し、昆明から重慶へと至った。この時期、男士のペンネームで『関於女人』を執筆し、戦時下たくましく生きる女性たちを描いた。四六年から五一年まで一家で東京に滞在し、東京大学で教鞭を執った。帰国後は、主に児童文学者として活動し、『三寄小読者』などを執筆した。他にタゴールなど多くの海外文学作品の翻訳を行った。その作風は「愛の哲学」と呼ばれ、八〇年代中国で起きた民主化運動を支持し、謝冰心は巴金と並んで「中国の良心」と称されている。

去年（一九三一年）の秋、為楫〈作者謝冰心の三番目の弟〉が海外から帰ってきて、一ヶ月ほど滞在し、また行ってしまいました。彼は上海から十月三十日に手紙をくれ、そこにはこう書いてありました。「……今日の午後母さんの墓参りに行きましたが大雨でした。でも、墓に着くと、太陽がすぐに出てきました。母さんの魂が現れたんです！　僕は写真を六枚撮りました。撮り終えると、雨がまた降り出しました。姉さん！　この前、国を離れた時、母さんはベッドの中から僕を見送り、何かと気遣ってくれました。今こんなことになってしまうなんて……」

海上に漂う憐れな末の弟よ！　この『南帰』という作品は、すでに私の心の中にあり、筆先に滲んでいました。あなたが海外に独りぼっちで、慰めてくれる人もいない中で、この驚き震える知らせを受け、肺腑《はいふ》を抉《えぐ》る経過を読むのを恐れたために、あなたに隠していました。私はとめどなく流れる激しい涙を、あなたが帰ってきて私の懐の中から去っていくまで、こらえていたのです。あなたが再び漂泊の人生を重ねる前に、初めてお母さんの墓参りをしたあとで、私はやっと筆をとったのです！　あなたの心のすべては、はっきりしました。震えおののき顔を見合せれば、みなすでに母のない子となり、時間がどれだけ経って海が涸れ石が砕けようとも、永遠に、世界中の慈しみ深い優しい恩恵が私たちにはないことに気付くのです！　私がもしこの深く悲しい出来事をすべて書き尽くせば、あなたたちの心の中に、どれほどの痛みを加えることになるでしょう!?　あなたたちの心の中に、どれほどの痛みを加えることになるでしょう!?

いま私は血まみれの悲惨な顛末を解きほぐし、再び私の心の傷を整理してみます。心血を吐きつくし涙を流しつくして、あなたたちが気の済むまで慟哭し、そして、みんなで泣き止んで、母が私たちにさし示す辛苦に満ちた前途へと向かっていくのです。

私は記憶の及ぶ限り思い出し、さらに夫の文藻の日記と私たちの手紙を頼りにして、最も鮮明で、生き生きとしていて、最もつらかった数ページを一気に書き出しました。私のペンを握る手、私のペンは、このように使われる日があることを想像できたでしょうか。このように使われる日があることを想像できたでしょうか。

一昨年の冬、十二月十四日の昼、文藻と私は街から帰ってくると、客間のテーブルの上に上海からの電報が置いてありました。私は胸騒ぎがして、急いで封筒を開けると、そこには「……もしすぐ帰ってくるなら、少しでも早いほうがいいと母さんが言っている」。私は読み終わり、頭を上げると、目の前が真っ暗になりました。

夫の文藻は私を慰めて言いました。「お義母さんがお前を思うあまり、早く帰ってきて欲しいだけなんだ、決してどうということではないだろう」。私は頷いて、二階に上がってオーバーを脱ぐと、ただ体中が震えるのを感じ、まるで極寒の中に晒されているようでした。下に降りて食事をする前に、中国旅行社に電話をして船のチケットを買いました。この数日は非常に混んでいて、十九日の順天号〈当時、天津―上海間を就航していた船〉まで待てば席は取れるが船室があまりよくないといいます。どうであれ、私は行くことにしました。たとえ豚小屋や犬小屋のようなところでも、海を渡っていけさえすれば、うずくまってでも数夜を過ごそうと思いました。――こうして船の切符を予約したのです。

夜、氷の穴の中で眠っているかのように、私は始終恐れおののいていました。私はもし母の病気が重篤でなければ、汽車が運行しなくなり、正月休みまで間のあるこの時期に、父が帰るように促したりはしないと分かっていました。父がこの電報を打つ時、万分の気遣いで言葉が深刻にならないようにしたのでしょうが、背後にある焦りと悲哀は覆い隠せませんでした――夫はあらん限りの言葉で私を慰め、「身体が大事だよ、たとえどうあろうと、道中でも、家でも、過度の悲しみと焦りは、お義母さんにとって無益であり、むしろ有害だよ」と言います。それは私もよく分かっていますので、涙をのんで心を静め、その晩は眠りました。

その後数日、荷造りと、残りの手続きに明け暮れました。その数日は特に寒く、北風が吹きすさび、建物の中には全く暖気がありませんでした。夜、夫と私は無理に笑顔を作って向き合っていましたが、心の高ぶり、孤独、恐怖、名残惜しさは、言葉になりません。ただ時計と灯りだけが私たちの心を知っていました。

為傑〈二番目の弟〉は、まだ学校にいて学期末試験でした。私の帰省を彼に隠しておくことはできませんでしたが、母の病状の見通しについては、彼の面前では、私たちはずっと楽観的に振る舞っていたので、彼もまだ平然としていました。ああ、弟たちは当たり前のように私を信じていたのです。彼は姉が行ってくれさえすれば、母親の病は大丈夫だと思っていたのです。可哀想な子、けれど祝福すべき無知の信頼！

十八日午後四時二十五分の急行列車で、夫は私を天津まで送ってくれました。これは私たちのハネムーン以来、初めて一緒に乗った列車でした。あの時と同じように黙って寄り添って座っていましたが、心の中は千々に乱れ、あの時とまったく違っていました。窓の外は凍てついた薄雪で、窓の隙間から骨を刺すような冷い風が吹き込んできて、斜めに差す陽は暗く、私はお腹が痛くなってきました。文藻を心配させるのが嫌で言い出せず、言ってもどうしようもないと思ったので、ひたすら熱いお茶を飲んでいました。七時過ぎに天津に着き、ホームに下りると、痛くて歩けないほどでした。ようやく駅を出て、タクシーに乗り、国民飯店〈当時、天津のフランス租界にあったホテル〉に着き、部屋のドアを開けると、私はどっとベッドに倒れ込みました。文藻はベッドの前で、目には限りない驚きの色を浮かべ、「また病気になったのか？」と聞いてきました。私は呻きながら頷きました。――私はその後、やっとそれが慢性の盲腸炎だと分かったのです。この病は十年前からのもので、年に一、二回発作を起こしていました。いつも心臓や内臓が死ぬほど痛み、時に十二時間ほども痛みが続きました。出発前に途中でまた痛みが起きないようにと、協和病院で詳しく検査してもらってはいたのですが、やはり病気は見つかりませんでした。その後上海から戻ってきた後また発症し、医者はやっと盲腸炎と認め、協和病院で手術を受けました。これは翌年の三月のことです――

その夜の苦痛は、一秒一分と強まり、夜中三時まで続きました。私は意識が朦朧とした中で、ベッドで臥せって、嘔吐し、呻いているだけで、夫の存在すらも感じられませんでした。真夜中を過ぎ、やっとだんだんと和らいできたので、振り向いて、ベッドのそばに座ってさすってくれていた夫に向かって、疲れきった笑顔を無理に作りました。彼も無理に笑いながら、私に向かって首を振って何も言うなと合図します。ゆっくりと私のオーバーを脱がせてくれ、ぴったりと布団をかぶせてくれました。私は目を閉じるなり、精も根も尽き果ててしまいました。

目を覚ますと涙があふれていました。病後の疲れ、別れの名残惜しさ、これからの旅の不安、到着後に知るだろう恐ろしい事実がみな心に迫ってきました。向かいのベッドにいる夫は、気の毒に疲れきって哀しい夢を見ていたようです。一晩中の看病疲れでぐったりしている彼を起こすのは忍びません。私は窓ごしに天津の夜明けを眺めていました。相変わらず冷酷な曇り空です。私は来し方行く末を思い、すべてを天に任せるしかありませんでした。

この日の朝、私たちはまた寄り添って座っていました。船は夜十時に出発します。夫は私に行くなとも言えず、涙を流して言いました。「君がこれほど病で苦しんでいるのに！　僕は貧しくて頼りない夫だ。君についていけないばかりか、よい船室も用意できなかった、それなのに君を一人で行かせるなんて……」夫はこう言いながらむせび泣きました。私の心中は一層かき乱されましたが、どうすればいいのか分からず、また彼を慰める気力もなかったので、ただ無言のまま向かい合って泣くだけでした。

やがて夫は気を取り直して、梁任公〈梁啓超〉の家のことに触れ、娘の周夫人〈梁の長女、梁思順のこと。外交官の周希哲と結婚した〉を訪ねようと言いだしたので、私は力なく賛成しました。梁家を訪ね昼食をごちそうになりました。その席でブランデーを一杯飲み、いくぶん気分がよくなりました。周夫人は、彼女が昨年帰国した折の、任公先生の病気と死について話したのです。悲痛で真摯な一言一言は、ひどく私を驚かせ、心をかき乱しました。終に私は座っていられなくなり、何とか立ち上がってお暇しました。出発を知らせる電報を上海へ打って、二時半に夫と共に順天号に乗りこみました。部屋は特別二等船室でしたが、意外にも狭かったのです。おまけに大きな煙突が部屋の隅を貫いていました。上段の寝台はすでに広東のご婦人に占拠されており、箱や籠が部屋中に積んでありました。幸い私の荷物は少なく、ただ寝具と、トランク一つを持っているだけでした。夫がベッドの用意をしてくれ、私は身体を弓のように曲げて横になりました。夫も身をかがめながらベッドの端に座りました。部屋の外は、笑い声、罵り声、もの売りの声、わめき声、争いの声が聞こえ、油や、垢の臭い、煙や潮の臭い、曇り空の湿った空気が混じり、そこにはただ混雑と、窮屈さと、喧騒があるだけでした。私はじっと息をひそめ、目を閉じていました。夫の目から涙が私の顔に落ちてきました。「ああ、君と一緒に行けないとは。こんなところに君が我慢できるはずがない」。私は目を開き、夫の手を握りました。「大丈夫よ、私も同じ人間なんだから」

夜の九時になると、煙突の傍の寝台に、また一人の女性客がやってきて、その上小さな娘も連れていました。室内はさらに窮屈になり、私は起き上がって座り、髪をまとめ、夫に言いました。「もう帰って。私もしばらく休みたいわ。この部屋はまったく寝返りも打てないんだもの」。早朝、彼は三等車で北平に帰ると言ったので、繰り返し彼に念押ししました。「外は寒いし、三等車は暖房がないから、乗らないほうがいいわ。私と同じ苦労をするなんてやめて」。彼は承知して、喧騒の雑踏の中から抜け出ていきました。

――上海到着後、夫から手紙を受け取りました。「君にはすまなかったが、結局三等車に乗ったよ。君が辛い思いをしているのを知りながら、僕が快適な思いができると思うかい。君の苦労の万分の一も僕は味わっていない。嬉しいことに、交通費が余って、古本屋で数冊買ったよ……」

――数日の航海の間、窓ごしには塘沽の砕けて裂けた氷の塊と、海の大波しか見えませんでした。人いきれで曇った窓の内側では、人々の嘔吐する声しか聞こえません。食堂ではボーイが続けざまに「食事です！」と叫び、船客の時局を談じる声、鼻をかみ、つばを吐く音がしています。この百時間あまりの間、私は心ここにあらずで、飲食もせず、ひたすら眠ることだけを求め、あえて母の病状を考えないようにしました。眠れない時はただ眼をつむり、夏の日ハネムーンで訪れた西湖の莫干山で見たほの青い湖水、深緑の竹を思い出し、目の前の地獄絵をわずかでも忘れようとしていました。

二十二日の午後、船がゆっくりと呉淞口に入っていきました。私は急いで起き髪を梳き服を着て、早々に荷物をまとめました。上海は相変わらず曇り空でした。私は数時間後到着したら遭遇するだろう状況を思うと、心はただ震え、ただ祈るしかありませんでした！　川面に吹く風はもの寂しく、寒空の星々のような多くの船や建物の灯りは、黄昏時の暗い水面に映え、長く引いた模様が波の動きとともに揺れていました。夕刻六時、船はやっとゆっくりと浦東に入りました。私は望みもなく、また不安でした。一人だけの旅行は今回が初めてだったのです。荷役夫と客引きに、私は話しかける勇気すらなかったので、ただドアをぴったり閉め、家の者が迎えに来るのを待っていました。七時半になって、乗客はみな去り、ボーイまでが下船していきました。どうしようもなくなり、やっとドアを開けて、中国旅行社の客引きを呼びとめて、渡江の手伝いを頼みました。

私は左右に揺れる艀《はしけ》に乗り、水面に映る灯りの中で、黒く大きな船べりを何度も揺れながら通り抜け、また横断する番号をつけた白い苫船を数隻抜いていくのがわかりました。肌を刺すような寒風の中、びっしょり濡れた石段をあがり、外灘に降り立ちました。大通りのビルの屋上には広告のネオンサインの文字が、相変わらず輝いており、電車は昔ながらに轟音を立てて絶えず行き来していました。私はまた上海に来たのです。ひどく頭がくらくらとする中、旅行社がトランクを運ぶ自動車に乗り、人もトランクも一緒くたになって曲がりくねった道を時に速く、時にゆっくりと通り過ぎ、ようやく家にたどり着きました。

ベルを鳴らすと、使用人の元がドアを開けてくれました。「お母様はよくなられて?」が、私が真っ先に言った言葉でした。元は「少しよくなられました」と言います。私はそれ以上何も言う余裕もなく、まっすぐ二階へ上がっていきました。父は階段のところで私を出迎えてくれました。母の部屋に入ると、義妹の華が母のベッドの傍に座っていましたが、私を見るとすぐに立ち上がりました。姪の小菊が華の膝にもたれ、潤んだ恥ずかしそうな目で私をじっと見ていました。私は抱き上げる余裕もなく、すぐに身をかがめて、一声「お母さん!」と呼びかけました。母は病気で見る影もなくやつれていました。いわゆる「骨と皮」と言うのがどういうことか、今日やっと分かりました。二ヶ月前と比べると、母は二十歳も老けたようです。額も黒ずんでいるようでした。息も絶え絶えで一言も話さず、ただ悲喜の織り交じった何とも言えない目で私を見ています……

父は私の電報をだいぶ前に受け取ったと言いました。為涵〈一番上の弟〉は女中の苑をつれて午後五時に埠頭に迎えに来てくれたのですが、なぜだか会えませんでした。この時小菊が華に押し出され、私の懐の中に入ってきて、一声「おばちゃん」と言いました。小さな顔は前よりもずっとふっくらしていました。私は小菊を抱き上げると、一緒に母の布団の上にうつ伏してしまいました。この時私の涙はもう止めることができなくて、急いで向きを変えると食堂へ駆け込みました。

為涵もまもなく戻ってきましたが、顔は寒さで真っ赤になっていて、――私はこの時自分の足も氷のように冷たいことに気付きました――外灘で七時まで待っていたそうです。焦って耐えきれなくなって、船会社に行って尋ねてみると、会社の人は、ろくに取り合いもせず言ったそうです。「船がどこに停まっているか分かりません、もしかしたら着いていないかも知れません！」と。そこでやむなく戻ってきたとのことでした。

食卓ではみな黙りこくっていました。私は今回の旅の経過を簡単に説明しました。父はいかにもすまないという表情で、私をじっと見つめていました。華は、私に電報を打って呼び寄せたあと、私が一人で帰ってくると母に話したと言いました。母はそれを聞いた時何も言わず、しばらくして、「かわいそうに。あの子は船の中で、ずっと自分が母のない子になるかもしれないとびくびくしているかもしれないね」と言ったそうです。

食事後、為涵と華の夫婦は自分たちの部屋へ戻っていきました。私は父と共に母のベッドの前に座っていました。母は半ば目を閉じ、私は母を優しくさすっていました。父は小さな声で聞いてきました。「母さんの病状をどう思う?」。私は何も答えず、父も黙っていました。しばらくして、ため息をついて言いました。「私もよくないと思ってね。だから電報でお前を呼んだんだ。私はまったく誰も頼りにできないようで——心がくじけそうだ……」

その後の半月は、ずっと看病で明け暮れました。日付を覚えていないどころか、昼夜の区別さえついていません。記憶の中にあるのは、床に臥せった母の痩せ衰えた寝顔、目覚めた時の弱々しい声と憔悴した微笑み、窓の外のどんよりとした空、暖炉で弾ける炭、静まり返る夜中にマントルピースの上でチクタクと響く時計の音、四方の壁の暗然とした灰色の朝、窓を開けた時の深く立ち込める朝霧です。こうした場面と涙にまみれた現実の中で、私はよるべのない孤児のように、独り裸足で幾重にも燃えさかる炎の上を踏み渡っていました。

この意識がぼんやりした中で、私は看病した最初の数日だけは覚えています。私は毎晩八時に眠り、夜十二時には目を覚まし、明け方までずっと起きていました。起きた時はいつも寒かったのです。為涵と華は心配そうな疲れた眼をこすりながら、私と交替するのでした。私が暖炉の辺りで、服を着ていると、母はゆっくりと頭をこちらに向けて言いました。「薄着すぎるわ。私の駱駝の黒いガウンを着なさい」。私がそうすると、母はまた言います、「私が去年初めて文藻さんに会った時も、やっぱりこのガウンを着ていたのよ」。

母は夜中四時ごろ、いつも冷汗をかくのでした。汗をかくとすぐ額が冷えてしまいます。その時はいつも、南棗北麦湯〈漢方薬の一種、「甘麦大棗湯」のこと〉を飲みたいと言います。これは汗を止める効果と滋養があるのだそうです。私は母が体を冷やしてはいけないと思い、母に長方形の白いネルの布を縫い、そっと額に巻いてあげました。母は目を閉じてかすかに笑って言いました。「まるで観音様のようね」。私も笑って言いました。「聖母マリア様のようにも見えるわ！」

骨の痛みのため、母はベッドに身体を横たえたまま、ずっと寝返りを打つこともできません。痩せこけて骨だけのようになっており、敷布団が薄すぎて、掛け布団も重すぎると嫌がります。敷布団の下に、綿の入った枕、羽毛の掛け布団などを敷いて、上には薄い真綿の布団をかけてあげました。母は仰向けで半ば寄りかかり半ば寝た姿勢のまま、私と仲睦まじい半月を過ごしたのです。憐れな病弱のお母様！

人の寝静まった夜更けに私は母の枕元で伏していました。もし母の調子がいくぶんかよければ、私とゆっくりと話をし、声も長くたなびくように軽やかでした。半ば朦朧とし、半ば思い出を辿るかのような母の姿、石像のような母の顔を見ていると、私は、ぐっと熱いものが胸に湧き起こり、涙があふれてきました。母は結婚してからの別離と新婚の甘い生活、幼い時に母を亡くした苦しみを語り、最後には自らの病についてこう語りました。「私は小さい頃から何度も何度も病気をして、お前のお父さんはいつも『お前が幼い頃から今まで飲んだ薬を全部集めたら、薬屋が開けるな』って言っていたわ。本当に六十歳まで生きられるなんて思いもしなかった。息子も娘も結婚してそれぞれ家庭を持ったわ。『長患いは孝行息子に嫌われる』とよく言われるけれど、今回五ヶ月も患っているのに、お前たちは本当に心から尽くしてくれた。娘や息子、嫁にはまったく何の不満もないのよ。私はただ早くよくなって、お前たちともう二、三年一緒にいたいのよ……」。私たちは心から尽くすことで、母の恩に万分の一も報いることができたのでしょうか。母のこれほどまでの慈愛に満ちた言葉に、私の心は張り裂けんばかりでした。

　幸い、母の死に至る病は、二ヶ月前の骨の病気ではありませんでした。しかし、母の持病である「胃痛」と「咳」が再発したのです。半時間ごとに何か食べるほかに、「胃活」〈胃の薬の名前〉「止咳丸」などの薬を飲まねばならず、しかも服薬量は毎回多くなりました。私たちはこれらの薬に多量の麻酔作用のあるものが含まれていると知っていましたから、最初は極力、多用させないようにしていました。ですが、数日後には、母の耐えきれない苦痛と、まただんだんと治癒の望みがないと分かってきたので、歯を食いしばり耐え忍んで母の望みどおり劇薬を与えると、母は突然襲われる苦悩から一時的に解放されるのでした。

　その後、母は益々衰弱し、昼夜、朦朧とした状態になりました。咳と胃痛のために、穏やかに眠ることができず、いつも為涵が力をこめてマッサージして、しかも半ば催眠術をかけるようにして、母さんを眠らせました。十二月二十四日夜は、キリスト降誕の夜でした。私は母のベッドの前に平伏し、終夜祈りをつづけていました。人事を尽くした後、私の全意識は神様におすがりするしかありませんでした。一筋の心の香りが立ちあがり、まるで、嬰児が母を慕う深い気持ちに同情して、私にふさわしい慰めを与えてくださるように聖母マリア様に哀願しているようでした。その夜、街中の歓声、爆竹の音は鳴りやみませんでした。窓からは隣の外国人の家にある光輝くクリスマスツリーが見え、子どもたちが楽しそうに歌ったり踊ったりしているのが、涙で一杯になった私の眼に入り、針で突かれるように心が痛みました。

夜中、父が小声で私に言いました。「母さんが亡くなった後の一切の準備をしなきゃいけないと思うんだ。旧式の色々な決まりのことは、私には分からない。私はそれに盲従する必要はないと思う。埋葬のことだが、やはり故郷に戻したいと思うか？　山河を隔てた遠いところに、お前たちは簡単には帰れないだろうし、年月が経つにつれ、荒れ果ててしまうだろう、どう思う？　もっとも、このことは母さんの気持ちを聞く必要があるんだが」。私は言いました。「お父さんがそう仰ってくだされば助かるわ。もともとこうした迷信や物忌みのやり方だって、私たちがその時無理に従うのは、すべてお年寄りの気持に背けないからよ。お父さんはこれらのことを気にかけないと言うし、お母さんだって新しい考えの人なのでしょう。すべての忌みが後のたたりになったとしても、お母さんのその後が、すべて気持ちよく進んでいくのなら、どんな災難が私たち姉弟四人に降りかかろうとも甘んじて受けてみせるわ」

——翌日私たちはある親戚に万国殯儀館に行ってすべての交渉をしてもらいました。鋼鉄製の棺も父と私とで選んできたものです。これらのことは、夫と為傑にあてた手紙の中で詳しく書いてあります。——

そうしてまた数日経ちました。母はたまに気分がいいと、微笑んで横になっていました。小菊は枕元に這って近づき、母の顔を両手で挟んで「おばあちゃん」と言います。華と私はベッドの前に座り、秋に母が骨を痛めていた時、母はベッドに横になったり、廊下の前の大きな椅子に座って太陽を浴びたりして、傍のテーブルにはいつも花瓶に入れた菊の花が置いてあったことを話しました。母は言いました。「そうね。花は見れば見るほど鮮やかで、いつまでも見飽きないわ。病気の時、太陽の光が窓の外から入ってきて、花を照らすと、私の気持はとても晴れやかになったわ」。母の自然を愛する性格は、病気が最も重い時でもやはり変わりませんでした。母の骨の痛みは、指から腕、肩、背、膝へとだんだん広がっていき、全身がこわばり痛み、日夜枷をはめられたかのように、少し体を動かしただけで、心臓や内臓のすべてに痛みが広がるのでした。もし私だったら、痛さに泣き、狂い叫び、一切を呪って投げ出したでしょう。けれど、私が誰よりも敬愛する母は、病床で起こる様々な事を、同じように受け入れ、みなをやさしくいたわってくれるのです。娘や息子には、気短なことを一言も言わず、使用人にもより一層思いやりを持って接したのです。陽光や花びらなど、感情のない自然に対しても、病床の静かな息遣いの中で、より一層温かく見守り馥郁とした香りを放っていました。これは天が与え給うた、母だけが享受できる祝福なのです!

私たちは母がもう旧暦の新年までもたないと分かっていましたので、新暦の新年を、盛大に行うことにしました。朝早く目覚めると、まず小菊にお化粧をしてやり、赤い緞子の綿入れを着せ、ベッドの前まで抱いていって、母に新年の挨拶をさせました。テーブルの上に二皿の大きな福建産のみかんを置き、暖炉や窓の台においた水仙の茎は、すべて赤い紙で包みました。また十数個の赤い紗のちょうちんを買ってきて、ベッドの四隅や、暖炉の台のへりや、電灯の下にぶら下げました。私たち自身もほんのり化粧をし、――私はその時すでに十日も鏡に向かっていなかったのです。私はいつもの正月では、こんなに念を入れません。黄昏時になって十数個の紗のちょうちんに灯りをつけ終わると、どこからか、涙がとめどなく流れ落ちてきました。

こんな苦しみを味わう人がいるでしょうか？　自分の最愛の人が、これ以上ないほどの病に苦しみながら、今にもあなたの腕から消え去ろうとしているのです。同時にあなたは楽しく笑うふりをして、傍にいて、守り、聞き、見つめ、共にいられる時間を一分一秒でも愛惜し、過ぎ去るのを恐れるのです。このような生活は、若者を老けさせ、年寄りを死に至らせ、天国にいる人を、地獄に追いやるのです。世のこれほどの苦しみを与えられた人々よ、私はあなたたちにこの上ない深い同情を寄せます。

仕立屋がやってきました。母の死装束(1)を縫ってもらうためです。私はこっそりと彼を三階へ連れて行きました。母はふだんだらしない身なりをすることはまったくありませんでした。気分のいい時たまたま出かけることがあれば、いつも着ていく服を、何度も身体に当ててみたり、眺めたり、アイロンをかけたりしていました。だから、この時私は母の死装束の材料、色、デザイン、サイズ、すべて面倒を厭わずに細かく言いつけました。仕立屋には、健康な人が着る服と同じ方法で作り、もしいい加減なら作り直させると言いました。長衣の材料、帽子、靴下、手袋などは、寝る時間を割いて自分で買いに行きました。その日、上海はとても寒く、街中氷のように冷えきっていました。しかし、私の心は、それより何万倍も凍りついていました。

　戻ってくるとコートを脱ぎ、母の前に行きました。母は今日いくぶんか調子がよいようで、私に尋ねました。「よく寝た?」。私は笑って言いました。「よく寝たわ」。そして父の誕生日――新暦の一月三日、陰暦の十二月四日――がもう直ぐやってくると話しました。父は自分の誕生日に結婚したのです。母が病気になったので、父は誕生祝いをしないと言いましたが、両親の結婚四十年の記念を私たちが祝わないわけにはいきません。この時、父、為涵、華などがベッドの前にいて、みな楽しそうに笑い興じており、私たちはわざと子どもっぽいふりをして母の新婦の時の様子を聞きました。母も笑っており、目にはまるで青春の光が輝いているようでした。母は私たちに結婚式のこと、嫁入り道具のこと、それから結婚式当日花の冠が重くて頭が痛かったことを話してくれました。私たちがみな笑っていると、枕元で這っていた小菊はみんなが笑っているのを見て、訳も分からぬまま大声で笑いました。この時ばかりは、眼前の一切の悲しみは、まるで忘れ去られているようでした。

　翌晩は暖寿〈誕生日前日の内祝い〉でした。母はまた具合が悪くなり、私にこう言いました。「私の病気はよくならないでしょう。前に読んだ弾詞〈語り物〉では、人が重態になると決まってこう言うの、『一日よければ、一日悪く、一日に八、九分悪化する』って。それが今の私ね」。私たちは慌てて笑って、これは天気のせいで、今日はいつもより寒くなったからだと説明しました。母は何も言いませんでした。けれども母の咳はますますひどくなってきて、痰を吐くたびに、誰かが母のために胸を強く押えてあげねばなりませんでした。胃痛もさらにひどくなり、痛み出すたびに、凄惨な顔色に変わりました。——夜、父のお祝いに甥や姪たちがやってきました。為涵と華は慌てて階下で支度をしていました。私はなおも母の傍にいました。母はしきりに、髪を直して、服を着替えて、下へ行ってお父さまへのお祝いをなさい、と促しました。私は涙をためながら承知しました。そそくさと身支度をしおえ、下へ降りていくと、祝いの紅いろうそくが輝き、父が正面に座り、右の椅子には誰も座っていませんでした。私はひざまずきお祝いをすると、涙が突然止まらなくなり、身を翻すと階段を駆け上がりました。みなただ黙って顔を見合わせていただけでした。

夜に母は突然自分が子どもの時看病したことを語りだしました。「あなたは私よりもずっと幸運よ。私は十四歳の時に母を亡くしたの！　あなたのおばあさんは肺の病で、その年の九月九日に床につくと、起き上がれなくなった。十二月八日になって亡くなったの。病気の間あなたのおじさんと私でかわるがわるお世話していた。私はその時まだ小さかったけれど、お前のおばあさんが息を引き取ると、おじいさんがお手伝いさんに私を負ぶわせて向かいの大叔母さんの家へ行かせたことだけは覚えているわ。その時から、私は母のない子になったの」。母はほっとため息をつくと、「十二月八日がもうすぐね」。私はその時本当に何を言ったらいいのか分かりませんでした。母はまたこう言いました。「為傑はまだ帰ってこないわね――占い師が私の最期には二人の子だけが見送るって言ってたけど、お前と為涵がここにいれば私は満足よ」

父も傍に座り、ゆっくりと話を生死のことから、故郷の墓のことにもっていきました。父は言いました。「『狐は頭をもともと住んでいた丘に向けて死ぬ』とよく言われるが、実のところ決してそうではなくて……」。すると母は続けてこう言いました。「人が死ぬと、抜け殻が残るだけよ。どこに葬られても同じだわ。なぜ山河を隔てた遠いところへ戻る必要があるの。将来あちこちで暮らす子孫だって世話することができないでしょう」

今振り返るとあの時母は自分の病状について、よく分かっていないようでしたが、私たちはすでに口に出さないだけでした。交替で休憩する時は、母に背を向け涙で顔を濡らしていました。枕が乾く日は永遠にこないと私は知っていました。時間が来ると、母の前に行って、無理に笑顔を作って、気楽な慰めの言葉をかけたのです。為涵は小さい頃から大まかな人間で、いつも母が病気になると、あまり細やかに気を配って看病することができませんでした。ところが今度だけは、弟は私をびっくりさせました。彼は医者のようにじっと黙って、保母のように気をくばっているのです。私は傍で母を見ながら、彼がみかんの汁を飲ませ、マッサージするのを眺めていましたが、その光景は、息子が母親の面倒を見ているようではなく、まるで父親が娘をいたわっているようでした。彼は、「病人はいちばん可哀想だ、赤ん坊みたい、言いたいことがあっても話も出来ないんだから」と言いながら、目のふちを赤くしていました。

このことが、どれだけ私に二人の弟のことを考えさせたことでしょう。為傑は夏に塘沽の工場へ実習に行ったので、母の病状についてまったく知りません。為楫は十一月中旬に出かけてしまいました。海上生活を送っているので、来年の今頃になっても、帰って来られそうにありません。母は為楫にもう会えないとわかっているようでしたので、何も言いませんでしたが、為傑のことはしきりに聞いてきました。「もうすぐ正月休みね。あの子は帰ってくるはずよね?」。毎日三度も四度も聞いて、最期の数日には、母は「あの子は私の病気を知っているのだから、早く帰ってくるはずよ! 母さんの一生の一大事なのに、……」と言いました。私は黙っているしかありませんでした。憐れな為傑がまだ母の病気を知らされていないことを、母はどうして知りえましょう。

十二月三十一日夜、大晦日。母は自分がよくないことを知り、焦りにかられているようでした。私に向かって一日に何度となく言いました。「やっぱりいいお医者さんに診ていただきましょう。よくも悪くも、みんなを安心させなくてはと思うの」。実のところ、その時一日か二日おきに必ず医者が診察に来ていました。いつものように栄養剤を注射し、咳止めの薬を与えてくれるのですが、母は飽き飽きしているようでした。私たちは直ぐに相談してV先生に来ていただくことにしました。先生は上海で最も有名なドイツ人の医者で、秋にも母を見てくださったことがあるのです。夕方になって、先生が見えました。私が出迎え入っていただくと、先生はまだ私たちを覚えていているようで、頷いて微笑みました。先生は母の肺の辺りの音を聞くと、ゆっくりと母を寝かせた後、テーブルの前に来ました。私は声を震わせながら尋ねました。「どうでしょうか?」。彼は振り向くと母を見ながら、「患者さんは英語が分かりますか？」。私は首を振り、胸が張り裂けそうでした。彼は小さな声で言いました。「望みはありません。今はお母さんに静かに最期の数日を過ごしてもらうしかありません」

私たちの意識の中だけで認識していたことが、医者からこうはっきりと言われてしまうと、幕が全部開いてしまったようでした。悲惨な情景が一気に飛び出してきたのです。先生を見送ると、庭の小道で、華と私は泣いてしまいましたが、すぐに互いに慰め合って言いました。「泣きはらして目を赤くしちゃだめよ。お母さんが見たら、気になさるわ」。私たちは涙をぬぐい、笑顔を作り、部屋の中に入り、母のベッドに近づき「お医者様は、大事ないとおっしゃっていたわ。安心して静かに休み、たくさん食べ、気持を明るくしていれば、ゆっくりと良くなるって」。母は頷き、私たちはさらに言いました。「今夜は大晦日よ、明日は年越しだわ。みんな年越しをしましょう」

人生を悟るのは、簡単なことでしょうか？　私は今までに様々な無知、愚昧、傲慢な言葉を語ってきました。私はこう言いました。「人生のあらゆる趣、人生のすべての趣を味わってみたい。すべてを味わい尽くしたい」。また、「人生を悟るには、針の敷物の上を転がるように、肉体でその痛みを味わい、血を流さねばならない。」とも言い、こう言いました。「哀楽悲歓を尽くさねば、生命の神秘と偉大さを見出せない」。実際のところ、いわゆる「神秘」や「偉大」は未経験者の理想と希望の言葉であり、経験者が自らを欺き言い訳をする言葉なのです。私はむしろ無感動で、愚かで、間抜けな人間のままで、一生を安楽と卑怯と依存の環境の中で暮らしたいと思います。私は神秘というものを知りたくないし、偉大さを求める必要もありません！

そうは言うものの、人間の臨終は暴風や驟雨のようです。うなだれて目を閉じ震えながら受け入れるほかに、どうしようもありません。雨が通り過ぎて空が晴れれば、もう別世界です。地上には、しおれた草と落ち葉、風雨に痛めつけられた残骸と魂だけがあるのです。束の間の甘美な春の光は、すでにもうこの世にはありません。その時、あなたはむしろ自ら疑わねばなりません。これまでどれほど幸せだったか、今まで穏やかでのびのびとした、何の心配もない生活を享受できていたかを！

私は二度と人生をくり返したいとは思いませせし、ましてや民国十九年一月一日から後の人生をくり返したいと思いません。心に激しい痛みを感じながら、顔に笑みを浮かべていなければならない生活は、かつての私を粉微塵にして、身から汁を搾り出すほどの苦しみでした。もしできるのなら二度とこんな生活を過ごさず、こんな苦悩を味わわぬように、今後情愛の念を捨ててしまいたい！こんな気持を誰がいったい分かるでしょうか！

一月三日は、父の誕生日でした。朝、私は自分で市場に行き、干し果物やお菓子、魚の燻製、アヒルの炙り焼きなどのちょっとした食物を買いました。なぜなら今宵の宴席が母一人のためのものだから分かっていたからです。テーブル一杯の料理だと、母を疲れさせてしまうでしょう。夜になって、私たちは紅い提灯を一斉にともしました。母のベッドの前に小さなテーブルを置き、テーブル一杯に取り皿や皿を並べ、家族全員席につきました。父を母の傍に座らせ、「新郎が来ましたよ」。と冗談を言いました。父は笑い、母も笑いました。母は料理を少しだけ食べて、首を振って「下げて。あなたたちはさっきの部屋に持っていって思う存分食べなさい、ちょっと休ませて」と言いました。私たちは父を残し、そそくさと食事を済ませました。私が戻ってくると、父が母の枕元にもたれ、母はうつらうつらと眠っているようでした。父は目一杯に涙をためていました。父がこの四十年の歳月を振り返るのは耐えられないことなのだと私には分かっていました。

こうして二晩が過ぎました。母の苦痛はますますひどくなっていきました。肺の辺りがひどく熱くなり、どんなに寒くても、かけ布団はいつも胸の下まではだけていました。暖炉の熱が母の顔に当たらないようにしました。（私は『小青伝』〈中国の小説作品〉の中の「痰灼け肺燃えて、粒見れば嘔吐する」の一句を思い出した）、寝返りを打つたびに喘ぎ、息が続きません。みなはこの上なく恐れ、緊張していました。私は昼も夜もただ「神様この純潔な魂をお導きください！」と祈りの言葉を唱えていたことを憶えています。この時、私は母の命を永らえることは願わずに、母が安らかに身罷れるだけを望んでいました！　真夜中になって私が依然として母のベッドの前でうっ伏していると、母が私を見て喘ぎながら、こう言いました。「本当に苦労をかけるわね。……私のことが終わったら、しっかり何日かよく眠って北平に戻りなさい。その時にはすべてが終わっているから」。母はこの大事をかくも当たり前のように、かくも穏やかに話したのです。私は思い出すたびに、この言葉だけが私の心を突き動かします。その時私は何も答えられず、嗚咽で喉が詰まってしまっていました。

張ばあやが傍にいて、私を慰めてくれました。母はまた眠りに落ちたようでした。張ばあやは小さい腰掛に座ると、小声で私に言いました。「奥様はいつも人をいたわってくださいます。秋、療養なさっていた時、いつも夜通し本を読まれ、私には寝るようにおっしゃるのです。真夜中にお目が覚めても、私を呼ぼうとなさりませんでした。私が、『そんなにご無理をなさらないでください。お転びにでもなったら大変ですから』と申し上げましたが、奥様はお聞きにならず、夜が明けてようやくお眠りになるのです。若奥さまが小菊お嬢様を抱いてお越しになるころになって、ようやっとお目覚めになるのです」

母は本を家中の誰よりもたくさん読んでいました。小説、弾詞から雑誌、新聞、新しいもの、古いもの、創作もの、翻訳ものにいたるまで、母はみな好んで読んでいました。身体の調子のいい頃は、毎晩、針仕事をするのでなければ、本を読み続け、十一時か十二時になってようやく寝るのです。朝は早く起きて、身ごしらえを終え、また針仕事や読書を始めるのです。母の裁縫箱には、いつも本が入っていました。母は読み終わると好んで私たちと議論しました。新しい見方に、私たちはいつも驚かされました。たくさんの新名詞を母の口から初めて聞かされました。たとえば、「プロレタリア文学」類がそうです。そんな時、私はいつも黙然として自ら恥じ、私たちが新思想において逆に遺少〈前王朝に忠節を尽くして新しい王朝に使えようとしない若者〉や、落伍者になったかのようだと感じていました。

一月五日夜、父は母のベッドの前にいました。私は疲れきって、父のベッドに横たわりうつらうつらとしていましたが、母のうめき声で目を醒ますと、何やら母と父が大声で言い争っているようなのです。急いで起き上がると、母の声が聞こえてきました。「お願いだから、睡眠薬をください、もうこれ以上待たされたくありません！」。その時、母は何度も寝返りを打って呻き、顔を真っ赤にして息も絶え絶えでした。私には、母の痛みが頂点に達していることが分かりました。母は以前、私にこう言ったことがありました。骨の痛みが出た時、こっそり睡眠薬の名前を紙に書き袋にしまっておき、痛みが極点に達すると、密かに誰かに買わせて、それを全部飲みきって、この苦しみから逃れたいと――この時私は慌てて母の前に行き、あらん限りの言葉で懇願しました。ですが、母は首を振って聞かず、ただ父を見つめていました。父はしばらくぼんやりとたたずみ、薬瓶を取ってきて、二錠を取り出し、母の口に入れました。

母は続けざまに首を振り、あえぎながら言いました。「あなたは本当に……今後もう会えないというわけでもないでしょう！」。この言葉はまるで興奮剤のようでした。父は眉をひそめました。その悲痛で厳しい表情は、私を震え上がらせました。父は突然振り向くと、さらに数錠を母の口に入れました。私は気が動転して、慌てて近寄り父の腕にすがりつきましたが、もう間に合いませんでした。母はすでに薬を飲み込んで、口を閉じ、眼をつむり頭をたれて眠りに入っているようでした。父はぐったりとして座りこみ、頭を母の肩先に持たせかけると、涙を雨のように流しました。

私はベッドの傍にひざまずき、声も出ず、ただしっかりと父の手を握り、母の寝顔を見つめていました。辺りは不気味なほど静かで、時々時計の音だけが聞こえていました。夜中の三時で、私と父は朝の四時まで震えながら寄り添っていました。母の寝顔は痛ましく、呼吸も次第次第に速くなり、たびたび空咳をし、昼間咳が出なかった時と同じように、両手で空をつかもうとしていました。私は急いで、そっと華と為涵を起こしにいきました。二人ともびっくりして目を醒まし、寝ぼけ眼で母のベッドに来て、様子を見ると、急に泣きだしました。華はすぐにお医者を呼んで、洗浄してもらおうと言いましたが、父は涙をためて頭を横に振るのでした。為涵は近寄って、母を抱き、胸の辺りをなでていました。私と華はそれぞれ母の手を握って、ずっと母の耳元でそっと呼びかけていました。母はまるで知覚を失ったかのように、頭をたれて答えませんでした。こうした状況が朝九時まで続きました。小菊が目を覚まし私たちは小菊を抱いて母のベッドに座らせ母の頭を両手で抱えさせると、小菊は頭を揺らしながらしきりに「おばあちゃん」と呼びかけました。小菊が何十回も呼び、突然泣きそうになった時、母のまぶたがかすかに動きました。私たちは飛び上がるほど喜び、みなでベッドの周りに集まり、静かに母を抱き起こしました。母は依然として意識朦朧としていましたが、まぶたが時折動きます。こうした状態で午後四時になりました。この日一日、私たちは顔も洗わず髪も梳かず食事も取らず、ただベッドの周りを囲んで、心は空っぽのまま恐怖と希望の間を揺れ動いていました。この一日は十年よりも長く、家の中庭のスズメすらも声を潜めていました。

四時過ぎ、母はやっと半ば目を開き、長い呻き声をあげると、「私は死ぬわ！」と言いました。母はまるで深い眠りの中から目覚めたように視線を上のほうに向けて周りを眺めていました。母は睡眠薬を飲んだことなど、覚えていないようでした。私は近づいて、母を抱きながら「お母さん、よく眠れた？」と言いました。母は頷くと「お腹が空いたわ！」と言います。みな急いで炉で長時間煮込んだ鶏のスープを持ってきて、ひと匙ひと匙母の口に運んであげました。母は飲み終わると目を閉じて休みました。私たちはやっと安堵し、その時お腹が空いていることにはじめて気付き、代わる代わるご飯を食べに行きました。

その夜私は母の枕元に寄り添い、母と共に一晩中語りました。これが三十年来で最後の会話となったのです！　私が話すほうが多く、母はほとんど聞き役でした。その時、母はもう薬を飲んだことを思い出していましたので、私はゆっくりと「これからどうであれ、もう薬を飲もうなどという考えはおこさないでね。母さんが咳も出せずに、両手で空をつかんでいる様子を見ると、胸をえぐられるほど辛いのよ。為涵は泣きながら言ったわ。『可哀想に、母さんは誰を求めているんだろう？　言えないことがたくさんあるんだろうな』って。小菊までもが突然泣きだしたわ。お母さん、ほら……」母は聞きながら、しばらくして言いました。「自分では全然苦しくないのよ、まるでひとしきり眠って目が覚めたよう」

その夜は、湖水のように安らかで、まるで煙霧がかかっているかのように穏やかでした。紅い灯りは暖かな光を放っていました。父は疲れのあまり、ぐっすり眠っていました。母は気分がよいらしく、聖母様のようにやせ細った白い顔をして微笑んでいました。まるで母が死から蘇ったみたいに、喜びが全身を満たしました。私は他愛のない話を次から次へとしました。私たちの楽しかった過去、満ち足りた現在、繁栄に満ちた将来、私は母のぼんやりとした想像の中に、七宝をちりばめた荘厳な楼閣を築き上げました。母は楽しそうに聞きながら、時折一言二言口を挟みました。……この時、私は時間が戻ってくれればと願い、すべてを呪い、一度過ぎれば戻らぬ夜は、だんだんと明けようとしていました。

一月七日、母の苦しみはついに頂点に達しました。母は声を張り上げて、一切の飲みもの食べものを拒みました。今まで母はこんな声を上げたことがなかったので、私たちは恐ろしく、また怯え、ただそっとなだめるしかありませんでした。母はずっと目を閉じ、首を振って構わず、ただこう言うだけでした。「放っておいてちょうだい、数日余計に私を苦しめてどうするの！」父はびっくりして目を覚まし、母をなだめましたが、無駄でした。みなベッドの周りで、ただ母の苦しむ顔を見守り、痛々しい呻き声を聞くしかありませんでした。午後になると、母の意識はだんだんと混濁し、呻き声も次第に弱くなりました。医者が往診に来て、安眠と痛み止めの注射を打ちました。さらに母のまぶたを開き、懐中電灯で照らしましたが、もはや瞳孔が開いているようでした。

この時、私は腑抜けのようになっていました。午後の間ずっと両手で頭を抱え、暖炉の傍に座りこんでいました。ものも言えず、動きもせず、母の傍にも行きませんでした。為涵と華の二人だけが、互いに寄り添ったまま、震えながら、ベッドの傍に座っていました。為涵はしきりにみかんの皮をむき、母の口に入れてあげています。母は目を閉じたまま、みかんの汁を吸って飲み込みました。夜九時になると、母の顔色はいっそう蒼白になりました。頭を何度か左右に振り、息遣いがだんだんと激しくなってきました。為涵が慌てて父を呼びに行きました。父はベッドの前で跪き、母を腕の中に抱きました。この時私はやっと暖炉の傍からゆっくり戻ってきましたが、涙でぼんやりとなった目に、母の鼻の両側の筋肉が、続けざまに数回痙攣した後、動かなくなったのを見て取りました。私は突然駆け寄って、母の顔に抱きつくと、母の鼻先はすでに冷たくなっていたのです。為涵は前かがみになって、彼の銀時計をそっと母の鼻の上に置き、手を震わせて取り上げました。時計の外側には水蒸気がつきませんでした。母の呼吸はすでに止まっていたのです。彼は突然振り返ると、両手で頭を抱えてわっと泣き出しました。一月七日夜九時四十五分のことです。私たちはこの時から母のない子になったのです。ああ、なんという悲しいことでしょう！

これ以後のことについては、一月十一日朝、私の夫と為傑への手紙の中で、詳しく述べてありますので、以下に抄録します。

親愛なる為傑さま、文藻さま

私は再三再四思いあぐねた後、やっとあなたたちにこの極めて不幸で悲しい知らせを報告することにしました。それは私たちの愛するお母さんが、正月七日の夜、すでにこの苦悩に満ちた世界に永遠の別れを告げたということです。お母さんは大して苦しみませんでした。極めて精巧な機械が長年動いた後、ゆっくりと停止したかのようです。お母さんの臨終はとても穏やかで、安らかでした。その楽しそうな笑顔は、私たちに大声で泣くなと言うかのように、まるで起こしてくれるなと言っているようでした。それは夜中の九時四十五分でした。その日は陰暦十二月八日で、まさに私たちのおばあさん、つまりお母さんの愛するお母さんが、四十六年前に亡くなったその日なのです！

亡くなった後のことは、あなたたちの思いもよらぬほど荘厳で、清らかで尊く、簡単でした。お母さんが重態の時、私たちはすでに上海の万国殯儀館と話をつけ、そこでアメリカ製の鋼鉄の棺を準備しておきました。外側は銀色で花模様の浮彫り、内側には全部ガラスの蓋と白ギャザーを寄せた綸子〈絹織物の一種〉の裏布がついています。服、靴、帽子すべてみな私が準備したものです。数は多くないですが、生きている人と同様に整い手の込んだものです。……

経過は次の通りです。お母さんが世を去った翌朝、万国殯儀館から車が一台来て、病人を送り迎えする救急車のように、遺体を殯儀館へ運びました。私たち一家もついていきました。私たちが休憩室で待っている時、彼らは下の階で母さんの体を薬の入った水で洗っていました。午後二時にはすでにきれいに仕上がり、紫色の部屋の中に安置し、周りを花輪で囲み、傍の一対の白いろうそくをともし、私たちが入っていった時には、粛然として涙も出ませんでした！内部は荘厳で、寺院に入ったかのようでした。母さんは安らかに低く長い寝台に仰向けに横たわっていました。濃い鳶色の錦の布団がかけられ、顔は薄化粧を施されて、いつもよりも美しく見えました。私たちが前かがみになってお母さんの顔に触ると、体の芯まで冷えるほどで、まるで石膏で造られた慈母像のようでした。私たちがドアを開けると、親戚友人たちが入ってきて前に進んで葬礼の儀を行った後、母さんをそっと持ち上げ、また棺の中に安置しました。白い綸子の花模様のついた枕の上に置き、赤い花刺繍を施した掛け布団を肩までかけ、ガラスの蓋をかぶせました。棺の前には依然として高々と一対の白いろうそくがともされていました。紫色のテーブルクロスの下には銀の十字架が立てられていました。母さんの慈愛に満ちた純潔の魂は、永遠に神様のおそばに召されたのです！

五時過ぎにすべての事は終わりました。亡くなってから入棺まで、十七時間しか経っていません。すべては静かで、厳かでした。お母さんの人柄にふさわしいものでした。お客は全員帰り、私たちが家に戻ると、家の中はすでにきれいに掃除されていました。私たちは灰色のひとえを着て、白い帯を締め、お母さんの喪に服しました。家の中にも位牌はありません。ただお母さんの大きく引き伸ばした写真が届けられてから後、生花とお母さんが好きだった果物を供え、時に線香をあげました。その他毎朝、一家そろって殯儀館へ行き、棺の外に立って、ガラスの蓋を隔て、お母さんの眠っているような慈愛に満ちた顔を仰ぎ見たのです！

今回執り行ったことについては、無駄がなかったからでしょう、親戚友人に褒められ、また羨ましがられました。お母さんも天国できっと喜んでいると思います。各地にいる親戚友人にはすでに電報で知らせました。為楫には、遠く海外にいて、どんな環境にいるか分からないので、万が一ひどく悲しんだ時、誰も慰める人がいないことを心配して、しばらく知らせるのを控えました。為傑には、病気でもあり試験も迫っていることから、私たちは思い迷ったのですが、隠し続けることはできないし、帰宅後に知れば突然の悲しみと失望のほうがより辛いと思ったので、知らせることにしたのです。為傑は物事をよくわきまえているはずです。あなたはお母さんの分身です。だから自分を慈しむことは、お母さんを愛することなのです。試験の時は、しっかり落ち着いて、すべてのことを手はずどおりに行い、試験が終わったら戻ってらっしゃい。お母さんにまだ会えるということを忘れないでね。

私たちはあなたを待つため、二月二日に葬式を行い、三日に出棺することにしました。万国墓地は虹橋路にあります。草木が生い茂り、広々として、公園みたいです。上海は中ほどにあるので、私たちが南に下ろうと北に上ろうと、或いは国外へ行こうと、必ず通らねばならないところですから、いつでもお墓参りができ、実家に戻るよりも回数がずっと多くなるでしょう。

文藻さんへ、お父さんも私もあなたがまた来られることを心待ちにしています。お母さんが病気の時、こう言いました。「お婿さんと、また会えるかしら?」。あなたがもし来られるなら、まだお母さんと会うことができます。お父さんもあなたのことを気に入っていますから、悲しみの中にあなたがいて下されば、慰めになるでしょう。ただ私は経済的なこともあるでしょうし、すべてあなた自身の考えに任せます。

今回の顚末《てんまつ》は次の通りです。為涵はまだ家にいますが、出棺後また南京へ行きます。私たちはたぶんみな北平へ行くでしょう、お父さんが私たちの近くにいれば、お世話ができるからです。為傑がせねばならないことはたくさんあります。元気を養い、感情を抑え、力を蓄えてください。これも孝行なのです。ごらんなさい、私がこの手紙を書いている時、どれほど静かで、穏やかか。為傑はしっかりした人なのだから、こうあるべきだと思います。そうでしょう？

この手紙はどうぞしまっておいて、後日為楫さんに送ってください！

永遠にあなたたちを愛する冰心より　正月十一日朝

私がこの手紙を落ち着いて書いているように思われるかもしれませんが、実際は感情が激しく揺れて、決してそうではなかったのです。一月七日夜九時四十五分の後は、茫然自失の中で、為涵、華と私は早々に寝床につき、疲れがひどく溜まっていたようで、熟睡しました。父と数人のいとこたちが母の遺体を見守ってくれていました。翌朝早く起きて、ばたばたと三階から用意してあった白い喪服を取って、着てみて顔を見合すと、思わず悲しみで声も出ませんでした。下に降りると、また食堂のテーブルの上に、コックが朝市から買ってきた一かごのみかんが置いてありました。――私たちが昨日の夕方、コックが帰宅する時、母に食べさせるために買っておくよう言いつけたものです。その時からどれだけ時間が経っているのでしょう？　みかんを買ってきた時には、母はすでに亡くなっていたのです。

小菊は喪服を着て、白い帯を締め、白い靴、靴下、白い縁取りのある青いベルベッドの帽子をかぶり、何とも飄々として可愛らしいのです。殯儀館では誰も小菊の面倒をみる暇もなかったので、一人で母の寝台の傍にいて、花輪の上の花びらを摘んで遊んでいました。夕方になってすべてが済み戻ってきて、二階へ階段を登りきったところで、みな所在無く、どこへ行けばいいのか、何を言ったらいいのか分からなかったその時に、小菊が突然大声で泣きだし言いました。「おばあちゃんは？　おばあちゃんは？　どこへ行ったの？　どうしてまだ帰ってこないの？」と。張ばあやにしがみつきながら、耐え切れずにまっ先に泣くのです。私たちは思わず大声で泣いてました。

晩ご飯を食べると、父は早々に眠ってしまいました。為涵、華と私は父のベッドの前の炉辺で、何も言わず向かい合って座っていました。ふと見ると、暖炉の上の時計の長針が、寂しげなチクタクと音を立てて、ゆっくりと動いていました。まもなく九時四十分を指そうとしたとき、為涵が突然立ち上がり、針を止めて「姉さん！　もう寝ましょう！」と言うなり、振り向きもせず、部屋を出て行ってしまいました。華と私は彼の後姿を見つめながら、思わずまた涙がこぼれ落ちてきました。九時四十五分！　暖炉の上の時計が再び九時四十五分を指すのを見るに堪えないのは、為涵だけではありません！

空がまだ明けきらぬうちに私は突然目覚め、父がベッドで寝返りを打つ音が聞こえました。以前窓の下には母のベッドが置かれていました。今日窓から微かな光が射し込んでいるのに、そこに母のベッドはありません。この部屋にあるのは果てしない空虚、空虚、果てしない悲しみや憂いだけで、それらが暁の枕辺から沸き上がってくるのです。これまでのことやこれからのことを考えると、まるで世界のすべてが終わりに臨んでいるようです。

その数日間、数通の死亡通知手紙の他には、母に関して私は一字も書きませんでした。「哀啓」〈遺族が死者の生前の事績や臨終の際の状況などについて述べた文章〉を書くことを勧められましたが、私は「混乱してしまって」書けないだけでなく、「母はかねてから病弱で」という類の言葉では、母の人格の万分の一も表現できないと思っていたからです。幼年から老年までの母の聡明さ正直さ慈愛に満ちた優しさは、母の周囲にいた人々によって表現されるでしょう。私が知る人々、知らない人々が母に寄せていた愛情、思慕、尊敬などの感情で、人々の心の中でそれぞれに違った言葉で表現されるはずです。母の教えを受け養育された兄、姉、弟、姪は、それぞれに最も真摯で最も沈痛な「哀啓」が書けるでしょう。私にはその場を取り繕う文章を書いて、彼らに不完全で、満足のいかない気持ちを抱かせることなどどうしてできましょうか？

哀啓は書きませんでしたが、父が涙を流して筆をおいたあと、私が追悼の挽聯(2)を代書しました。私は一字一字真心をこめ、当時の一家の気持ちを表現しました。聯語は以下のとおりです。

教養全頼卿賢、五箇月病榻呻吟、最可憐嬌児愛婿、死別生離、児輩傷心失慈母

晩近方知我老、四十載春光頓歇、那忍着稚孫弱媳、承歓強笑、挙家和泪過新年

(子どもたちの教養はすべて妻によるものだ。五ヶ月間病床にあえいだ。いちばん可哀想なのは、子どもや娘婿だが、死別生離、子どもたちは母を失った悲しみにくれている。最近は自分も年老いたと感じる。四十年の幸福な時間も終わりを告げようとしている。まだ幼い孫や嫁が、強いて笑顔を作り、一家を挙げて、涙のうちに新年を迎えるのを見るのは忍びない)

その数日間、毎朝一家揃って殯儀館へ行き母の亡骸を見る以外は、私たちはまったく外出しませんでした。殯儀館から戻ってくると、いつも曇り空でした。部屋に入ると、磨いたばかりの床板、火をおこしたばかりの暖炉――コートを脱いで、炉辺に座ると、みな気が抜けてしまってどこにも居場所がないように感じるのです。私の数日の日課は、朝起きて本を読み、針仕事をすることでした。午後は多くの親戚友人が来て、共に少し時事を語るうちに、一日はすぐに過ぎ去ります。夜になると、ぼんやりと座り込むか、手紙を書くだけです。夜中の心持ちについてはもう記憶が曖昧で、この文章を書くために、古い手紙を探し出しました。これで思い出を辿っていけそうです。

文藻さま

今この長い手紙を書けるようになるとは本当に思いもよりませんでした。文藻さん、私はこの時から母のない子になったのです。この十数日の苦しみ、不眠が、このような結果をもたらしたのです。私の悲しみ、心の痛みは、たとえ千言万語でも言い尽くせません。一昨日は元気を出して、あなたと為傑に宛てた慰めの手紙を書きましたが、それは断腸の思いでした。……この二、三日、家の中はとても静かですが、果てしない空虚と寂しさに覆われています。私はお父さんの部屋でお相手をしました。お父さんが寂しくて悲しんでいるのではないかと心配で、昼寝もできません。実のところ私は横になっても眠れないのです。夜中驚いて眼が覚めるのは、よりいっそう耐えられません。……

――一月十三日の手紙より

母の死後の月日は本当に容赦なく過ぎていきます。今晩はというとお父さんは外出し友人を訪ねにいきました。為涵と華は自分たちの部屋にいます。私は独りぼっちで母の部屋にいます。周りは悲哀、寂寞、惨めさしかありません。暖炉の炭が弾ける音ですら、私に辛い思い出を呼び起こさせます。こうした一人の時間を、私はもう何度も過ごしているのです。私は本当に恐ろしい、骨身にこたえるほど恐ろしい、どうしたらいいのでしょう？　母の死によって、私は初めて人生のはかなさを感じました。生前にその温かさを充分に味わっておかなければ、死後には追い求めようがありません。私は前途に対し、何の願望も持っていません。私はすべての愛の中で陶酔し、埋もれることだけを求めています。私は杯の中に情愛を溢れるほど注ぎ、一気に飲み干したいのです。人生は何と短く、何とはかなく、何とうつろなのでしょう。

千言万語を費やしたところで、帰するところはただ一つです。人生の本質は苦痛で、苦痛の源は愛情が重すぎることにあります。けれど、私たちはやはり毒を飲んで渇きを止めるわけにはいきませんし、依然として苦痛を生み出す愛情の中に慰めを求めなければならないのです。何という愚昧、何という矛盾でしょう！

手紙を書いているのは、まさに生前お母さんのベッドがあったその場所です。書けば書くほど辛くなり、頭が混乱してきます。もしこれ以上書いていったら、息すらも詰まってしまいそうです！

——一月十八日夜の手紙より

一月二十六日夜、為傑が明日家に着くというので、私はずっと目が覚めた状態で、一晩中眠れませんでした。この憐れな子が、風雪の中戻って来る道々、悲しみのあまり痛哭しているであろう光景を思うと、私の心は砕け散りそうでした。二十七日午後、船が到着したとの知らせがあり、為涵が車を出して迎えにいき、私たちは落ちつかない中で待っていました。黄昏時になると、門の外に車の音が聞こえ、みな突然顔色を失いました。華はさっと自分の部屋に戻ってしまいました。続いて階段の音がします。為涵が先に上がってきて、俯いたまま彼の部屋に入っていきました。後から為傑が来て、満面に笑みをたたえ、帽子を手に取ると、駆け込んできました。彼は一声「母さん」と言い、私は彼を迎えると、こらえきれずに泣き出してしまいました。彼は立ったままいきなり、呆然となりました。その時の驚愕の惨状は、いま思い出しても、私の拙い筆ではその万分の一も描けません。雷に打たれたように彼は頭を垂れるや床にくずおれ、両手で父の両足にしがみつき、息も詰まるほど激しく嗚咽しました。息をつくと、彼は「どうしてもっと早く知らせてくれなかったんだ！　どうしてもっと早く知らせてくれなかったんだ！」と泣き叫ぶのです。しばらく嗚咽が響く中、為涵と華も泣きながら部屋から出てきました。父は為傑の手を取ると、顔中涙でいっぱいにしていました。使用人たちがゆっくりと入ってきて、穏やかに慰めの言葉をかけてくれたので、みな泣くのをやめました。為傑はすぐにでも殯儀館へ行き母の遺体に会いたいと言いました。父と為涵は彼を連れて行きました。戻って来て母の病中の様子を聞いて、再び泣き出したのです。この数日のうちに、為傑は満腔の希望と喜びから、突然失意のどん底に落ちたのです。彼は魂が抜けたように、一日に何度も泣いていました。私たちは懸命に慰めるしかありませんでした。幸いにも彼はしっかりしており、混乱の中でも何とか持ちこたえてくれたので、私はやっと安心しました。

二月二日告別式でした。葬礼が終わると、為涵は緊急の公用があるので、その晩のうちに南京へ戻っていきました。母はかつて二人の子どもだけに見送られる運命だと言っていましたが、いままさに野辺送りをしたのは私と為傑だけでした。為涵が出立する前、私たちはみなで話し合い、埋葬した後は、二度と母に会えなくなるのだから、何か副葬品を入れて、私たちの代わりに永遠にお伴することにしました。私たちはそれぞれ一束の髪を切り、父と小菊の分も一緒にして白い小さな封筒の中に入れました。さらに私は生まれてすぐに剃った産毛（母が赤い糸で束ねて大事にしまっておいてくれたもの）と、「Phi Tau Phi（フィ・タウ・フィ）」名誉学位の金の鍵を入れました。この鍵は私が大学卒業の時に贈られたもので、表には年月と名前が刻んであります。あまり出してくることはありませんが、授与された時は、母は非常に喜んでくれました。私のものだと思っている装飾品はすべて母がくれたものですが、この鍵だけは、私自身が母の教育によって培かわれた学力で勝ち得たものです。私は金石よりも固い愛情の心を託し、私がこの世を去るまで、冥途の母に仕えさせようと考えたのです。

二月三日、午後二時、私たち一家は用事をすませて殯儀館へ行きました。出棺を見送る親戚友人が次々とやってきました。前の晩に封をした白い封筒をピンで棺の蓋の中の白い綸子の花にとめました。父はガラスの蓋の上にうっ伏して、また痛々しく泣いていました。私たちは父を助け起こして、蓋の上についた涙を拭い去ると、丁寧に棺の蓋を閉じました。この時から、私たちはもう二度と母の優しく慈愛に満ちた寝顔に接することはなくなったのです！

父と為傑、数人の親戚が、そっと鋼鉄の棺を担ぎ上げ、門の外へ運び出し、花輪で埋め尽くされた自動車の中に静かに入れました。私たち、親戚友人たちは、後に続いて車に乗り、殯儀館をゆっくりと走り出しました。途中、空が曇り、雨が降ってきそうでした。私は父の手をしっかり握っていましたが、胸が痛くなったかと思うと、ちょっと血を吐いてしまいました。父は悲痛な面持ちで私を見つめていました。

二時半、虹橋万国共同墓地に着きました。私たちは棺に続いて下り、棺は父と為傑たちが運んで行きました。執事は黒の大礼服を身にまとい、黙々と先導していました。墓地に着くと、遠くには青草のような緑の絨毯が地面に敷かれているのが見えました。中央のお墓の穴の中には大きなセメントの枠が固められていました。穴の上の外周には目にもまばゆいほどの銀の枠が置いてありました。枠の左右両端には、白い帯が二本横に渡してありました。鋼鉄の棺はそっと白帯の上に置かれました。父は俯いていましたが、棺を下ろすのを補佐する人がそれを正しい位置に直しました。執事が粛然として私に聞きました。「よろしいですか?」。私が頷くと、彼は俯き、銀の枠に張られた白帯の結び目をほどきました。すると白い帯はゆっくりと緩み、母の遺体の入った鋼鉄の棺は静かに音もなくゆっくりと下りていきます。みなは息を止めているかのように痛ましげにじっとこの光景を見つめていました。鋼鉄の棺が地面に下りた時、ひっそりと静まり返った中で、小菊が突然大声で泣き出し、張ばあやの懐から飛び出し、前に出てきて言いました。「おばあちゃんが落ちちゃった! 下りなきゃ! 下りなきゃ!」。華が片方の手で小菊を引きとめ、もう片方の手に持った絹のハンカチで顔を覆いました。

この時みな耐えきれず、顔を背けるなり、声もなくむせび泣くのでした。

鋼鉄の棺が静かにぴったりとセメントの囲いの中に安置されると、ゆっくりと白帯が引き抜かれました。数人の人夫が、セメントの蓋を担いできて、しっかりと蓋を閉じました。周りの合わせ目と鉄環の凹みに、セメントが塗られました。セメントの囲いはこの時閉じられました。この時から私たちはもう母の遺体を収めた棺を見られなくなったのです。

その上に黄土を盛り、隙間なく花輪で覆いました。みんながこの若い女性の頭髪にも似た盛土に向かってお辞儀をすると、この簡素で厳粛な葬礼は終わりました。私たちは親戚友人にお礼を述べ、次々と墓地の門へと向かいました。木々は青々とし空は暗く、松の梢には細い春の雨が降り注いでいました。墓地の門に近づくと、私は振り返って一望しました。曲がりくねった道のどんよりとした天気の中で、松の木立は鬱蒼とし、為傑は一人遅れて、うなだれ、一歩一歩自分を引きずるようにしてゆっくりと歩いていました。灰色の喪服を着て、眉間には絶望、孤独、混迷が満ちていました。私の心は刀で刺されたようでした。私は足を止めると、立ち止まって弟が追いつくのを待ちました。憐れな子よ！　私たちはとうとう今日という一日を迎えてしまったのです！

家にたどり着いた後、ああ、家にたどり着いた後！　家中いたるところ暗黒、空虚でした。私は二月五日の夜夫に宛てた手紙にこう書きました。

　私の以前の心は、幸福に満ち足りていました。ですが、いま私の心は私のもっとも愛する母と共に黄泉の国に葬られたのです。前日の二時半、母の鋼鉄の棺が、まばゆく四方に光りをはなつ銀の枠の間に置かれ、白帯がゆっくりと下りていった時、私の心はまったくの暗黒の中にありました。この心は永遠に捉えようがないし、永遠に元に戻ることもありません…………！

もうこれ以上お話しするのはやめます。愛しい人、どうか私を出迎えてくださる時、温かく慰めてください。私はあなたのところへ飛んで帰りたい。あなただけが今なお私にとって夢なのです。

今後数ヶ月中に、為涵は広州へ配属になり、為傑と私は学校に戻り、父も北平に引っ越します。ただ海外にいる為楫だけが、帰りの船の中で、「慈愛に満ちた懐に抱かれた甘い夢」を見ているのです。

九月七日朝、曇り。私が熱を出して横になっていると、為楫が帰ってきました。そっと部屋のドアを開け、私のベッドの傍に立っていました。私たちは手を握り合い涙をためて無理に笑っていました。彼は背が高くなり、腕も太くなり、胸も厚くなり、顔も精悍な顔になっていました。海上での苦労と風波が、私の甘やかされて育った弟を忍耐強い青年水夫に育て上げたのです！　私は喜び、また心痛めました。彼は四方を見やり、取りとめのないことを少し話すと、ゆっくりと私のベッドのへりに座ってこう言いました。「為涵兄さんは僕に言わなかったよ。船が香港に寄って為涵兄さんが僕に会いに来たんだ。僕を連れて岸に上がり食事をし、とても優しい愛といたわりに満ちた慰めの言葉をかけてくれたよ。僕を送る時、兄さんは僕に一通の手紙を手渡した。為傑兄さんへ託されたものだったよ。僕は大切に受け取った。船が上海に着くと、知人が会いに来てくれたが、誰も何も僕に言ってくれなかった。そのあと船は芝罘《ふ》〈山東省北部にある島〉に寄港して、数時間停泊していた。僕は欄干にもたれて遠くを眺めていた。あれは母さんが僕を生んでくれた地だ。僕は突然悲しみのあまり呆然となり、自分を支えきれなくなり、血が騒いで、倒れこむように船室へと下りていった。僕はもともと兄弟たちの手紙を読むことはないんだが、その時どういうわけか、トランクをあけ、一番上の兄さんの手紙を開封した。中にあったのはなんと腕にまく黒い喪章で、それ以外は何もなかった……」彼はむせび泣き、俯いて、私の布団に顔をうずめた。「僕はおおよそのことが分かると、ただ手足が氷のように冷えるのを感じた。天津に着くと、為傑兄さんが僕を迎えに来た。僕たちは昨晩旅館に泊まり、ずっと一晩中、抱き合って泣いていたよ」。彼は泣きながら、「どうしてもっと早く言ってくれなかったんだ？僕はずっと長い帰路、ずっと慈愛に満ちた温かい夢を見ていたのに。家に帰ってみたら、すべてがなくなってしまった！　残酷だよ、あなたたちは！」。私はただ涙を流すしかありませんでした。そう、私たちは最も弱い人間、父は私に言えなかったし、文藻も為傑に言えなかった。為涵も為楫に言えませんでした。私たちはただおののきながらこの最後の日を待つことしかできませんでした！　残酷な神よ、どうして私たちにもっと早く教えてくれなかったのですか、突然私たちの愛する母をむざむざと奪い去ってしまうなんて！

すべてが終わりました。一生の中の慈愛、恩情の時は過ぎ去り、ここに終わりを告げました。これからの世界は埋めようのない喪失感、満たされることのない空虚だけが残るのです。自分で心の苛立ちを処理し、考えに考え、慰め続けるしかありません。私は愛と憐みを受け尽くしたので、今度は自分が他人を愛し憐れむ番です。私は永遠に母の心を自分の心として励んで行きます。私には父と三人の弟、そして多くの親族がいます。私は永遠に彼らを愛し守って行きます。為楫が二度目に国を離れる時為傑に言った言葉を私は永遠に忘れません。「母さんは死んでしまったが、幸いにも、僕たちを愛してくれ、しっかりと抱き締めていてくれる姉さんがいるじゃないか」

窓の外は長雨が降り続き、窓の中はひっそりと一つの灯りがともっています。ここまで書いて辺りを見回しさまよっても、やるせない気持ちのやり場は見つけることができません。夫と向かい合って座り、この文章を書いています。優しくて落ち着いたあなた、私たちの長い長い人生にあって、私を助け、私を導き、私が母のような人になれるように支えていてください！

一九三一年六月三十日夜、燕南園、海淀、北平。

訳注

（1）生前に死装束を整える習慣があった。

（2）聯とは対句を書いた二枚の細長い札のこと。挽聯は死者の哀悼用の聯。

◉解説

この作品は、一九三一年六月三十日に執筆され、同年散文集『南帰』として北新書局から出版された。前年の三〇年一月に最愛の母親である楊福慈（一八七〇年生）が上海で逝去した。享年六十一歳であった。謝冰心と母との間にあった愛情関係は、彼女の「愛の哲学」の源の一つであった。この作品は謝冰心作品の中で最長のものであり、小説や散文に分類されることがあるが、どちらかというと回想録に近いだろう。母を失う苦しみの中に甘美な喜びが含まれており、作家の趙景深はそれを日本の白樺派文学における苦しみの中の甘美な喜び、ドイツの郷土芸術における悲劇の中の愉悦になぞらえている（趙景深「冰心女士的『南帰』」）。それは、死にゆく母の介護の中で、様々な思い出に浸り、そして母を慕う周囲の人々の思いを知ることで喜びを得るという過程に表れているだろう。謝冰心は一九二九年に結婚し、三一年には長男を生んだ。生と死の悲喜を実際に体験し、それ以後の文学は深みを増していく。人間への優しい眼差しは、後に四〇年代に書かれた『関於女人』に結実していくこととなる。

※なお訳出に際し、川副照夫訳「南歸」（『婦人之友』第四三巻第一号―第三号、一九四九年一月―三月）を参照した。

（牧野格子）

あとがき

「はじめに」でも書いたことだが、本書の刊行は私たち一九三〇年代文学研究会が『小説選』を出した時からの夢だった。

私たちがそれを夢見てから十年以上が過ぎた。この間、研究会の創設からご指導をいただいた丸山昇先生、ご援助をいただいた伊藤虎丸先生、丸尾常喜先生、関西の太田進先生などが相継いでお亡くなりになられた。

私たち一九三〇年代文学研究会も様変わりした。それでも私たちは夢見ていた。

本書が出来るとは思ってもいなかった。出版するあてもなく本書の企画をともかくも進めようと皆で話し合ったのはもう五年以上も前のことになる。以来、私たちは夢を叶えるべく小さな努力を積み重ねて来た。

最初に御礼を申し上げたいのは、本書の刊行に際し、いち早く快く翻訳許可を下さった中国の作家のご遺族、関係者のご厚意に対してである。

現在の厳しい出版状況の中で、私たちにはご遺族の方々に印税をお支払い出来るような経済的な余裕はない。私たちに出来ることは皆さまにわずかばかりの献本を差し上げることでしかない。そうした中で、ご遺族の方々からは、それでも構わない、頑張りなさいとの心温まるご支持、ご支援をいただいた。皆さま方には、本当に心からの感謝の意を表したい。

また、本書の刊行には、中国作家協会の李錦琦氏、北京大学の友人王風氏、清華大学の王中忱氏、社会科学院文学研究所の趙京華氏をはじめ、多くの方々からお力添えとご助力を頂戴した。なかでも、李錦琦氏からは、本訳集に全面的な理解を示されると共に、ご遺族の連絡先などをお教えいただいた。皆さまには記して心から御礼申し上げたい。

言うまでもなく、本書の翻訳、出版には本当にいろいろな方々からご援助、ご教示を賜った。ここにお一人お一人のお名前は挙げないが、いまはただご支援、ご協力いただいたすべての方々に厚く御礼申し上げたい。

私たちは、本書の刊行に際し、以前と同じように査読班を作り、訳者間で複数の人間がその任に当たってきた。手前ごとだが、そこにもある感慨がある。

江上幸子さんには、手術、入院などのアクシデントがあったにもかかわらず、じつに丁寧な査読をしていただいた。また、白井重範さんには、翻訳権の問題以来、訳者間の全連絡に当たってもらった。小島久代さんには、すべての訳文に目を通し、厳しい校正チェックをいただだいた。小島久代さんは研究会の古くからのメンバーで、私たちの夢をいつも親身になって支えてくれた。

訳者の方々には、仲間内ながら、率直にご苦労さま、ありがとうと声を掛けたい。当然のことながら、訳文の責任の一切は、私たち訳者一人一人にあるのだが。

私たちの「夢」は、読者の皆さまに中国現代散文の面白さ、豊かさを味わっていただくことにある。もし、それが本書を通して少しでも適えば、私たちにとってそれ以上の喜びはない。いまはただ皆さまのご叱正、ご教示を念じてやまない。

私たち中国一九三〇年代文学研究会は四十年以上たったいまも続いている。

私たちは、本書を丸山先生亡き後、本研究会を支えてくれた現代表・佐治俊彦さんに捧げたい。

最後に、出版をお引き受け下さった勉誠出版の方々にも心から御礼を申し上げたい。なかでも、編集部の大橋裕和さんには企画段階から校正など、じつに細々としたご苦労をいただいた。記して御礼申し上げたい。

最後の最後になってしまったが、本書のためにご尽力、ご支援をいただいたすべての方々にあらためて感謝申し上げます。

本当にありがとうございました。

全訳者を代表して
小谷　一郎

訳者紹介（五十音順）

江上幸子（えがみ・さちこ）
一九四九年生まれ。フェリス女学院大学特任教授。東京大学大学院人文科学研究科中国文学専攻博士課程単位取得満期退学、修士（文学）。専門は中国近現代文学・女性史。主な著書に『東アジアの国民国家形成とジェンダー――女性像をめぐって』（共著、青木書店、二〇〇七年）、『講座東アジアの知識人3』（共著、有志舎、二〇一三年）など。

大久保洋子（おおくぼ・ひろこ）
一九七二年生まれ。二松学舎大学等非常勤講師。北京師範大学文学院中国現当代文学専攻博士課程卒業、博士（文学）。専門は中国近現代文学。主な論文に「郁達夫『蔦蘿行』をめぐる初歩的考察――その表現と作家イメージ」（『神話と詩：日本聞一多学会報』一二号、二〇一四年）など。

大橋義武（おおはし・よしたけ）
一九八〇年生まれ。東京女子大学非常勤講師、埼玉大学非常勤講師。東京大学大学院総合文化研究科博士課程満期退学。専門は中国近現代文学。主な論文に「中国の近代における白話小説の「古典化」について――雑誌『新青年』上の討論をめぐって」（『中国研究月報』六三巻八号、二〇〇九年）、「民国期中学国語教科書と明清白話小説――資料整理と初歩的考察」（『現代中国』八五号、二〇一一年）など。

加藤三由紀（かとう・みゆき）

一九五九年生まれ。和光大学表現学部教授。お茶の水女子大学大学院人間文化研究科博士課程中退。専門は中国同時代文学研究、中国近現代郷村文学研究。主な論文に「戦場上的創作――陳輝詩歌在日本喚起的創傷記憶」（『中国現代文学研究叢刊』二〇一四年六月号）、「中国郷村文学的当代意義」（『在曲折中開拓広闊的道路』武漢出版社、二〇一〇年）など。

河村昌子（かわむら・しょうこ）

一九六九年生まれ。明海大学外国語学部中国語学科准教授。お茶の水女子大学人間文化研究科（比較文化学専攻）修了。博士（人文科学）。専門は中国近現代文学。主な共著書に『ああ　哀しいかな――死と向き合う中国文学』（佐藤保・宮尾正樹編、汲古書院、二〇〇二年）、主な共訳著に『中国メディアの現場は何を伝えようとしているか　女性キャスターの苦悩と挑戦』（柴静著、鈴木将久・河村昌子・杉村安幾子訳、平凡社、二〇一四年）など。

呉紅華（ご・こうか）

一九六三年生まれ。九州産業大学国際文化学部教授。九州大学大学院文学研究科（中国学専攻）博士後期課程修了。博士（文学）。専門は中国近現代文学。主な著書に『周作人と江戸庶民文芸』（創士社、二〇〇五年）、主な論文に「周作人の李卓吾評価をめぐって」（『日本中国学会報』第六十一集、二〇〇九年）など。

小島久代（こじま・ひさよ）

一九三八年生まれ。明海大学名誉教授。東京大学大学院人文科学研究科中国文学専攻博士課程修了。専門は中国現代文学。主な著書に『沈従文――人と作品』（汲古書院、一九九七年）、主な翻訳に『辺境から訪れる愛の物語――沈従文小説選』（勉誠出版、二〇一三年）など。

小谷一郎（こたに・いちろう）

一九五〇年生まれ。埼玉大学教養学部教授。東京大学大学院人文科学研究科中国語・中国文学専攻博士課程単位取得満期退学。専門は中国近現代文学。主な著書に『１９３０年代中国人日本留学生文学・芸術活動史』（汲古書院、二〇一〇年）、『創造社研究――創造社と日本』（汲古書院、二〇一三年）など。

佐治俊彦（さじ・としひこ）

一九四五年生まれ。和光大学表現学部教授。東京教育大学文学研究科博士課程単位取得退学、修士（文学）。専門は中国現代文学・演劇。主な著書に『かくも美しく、かくもけなげな――「中国のタカラヅカ」越劇百年の夢』（草の根出版会、二〇〇六年）、主な翻訳に『地球宣言――大草原の偉大なる寓話』（リグデン著、教育史料出版会、二〇〇九年）など。

佐藤普美子（さとう・ふみこ）

一九五三年生まれ。駒澤大学総合教育研究部教授。お茶の水女子大学大学院人文科学研究科中国文

学専攻修士課程修了。博士（人文科学）。専門は中国現代詩。主な著書に『彼此往来の詩学——馮至と中国現代詩学』（汲古書院、二〇一一年）、主な論文に「何其芳『画夢録』試論」（『転形期における中国の知識人』汲古書院、一九九九年）など。

下出鉄男（しもいで・てつお）

一九五二年生まれ。東京女子大学現代教養学部教授。東京大学大学院人文科学研究科博士課程中退。専門は中国近現代文学。主な論文に「文学テキストとしての『史料』——ラナ・ミターによる杜重遠の「反日」言論の解釈をめぐって」（『日本中国当代文学研究会会報』第二三号、二〇〇九年）、「洪子誠『材料和注釈：1957年中国作家協会党組拡大会議』に関する覚書」（『日本中国当代文学研究会会報』第二八号、二〇一四年）など。

下出宣子（しもいで・のぶこ）

一九六〇年生まれ。中央大学法学部兼任講師。関西大学大学院中国語中国文学博士課程前期課程修了。専門は中国現代文学・当代文学。主な論文に「魯迅『孤独者』と『傷逝』」（『季刊中国』No・八九、二〇〇七年）、主な翻訳に遅子建「霧の月」（『同時代の中国文学　ミステリー・イン・チャイナ』東方書店、二〇〇六年）など。

白井重範（しらい・しげのり）

一九七五年生まれ。國學院大学文学部教授。二松学舎大学文学部卒、埼玉大学大学院文化科学研究科修士課程、東京大学大学院総合文化研究科博士課程修了。博士（学術）。専門は中国近現代文学・中国社会文化論。主な著書に『「作家」茅盾論——二十世紀中国小説の世界認識』（汲古書院、二〇

一三年)、主な論文に「茅盾『夜読偶記』論——文化部長の戦略」(『國學院雑誌』一一五巻一一号、二〇一四年)など。

戸井久(とい・ひさし)
一九六九年生まれ。埼玉大学他非常勤講師。大東文化大学文学研究科中国学専攻単位取得満期退学。博士(中国学)。専門は中国近現代文学。主な論文に「探検から理想へ——留学後期魯迅の科学思想」(『東方学』百九輯、二〇〇五年)、「探検の精神——留日前期魯迅の科学思想」(『東方学』百四輯、二〇〇二年)など。

范文玲(はん・ぶんれい)
一九八五年生まれ。お茶の水女子大学人間文化創成科学研究科比較社会文化学専攻博士前期課程修了、同博士後期課程在学。東京学芸大学・宝塚大学非常勤講師、国際交流基金日本語試験センター客員研究員。専門は中国近現代文学。主な論文に「郁達夫小説における女性身体描写の特色——創造社作家群と比較して」(『お茶の水女子大学中国文学会報』第三十三号、二〇一四年)、「郁達夫小説における外国語表現について」(『人間文化創成科学論叢』第十七巻、二〇一五年)など。

平石淑子(ひらいし・よしこ)
一九五二年生まれ。日本女子大学文学部教授。和光大学で学んだ後、お茶の水女子大学大学院人文学研究科(修士課程)を経て同大学大学院人間文化研究科(博士課程)単位取得満期退学。博士(人文科学)。一九九八年より大正大学に勤務し、二〇一一年より現職。専門は中国近現代文学及び比較文化。主な著書に『蕭紅研究——その生涯と作品世界』(汲古書院、二〇〇八年)、主な翻訳に蕭紅「魯迅先生の思い出」（『日本女子大学文学部紀要』、二〇一五、二〇一六年）など。

牧野格子（まきの・のりこ）

一九七三年生まれ。國學院大学文学部准教授。関西大学大学院文学研究科博士課程後期課程修了。博士（文学）。専門は中国近現代文学。主な論文に「謝冰心における「問題」と「主義」」（『國學院中國學會報』第五十五輯、二〇〇九年）、主な翻訳に謝冰心著『家族への手紙——謝冰心の文革』（共訳、関西大学出版局、二〇〇八年）など。

中国現代散文傑作選《ちゅうごくげんだいさんぶんけっさくせん》 1920－1940
――戦争《せんそう》・革命《かくめい》の時代《じだい》と民衆《みんしゅう》の姿《すがた》

2016年2月29日　初版発行

編　者　中国一九三〇年代文学研究会
発行者　池嶋洋次
発行所　勉誠出版株式会社
〒101-0051　東京都千代田区神田神保町3-10-2
TEL：(03)5215-9021(代)　FAX：(03)5215-9025
〈出版詳細情報〉http://bensei.jp/

印刷・製本　株式会社ディグ
装幀　萩原睦(志岐デザイン事務所)
組版　トム・プライズ

ISBN 978-4-585-29113-8 C1098